Jennifer L. Armentrout

Und wenn es kein Morgen gibt

Jennifer L. Armentrout

UND WENN ES KEIN MORGEN GIBT

Aus dem Amerikanischen
von Anja Hansen-Schmidt

cbt

Bei diesem Buch wurden die durch das verwendete Material und die Produktion entstandenen CO_2-Emissionen ausgeglichen, indem der cbj Verlag ein Projekt zur Aufforstung in Brasilien unterstützt. Weitere Informationen zu dem Projekt unter: www.ClimatePartner.com/14044-1912-1001

MIX
Papier aus verantwortungsvollen Quellen
FSC® C014496
FSC
www.fsc.org

Wir produzieren
Klimaneutral
ClimatePartner.com/14044-1912-1001
Druckprodukt

Penguin Random House Verlagsgruppe
FSC® N001967

1. Auflage 2021
Erstmals als cbt Taschenbuch September 2021

Die amerikanische Originalausgabe erschien 2017
unter dem Titel »If There's no Tomorrow« bei Harlequin Teen, USA.

Aus dem amerikanischen Englisch von Anja Hansen-Schmidt
Lektorat: Ulrike Hauswaldt
Umschlaggestaltung: Geviert, Grafik & Typografie,
unter Verwendung mehrerer Motive von
© Shutterstock (Tasiania, Eka Miller, Olga Zakharova)
he • Herstellung: LW
Satz: KompetenzCenter, Mönchengladbach
Druck und Bindung: GGP Media GmbH, Pößneck
ISBN 978-3-570-31426-5
Printed in Germany

www.cbj-verlag.de
Dieses Buch ist auch als E-Book erhältlich.

Mir tat alles weh und ich konnte mich nicht bewegen. Meine Haut spannte, meine Muskeln brannten, als stünden sie in Flammen, und meine Knochen schmerzten bis ins Mark.

Verwirrung überkam mich. Mein Gehirn fühlte sich wie benebelt an. Ich versuchte die Arme anzuheben, doch sie waren bleischwer und wollten sich nicht rühren.

Ich meinte, ein Piepen zu hören, und Stimmen, aber weit entfernt, so als würde ich an einer Tunnelöffnung stehen und die Geräusche drängten vom anderen Ende zu mir herüber.

Ich konnte nicht sprechen. Da … da war etwas in meinem Hals, ganz hinten in meiner Kehle. Mein Arm zuckte ohne Vorwarnung und irgendetwas zupfte an meinem Handrücken.

Warum ließen sich meine Augen nicht öffnen?

Panik stieg in mir auf. Warum konnte ich mich nicht bewegen?

Etwas Schlimmes war passiert. Etwas sehr Schlimmes. Ich wollte doch einfach nur die Augen öffnen. Ich wollte …

Ich liebe dich, Lena.

Ich liebe dich auch.

Stimmen hallten durch meinen Kopf, eine davon gehörte mir, das wusste ich genau, und die andere …

»Sie wacht auf.« Eine weibliche Stimme drang durch den Tunnel zu mir und unterbrach meine Gedanken.

Schritte näherten sich, ein Mann sagte: »Ich gebe jetzt das Propofol.«

»Das ist schon das zweite Mal, dass sie aufwacht«, erwiderte die Frau. »Eine echte Kämpferin. Ihre Mutter wird sich freuen.«

Kämpferin? Ich begriff nicht, worüber sie redeten, warum sie meinten, dass meine Mutter sich freuen würde …

Wär's nicht besser, wenn ich fahre?

Wärme strömte durch meine Adern, flutete von meinem Hinterkopf aus durch meinen ganzen Körper, und dann gab es keine Träume mehr, keine Gedanken und keine Stimmen.

Gestern

1

DONNERSTAG, 10. AUGUST

»Ich will damit nur sagen, dass du fast Sex mit *dem da* hattest!«

Ich schaute mit gerümpfter Nase auf das Handy, das Darynda Jones, kurz Dary genannt, mir fünf Sekunden nachdem sie ins *Joanna's* gekommen war, unter die Nase hielt.

Schon seit meinen Kindergartentagen war das Joanna's eine feste Größe in der Innenstadt von Clearbrook. Das Restaurant schien irgendwie in der Vergangenheit stecken geblieben zu sein, in einer absurden Zwischenwelt aus Glam-Metal-Bands und Britney Spears' ersten Charthits, aber es war sauber und gemütlich und hatte eine Speisekarte, die fast ausschließlich aus frittierten Gerichten bestand. Außerdem bekam man hier den besten Eistee in ganz Virginia.

»Oh Mann«, murmelte ich. »Was macht er da bloß?«

»Nach was sieht's denn aus?« Darys Augen hinter dem weißen Plastik-Brillengestell waren weit aufgerissen. »Er *vögelt* einen aufblasbaren Plastikdelfin.«

Ich kniff die Lippen zusammen. Yap, genau so sah es aus.

Sie zog ihr Handy weg und legte den Kopf schief. »Wie konntest du nur?«

»Er sieht eben süß aus – ich meine, er *sah* süß aus«, erklärte ich lahm und schaute mich um. Zum Glück war sonst niemand in Hörweite. »Und außerdem habe ich *nicht* mit ihm geschlafen.«

Sie verdrehte die dunkelbraunen Augen. »Dein Mund klebte an seinem und seine Hände …«

»Na schön!« Ich wedelte abwehrend mit den Händen. »Ich hab's kapiert. Es war ein Fehler, mit Cody rumzumachen. Das ist mir klar. Glaub mir. Und ich bemühe mich auch sehr, das Ganze aus meinem Gedächtnis zu tilgen. Wobei du mir im Moment keine große Hilfe bist.«

Sie beugte sich über den Tresen zwischen uns und flüsterte: »So leicht kommst du mir nicht davon!« Ich kniff die Augen zusammen und sie grinste. »Aber ich kann dich schon verstehen. Seine Muskelpakete sind echt krass. Er ist ein bisschen dämlich, aber dafür lustig.« Sie machte eine dramatische Pause.

Alles an Dary war dramatisch, von ihren scheußlich bunten Klamotten bis hin zu den superkurzen Haaren, die an den Seiten abrasiert waren und sich oben am Kopf wild lockten. Momentan waren sie schwarz, letzten Monat waren sie noch lila gewesen. In zwei Monaten war vermutlich Pink an der Reihe.

»*Und* er ist Sebastians Freund.«

Mein Magen zog sich zusammen. »Das hat nichts mit Sebastian zu tun.«

»Ach nee.«

»Du hast echt Glück, dass ich dich so gut leiden kann.« Nun ging ich ebenfalls zum Angriff über.

»Ich hab keine Angst vor dir. Du liebst mich, das weiß ich.« Sie klatschte mit den Händen auf den Tresen. »Musst du am Wochenende arbeiten?«

»Ja. Warum? Ich dachte, du fährst mit deiner Familie zwei Tage nach Washington?«

Sie seufzte. »Zwei Tage? Schön wär's. Wir fahren *die ganze Woche* hoch. Morgen früh geht's los. Mom kann es kaum erwarten. Ohne Witz, sie hat einen richtigen Zeitplan für die Reise erstellt, mit sämtlichen Museen, die sie besichtigen will, wie lange wir in jedem davon sein werden und wann genau wir jeden Tag zu Mittag und zu Abend essen.«

Meine Mundwinkel zuckten. Bei Darys Mutter musste immer alles zwanghaft bis ins letzte Detail durchorganisiert sein, bis hin zu beschrifteten Körben für Handschuhe und Schals. »Die Museen sind bestimmt toll.«

»War ja klar, dass du das sagst. Du bist so eine Streberin!«

»Stimmt. Das streite ich auch gar nicht ab.« Ich hatte kein Problem damit, das zuzugeben. Nach der Schule wollte ich unbedingt aufs College und Anthropologie studieren. Die meisten Leute hatten vermutlich keine Ahnung, was sich mit so einem Abschluss anfangen ließ, aber da gab es jede Menge Möglichkeiten. Man konnte in der Gerichtsmedizin arbeiten oder in einem Unternehmen, an der Uni unterrichten und noch vieles mehr. Mein Traum war es, später mal an einem Museum unterzukommen, deshalb hätte ich so eine Reise in die Hauptstadt sehr verlockend gefunden.

»Schon gut.« Dary rutschte von dem roten Barhocker. »Ich muss los, bevor Mom ausflippt. Wenn ich nur fünf Minuten zu spät komme, ruft sie sofort die Polizei, weil sie denkt, ich bin entführt worden.«

Ich grinste. »Schick mir nachher noch eine Nachricht, okay?«

»Mach ich.«

Ich winkte zum Abschied, dann nahm ich einen feuchten

Lappen und wischte damit über den schmalen Tresen. Aus der Küche tönte das Scheppern und Klappern von Kochtöpfen, ein Zeichen dafür, dass der Laden bald schließen würde.

Ich konnte es kaum erwarten, nach Hause zu kommen und mir unter der Dusche den Gestank von frittiertem Hähnchen und angebrannter Tomatensuppe abzuwaschen. Und dann würde ich endlich den neuesten Fantasyschmöker um Feyre und das Reich der Sieben Höfe zu Ende lesen. Anschließend wollte ich mit dieser zeitgenössischen Liebesgeschichte anfangen, über die in dem Facebook-Buchklub, in dem ich mich herumtrieb, so viel gesprochen wurde. Eine Geschichte über ein Mädchen und eine reiche Familie mit fünf (!) sexy Söhnen.

Ganz mein Fall.

Ungelogen ging die Hälfte des Geldes, das ich als Bedienung im Joanna's verdiente, für Bücher drauf, anstatt auf meinem Sparbuch zu landen. Ich konnte einfach nicht anders.

Nachdem ich auch unter den Serviettenständern sauber gemacht hatte, hob ich den Kopf und pustete mir die braune Haarsträhne aus dem Gesicht, die sich aus meinem Knoten gelöst hatte. Da erklang die Türglocke und eine schlanke Gestalt betrat das Lokal.

Überrascht ließ ich den Zitrusduft verströmenden Lappen fallen. Vor Staunen wäre ich fast umgekippt.

Wenn überhaupt mal jemand unter sechzig ins Joanna's kam, dann nur freitagabends nach einem Footballspiel oder auch samstagabends. Auf keinen Fall an einem stinknormalen Donnerstag. Das Joanna's verdiente sein Geld vor allem mit Rentnern, was einer der Gründe war, weshalb ich während der Sommerferien hier kellnerte. Die Arbeit war nicht besonders anstrengend und ich brauchte das Geld.

Dass Skylar Welch auf einmal im Joanna's stand, ganz allein und zehn Minuten bevor wir schlossen, war ein echter Schock. Sie kam sonst nie hierher. Nie!

Draußen durchschnitten grelle Scheinwerfer die Dunkelheit. Der Motor ihres BMWs lief noch, und ich hätte wetten können, dass ihr Auto voll mit Mädchen war, alle so hübsch und perfekt wie sie.

Aber lange nicht so nett.

Was Skylar Welch betraf, wütete schon seit ewigen Zeiten eine fanatische, bittere Eifersucht in mir. Nur war sie leider eine so liebe, freundliche Person, dass meine Abneigung gegen sie wie ein Verbrechen gegen die Menschlichkeit wirkte, mindestens so schlimm, wie Hundewelpen zu hassen oder Regenbogen.

Sie strich sich die hellbraunen Haare mit den blonden Spitzen aus dem Gesicht und trat zögernd näher, als könnte der schwarz-weiße Linoleumboden jeden Moment aufreißen und sie verschlingen. Ihre Sommerbräune sah selbst in dem fiesen Neonlicht makellos aus.

»Hallo, Lena.«

»Hi.« Ich richtete mich auf und hoffte inständig, sie würde keine Bestellung aufgeben. Wenn sie etwas essen wollte, wäre Bobby stinksauer, und ich würde ihn erst fünf Minuten lang überreden müssen, das Gewünschte zuzubereiten. »Was geht?«

»Nicht viel.« Sie biss sich auf ihre glänzende, kaugummipinke Unterlippe, blieb vor den Barhockern mit dem roten Plastiküberzug stehen und holte tief Luft. »Ihr macht gleich zu, oder?«

Ich nickte langsam. »So in zehn Minuten.«

»Entschuldige. Ich mach's auch kurz. Ich wollte eigentlich gar nicht hier anhalten.« Worauf mir nur ein sarkastisches *Ach wirklich?* durch den Kopf schoss. »Die Mädels und ich fahren raus zum See. Ein paar Jungs schmeißen dort 'ne Party und da sind wir hier vorbeigekommen«, erklärte sie. »Ich dachte, ich komme kurz rein und frage … na ja, ob du vielleicht weißt, wann Sebastian nach Hause kommt.«

Natürlich.

Ich presste die Zähne zusammen. In dem Moment, als Skylar durch diese Tür gekommen war, hätte mir sofort klar sein müssen, dass sie wegen Sebastian hier war. Warum sollte sie sonst mit mir reden? Klar, sie war ein nettes Mädchen, aber wir verkehrten in der Schule in völlig verschiedenen Kreisen. Die meiste Zeit war ich für sie und ihre Freundinnen einfach Luft.

Was mich übrigens nicht weiter störte.

»Keine Ahnung.« Das war eine Lüge. Sebastian sollte am Samstagmorgen aus North Carolina zurückkommen, wo er mit seinen Eltern Verwandte besuchte.

Ein verqueres Gefühl breitete sich in mir aus, eine Mischung aus Sehnsucht und Panik – beides war mir nur allzu vertraut, wenn es um Sebastian ging.

»Wirklich?« Sie klang überrascht.

Ich zog ein möglichst unbeteiligtes Gesicht. »Ich glaube, dass er irgendwann am Wochenende zurückkommt.«

»Ja, alles klar.« Sie senkte den Blick und zupfte am Saum ihres aufreizenden schwarzen Tanktops. »Er hat mich nicht … Ich meine, ich habe nichts von ihm gehört. Ich habe ihm Nachrichten geschickt und ihn angerufen, aber …«

Ich wischte meine Hände an meinen Shorts ab. Was sollte ich darauf nur sagen? Das Ganze war mir furchtbar unangenehm. Ein Teil von mir hätte sich zu gern wie eine fiese Kuh aufgeführt und sie darauf hingewiesen, dass Sebastian sich schon gemeldet hätte, wenn er mit ihr reden wollte, aber so was war einfach nicht meine Art.

Ich gehörte zu den Menschen, die ihre Gedanken lieber für sich behielten, anstatt sie laut auszusprechen.

»Bestimmt hat er einfach viel um die Ohren«, meinte ich schließlich. »Sein Vater wollte, dass er sich da unten ein paar Unis anschaut, außerdem hat er seine Cousins seit Jahren nicht mehr gesehen.«

Draußen drückte jemand energisch auf die Hupe des BMWs. Skylar drehte sich um. Ich beobachtete sie mit hochgezogenen Augenbrauen und betete stumm, dass diejenigen, die im Auto saßen, auch bitte darin sitzen blieben. Ein Moment verging, dann strich Skylar sich ihre glatten, seidigen Haare hinter das Ohr und schaute mich wieder an. »Kann ich dich was fragen?«

»Klar.« Ich konnte schlecht ablehnen, auch wenn ich dabei schon bildlich vor mir sah, wie sich ein schwarzes Loch auftat und mich in seinen Abgrund zog.

Ein schwaches Lächeln erschien auf ihrem Gesicht. »Ist er mit einer anderen zusammen?«

Ich starrte sie an und fragte mich, ob ich da vielleicht etwas nicht mitbekommen hatte, was Sebastian und Skylar betraf.

Von der ersten Sekunde an, seit Skylar in unser ödes Kaff gezogen war, hatte sie sich an Sebastian gehängt. Was man ihr allerdings nicht übel nehmen konnte. Sebastian hatte schon von Geburt an alle um ihn herum verzaubert. Am Ende der Mittelschulzeit kamen die beiden dann zusammen und waren die ganze Highschool über ein Paar, das absolute Dreamteam der Schule. Ich hatte mich bereits damit abgefunden, irgendwann zu ihrer Hochzeit eingeladen zu werden.

Doch dann kam der Frühling …

»*Du* hast dich doch von *ihm* getrennt«, erinnerte ich sie so sanft wie möglich. »Das soll jetzt nicht fies klingen, aber was geht es dich da an, ob er eine neue Freundin hat?«

Skylar schlang ihren dünnen Arm um ihre Taille. »Ich weiß. Aber ich würde es trotzdem gern wissen. Ich will nur … Hast du noch nie einen Riesenfehler gemacht?«

»Jede Menge«, erwiderte ich trocken. Die Liste war zu lang, als dass ich sie an meinen Fingern hätte abzählen können.

»Also dass ich mich von ihm getrennt habe, war ein Fehler von mir. Glaube ich wenigstens.« Sie trat vom Tresen zurück. »Jedenfalls, wenn du ihn siehst, kannst du ihm bitte sagen, dass ich vorbeigekommen bin?«

Das war so ziemlich das Letzte, auf das ich Lust hatte, trotzdem nickte ich. Natürlich würde ich es ihm sagen. So war ich nun mal.

Ich verdrehte innerlich die Augen über mich.

Da lächelte Skylar. Es wirkte aufrichtig und löste in mir jäh den Drang aus, ein besserer Mensch zu werden. »Danke«, sagte sie. »Dann sehen wir uns übernächste Woche wieder in der Schule? Oder auf einer der Partys?«

»Klar.« Ich zwang mich zu einem Lächeln, das sich brüchig anfühlte und vermutlich leicht wahnsinnig aussah.

Skylar winkte mir zum Abschied und ging zur Tür. Als sie nach dem Knauf griff, drehte sie sich noch mal zu mir um. Ein merkwürdiger Ausdruck huschte über ihr Gesicht. »Weiß er das von dir?«

Meine Mundwinkel sackten nach unten. Was gab es an mir, das Sebastian nicht schon wusste? Ich war die Langeweile in Person. Ich las lieber, als mit anderen Menschen zu kommunizieren, und stand total auf den History Channel und Serien wie

Ancient Aliens. Nebenbei spielte ich noch Volleyball, und weil unsere Schulmannschaft so mies war, hatte ich es sogar ins Team geschafft, obwohl ich nicht besonders gut war. Ehrlich, hätte Megan mich nicht im ersten Highschooljahr dazu überredet, hätte ich niemals mit Volleyball angefangen. Es machte Spaß – das schon –, trotzdem war mein Leben insgesamt ungefähr so interessant wie eine Scheibe Toastbrot.

Es gab buchstäblich keine Geheimnisse, die man hätte entdecken können.

Abgesehen vielleicht von meiner panischen Angst vor Eichhörnchen. Die Viecher sahen aus wie Ratten mit buschigen Schwänzen und sie waren *böse*. Aber davon wusste niemand, weil das superpeinlich war. Ich bezweifelte allerdings, dass Skylar darauf anspielte.

»Lena?«

Ihre Stimme riss mich aus meinen Gedanken. Ich blinzelte. »Was ist mit mir?«

Sie schwieg kurz. Dann: »Weiß er, dass du in ihn verliebt bist?«

Meine Augen wurden groß, mein Mund war wie ausgetrocknet. Mein Herz blieb stehen, sämtliche Muskeln in meinem Rücken verkrampften sich, und mein Magen zog sich zusammen. Panik brach wie eine Welle über mich herein. Ich zwang ein heiseres Lachen aus meinem Mund. »Ich … ich bin nicht in ihn verliebt. Er ist wie … wie ein Bruder, den ich nie haben wollte.«

Skylar lächelte schwach. »Ich will mich nicht in etwas einmischen, das mich eigentlich nichts angeht.«

Tust du aber.

»Ich habe nur gesehen, wie du ihn angeschaut hast, als wir

noch zusammen waren.« Ihr Ton war weder scharf noch anklagend. »Aber vielleicht habe ich mich auch geirrt.«

»Sorry, da irrst du dich wirklich«, erklärte ich ihr und klang dabei sogar ziemlich überzeugend, wie ich fand.

Ich hatte *doch* ein Geheimnis, nur war ich davon ausgegangen, dass niemand davon wusste. Eine verborgene Wahrheit, die genauso peinlich war wie meine Angst vor Eichhörnchen, auch wenn sie sich damit nicht wirklich vergleichen ließ.

Ich hatte sie gerade angelogen.

2

UNSER HAUS LAG UNGEFÄHR eine Viertelstunde vom Stadtzentrum entfernt, in fußläufiger Entfernung von der Grundschule, in der ich als Kind meine Tage verträumt hatte. In unserer Straße gab es Häuser in allen Größen, von winzig klein bis riesig groß. Meine Mutter und ich wohnten in einem mittelgroßen Haus, das Mom sich von ihrem Gehalt als Versicherungsvertreterin nicht wirklich leisten konnte. Wir hätten in eine kleinere Wohnung ziehen können, vor allem jetzt, wo Lori zum Studieren weggezogen war und ich ihr bald folgen würde, aber Mom schien nicht bereit zu sein, das Haus und die Erinnerungen und die Träume, die es verkörperte, aufzugeben.

Ein Umzug wäre vermutlich für uns alle besser gewesen, aber wir waren geblieben, und mittlerweile waren die Ereignisse von damals sowieso längst Schnee von gestern.

Ich bog in unsere Einfahrt ein, vorbei an dem gebrauchten Kia, den Mom am Straßenrand abgestellt hatte. Dann schaltete ich den Motor aus und sog den Kokosgeruch des zehn Jahre alten silbernen Lexus, der früher meinem Vater gehört hatte, ein. Mom und Lori hatten ihn beide nicht haben wollen und so war er bei mir gelandet.

Der Wagen war aber nicht das Einzige, was Dad mir hinterlassen hatte.

Ich nahm meine Tasche vom Beifahrersitz, stieg aus und zog leise die Tür hinter mir zu. Grillen zirpten, und irgendwo bellte ein Hund, als ich zu dem großen Haus neben unserem hinübersah. Sämtliche Fenster waren dunkel und die Blätter an den Ästen des mächtigen Ahornbaums im Vorgarten raschelten.

In einem Jahr könnte es nicht mehr passieren, dass ich hier stand und wie ein Loser auf das Nachbarhaus glotzte. Ich würde im College sein, hoffentlich an der University of Virginia, meiner ersten Wahl. Und falls ich dort im Frühzulassungsverfahren keinen Platz bekäme, würde ich im Frühjahr auch andere Colleges mit Bewerbungen bombardieren. Auf jeden Fall wäre ich weg von hier.

Und *das* wäre wirklich das Beste.

Die Stadt verlassen. Dem immer gleichen Trott entfliehen. Endlich den dringend benötigten Abstand zu diesem Nachbarhaus gewinnen.

Ich zwang mich, den Blick von dem Gebäude zu lösen, ging die gepflasterte Auffahrt entlang und schlüpfte ins Haus. Weil Mom schon im Bett war, bemühte ich mich, möglichst leise zu sein, als ich mir etwas zu trinken aus dem Kühlschrank holte und zum Duschen nach oben ging. Jetzt, wo Lori ans College gegangen war, hätte ich auch in ihr Zimmer ziehen können. Es war größer als meins und hatte ein eigenes Bad. Aber mein Zimmer lag so schön abgeschieden vom restlichen Haus und besaß einen wunderschönen Balkon, den ich aus verschiedenen Gründen auf keinen Fall aufgeben wollte.

Gründe, über die ich lieber nicht genauer nachdachte.

In meinem Zimmer stellte ich das Glas auf den Nachttisch

und ließ das Handtuch neben der Tür fallen. Ich zog mein absolutes Lieblings-Schlafshirt aus der Kommode und streifte es über. Dann knipste ich die Nachttischlampe an, die das Zimmer in ein weiches buttergelbes Licht tauchte, nahm die Fernbedienung und schaltete den Fernseher ein. Es lief der History Channel mit stumm gestelltem Ton.

Ich schaute auf die vollgekritzelte Weltkarte, die über meinem Schreibtisch an der Wand hing. Auf ihr waren sämtliche Orte markiert, die ich irgendwann mal besuchen wollte, und die roten und blauen Kreise darauf zauberten wie immer ein Lächeln auf mein Gesicht. Dann nahm ich das Buch mit dem rot-schwarzen Einband von meinem Schreibtisch, der mittlerweile hauptsächlich als Buchablage diente. Die Bücherregale, die Dad bei unserem Einzug neben dem Fernseher und der Kommode an die Wand geschraubt hatte, quollen schon seit Jahren über. Und auch auf jedem freien Fleck in meinem Zimmer stapelten sich Bücher – vor dem Nachttisch, zu beiden Seiten der Kommode und sogar in meinem Kleiderschrank, wo sie mehr Platz beanspruchten als meine Kleider.

Ich hatte Bücher schon immer geliebt und las wahnsinnig viel, vorzugsweise Liebesgeschichten mit einem klassischen Happy End. Lori hänselte mich deswegen immer und behauptete, ich hätte einen kitschigen Buchgeschmack, aber das scherte mich nicht. Ich stand nun mal nicht auf so pseudointellektuelles Zeug wie sie, und manchmal wollte ich einfach … keine Ahnung, dem Leben irgendwie *entfliehen*. Mich kopfüber in eine ganz alltägliche Geschichte stürzen und neue Erkenntnisse gewinnen oder in ein fantastisches, völlig fremdes Universum eintauchen. Eine Fabelwelt mit Feenkriegen oder herumziehenden Vampirclans. Ich wollte etwas Neues erleben, aber dabei immer, *immer!* das Buch nach der letzten Seite mit einem zufriedenen Gefühl zuklappen können.

Weil für mich ein Happy End eben nur in meinen Büchern existierte.

Ich setzte mich aufs Bett und wollte gerade anfangen zu lesen, da klopfte es leise an meine Balkontür. Eine Schrecksekunde lang saß ich da wie erstarrt. Mit klopfendem Herzen sprang ich auf und ließ das Buch auf mein Bett fallen.

Das konnte nur einer sein: Sebastian.

Ich schob den Riegel zurück und öffnete die Tür. Unwillkürlich breitete sich ein strahlendes Lächeln auf meinem Gesicht aus. Auch mein restlicher Körper war nicht zu bremsen, und so warf ich mich, ohne groß nachzudenken, durch die Türöffnung.

Dort prallte ich mit einem größeren und deutlich härteren Körper zusammen. Sebastian brummte, als ich die Arme um seine breiten Schultern schlang und mein Gesicht an seine Brust presste. Glücklich sog ich den vertrauten, frischen Geruch des Waschmittels ein, das seine Mutter schon seit ewigen Zeiten verwendete.

Auch Sebastian schlang ohne jedes Zögern die Arme um mich.

Wie immer.

»Lena.« Seine Stimme klang tief – tiefer, als ich sie in Erinnerung hatte. Dabei war er nur einen Monat weg gewesen. Aber ein Monat konnte sich wie eine Ewigkeit anfühlen, wenn man jemanden sonst fast jeden Tag sah. Wir waren den Sommer über in Kontakt geblieben, hatten uns Nachrichten geschickt und sogar ein paarmal telefoniert, aber das war nicht das Gleiche, wie ihn *hier* zu haben.

Sebastian erwiderte meine Umarmung und hob mich ein

paar Zentimeter vom Boden hoch, bevor er mich wieder absetzte. Er neigte den Kopf zu mir, worauf sich sein Brustkorb fest gegen mich drückte. Eine Hitzewelle schoss bis zu den Zehen durch mich hindurch.

»Du hast mich vermisst, was?«, sagte er und wickelte meine nassen Haare um seine Finger.

Ja. Und wie ich ihn vermisst hatte. Ich hatte ihn viel zu sehr vermisst.

»Nein.« Meine Stimme wurde von seiner Brust gedämpft. »Ich dachte nur, du wärst der sexy Typ, den ich vorhin im Restaurant bedient habe.«

»Ja, klar.« Er lachte leise in mein Haar. »Es gibt keine sexy Typen im Joanna's.«

»Woher willst du das wissen?«

»Es gibt zwei Gründe: Erstens bin ich der einzige heiße Typ, der dort hingeht, und ich war nicht da«, erklärte er.

»Wow. Wie bescheiden, Sebastian.«

»Ich sage nur die Wahrheit.« Sein Tonfall war unbekümmert und fröhlich. »Und zweitens: Wenn du mich mit jemand verwechselt hättest, würdest du längst nicht mehr wie eine Klette an mir kleben.«

Okay, da hatte er recht.

Ich trat zurück und ließ die Arme sinken. »Ach, halt die Klappe.«

Wieder lachte er leise. Ich liebte dieses Lachen. Es war ansteckend, selbst wenn man schlechte Laune hatte. Man musste einfach mitlachen.

»Ich dachte, du kommst erst am Samstag zurück«, sagte ich und trat in mein Zimmer.

Sebastian folgte mir. »Dad hat entschieden, dass ich bei dem

Trainingsspiel morgen Abend dabei sein soll, obwohl ich nicht mal aufgestellt bin. Aber er hatte alles schon mit dem Coach vereinbart. Du kennst ja Dad.«

Sein Vater war einer dieser typischen Football-besessenen Väter, die ihre Söhne unaufhörlich anpeitschten, wenn es um den Sport ging. Deshalb war ich auch richtig perplex gewesen, als Sebastian verkündet hatte, sie würden während der Trainingszeit verreisen. Aber wie ich seinen Vater kannte, hatte er Sebastian bestimmt jeden Morgen noch vor Sonnenaufgang zu Ausdauerläufen und Fangübungen aus dem Bett gezerrt.

»Schläft deine Mutter schon?«, fragte er, während ich die Balkontür schloss.

»Ja …« Ich drehte mich um und konnte ihn nun im Licht des Zimmers richtig sehen. Es war mir etwas peinlich, es zuzugeben – und ich würde es auch nie tun! –, aber sein Anblick brachte mich völlig aus dem Konzept.

Sebastian war … er war einfach *bildschön*, und das, ohne es auch nur im Geringsten darauf anzulegen. Was man nicht über viele Jungs sagen konnte – und auch nicht über viele Mädchen.

Seine Haare hatten eine Farbe irgendwo zwischen Braun und Schwarz, sie waren kurz an den Seiten und oben etwas länger, sodass ihm immer eine leicht zerzauste Strähne in die Stirn fiel. Außerdem hatte er verboten lange Wimpern und Augen so tiefblau wie Jeans. Sein Gesicht war kantig, mit hohen Wangenknochen, einer schmalen Nase und einem markanten Kinn. Eine Narbe zog sich durch seine Oberlippe, direkt neben dem wohlgeformten Amorbogen. Sie stammte von einem Footballtraining im zweiten Highschool-Jahr, als er nach einem Treffer den Helm verloren hatte. Sein Schulterpolster war gegen seinen Mund geknallt und hatte die Lippe aufgerissen.

Aber das machte sein Gesicht *noch* interessanter.

Während er sich in meinem Zimmer umsah, konnte ich den Blick nicht von seinen Basketballshorts und dem schlichten weißen T-Shirt abwenden. Vor ein paar Jahren in der Mittelschule war er noch schlaksig und groß gewesen und hatte nur aus Armen und Beinen bestanden, aber mittlerweile hatte er überall Muskeln bekommen und einen wohlgeformten Körper entwickelt, der jeder griechischen Statue Konkurrenz gemacht hätte. Vermutlich aufgrund des jahrelangen Footballtrainings.

Sebastian war eben nicht mehr einfach nur der *süße* Typ von nebenan für mich.

Wenn er mich besuchte, nahm er schon seit Jahren den Weg über den Balkon, weil es einfach bequemer war, als durch die Haustür zu kommen. Er brauchte nur sein Haus durch die Hintertür verlassen, durch ein Gatter in unseren Garten kommen und die Treppe zu meinem Balkon hochklettern.

Unsere Eltern wussten davon, aber weil wir quasi zusammen aufgewachsen waren, waren wir in ihren Augen – genau wie für Sebastian auch – wie Geschwister.

Außerdem hatten sie mit Sicherheit keine Ahnung davon, dass die Besuche auch spätabends stattfanden. Das hatte erst angefangen, als wir beide dreizehn waren, und zwar in der Nacht, nachdem mein Vater uns verlassen hatte.

Ich lehnte mich gegen die Tür und biss mir auf die Innenseite meiner Wange.

Sebastian Harwell gehörte zu den beliebtesten Jungs unserer Schule, was bei seinem guten Aussehen nicht weiter überraschend war. Außerdem war er begabt. Lustig. Klug. Nett. An ihn kam einfach keiner heran.

Und er war einer meiner besten Freunde.

Aus Gründen, über die ich nicht genauer nachdenken wollte, kam mir mein Zimmer immer viel kleiner vor, wenn er da war. Das Bett zu schmal, die Luft zu stickig.

»Was schaust du dir an?«, fragte er leise und sah zum Fernseher.

Ich musterte den Bildschirm. Ein Typ mit buschigen, zerzausten Haaren gestikulierte wild mit den Händen. »Ähm … eine Wiederholung von *Ancient Aliens.*«

»Aha. Na ja, wenigstens nicht so morbide wie diese Gerichtsmedizin-Serie, die du sonst immer guckst. Manchmal mache ich mir echt Sorgen …« Seine Stimme erstarb und er musterte mich mit schief gelegtem Kopf. »Ist das nicht … *mein* Shirt?«

Oh. *Oh nein!*

Meine Augen wurden groß vor Schreck, als mir einfiel, was ich da anhatte: ein altes Trainingsshirt von ihm aus seinem Freshman-Jahr. Aus irgendeinem Grund hatte er es vor ein paar Jahren hier bei mir liegen gelassen und ich hatte es behalten.

Wie eine Stalkerin.

Erst wurde mein Gesicht knallrot, dann breitete sich die Röte über meinen ganzen Körper aus. Von dem übrigens nicht gerade wenig zu sehen war. Der weite Halsausschnitt des Shirts war mir über die Schulter gerutscht und ich trug keinen BH. Ich bekämpfte den Drang, den Saum zurechtzuzupfen.

Stattdessen befahl ich mir, cool zu bleiben. Schließlich hatte er mich schon oft genug in einem Badeanzug gesehen. Das war auch nicht viel anders.

Nur – irgendwie schon.

»Das *ist* mein Shirt.« Seine Augen waren hinter dichten Wimpern verborgen, als er sich auf mein Bett setzte. »Hab mich schon gewundert, wo das abgeblieben ist.«

Ich wusste nicht, was ich sagen sollte. Wie gelähmt klebte ich auf einmal an der Tür. Fand er es merkwürdig, dass ich sein Shirt zum Schlafen trug? Weil – ein bisschen seltsam war es schon, das ließ sich nicht leugnen.

Er warf sich aufs Bett und fuhr gleich wieder hoch. »Au. Was ist das denn?« Er rieb sich den Rücken und drehte sich um. »Du meine Güte.« Er hob mein Buch auf. »Liest du das?«

Ich blinzelte. »Ja. Wieso?«

»Das könnte auch gut als Waffe durchgehen. Wenn du mir damit den Schädel einschlägst, könntest du in einer dieser Serien über Kriminaltechniker landen, die du so toll findest.«

Ich verdrehte die Augen. »Übertreibst du da nicht ein bisschen?«

»Egal.« Er warf das Buch auf die andere Betthälfte. »Wolltest du schon ins Bett?«

»Eigentlich wollte ich das Buch lesen.« Ich zwang mich, von der Tür wegzutreten, und ging langsam zum Bett, auf dem er sich mittlerweile ausgestreckt hatte, gemütlich auf der Seite liegend, die Wange auf die Faust gestützt, als würde es ihm gehören. »Aber ein gewisser Jemand hält mich gerade davon ab.«

Seine Mundwinkel schoben sich nach oben. »Soll ich gehen?«

»Nein!«

»Hab ich mir doch gedacht.« Er klopfte auf den freien Platz neben sich. »Komm her und unterhalt dich mit mir. Erzähl mir, was ich alles verpasst habe.«

Ich befahl mir, mich nicht wie eine Vollidiotin aufzuführen, und hockte mich zu ihm aufs Bett, was wegen meines Shirts nicht gerade einfach war. Auf keinen Fall wollte ich ihm mit meinem halb nackten Körper zu nahe kommen. Oder vielleicht doch? Vermutlich hatte er sowieso kein Interesse daran.

»Nicht viel«, sagte ich und schaute zu meiner Zimmertür. Zum Glück hatte ich sie vorhin zugemacht. »Es gab ein paar Partys bei Keith …«

»Und du bist ohne mich hin?« Theatralisch drückte er die Hand auf sein Herz. »Oh. Das schmerzt!«

Ich grinste und schlug die Beine übereinander. »Ich war mit den Mädels dort. Na und?«

Sein Grinsen wurde noch eine Spur breiter. »Hat er auch mal unten am See gefeiert?«

Ich schüttelte den Kopf, zupfte an meinem T-Shirt-Saum und wackelte mit den Zehen. »Nein. Nur bei sich zu Hause.«

»Cool.« Ein Blick zu ihm verriet mir, dass er die Augen gesenkt hatte. Seine freie Hand lag zwischen uns auf dem Bett, seine Finger waren lang und dünn und die Haut leicht gebräunt von der Sonne. »Hast du sonst was gemacht? Triffst du dich mit irgendwem?«

Meine Zehen erstarrten und mein Kopf fuhr zu ihm herum. Was für eine seltsame Frage. »Nicht wirklich.«

Er sah mich mit hochgezogenen Augenbrauen an.

Hastig wechselte ich das Thema. »Übrigens, rate mal, wer heute Abend im Joanna's vorbeigekommen ist und nach dir gefragt hat?«

»Wer würde nicht vorbeikommen und nach mir fragen?«

Statt einer Antwort sah ich ihn mit leerer Miene an.

Er grinste. »Wer denn?«

»Skylar. Anscheinend hat sie dir geschrieben und du hast ihre Nachrichten ignoriert.«

»Ich habe sie nicht ignoriert, ich habe nur nicht geantwortet.« Er schob seine Haarsträhne aus der Stirn.

»Ist das nicht das Gleiche?«

»Was wollte sie denn?«, fragte er, anstatt zu antworten.

»Mit dir reden.« Ich lehnte mich an das Kopfende und legte das Kissen auf meinen Schoß. »Sie sagte ... Sie hat mich gebeten, dir zu sagen, dass sie nach dir gefragt hat.«

»Okay, was du hiermit auch getan hast.« Er hielt inne und sein Grinsen wurde noch breiter. »Ausnahmsweise.«

Ich beschloss, diese Bemerkung zu ignorieren. »Sie hat auch gesagt, dass es ein Fehler war, mit dir Schluss zu machen.«

Sein Grinsen verblasste. »Das hat sie gesagt?«

Mein Herz fing an zu klopfen. Er klang überrascht. War das eine schöne Überraschung für ihn oder eine schlechte? Hing er vielleicht immer noch an ihr? »Ja.«

Einen Moment lang rührte sich Sebastian nicht, dann schüttelte er den Kopf. »Egal.« Mit einer blitzschnellen Bewegung riss er mir das Kissen weg und schob es sich unter den Kopf.

»Bitte, nimm ruhig«, murmelte ich und zog mein Shirt zurecht.

»Schon passiert.« Er lächelte zu mir hinauf. »Übrigens hast du eine neue Sommersprosse bekommen.«

»Was?« Ich drehte den Kopf zu ihm. Schon seit ich denken konnte, sah mein Gesicht so aus, als wäre es mit einer Sommersprossen-Kanone beschossen worden. »Du kannst doch unmöglich erkennen, ob ich eine neue habe.«

»Klar kann ich das. Beug dich mal vor. Ich kann sie dir sogar zeigen.«

Ich zögerte.

»Komm schon.« Er winkte lockend mit dem Finger.

Ich atmete flach ein und beugte mich zu ihm. Meine Haare rutschten über meine Schulter, während er die Hand hob.

Das Grinsen war zurück und umspielte seine Lippen. »Direkt

hier …« Er drückte seine Fingerspitze mitten auf mein Kinn. Ich holte scharf Luft. Seine Wimpern senkten sich. »Die hier ist neu.«

Einen Moment lang konnte ich mich nicht rühren. Ich saß einfach stocksteif da, den Oberkörper leicht zu ihm geneigt, und spürte seine Fingerspitze an meiner Haut. Die Berührung war so zart, dass diese Reaktion eigentlich total absurd war. Trotzdem konnte ich sie in jeder Faser meines Körpers spüren.

Er senkte die Hand und legte sie wieder zwischen uns.

Ich atmete zitternd aus. »Du bist … du bist so doof!«

»Aber du liebst mich trotzdem«, sagte er.

Ja!

Wahnsinnig und aus tiefstem Herzen und bis ans Ende aller Tage. Ich hätte noch tausendmal mehr Beschreibungen dafür finden können. Ich war schon in Sebastian verliebt, seit … ach Gott, seit er sieben war und mir die schwarze Schlange, die er in seinem Garten gefunden hatte, geschenkt hatte. Keine Ahnung, wie er darauf kam, ich könnte sie haben wollen, aber er trug sie zu mir und ließ sie vor mir fallen wie eine Katze, die ihrem Besitzer einen toten Vogel bringt.

Ein verdammt merkwürdiges Geschenk – die Art von Geschenk, die ein Junge einem anderen Jungen machen würde – und damit eigentlich eine perfekte Beschreibung unserer Beziehung. Ich liebte ihn, ein schmerzhaftes, schamvolles Begehren, während er mich immer nur wie einen seiner Kumpels behandelte. So war es von Anfang an gewesen und so würde es vermutlich bis in alle Ewigkeit bleiben.

»Ich kann dich nicht ausstehen«, widersprach ich.

Er rollte sich auf den Rücken, streckte die Arme aus und schlug lachend die Hände zusammen. Sein T-Shirt rutschte nach oben und enthüllte einen flachen Bauch und zwei Muskelstränge an seinen Hüften. Keine Ahnung, woher er die hatte.

»Du lügst dir doch was vor«, sagte er. »Aber vielleicht glaubst du das ja eines Tages wirklich.«

Er konnte nicht wissen, wie nahe er der Wahrheit damit kam.

Wenn es um Sebastian und meine Gefühle für ihn ging, war mein ganzes Leben eine Lüge.

Lügen war übrigens die andere Sache, die mein Vater mir vererbt hatte.

Darin war er *richtig* gut gewesen.

3

FRÜHSPORT WAR ECHT nicht mein Ding. Ich stand hinter Megan und hoffte inständig, ich würde mit der Wand verschmelzen und übersehen werden und so vielleicht noch die Chance auf ein kleines Nickerchen haben. Sebastian war bis drei Uhr morgens bei mir geblieben und ich war viel zu müde für jede Form von körperlicher Aktivität.

Coach Rogers, auch als Sergeant Rogers oder General Drecksack bekannt, verschränkte die Arme und zog wie üblich eine finstere Miene. Ich hatte ihn noch nie lächeln gesehen. Nicht mal, als wir es letztes Jahr in die Play-offs geschafft hatten.

Weil er außerdem als Ausbilder für das Reserveoffizierkorps tätig war, führte er sich die meiste Zeit auf wie auf einem Kasernenhof. Das war heute nicht anders.

»Auf die Tribüne«, befahl er. »Zehn Sets.«

Seufzend zog ich meinen Pferdeschwanz fest, während Megan fröhlich vor mir auf und ab hüpfte. »Wer Letzte wird, muss nach dem Training einen Smoothie ausgeben.«

Ich verzog den Mund. »Das ist unfair. Du bist auf jeden Fall schneller als ich.«

»Ich weiß.« Kichernd stürmte sie zu den Tribünenreihen.

Seufzend zog ich meine schwarzen Trainingsshorts hoch und

bereitete mich seelisch auf einen Herzinfarkt vor. Bestimmt würde ich noch vor der fünften Runde vor Anstrengung tot umkippen.

Die Mannschaft erreichte die Metallsitze und sprintete unter dröhnendem Getrampel durch die Reihen nach oben. Dort angekommen schlug ich wie verlangt mit der flachen Hand gegen die Wand. Wer das vergaß, konnte die Runde gleich wiederholen. Auf dem Rückweg heftete ich meinen Blick auf die Reihen vor mir, während meine Knie und Arme angestrengt arbeiteten. Nach der fünften Runde brannten meine Beinmuskeln und meine Lunge wie Feuer.

Ich lag im Sterben. Nur dass ich – leider! – nicht lag, sondern so was von herumgehetzt wurde.

Eine Runde nach der anderen. Ohne Erbarmen.

Hinterher gesellte ich mich mit puddingweichen Knien zu Megan auf das Spielfeld. »Ich hätte gern einen Erdbeer-Banane-Smoothie«, sagte sie mit gerötetem Gesicht. »Und vielen Dank auch.«

»Klappe«, keuchte ich und warf einen Blick zur Tribüne hinüber. Wenigstens war ich nicht Letzte geworden. Ich drehte mich zu ihr. »Ich hol mir lieber was bei McDonald's.«

Megan schnaubte nur. »War ja klar.«

»Da ist immerhin Ei drin«, erklärte ich. Vermutlich hätte ich deutlich muskulösere Beine und einen flacheren Bauch, wenn ich mir nach dem Training einen gesunden Smoothie reinziehen würde anstatt eines bösen McMuffin mit Röstis.

Sie rümpfte die Nase. »So was zählt doch nicht als Ei.«

»Lästere nicht über McDonald's. Das ist ein Sakrileg!«

»Du weißt doch nicht mal, was das Wort bedeutet«, gab sie zurück.

»Und du weißt nicht, wann du besser die Klappe halten solltest!«

Lachend warf Megan ihre blonde Haarmähne zurück. Manchmal fragte ich mich, wie es dazu kommen konnte, dass wir so gut befreundet waren. Wir waren komplett gegensätzliche Typen. Sie las – wenn überhaupt – nur die Flirttipps in der *Cosmopolitan* oder die Horoskope in den Zeitschriften ihrer Mutter. Ich dagegen verschlang jedes Buch, das ich in die Finger bekam. Ich würde mich um ein Studiendarlehen bemühen müssen, sie bekam ihr Studium von ihren Eltern bezahlt. Megan ging nur dann zu McDonald's, wenn sie betrunken war, was fast nie vorkam. Ich aß so oft dort, dass ich die Frau, die morgens am Drive-in-Schalter saß, mit Vornamen kannte.

Sie hieß Linda.

Megan war viel kontaktfreudiger als ich und immer bereit, Neues auszuprobieren, während ich erst sämtliche Vor- und Nachteile gründlich abwog, bevor ich handelte. Und so ziemlich in allem mehr Nachteile als Vorteile sah. Megan wirkte deutlich jünger als siebzehn und führte sich die meiste Zeit wie ein hyperaktives Kätzchen auf, das an den Vorhängen hochklettert. Außerdem war sie furchtbar kindisch. Aber was wie komplette Planlosigkeit aussah, war alles nur Oberfläche. In Wirklichkeit war sie ein Mathe-Genie, ohne groß dafür lernen zu müssen. Von außen wirkte es häufig so, als würde sie nichts ernst nehmen, aber in Wahrheit war sie ebenso klug wie temperamentvoll.

Wir hatten geplant – oder besser: wir hofften –, zusammen an die University of Virginia zu kommen und uns dort ein Wohnheimzimmer zu teilen. Ansonsten gaben wir uns alle Mühe, Dary das Leben möglichst schwer zu machen und ihr nach allen Regeln der Kunst auf den Wecker zu gehen.

Ich beschloss, zwei Portionen Rösti zu bestellen und sie direkt vor Megans Augen zu verdrücken, und drängelte mich auf dem Weg zu unserer Mannschaftskapitänin, die bereits auf uns wartete, vor sie.

Das Training war mörderisch.

Weil Vorsaison war und Freitag noch dazu, stand nur Krafttraining auf dem Programm. Ausfallschritte. Kniebeugen. Sprints. Sprünge. Nie fühlte ich mich beim Training so außer Form wie bei solchen Übungen. Am Ende konnte ich nur noch durch die Halle kriechen und schwitzte an Stellen, an die ich nicht mal denken wollte.

»Die Seniors bleiben bitte noch kurz da«, rief Coach Rogers. »Alle anderen können gehen.«

Wir hievten uns hoch. Megan sah mich fragend an. Mein Bauch schmerzte von den Sit-ups und am liebsten hätte ich mich vornübergebeugt und geheult wie ein Baby.

»Bis zu unserem ersten Spiel haben wir noch ein paar Wochen Zeit, genau wie zu den ersten Turnieren, aber ich möchte mich trotzdem vergewissern, dass ihr kapiert, wie wichtig diese Saison für euch ist.« Der Coach zog sich den Schild seiner Baseballkappe tiefer in die Stirn. »Das ist nicht nur euer letztes Jahr in der Mannschaft, es ist auch die Zeit, in der die Scouts zu den Turnieren kommen. Eine Menge Colleges hier in Virginia und in den umliegenden Bundesstaaten suchen nach Nachwuchsspielerinnen.«

Ich presste die Lippen zusammen und verschränkte locker die Arme. Ein Volleyball-Stipendium wäre eine feine Sache, und ich hatte auch vor, mich um eines zu bemühen, aber es gab weitaus bessere Mädchen im Team, zum Beispiel Megan.

Die Wahrscheinlichkeit, dass wir beide einen Platz in der

Mannschaft der UVA bekommen würden, war mehr als gering.

»Ich kann nicht genug betonen, wie entscheidend eure Leistung in dieser Saison sein wird«, schwadronierte der Coach weiter. Dabei blieb sein dunkler Blick so vielsagend an mir hängen, dass ich fürchtete, er könnte meine lausigen Sprints bemerkt haben. »Es wird keinen zweiten Versuch geben. Ihr habt nur diese eine Chance, um bei den Scouts einen guten Eindruck zu hinterlassen. Nächstes Jahr ist es zu spät.«

Megan sah mich mit hochgezogenen Augenbrauen an. Das klang doch ein bisschen sehr dramatisch.

Der Coach schwafelte noch Ewigkeiten weiter über kluge Lebensentscheidungen und ähnlichen Quark, dann war er endlich fertig. Unsere Gruppe durfte gehen, und wir trotteten zu den restlichen dunkelrot-weißen Trainingstaschen, die an der Hallenwand lagen.

Megan stieß mich mit der Schulter an, als sie nach der Wasserflasche auf ihrer Tasche griff. »Du warst heute echt mies.«

»Danke«, erwiderte ich und wischte mir den Schweiß von der Stirn. »Es tut so gut, das zu hören.«

Sie grinste hinter der Flaschenöffnung hervor, doch bevor sie etwas erwidern konnte, brüllte der Coach meinen Nachnamen.

Ich unterdrückte ein Stöhnen, machte kehrt und trabte zurück zu dem Netz, vor dem wir immer unsere Sprungübungen machten. Wenn der Coach einen beim Nachnamen rief, war das ungefähr so, wie wenn man von der eigenen Mutter mit sämtlichen Vornamen angesprochen wurde.

Coach Rogers' ordentlich gestutzter Bart hatte einige weiße Strähnen, aber der Typ war fit und erschreckend gut in Form. Er rannte die Tribünenrunde in der halben Zeit, die Megan brauchte. Jetzt sah er mich so an, als würde er mich am liebsten noch einen Durchgang absolvieren lassen. Da könnte er mir auch gleich einen Grabstein bestellen.

»Ich habe dich heute beobachtet«, verkündete er.

Hilfe.

»Hat nicht so ausgesehen, als wärst du mit dem Kopf bei der Sache.« Er verschränkte die Arme, und ich wusste, dass ich mich auf eine Standpauke gefasst machen konnte. »Arbeitest du immer noch im Joanna's?«

Ich erstarrte. Dieses Gespräch hatten wir schon häufiger geführt. »Ich hatte gestern Abend die letzte Schicht.«

»Nun, das erklärt einiges. Du weißt doch, was ich davon halte, wenn du am Abend vor einem Training arbeitest«, sagte er.

Ja, das wusste ich. Coach Rogers war der Ansicht, dass jemand, der ernsthaft Sport trieb, möglichst nicht arbeiten sollte, weil einen das ablenkte. »Es ist nur für den Sommer.« Das war eine Lüge. Ich hatte fest vor, auch während des Schuljahrs weiter am Wochenende dort zu arbeiten. In meiner McDonald's-Kasse musste es klimpern, aber das brauchte er ja nicht zu wissen. »Tut mir leid wegen dem Training heute. Ich bin ein bisschen müde …«

»Verdammt müde, so wie du aussiehst«, unterbrach er mich seufzend. »Du hast dich ja durch jede Übung zwingen müssen.«

Leider würde er mir diese Anstrengung wohl kaum positiv anrechnen.

Er hob den Kopf und starrte an seiner Nase vorbei auf mich hinab. Der Coach war ein echtes Scheusal im Training und bei den Spielen, aber sonst konnte ich ihn gut leiden. Er kümmerte sich um seine Spielerinnen. Sehr sogar. Letztes Jahr hatte er eine Spendensammlung für eine Schülerin organisiert, deren Familie bei einem Brand ihren gesamten Besitz verloren hatte. Und er mochte Tiere und trug meistens ein T-Shirt mit dem Logo einer Tierschutzorganisation. In diesem Moment konnte ich ihn jedoch nicht ausstehen.

»Hör zu«, fuhr er fort. »Ich weiß, es geht bei euch zu Hause etwas klamm zu, seit dein Vater … na ja, wegen dieser Sache eben.«

Ich presste so fest die Zähne zusammen, dass mir der Kiefer schmerzte, und bemühte mich, möglichst gleichgültig zu schauen. Alle wussten über meinen Vater Bescheid. Das Leben in einer Kleinstadt konnte manchmal ganz schön nervig sein.

»Du und deine Mutter, ihr könnt das Geld gut gebrauchen – das verstehe ich ja –, aber du solltest auch deine Gesamtsituation nicht aus dem Blick verlieren. Wenn du das Training ernst nimmst und etwas mehr Zeit und Energie darauf verwendest, könntest du dein Spiel dieses Jahr deutlich verbessern. Vielleicht fällst du dann ja einem Scout auf«, erklärte er, »und bekommst ein Stipendium angeboten. Dann bräuchtest du keinen so hohen Studienkredit aufzunehmen. Darauf solltest du dich konzentrieren – auf deine Zukunft.«

Obwohl er es nur gut meinte, hätte ich ihm am liebsten ins Gesicht geschleudert, dass meine Mutter und ich und meine Zukunft ihn überhaupt nichts angingen. Aber das tat ich natürlich nicht. Stattdessen trat ich von einem Fuß auf den anderen und stellte mir in Gedanken eine Riesenportion Rösti vor, schön kross und fettig.

Oh Gott, ich würde sie in Ketchup *ertränken*.

»Du hast Talent.«

Ich blinzelte. »Wirklich?«

Sein Gesichtsausdruck wurde weich und er legte mir seine

schwere Hand auf die Schulter. »Ich glaube, du hättest gute Chancen auf ein Stipendium.« Er drückte sie sanft. »Denk einfach immer auch an morgen. Gib dir Mühe, dann schaffst du das schon. Verstanden?«

»Ja.« Ich sah zu Megan, die immer noch auf mich wartete. »Ein Stipendium würde … es wäre wirklich eine große Hilfe.«

Eine verdammt große sogar.

Und es wäre schön, sich nach dem Uniabschluss nicht zehn Jahre damit abrackern zu müssen, die finanziellen Daumenschrauben eines Studiendarlehens wieder loszuwerden. Davor hatten mich genügend Leute gewarnt.

»Dann sorg dafür, dass es auch so kommt, Lena.« Der Coach ließ seine Pranke fallen. »Das Einzige, was dir dabei im Weg steht, bist du selbst.«

»Mir doch egal, was du sagst. Chloe war trotzdem die bessere Tänzerin«, keifte Megan, die auf meinem Bett hockte. Ich fürchtete schon, ihre Haare würden sich jeden Moment in Schlangen verwandeln und sie würde jedem, der ihr zu widersprechen wagte, die Augen auskratzen.

Okay, vielleicht hatte ich in letzter Zeit doch zu viele Fantasyromane gelesen.

»Und wenn du mir nicht zustimmst, kündige ich dir die Freundschaft!«, fügte sie mit Nachdruck hinzu.

»Dir geht es doch gar nicht darum, wer die bessere Tänzerin ist. Du bist ja nur für Chloe, weil du denkst, dass Blondinen zusammenhalten sollten.« Abbi mit ihrem zerzausten, dunklen Lockenkopf lag bäuchlings auf dem Bett. »Ich bin ehrlich gesagt eher für Team Nia.«

Megan warf frustriert die Hände in die Höhe. »Ach, denk doch, was du willst.«

Das Handy auf meinem Schreibtisch klingelte. Als ich sah, wer dran war, leitete ich den Anruf, ohne groß nachzudenken, an die Mailbox weiter.

Heute nicht, Satan.

»Ihr müsst endlich mal aufhören, euch ständig Wiederholungen von *Dance Moms* reinzuziehen.« Ich drehte mich zu meinem Schrank und suchte weiter nach einer kurzen Hose für meine Schicht im Joanna's. Ich musste ein Gähnen unterdrücken und sehnte mich nach einem kurzen Nickerchen, aber Megan war nach dem Training direkt mit zu mir gekommen, und in einer Stunde musste ich sowieso wieder zur Arbeit.

»Du siehst aus wie durchgekaut und ausgespuckt«, bemerkte Abbi, und es dauerte einen Moment, bis mir klar wurde, dass sie mich meinte. »Hast du letzte Nacht nicht geschlafen?«

»Vielen Dank für das Kompliment«, beschwerte ich mich. »Sebastian ist gestern Abend zurückgekommen und hat noch bei mir vorbeigeschaut. Wir haben eine Weile gequatscht.«

»Ooh, Sebastian«, gurrte Megan und klatschte in die Hände. »Hat er dich die ganze Nacht wach gehalten? Falls ja, bin ich stinksauer, weil du uns das nicht gleich erzählt hast. Außerdem will ich alle Einzelheiten wissen. Sämtliche schmutzigen, schlüpfrigen Details!«

Abbi schnaubte. »Ach, da gibt es doch keine schmutzigen, schlüpfrigen Details!«

»Sollte ich jetzt beleidigt sein?«, meinte ich.

»Ich kann mir einfach nicht vorstellen, dass zwischen euch irgendwas läuft«, erwiderte Abbi mit einem Schulterzucken.

»Es ist mir ein Rätsel, wie du so viel Zeit mit ihm verbringen kannst, ohne dich wie ein läufiges Pumaweibchen auf ihn zu stürzen«, sagte Megan nachdenklich. »Ich würde mich da nicht so beherrschen können.«

Ich lehnte den Kopf zurück. »Wow.« Meine Freundinnen waren mal wieder echt krass. Vor allem Megan. »Ich dachte, du bist wieder mit Phillip zusammen?«

»Vielleicht. Vielleicht auch nicht. Keine Ahnung. Wir reden zumindest wieder miteinander.« Megan kicherte. »Aber selbst wenn, heißt das nicht, dass ich dieses Prachtexemplar von einem Jungen, das zufällig neben dir wohnt, nicht zu schätzen wüsste.«

»Tu dir keinen Zwang an«, murmelte ich.

»Ist euch schon mal aufgefallen, dass sich hübsche Menschen immer irgendwie zusammenrotten? Zum Beispiel Sebastians Freunde – Keith, Cody, Phillip. Die sehen alle gut aus. Das Gleiche gilt für Skylar und ihre Freundinnen. Wie Vögel, die im Winter in den Süden fliegen«, fuhr Megan fort.

Abbi murmelte leise: »Was laberst du für einen Müll?«

»Jedenfalls werde ich mich für meine ganz und gar unfreundschaftlichen Gedanken Sebastian gegenüber nicht schämen. Alle stehen auf ihn«, verteidigte sich Megan. »Ich stehe auf ihn. Abbi steht auf ihn –«

»Was?«, rief Abbi. »Niemals!«

»Oh, tut mir leid. Stimmt. Du bist ja scharf auf Keith. Hab mich vertan.«

Ich drehte mich zur Seite, um Abbis Reaktion auf diese Bemerkung zu sehen, und wurde nicht enttäuscht.

Sie stemmte sich auf die Ellbogen hoch und starrte Megan wütend an. Wenn Blicke töten könnten, wäre Megans gesamte Familie in diesem Moment tot umgekippt.

»Pass bloß auf, du Fliegengewicht. Ich wieg mindestens zehn

Kilo mehr als du und kann dich wie einen Schokoriegel in der Mitte durchbrechen.«

Grinsend wandte ich mich wieder meinem Schrank zu und durchwühlte die Bücher und Jeans im untersten Fach. »Keith ist echt süß, Abbi.«

»Ja, das ist er; außerdem vögelt er alles, was nicht bei drei auf den Bäumen ist«, bemerkte sie.

»Mich nicht«, meinte Megan.

»Mich auch nicht.« Endlich hatte ich meine abgeschnittenen Jeansshorts gefunden und richtete mich auf. »Keith versucht schon, bei dir zu landen, seit du Brüste hast.«

»Seit der fünften Klasse also.« Megan lachte und Abbi warf ihr mein armes Kissen an den Kopf. »Wieso? Das ist die Wahrheit.«

Abbi schüttelte den Kopf. »Ihr seid doch alle komplett verrückt. Keith steht nur auf Mädchen mit heller lilienweißer Haut wie eure Hintern.«

Ich schnaubte nur und ließ mich auf meinen Schreibtischstuhl fallen, woraufhin die Rücklehne gegen die Tischplatte krachte und sämtliche Bücherstapel wackelten. »Ich bin mir ziemlich sicher, dass Keith auf Mädchen aller Hautfarben, Kleidergrößen und was weiß ich was abfährt.« Ich bückte mich und hob die Stifte und Leuchtmarker auf, die vom Tisch gerollt waren.

Abbi prustete verächtlich. »Mir doch egal. Und ich will jetzt nicht mehr über mein nicht existierendes Interesse an Keith reden.«

Ich drehte mich zu ihr. »Gestern ist übrigens Skylar im Joanna's vorbeigekommen und hat mich gefragt, ob Sebastian wüsste, dass ich ihn verliebt wäre.« Ich bemühte mich, möglichst ungezwungen zu lachen. »Ganz schön crazy, was?«

Megans Augen wurden groß wie Planeten. Und nicht wie der Pluto … eher wie der Jupiter. »Was?«

Nun merkte auch Abbi auf. »Einzelheiten, Lena.«

Ich berichtete ihnen, was Skylar am vergangenen Abend gesagt hatte. »Ganz schön merkwürdig, finde ich.«

»Na ja, offenbar will sie wieder mit ihm zusammenkommen.« Abbi blinzelte nachdenklich. »Aber warum fragt sie dich das? Selbst wenn es stimmt – wieso solltest du das ausgerechnet seiner Ex-Freundin gegenüber zugeben?«

»Eben. Das hab ich auch gedacht.« Ich stieß mich mit den Zehen ab und drehte mich langsam auf dem Stuhl im Kreis. »Klar, ich hatte schon viel mit ihr zu tun, weil sie ja mit Sebastian zusammen war, aber wir sind keine Freundinnen. Ich würde ihr niemals ein Geheimnis anvertrauen.«

Abbi legte den Kopf schief. Sie sah aus, als wollte sie etwas sagen, schwieg dann aber.

»Oh! Das hätte ich fast vergessen«, rief Megan, die schon beim nächsten Thema war. Ihr herzförmiges Gesicht lief rosa an. »Cody und Jessica sind angeblich wieder zusammen.«

»Wundert mich nicht.« Cody Reece war der umjubelte Quarterback der Mannschaft, während Sebastian der umjubelte Runningback war. Eine Freundschaft wie aus dem Footballhimmel sozusagen. Und Jessica war, na ja … nicht gerade die netteste Person auf der Erde.

»Hat Cody nicht versucht, dich auf Keith' Party im Juli rumzukriegen?«, fragte Abbi und legte sich auf den Rücken.

Ich warf ihr einen vernichtenden Blick zu, tödlicher als der Laserstrahl des Todessterns. »Das hatte ich längst vergessen. Vielen Dank, dass du mich wieder daran erinnert hast.«

»Gern geschehen«, witzelte sie.

»Ich kann mich noch gut an die Party erinnern. Cody war total betrunken.« Megan drehte ihre Haare zu einem Strang, eine Lieblingsbeschäftigung von ihr schon seit Kindheitstagen. »Er erinnert sich vermutlich nicht mal mehr daran, dass er dich angemacht hat, aber bete lieber, dass Jessica das nicht erfährt. Dieses Mädchen ist so unfassbar eifersüchtig. Sie wird dir sonst das letzte Schuljahr zur Hölle machen.«

Um Jessica machte ich mir keine Sorgen. Wie könnte sie ernsthaft sauer sein, nur weil Cody mal auf einer Party mit mir geflirtet hatte, zu einer Zeit, als sie gar nicht zusammen gewesen waren? Das wäre doch total bescheuert.

Megan sprang fluchend auf. »Mist. Ich hätte mich schon vor zehn Minuten mit meiner Mutter treffen sollen. Sie will mit mir Klamotten für das neue Schuljahr kaufen gehen, sprich, sie wird versuchen, mich wie eine Fünfjährige einzukleiden.« Sie griff nach ihrer Tasche und ihrem Sportzeug. »Übrigens ist heute Freitag. Glaub ja nicht, dass ich meine wöchentliche Gardinenpredigt vergessen hätte.«

Ich seufzte tief. Ging das schon wieder los …

»Es wird höchste Zeit, dass du dir wieder einen Freund zulegst. Und inzwischen ist es wirklich total egal, wen du dir aussuchst. Hauptsache, es ist ein echter Mensch und keine Fantasiegestalt aus deinen Büchern.« Megan ging zur Tür.

Genervt schaute ich ihr hinterher. »Warum bist du so besessen davon, dass ich einen Freund haben soll?«

»Warum bist du so besessen davon«, äffte Abbi mich nach.

Ich achtete nicht darauf. »Du weißt schon, dass ich bis vor Kurzem noch einen Freund hatte, oder?«

»Ja.« Megan hob den Kopf. »Die Betonung liegt auf *hatte*. Vergangenheitsform!«

»Abbi hat doch auch keinen Freund!«, wandte ich ein.

»Hier geht es aber nicht um Abbi. Und ich weiß schon, warum du dich für keinen interessierst.« Sie tippte sich an die Schläfe. »Ich *weiß* es.«

»Oh mein Gott.« Ich schüttelte den Kopf.

»Merk dir meine Worte: Nicht lesen – *leben*. Sonst wirst du mit dreißig einsam und allein in deiner Wohnung sitzen, nur mit einem Haufen Katzen als Gesellschaft, und jeden Abend Thunfisch essen. Und nicht mal den guten Thunfisch, sondern diesen fettigen, öligen Billigscheiß. Dann wird es dir leidtun, dass du jede wache Minute mit deinen Büchern verbracht hast, anstatt auf die Piste zu gehen und den zukünftigen Vater deiner Kinder kennenzulernen.«

»Ich finde, du übertreibst«, murmelte ich mit einem Seitenblick zu ihr. »Und was ist so schlecht an Thunfisch in Öl?« Hilfe suchend schaute ich zu Abbi. »Der schmeckt doch viel besser als der in diesem wässrigen Sud.«

»Stimmt«, gab sie zurück.

»Und ich habe einfach kein Interesse daran, den Vater meiner zukünftigen Kinder kennenzulernen«, fügte ich hinzu. »Ich glaube nicht, dass ich überhaupt Kinder will. Ich bin siebzehn. Und Kinder sind mir unheimlich.«

»Du enttäuschst mich«, verkündete Megan. »Aber ich bin eine gute Freundin und liebe dich trotzdem.«

»Was würde ich nur ohne dich tun?« Ich drehte mich wieder auf meinem Stuhl im Kreis.

»Als langweiliges Mauerblümchen enden. Was sonst?« Megan grinste frech.

Ich presste mir die Hand gegen das Herz. »Aua.«

»Ich muss los.« Sie winkte. »Ich melde mich.«

Dann stolzierte sie aus dem Zimmer. Buchstäblich. Den Kopf zurückgeworfen, mit schwingenden Armen und gestelzten Schritten wie ein Dressurpferd.

—•—

»Mauerblümchen?« Abbi schaute kopfschüttelnd auf die leere Türöffnung.

»Ich kapier echt nicht, warum sie immer so an meinem Singlesein herummacht.« Ich schaute Abbi an. »Kein bisschen.«

»Wer begreift schon Megan.« Abbi hielt inne und runzelte die Stirn. »Was anderes … du, ich glaube, meine Mutter geht fremd.«

Mir blieb der Mund offen stehen. »Warte mal. *Wie bitte?*«

Abbi stand auf und stemmte die Hände in die Hüften. »Ja. Du hast ganz richtig gehört.«

Einen Moment lang wusste ich nicht, was ich sagen sollte. Es dauerte ein paar Sekunden, bis ich meine Zunge wieder bewegen konnte. »Und wie kommst du darauf?«

»Weißt du noch, wie ich dir erzählt habe, dass Dad und Mom in letzter Zeit viel mehr streiten als sonst?« Sie trat zu dem Fenster, das zum Garten hinausging. »Sie bemühen sich zwar, leise zu sein, damit mein Bruder und ich es nicht hören, aber sie zoffen sich ganz schön heftig. Kobe hat schon Albträume deswegen.«

Abbis Bruder war erst fünf oder sechs. Der Arme.

»Ich glaube, sie streiten, weil Mom immer bis spät im Krankenhaus arbeitet und, na ja, *warum* sie so lange arbeitet. Und damit meine ich *richtig* lange, Lena. Ich meine, wie oft gibt es Notfälle, bei denen auch die Krankenschwestern bleiben müssen, die keinen Dienst haben? Ist mein Dad wirklich so blöd?« Sie ging zum Bett und ließ sich auf die Matratze sinken. »Ich war noch wach, als sie am Mittwochabend nach Hause kam, vier Stunden nach Ende ihrer Schicht, und sie sah völlig durch den Wind aus. Ihre Haare standen in alle Richtungen ab, ihre Klamotten waren zerknittert, als wäre sie erst kurz zuvor aus irgendeinem Bett gerollt und nach Hause gefahren.«

Meine Brust zog sich zusammen. »Vielleicht hatte sie einfach einen stressigen Tag bei der Arbeit?«

Abbi sah mich völlig reglos an. »Sie hat nach Rasierwasser gerochen und es war nicht das von meinem Vater.«

»Oh. Das ist nicht … gut.« Ich beugte mich vor. »Hat sie was zu dir gesagt?«

»Das ist es ja gerade. Sie wirkte richtig schuldbewusst. Wollte mir nicht mal in die Augen schauen. Hat sich ganz schnell aus der Küche verdrückt und ist unter der Dusche verschwunden. Dass sie duscht, wäre ja nicht ungewöhnlich, aber alles zusammengenommen …«

»So ein Mist. Ich weiß echt nicht, was ich sagen soll«, gab ich zu und knetete am Stoff meiner Shorts herum. »Willst du deine Eltern darauf ansprechen?«

»Was soll ich denn sagen? ›Hey Dad, ich glaube, Mom vögelt mit einem anderen, willst du dich da nicht mal drum kümmern?‹ Ich glaube nicht, dass das gut ankommen würde. Und was, wenn ich mich vielleicht doch irre?«

Ich wand mich innerlich. »Guter Einwand.«

Sie rieb sich die Oberschenkel. »Ich weiß echt nicht, was mit meinen Eltern los ist. Bis vor einem Jahr wirkten sie noch total glücklich und jetzt geht alles irgendwie den Bach runter.« Sie strich sich die Locken aus dem Gesicht und schüttelte den Kopf. »Ich musste das einfach mal loswerden.«

Ich rollte mit meinem Schreibtischstuhl zu ihr. »Das verstehe ich.«

Ein flüchtiges Lächeln zog über ihr Gesicht. »Können wir jetzt vielleicht das Thema wechseln? Ich mag mich eigentlich nicht länger als fünf Minuten am Stück damit beschäftigen.«

»Klar.« Das verstand ich besser als jeder andere. »Reden wir über was anderes.«

Sie holte tief Luft und schien alle Gedanken an ihre Eltern förmlich von sich abzuschütteln. »Also … dann ist Sebastian früher nach Hause gekommen als geplant?«

Das war nicht unbedingt ein Gesprächsthema, auf das ich noch mal zurückkommen wollte, aber wenn es Abbi ablenkte, würde ich ihr den Gefallen tun. Ich zuckte mit den Schultern und ließ den Kopf in den Nacken sinken. Gleichzeitig vollführte mein dummes Herz einen zittrigen kleinen Purzelbaum.

»Hast du dich gefreut, ihn wiederzusehen?«, fragte sie.

»Klar«, erwiderte ich in dem gleichgültigen Tonfall, in dem ich gewöhnlich über Sebastian sprach.

»Und wo ist er jetzt?«

»In der Schule. Sie haben ein Trainingsspiel. Er ist zwar nicht aufgestellt, aber sie lassen ihn bestimmt irgendwas trainieren.«

»Arbeitest du am Wochenende?«

»Ja, aber vorerst zum letzten Mal, weil dann die Schule wieder anfängt. Warum? Wolltest du was unternehmen?«

»Klar. Besser, als zu Hause zu sitzen und auf meinen Bruder aufzupassen, während meine Eltern sich ankeifen.« Abbi stieß mit ihrer Sandale gegen mein Bein. »Weißt du, ich sage es ja nur ungern, aber meinst du nicht, dass Skylar schon irgendwie recht hat …«

»Du meinst, dass ich in Sebastian verliebt bin? Quatsch. Wieso auch? Das ist doch bescheuert.«

Sie schaute zweifelnd drein. »Du magst ihn also kein bisschen?«

Mein Herz fing an zu klopfen. »Natürlich mag ich ihn. Aber dich mag ich auch und Dary. Und sogar Megan.«

»Nur Andy nicht so …«

»Nein. Den nicht.« Ich schloss die Augen und dachte an meinen Ex, obwohl ich eigentlich keine Lust dazu hatte. Wir waren fast ein Jahr zusammen gewesen, und Abbi hatte recht: Andy war ein toller Junge und supernett, und ich hatte mich wie ein Miststück gefühlt, als ich mich von ihm getrennt hatte. Dabei hatte ich es versucht, ernsthaft versucht. Ich hatte sogar mit ihm geschlafen, um es irgendwie zu erzwingen, aber ich war einfach nicht richtig in ihn verliebt gewesen. »Es hat eben nicht funktioniert.«

Sie schwieg einen Moment. »Weißt du, was ich glaube?«

Ich ließ die Arme sinken. »Jetzt kommen bestimmt ein paar sehr kluge und sehr weise Worte.«

»Klug und weise ist das Gleiche, du Dummkopf.« Sie trat mir wieder gegen das Bein. »Wenn du zu dir selbst nicht ganz ehrlich sein kannst, was Sebastian betrifft, wäre es ziemlich schlau, an die UVA zu gehen.«

»Was hat denn Sebastian mit der UVA zu tun?«

Sie legte den Kopf schief. »Willst du damit sagen, es ist Zufall, dass du dich ausgerechnet an der Uni bewerben willst, die bei ihm nur unter ›ferner liefen‹ auf der Liste steht?«

Ich war so überrascht, dass ich nicht wusste, was ich sagen sollte. Abbi hatte mir noch nie unterstellt, ich könnte mehr von Sebastian wollen, als nur mit ihm befreundet zu sein. Ich hatte fest geglaubt, diese beschämende, brennende Sehnsucht in mir immer gut verheimlicht zu haben. Offensichtlich doch nicht so gut, wie ich gedacht hatte. Erst hatte Skylar davon angefangen, die mich nicht mal besonders gut kannte, und jetzt Abbi, die zu meinen besten Freundinnen gehörte.

»Die UVA ist eine super Uni mit einer sehr guten anthropologischen Fakultät.« Ich richtete den Blick auf einen Riss in der Decke.

Abbis Stimme wurde weich. »Du willst dich aber nicht … drücken, oder?«

Meine Kehle brannte und ich presste die Lippen zusammen. Ich wusste, worauf sie anspielte, und es hatte nichts mit Sebastian zu tun, sondern mit dem Anruf, den ich vorhin nicht entgegengenommen hatte. »Nein«, sagte ich zu ihr. »Tu ich nicht.«

Sie schwieg einen Moment und sagte dann: »Willst du wirklich diese Shorts zur Arbeit anziehen? Du siehst wie ein billiges Cowgirl darin aus.«

Bin bei Keith. Kommst du auch?

Die Nachricht von Sebastian traf genau in dem Moment ein, als ich nach der Freitagsschicht in unsere Einfahrt bog. Obwohl ich sonst keine Gelegenheit ausließ, mit Sebastian abzuhängen, war mir nach dem Gespräch mit Abbi irgendwie nicht danach. Außerdem war ich total erledigt und wollte nur noch ins Bett kriechen und in meinem Buch versinken.

Ich bleibe heute zu Hause, schrieb ich zurück.

Er antwortete sofort mit dem grinsenden Kackhaufen-Emoticon.

Lächelnd antwortete ich mit *Arsch*

Drei Punkte erschienen und dann: *Bist du später noch wach?*

Kann sein. Ich stieg aus dem Auto und ging zur Haustür.

Dann komm ich vielleicht nachher noch vorbei.

Mein Magen zog sich zusammen. Ich wusste, was das bedeutete. Manchmal kam Sebastian *richtig* spät noch zu mir rüber, meistens dann, wenn er zu Hause Ärger hatte … und das hatte meistens mit seinem Vater zu tun.

Tief in meinem Herzen wusste ich genau, dass er das bei Skylar nie gemacht hatte, obwohl sie viele Jahre zusammen gewesen waren. Wenn er Probleme hatte, kam er zu *mir*, und ich wusste auch, dass ich mich darüber eigentlich nicht hätte freuen dürfen, aber so war es eben. Und dieses Wissen bewahrte ich tief in meinem Herzen.

Ich folgte dem leisen Summen des Fernsehers und ging durch die kleine Diele, die überquoll vor Regenschirmen und Turnschuhen, vorbei an dem kleinen Tisch, auf dem sich die ungeöffnete Post stapelte.

Das trübe Leuchten des Fernsehers erfüllte das Zimmer mit einem flackernden Licht. Mom lag zusammengerollt auf dem Sofa, die Hand unter ein Sofakissen geschoben, und schlief tief und fest.

Leise schlich ich um sie herum, nahm die Wolldecke von der Lehne und legte sie ihr vorsichtig über. Mir fiel wieder ein, was Abbi am Nachmittag erzählt hatte. Ich hatte keine Ahnung, ob ihre Mutter wirklich fremdging, aber ich musste an meine Mutter denken und daran, dass sie meinen Dad niemals betrogen hätte. Bei dem bloßen Gedanken daran hätte ich fast laut aufgelacht. Sie hatte ihn so geliebt wie das Meer den Sand. Er war ihr Kosmos gewesen, ihre Sonne, die am Morgen aufging, und ihr Mond, der am Nachthimmel stand. Sie liebte Lori und mich, aber nach Dad war sie verrückt gewesen.

Nur leider hatte Moms Liebe nicht gereicht. Und die von mir und meiner Schwester auch nicht. Am Ende hatte Dad uns trotzdem verlassen. Uns alle drei.

Und zu meiner Verzweiflung war ich meinem Vater furchtbar ähnlich.

Ich sah genauso aus wie er, nur war ich eine eher … durchschnittliche Version von ihm. Der gleiche Mund. Die gleiche markante Nase, fast zu groß für mein Gesicht. Die gleichen haselnussbraunen Augen, die anders als bei ihm keine interessanten Farbschattierungen aufwiesen. Meine Haare hatten das gleiche Braun wie seine, das in der Sonne manchmal rötlich schimmerte, und waren so lang, dass sie mir bis über den Rücken reichten. Mein Körper war weder dünn noch dick, sondern irgendwas in der Mitte. Ich war auch nicht besonders groß oder auffallend klein. Ich war einfach … Durchschnitt.

Ganz anders als meine Mutter. Sie war einfach atemberaubend gut aussehend, mit den blonden Haaren und der makellosen Haut. Obwohl sie in den vergangenen fünf Jahren einiges durchmachen musste, hatte sie nie aufgegeben, und das machte sie nur noch schöner. Mom war stark. Sie verlor nie den Mut, egal, was passierte, auch wenn es Momente gab, wo man ihr ansah, dass ihr eigentlich die Kraft dazu fehlte.

Für Mom war unsere Liebe genug, um weiterzumachen.

Lori hatte die guten Gene der Familie geerbt und kam ganz nach Mom. Sie war eine Blondine wie aus dem Bilderbuch, mit den dazugehörigen Kurven und einem Schmollmund.

Aber bei mir ging die Ähnlichkeit mit meinem Vater über das Körperliche hinaus.

Ich war ein Fluchttier wie er, auf eine ungesunde Art. Wenn mir etwas zu heftig wurde, zog ich mich zurück, so wie Dad, und träumte lieber von einem besseren Morgen, anstatt mich mit dem Hier und Jetzt abzugeben.

Gleichzeitig war ich auch ein bisschen wie meine Mutter. Sie war eine *Jägerin*, die jahrelang hinter jemandem herrennen konnte, der nicht mal merkte, dass es sie gab. Die nicht aufhörte, auf einen Menschen zu warten, der nie zurückkommen würde.

Manchmal kam es mir so vor, als hätte ich alle schlechten Eigenschaften meiner Eltern geerbt.

Schweren Herzens ging ich nach oben und zog meinen Schlafanzug an. Im November wären es vier Jahre, seit Dad uns verlassen hatte. Kaum zu glauben, dass schon so viel Zeit vergangen war. In vieler Hinsicht fühlte es sich immer noch an, als wäre es gestern gewesen.

Ich schlug meine Decke zurück und wollte ins Bett steigen, da fiel mein Blick auf die Balkontür. Ich sollte sie abschließen. Sebastian würde sowieso nicht mehr rüberkommen, und selbst wenn, wäre das … es wäre einfach nicht gut.

Vielleicht lag es ja an ihm, dass ich mich für keinen anderen Jungen interessierte.

Vielleicht hatte ich deshalb für Andy nicht mehr empfinden können.

Seufzend rieb ich mir über das Gesicht. Vielleicht war ich einfach nur dumm. Was ich für Sebastian empfand, würde unsere Freundschaft nicht verändern können. Es *durfte* sie nicht verändern. Und es wäre bestimmt eine gute Idee, ein bisschen Abstand zu ihm zu gewinnen, Grenzen zu ziehen. Das wäre vermutlich nur klug und gesund. Schließlich hatte ich keine Lust, ein Fluchttier oder ein Jäger zu sein.

Und noch bevor mir bewusst wurde, was ich tat, stieg ich wieder aus dem Bett.

Ich ging zu der Tür und entriegelte das Schloss mit einem leisen Klicken.

4

ALS SICH MEINE MATRATZE bewegte und jemand leise meinen Namen flüsterte, wachte ich auf.

Halb im Schlaf drehte ich mich auf die Seite und öffnete blinzelnd die Augen. Ich war bei brennender Nachttischlampe eingeschlafen, sodass sich nun die harte Ecke meines Buchs in meinen Rücken bohrte. Doch das kümmerte mich nicht.

Sebastian saß mit schief gelegtem Kopf auf meiner Bettkante, ein leichtes Grinsen auf den Lippen.

»Hey«, murmelte ich verschlafen. »Wie … wie spät ist es?«

»Kurz nach drei.«

»Bist du erst jetzt zurückgekommen?« Sebastians Eltern schrieben ihm nicht wirklich vor, wann er zu Hause sein musste – im Gegensatz zu meiner Mutter, zumindest in der Schulzeit. Solange Sebastian nur genügend Touchdowns erzielte, konnte er abends nach Belieben unterwegs sein.

»Ja. Wir haben ein total verrücktes Badmintonturnier gespielt. Es ging über fünf Partien und der Verlierer muss den anderen die Autos waschen.«

Ich lachte. »Echt jetzt?«

»Klar.« Sein Grinsen wurde noch ein bisschen breiter. »Keith und sein Bruder gegen Phillip und mich.«

»Und wer hat gewonnen?«

»Musst du das wirklich noch fragen?« Er gab mir einen sanften Stoß. »Phillip und ich natürlich. Der Federball hat uns aufs Wort gehorcht.«

Ich verdrehte die Augen. »Wow.«

»Jedenfalls, unser Sieg hat auch mit dir zu tun.«

»Hä?« Ich starrte ihn verständnislos an.

»Yap.« Er schnippte sich ein Haarbüschel aus der Stirn. »Ich habe vor, den Jeep vorher ordentlich einzusauen. Er soll mindestens so schlimm aussehen wie eines dieser verlassenen Schrottautos in *The Walking Dead*. Wie wär's, wenn wir diese Woche mal zum See rausfahren und die Karre richtig durch den Dreck jagen?«

Grinsend drückte ich mein Gesicht in das Kissen. Dass Sebastian mich mitnehmen wollte, hätte mir eigentlich nichts bedeuten dürfen, tat es aber trotzdem. Es bedeutete mir sogar viel zu viel. »Du bist schrecklich.«

»Schrecklich toll, oder?«

»So weit würde ich jetzt nicht gehen«, murmelte ich.

Sebastian stützte sich auf den Ellenbogen und streckte die Beine auf der Bettdecke aus. »Was hast du gestern Abend noch gemacht? Gelesen?«

»Ja.«

»Nerd.«

»Wichser.«

Er lachte leise. »Und wie war das Training?«

Ich verzog nur stöhnend das Gesicht.

»So schlimm?«

»Der Coach findet, dass ich nebenher nicht arbeiten sollte«, erklärte ich. »Das hat er schon ein paarmal gesagt, aber diesmal hat er auch Dad erwähnt, und das hat mich einfach … na ja, du weißt schon.«

»Ja«, sagte er leise. »Ich weiß.«

»Außerdem hat er gesagt, ich hätte seiner Meinung nach durchaus eine Chance auf ein Stipendium, wenn ich mich mehr auf den Sport konzentrieren würde.«

Sebastian schnippte mir gegen den Arm. »Ich hab dir doch schon tausend Mal gesagt, dass du echt gut bist.«

»Das sagst du nur, weil du mein Freund bist.«

»Weil ich dein Freund bin, würde ich es dir sagen, wenn du schlecht spielst.«

Ich lachte leise. »Ich weiß, dass ich ganz gut spiele, aber ich bin nicht mal halb so gut wie Megan und viele andere aus dem Team. Kein Scout wird sich ausgerechnet für mich interessieren. Aber das macht nichts«, fügte ich hastig hinzu. »Ich rechne sowieso nicht mit einem Sportstipendium.«

»Das kann ich gut nachfühlen.« Sein Grinsen verschwand und sein Gesicht wurde ernst. Als ich das sah, verflog auch der letzte Rest von Schläfrigkeit in mir.

Ich griff nach der Decke und zog sie mir bis zum Kinn. Ein Herzschlag verging. »Was ist los?«

Sebastian atmete tief aus. »Es ist Dad … er will unbedingt, dass ich nach Chapel Hill gehe.«

Aus früheren Erfahrungen wusste ich, dass ich bei diesem Gesprächsthema behutsam vorgehen musste. Sebastian sprach nicht viel über seinen Dad, und wenn, dann wechselte er meistens nach kurzer Zeit das Thema. Dabei war ich immer schon der Ansicht gewesen, dass er mehr darüber reden sollte – auch wenn ich meine eigene Widersprüchlichkeit durchaus sah, weil ich ja selbst nie über meinen Vater sprach.

»Chapel Hill ist doch eine super Uni«, fing ich an. »Und verdammt teuer, oder? Wenn du ein Stipendium bekommen könntest, wäre das schon toll. Und du könntest in der Nähe deiner Cousins wohnen.«

»Ja. Ich weiß, aber …«

»Aber was?«

Er drehte sich auf den Rücken und schob die Hände unter seinen Kopf. »Ich will einfach nicht dorthin, auch wenn es eigentlich keinen Grund dafür gibt. Der Campus ist megacool, aber mir gefällt es dort trotzdem nicht.«

Da Sebastian mit Keith und Phillip ebensogut befreundet war wie mit Cody, überlegte ich, ob das vielleicht etwas mit ihnen zu tun hatte. »Wo wollen die anderen Jungs denn hin?«

»Keith und Phillip hoffen, an der West Virginia University genommen zu werden. Phillip will unbedingt in ihrem Team spielen und Keith hauptsächlich wegen der Partys.« Er hielt inne. »Und ich glaube, Cody hat sich für die Penn State entschieden.«

Die WVU hatte viele Jahre lang den Ruf gehabt, die heftigste Party-Uni der Vereinigten Staaten zu sein, und zählte immer noch zu den Top Fünf in dieser Liga, weshalb sie perfekt zu Keith passen würde. »Willst du auch an die WVU?«

»Nicht wirklich.«

Ich rutschte unter meiner Decke herum und machte es mir gemütlich. »Und wo willst du dann hin?«

»Keine Ahnung.«

»Sebastian.« Ich seufzte. »Allmählich solltest du das schon wissen. Das ist unser letztes Schuljahr. Dir bleibt nicht mehr viel Zeit. Die Scouts werden zu den Spielen kommen und –«

»Vielleicht sind mir die Scouts ja völlig egal.«

Ich klappte den Mund zu. Da war es, was ich an Sebastian schon das ganze letzte Jahr gespürt hatte.

Er drehte den Kopf zu mir. »Hast du dazu gar nichts zu sagen?«

»Ich warte, dass du das genauer erklärst.«

Ein Muskel in seinem Kiefer zuckte. »Ich … Oh Gott, nicht mal mitten in der Nacht und hier in deinem Zimmer bringe ich es über mich, das auszusprechen. Immer habe ich das Gefühl, mein bescheuerter Vater könnte aus dem Schrank springen und komplett durchdrehen.«

Ich holte tief Luft. »Du … du willst im College gar nicht mehr Football spielen, stimmt's?«

Er schloss die Augen und einen Moment lang herrschte Schweigen. »Schon verrückt, oder? Ich meine, ich habe *immer* Football gespielt. Ich kann mich schon gar nicht mehr an eine Zeit erinnern, wo ich nicht ständig zum Training gekarrt wurde und meine Mutter Grasflecken aus meinen Hosen schrubben musste. Und ich spiele ja auch gern. Ich bin einfach gut darin.« Er sagte das ohne jede Spur von Arroganz. Es war einfach die Wahrheit. Sebastian hatte ein angeborenes Talent für Football. »Aber wenn ich daran denke, dass ich noch mal vier Jahre vor mir habe, in denen ich jeden Morgen früh aufstehen muss, um Ausdauerläufe und Fangübungen zu absolvieren … noch mal vier Jahre, in denen Dads ganzer Lebenssinn darin besteht, wie das Spiel läuft … dann würde ich am liebsten anfangen zu saufen. Oder mich mit Crack zudröhnen oder Meth. Mit *irgendwas.*«

»Das wollen wir natürlich auf keinen Fall«, bemerkte ich trocken.

Ein Grinsen huschte über sein Gesicht und verschwand

gleich wieder. Unsere Blicke trafen sich. »Ich will nicht mehr, Lena«, flüsterte er mir zu, sein Geheimnis, das er nicht laut aussprechen konnte. »Ich will das nicht noch mal vier Jahre lang durchziehen.«

Ich holte tief Luft. »Aber du weißt schon, dass dich keiner dazu zwingen kann, oder? Du musst nicht aufs College gehen und dort Football spielen. Du hast noch genügend Zeit, um dich für andere Stipendien zu bewerben. Jede Menge sogar. Du kannst tun, was du willst. Ehrlich!«

Er lachte, aber es war ein freudloses Lachen. »Wenn ich verkünden würde, mit dem Footballspielen aufzuhören, würde Dad einen Herzinfarkt bekommen.«

Ich rückte näher zu ihm, bis unsere Gesichter nur noch Zentimeter voneinander entfernt waren. »Dein Dad packt das schon. Willst du trotzdem noch Gesundheitsmanagement studieren?«

»Schon, aber nicht aus den Gründen, wie mein Dad meint.« Er biss sich auf die Unterlippe und gab sie langsam wieder frei. »Er hat schon einen genauen Plan für mein Leben: Ich spiele in einer Collegemannschaft und werde dann von einem Profiteam gekauft. Allerdings erst in der zweiten Auswahlrunde. Er ist schließlich Realist.« Sarkastisches Grinsen. »Ich spiele ein paar Jahre und mache dann als Trainer weiter oder arbeite mit meinem Abschluss in Gesundheitsmanagement sonst wie in dem Bereich.«

Der amerikanische Traum in Reinformat. »Und wie sehen *deine* Pläne aus?«

Seine Augen waren weit aufgerissen, ihr Blau strahlend und voller Leben. »Weißt du, wie viele Möglichkeiten das Gesundheitsmanagement bietet? Ich könnte in Krankenhäusern arbeiten, mit Kriegsveteranen oder sogar in der Psychologie. Da geht es nicht nur um Sportverletzungen. Ich möchte den Leuten wirklich helfen, auch wenn es sich albern und klischeehaft anhört.«

»Das ist nicht albern und klischeehaft«, widersprach ich. »Kein bisschen.«

Ein zaghaftes Lächeln erschien auf seinem Gesicht. Dann verschwand das Leuchten aus seinen Augen, und er sagte: »Ach, ich weiß nicht. Er würde total ausflippen. Für ihn wäre das der Weltuntergang.«

Ich hatte keinerlei Zweifel daran, dass Sebastians Einschätzung richtig war. »Aber irgendwann würde dein Vater schon darüber hinwegkommen. Ihm bleibt nichts anderes übrig.«

Seine Lider senkten sich. »Vorher enterbt er mich bestimmt.«

»Das glaube ich nicht.« Mein Blick wanderte zu seinem Gesicht. »Es ist dein Leben, nicht seins. Warum solltest du etwas tun, auf das du keine Lust hast?«

»Eben.« Ein kurzes Lächeln erschien, dann blickte er mir wieder in die Augen. »Hoffst du immer noch, einen Platz an der UVA zu bekommen?«

Und damit war das Thema offiziell beendet.

»Ja.«

»Darf ich dich was fragen?«

»Klar.«

»Es ist eine etwas seltsame Frage.«

Ich grinste. »Du bist immer seltsam.«

Er nickte zustimmend. »Warum habt ihr euch eigentlich getrennt, Andy und du?«

Ich blinzelte, unsicher, ob ich ihn richtig verstanden hatte, und lachte auf.

Er stieß mich durch die Decke mit dem Bein an. »Hab doch gesagt, es ist eine seltsame Frage.«

»Ja. Ähm … keine Ahnung.« Du lieber Himmel, ich konnte ihm ja wohl schlecht die Wahrheit sagen. *Es hat nicht funktioniert, weil ich in dich verliebt bin.* Das würde sicher nicht besonders gut ankommen.

Sebastian öffnete den Mund und schloss ihn dann wieder. Als ich zu ihm hinüberspähte, waren seine Lippen fest zusammengepresst. »Er war doch nicht irgendwie blöd zu dir, oder? Er hat dich nicht betrogen oder dir weh–«

»Nein. Oh mein Gott, nein! Andy war der perfekte Freund.« Dann wurde mir klar, was er da soeben gesagt hatte. »Warte mal. Hast du gedacht, es wäre seine Schuld?«

»In dem Fall könnte er jetzt nicht mehr laufen.«

Ich zog eine Augenbraue hoch.

»Ich habe einfach nie kapiert, warum ihr euch getrennt habt. An einem Tag wart ihr noch zusammen und dann … auf einmal nicht mehr.«

Ich wandte den Blick ab und rückte ein winziges Stück von ihm ab. »Ich war einfach nicht so verliebt in ihn, wie ich es hätte sein sollen und … das war einfach ein doofes Gefühl.«

Er seufzte tief. »Das kenne ich.«

Mein Blick schnellte wieder zu ihm. Er schaute an die Decke.

»Das wollte ich dich auch schon lange fragen … Warum hat Skylar eigentlich mit dir Schluss gemacht? Das hast du mir nie erzählt.«

»Du hast mich auch nie danach gefragt.« Seine Augen richteten sich wieder auf mich. »Wenn ich so recht überlege, hast du eigentlich nie irgendwas wissen wollen, wenn es um Skylar ging.«

Ich öffnete den Mund, sagte aber nichts, weil er, ehrlich gesagt, recht hatte. Ich hatte nie nach Skylar gefragt, weil ich es einfach nicht wissen wollte. Mit ihm befreundet zu sein, bedeutete nicht, dass ich über ihre Beziehung Bescheid wissen musste.

»Ich … ich dachte eben, es würde mich nichts angehen«, wich ich aus.

Leicht gekränkt sah er mich an. »Ich wusste gar nicht, dass es zwischen uns etwas gibt, das den anderen nichts angeht.«

Tja …

»Skylar hat sich von mir getrennt, weil sie das Gefühl hatte, mir wäre unsere Beziehung nicht wichtig genug. Sie fand, ich würde mich mehr um den Sport kümmern und um meine Freunde als um sie.«

»Also, das ist ja eine ziemlich lahme Begründung.«

»Ähnlich wie die, weswegen du mit Andy Schluss gemacht hast, oder? Du warst nicht richtig in ihn verliebt. Vermutlich war dir eure Beziehung nicht wichtig genug.«

Ich schürzte die Lippen. »Kann sein. Egal. Wir gehen noch zur Schule. Wir können nicht unendlich viel Arbeit in unsere Beziehungen stecken.«

»Ich finde nicht, dass man bei einer Beziehung überhaupt von ›Arbeit‹ sprechen sollte«, erwiderte er. »Ich finde, so was sollte von selbst laufen.«

Ich rümpfte die Nase. »Es klingt wirklich wahnsinnig tiefsinnig, wenn deine Lebenserfahrung aus dir spricht«, neckte ich ihn.

»Ich *habe* Lebenserfahrung.«

Augenrollend versetzte ich ihm einen kleinen Tritt. »Und, hatte sie recht? Waren dir deine Freunde und der Football wichtiger als sie?«

»Zum Teil schon«, antwortete er nach einem kurzen Moment. »Na ja, Football nicht wirklich, das weißt du ja.«

Ich grübelte darüber nach und wusste nicht, was ich davon halten sollte. Ich gehörte auch zu seinen Freunden. Bedeuteten seine Worte also, dass ich ihm auch wichtiger gewesen war? Gleich darauf wurde mir klar, wie bescheuert meine Frage gewesen war, und ich hätte mir am liebsten selbst einen Tritt verpast.

»Ich bleibe einfach noch ein bisschen hier liegen«, murmelte er, hob die Hand und fing eine Haarsträhne, die mir über die Wange gerutscht war. Als er sie mir wieder zurück hinter das Ohr schob, streiften seine Finger meine Haut, und mir stockte der Atem. Ein Schauder jagte durch meinen Körper. Er zog die Hand wieder zurück. »Ist das okay für dich?«

»Ja«, flüsterte ich, weil ich wusste, dass er meine Reaktion nicht bemerkt hatte. So wie immer.

Er legte die Hand zwischen uns und rückte ein bisschen näher zu mir, bis sich sein Knie gegen meines presste. »Lena?«

»Was ist?«

Er zögerte kurz. »Danke.«

»Wofür?«

Seine Mundwinkel verzogen sich zu einem Lächeln. »Weil du jetzt, in diesem Moment, hier bei mir bist.«

Ich schloss die Augen, um die Tränen zurückzuhalten, die mir bei diesen Worten kamen, und sagte das Ehrlichste, was mir darauf einfiel: »Wo sollte ich denn sonst sein?«

»Meine Mutter hat mich gezwungen, die zehn Sachen aufzulisten, die ich mal später im Leben machen will, weil sie es absurd findet, dass ich vor meinem letzten Schuljahr immer noch nicht weiß, was ich beruflich machen möchte«, erklärte Megan, nippte an ihrem dritten Glas Eistee und stocherte nebenher in einem Körbchen voller Fritten herum. »Echt zum Brüllen, weil sie in ihrem Leben so gar nichts auf die Reihe kriegt.«

»Weiß sie denn nicht, dass du dich gar nicht sofort für ein Hauptfach entscheiden musst?« Abbi zeichnete etwas auf ihre Serviette, was wie ein Rosengarten aussah. »Und dass du später immer noch wechseln kannst?«

»Man sollte eigentlich meinen, dass sie so was weiß, schließlich ist sie ›erwachsen‹«, sagte Megan und malte Anführungszeichen in die Luft. »Man sollte auch meinen, dass sie die ganze Sache entspannt sieht, nachdem mir in meinem letzten Zeugnis nur ein halber Punkt zu einem Einserschnitt gefehlt hat. Da werde ich auch mein Studium schaffen, egal, für welches Fach ich mich entscheide.«

Ich lehnte lächelnd und mit verschränkten Armen hinter dem Tresen des Joanna's. Es war Samstagabend und zum Glück waren fast keine Gäste da. Nur zwei Tische waren belegt und beide hatten bereits bezahlt. Bobby war nach hinten verschwunden, um sich eine halbe Packung Zigaretten reinzuziehen, und Felicia, die andere Kellnerin, war weit und breit nicht zu sehen. »Und, hast du die Liste geschrieben?«

»Oh, ja. Hab ich.«

Abbi stibitzte eine Fritte. »Da bin ich ja gespannt.«

»Es war die beste Liste aller Zeiten.« Megan steckte sich eine Fritte in den Mund und wischte sich die Finger an einer Serviette ab. »Ich hab richtig tolle Berufe aufgezählt wie Prostituierte, Stripperin, Drogendealerin – aber natürlich nicht das harmlose Zeug, sondern Heroin. Übrigens, ich hab gehört, Tracey Sims ist auf Puderzucker.«

»Okay …« Abbi drehte sich auf ihrem Hocker zu Megan. »Ich weiß echt nicht, ob du jetzt Heroin meinst oder wirklich Puderzucker?«

»Heroin natürlich. Wusstest du nicht, dass das der Spitzname ist?«

Ich schüttelte den Kopf. »Nö. Und woher weißt du das?«

»Mein Cousin war doch mit Tracey zusammen, erinnerst du dich?« Megan nahm zwei Fritten und legte sie zu einem Kreuz übereinander. »Er hat mir erzählt, dass sie Drogen nimmt. Deshalb haben sie sich auch getrennt.«

Abbi schaute skeptisch drein. »Echt wahr?«

Ich schob mich vom Tresen weg. »Oje, hoffentlich nicht.«

Megan nickte. »Das stimmt echt.«

»Das ist verdammt … traurig«, murmelte ich. Die Tür ging auf und ich traute meinen Augen kaum. Cody Reece und seine Kumpels kamen hereinspaziert, darunter auch Phillip, der sein Handy wie festgeklebt in der Hand hielt. Was wollten die denn hier? Keiner der Footballspieler kam sonst hierher, mit Ausnahme von Sebastian.

»Finde ich auch. Ich meine, das ist echt heftiges Zeug«, fuhr Megan fort und schnippte ihr Frittenkreuz vom Rand des Körbchens. Salzkörner verteilten sich auf dem Tresen. »Ich kann mir absolut nicht vorstellen, eine Nadel zu nehmen und mir etwas in die Venen zu spritzen. Und wenn mich das Zeug dann noch dazu bringt, ständig in meinem Gesicht rumzukratzen, würde ich es erst recht nicht freiwillig nehmen.«

»Ich hoffe, das ist nur ein Gerücht. Tracey ist total nett.« Abbi sah sich um und riss die Augen auf. Im selben Moment entdeckte Phillip Megan.

Er legte den Finger an den Mund und schlich sich an sie

heran. Was verdammt lächerlich aussah, weil er auf Zehenspitzen ging und dadurch noch größer wirkte als sonst. Mit der dunkelbraunen Haut und dem koketten Lächeln, das ihm schon öfters richtig Ärger mit Megan eingebracht hatte, war er ein genauso verrücktes Huhn wie sie. Grinsend blieb er hinter ihr stehen.

»Überhaupt gibt es so einiges, was ich freiwillig nie tun würde«, fuhr Megan fort und schnippte das Frittenkreuz zurück in den Korb. »Es gibt vieles, was ich nicht –« Sie kreischte auf, als Phillip die Arme um sie schlang.

»Hi, Süße.« Er legte das Kinn auf ihre Schulter. »Hast du mich verm–«

»Was machst du denn hier!«, stellte Megan ihm die Eine-Million-Dollar-Frage und versetzte ihm einen so harten Ellbogenschlag, dass er aufstöhnte. »Echt jetzt. Stalkst du mich, oder was?«

»Vielleicht.« Er ließ sie los, lehnte sich gegen den Tresen und grinste uns an. »He, wenn ich dich nicht stalken soll, solltest du dich von deinen Lieblingsorten fernhalten …«

Ich schnaubte spöttisch.

Sie musterte ihn argwöhnisch. »Ich rede nicht mehr mit dir. Hast du das vergessen?«

Er lächelte und kleine Fältchen bildeten sich um seine Augen herum. »Letzte Nacht hast du sehr wohl mit mir geredet.«

»Weil mir langweilig war.« Sie schaute zu mir und warf ihren dicken Zopf über die Schulter. »Kannst du ihn bitte rausschmeißen?«

»Nein.« Ich lachte.

Abbi nahm sich noch eine Fritte und beugte sich vor. »Was steht da eigentlich auf deinem T-Shirt?« Sie kniff die Augen zusammen.

»›Wir feiern wie George Washington, bis … die Kolonien endlich freie und unabhängige Staaten sind und die Welt sie als eine souveräne Nation anerkennt‹?« Lachend schüttelte sie den Kopf. »Wo hast du das denn her?«

»Auf der Straße gefunden, neben einer Mülltonne.«

Ich verdrehte nur die Augen. Die anderen Jungs setzten sich hinten in eine der Nischen. »Was wollt ihr trinken?«

»Wodka.«

»Ha, ha«, erwiderte ich trocken. »Also, welches altersgerechte Getränk darf ich euch bringen?«

»Cola ist gut.« Phillip klatschte mit der Hand auf den Tresen und richtete seine Aufmerksamkeit wieder auf Megan. »Megan, mein Schatz …«

Ich warf Abbi einen vielsagenden Blick zu, drehte mich um und füllte an der Getränkezapfanlage eine Cola ab. Dann schnappte ich mir einen Krug mit Eiswasser und marschierte zu dem Jungs-Tisch.

Seit der Party bei Keith hatte ich Cody nicht mehr gesehen. Wärme kroch in meine Wangen, aber ich straffte energisch die Schultern. »Hallo, Leute.«

Cody sah zuerst auf. Die beiden anderen hatten die Köpfe gesenkt und waren in ihre Handys vertieft.

»Hi«, sagte er.

Ich klebte ein Lächeln auf mein Gesicht und befahl mir, nicht mehr an die Party zu denken. Cody war sexy, das musste man zugeben, und genau das hatte auch zu diesem Riesenfehler meinerseits an diesem Abend geführt. Er hatte blonde, lockige Haare und ein unbekümmertes Lächeln, dazu makellose, blendend weiße Zähne und ein Grübchen im Kinn. Er sah aus, als würde er an die Strände Kaliforniens gehören, ein Surfbrett unter dem Arm, anstatt in ein Kuhkaff in der Pampa von Virginia.

Und Cody wusste, dass er gut aussah. Dieses Wissen war tief in das Lächeln eingebrannt, das er so freigiebig verteilte. »Wieso seid ihr eigentlich hier?«, fragte ich und schenkte ihnen Wasser ein.

»Fragst du das alle deine Kunden?« Cody legte den Arm auf die Rückenlehne der Sitzbank.

»Ja. Immer.« Das Eis klirrte in den Gläsern. »Das ist meine Art einer guten Kundenbetreuung.«

»Uns ist langweilig. Außerdem hat Phillip gesehen, dass Megan hier ist.« Cody nahm sich ein Glas. »Er wollte sie treffen.«

Ich schaute zum Tresen, wo es so aussah, als würde Phillip Abbi und Megan ein Ständchen bringen.

»Und ich wollte dich treffen.«

Mein Kopf fuhr herum. »Bist du stoned?«

»Im Moment leider nicht.« Er zwinkerte mir zu. »Warum ist das so schwer zu glauben? Ich mag dich, Lena. Und wir haben uns schon eine ganze Weile nicht mehr gesehen.«

»Ich hab gearbeitet.« Ich trat beiseite, weil Phillip nun dazukam und neben Cody in die Nische rutschte. Rasch nahm ich auch von den anderen die Getränkebestellung auf. »Wollt ihr die Speisekarte?«

»Ich schon.« Cody schenkte mir wieder sein siegesgewisses Lächeln. Meine Miene wurde ausdruckslos. »Ich mag es, die Auswahl zu haben«, fügte er hinzu. »Eine möglichst große Auswahl.«

Ich dachte nur, dass das eine ziemlich erbärmliche Anmache war, und ging kopfschüttelnd davon. »Könnte mich bitte jemand auf der Stelle erschießen?«, sagte ich zu den Mädchen, während ich nach einem Stapel Speisekarten griff.

»Hey, bleib da.« Megan spielte auf ihrem Barhocker Karussell. »Während du deinen Pflichten nachgekommen bist und ich versucht habe, Phillip zu ignorieren, hat Keith Abbi eine Nachricht geschickt, um sich mit ihr zu verabreden.«

»Ach, wirklich?« Ich drückte die Karten an meine Brust.

»Er hat mich zu seiner Party heute Abend eingeladen«, erklärte Abbi.

»Der will was von dir«, neckte ich sie und wich einen Schritt zurück.

Abbi verdrehte die Augen. »Kann ja sein, aber das wird niemals passieren.«

»Berühmte letzte Worte«, murmelte Megan und fügte dann laut hinzu: »Ich finde, wir sollten hingehen. Ich bin schon ewig nicht mehr bei Keith gewesen.«

»Ich weiß nicht.« Abbi betrachtete die Kritzeleien auf ihrer Serviette. »Nachher blamierst du mich noch.«

»Niemals!«, rief Megan.

»Also, das müsst ihr unter euch klären.« Ich trug die Speisekarten zu den Jungs und legte jedem eine hin. Dann füllte ich ihre Getränke ab und brachte sie ihnen. »Habt ihr euch entschieden?«

»Ich schon.« Codys braune Augen funkelten, Phillip kicherte, und ich wappnete mich, weil mir klar war, dass er nicht die Speisekarte meinte. »Ich würde dich gern zum Abendessen vernaschen.«

Ich war nicht wirklich überrascht. Cody war … Na ja, er war einfach Cody. Es war schwer, ihn ernst zu nehmen, und er konnte – wie meine Mom es ausdrückte – furchtbar vulgär sein. »Das ist so ziemlich das Dämlichste, was ich in den siebzehn Jahren meines Leben gehört habe. Wer lässt sich denn von so einem Schwachsinn beeindrucken?«

»Ooooh Mann.« Grinsend zog Phillip das Wort in die Länge.

Völlig unbeeindruckt beugte Cody sich vor. »Ich hab noch bessere Sprüche drauf. Willst du sie hören?«

»Nö. Dafür bin ich noch längst nicht besoffen genug.«

»Komm schon«, beharrte er. »Das ist ein echtes Talent von mir.«

»Dann würde ich vorschlagen, du lebst mit deinem Talent einfach glücklich und zufrieden bis an dein Lebensende. Aber vorher könntet ihr mir vielleicht noch eure Bestellungen verraten?«

»Autsch.« Er presste sich die Hand aufs Herz und ließ sich in seinen Sitz sinken. »Das trifft mich wirklich. Warum bist du so gemein zu mir?«

»Weil ich endlich eure Bestellung aufnehmen möchte, damit ich weiter so tun kann, als würde ich arbeiten, während ich in Wirklichkeit mein Buch lese.« Bei diesen Worten lächelte ich so freundlich wie möglich.

Lachend beugte Cody sich vor und klaute einem seiner Freunde das Handy aus der Hand. »Tja, dann wollen wir dich mal nicht länger von deiner schweren Arbeit abhalten.«

Nachdem mir die Jungs endlich ihre Bestellung gesagt hatten, ging ich durch den kurzen Flur an den Toiletten vorbei und durch die Schwingtür in die Küche. Bobby stand an der Hintertür und zog sich gerade wieder das Haarnetz über seinen zerdrückten Männerdutt. Ich gab ihm die Bestellung durch und kehrte zum Tresen zurück.

»Wollt ihr auch noch was haben?«, fragte ich die Mädchen und räumte den leeren Pommeskorb ab.

Abbi schüttelte den Kopf. »Nein. Ich verschwinde sowieso bald.«

»Willst du zu Fuß nach Hause gehen?« Megan drehte sich zu den Jungs um und seufzte, während sie Phillip beobachtete. »Warum muss er nur so verdammt gut aussehen?«

»Du hast wirklich die Aufmerksamkeitsspanne einer Mücke. Erst fragst du, ob ich zu Fuß nach Hause will, und dann fängst du sofort wieder von Phillip an.« Abbi ließ den Kopf auf den Tresen sinken. »Dein ADS hat ADHS. Und ja, ich habe tatsächlich vor, nach Hause zu laufen. Ich wohne gerade mal fünf Straßen weiter.«

Megan sah sie grinsend an. »Du weißt schon, dass ich tatsächlich ADS habe, oder?«

»Na klar.« Abbi hob die Arme, ließ den Kopf aber liegen. »Das wissen alle. Um das zu erkennen, muss man echt kein Psychologe sein.«

»Hab ich euch schon mal erzählt, dass meine Mutter früher dachte, ich sei ein Indigo-Kind?« Megan nahm ihren Zopf und spielte an ihm herum. »Sie wollte sogar meine Aura testen lassen.«

Ganz langsam hob Abbi den Kopf und starrte sie mit halb geöffnetem Mund an. »Wie bitte?«

Ich überließ die beiden ihrem Geplänkel, brachte den Korb in die Küche und schaute nach, ob die Bestellung der Jungs schon fertig war. Auf dem Weg zurück in den Gastraum sah ich Cody gegenüber der Toilette an der Wand lehnen.

Meine Schritte wurden langsamer. »Ist was?«

»Hast du kurz Zeit?«

Ich musterte ihn argwöhnisch. »Kommt drauf an.«

Er fuhr sich durch die verwuschelten blonden Haare und

ließ seinen Arm wieder sinken. »Hör zu, ich bin wirklich wegen dir gekommen.«

»Ach, und weshalb?« Unruhig trat ich von einem Fuß auf den anderen.

»Ich wollte mit dir über Sebastian reden.«

Überrascht zog ich die Augenbrauen hoch. »Warum?«

»Sebastian und ich sind gut befreundet, aber ich weiß, dass ihr euch noch näher steht. Du bist ja wie eine Schwester für ihn oder so.«

Schwester? Echt jetzt?

»Jedenfalls wollte ich dich was fragen.« Er senkte den Blick. »Hat Sebastian dir gegenüber mal erwähnt, dass er nicht mehr Football spielen will? Wie gesagt, wir sind Freunde, aber über so was redet er mit mir nicht.«

Einen Sekundenbruchteil lang stand ich da wie erstarrt, dann verschränkte ich die Arme. Ich würde Sebastians Vertrauen auf keinen Fall missbrauchen und von unserem Gespräch erzählen. Auch Cody nicht. »Wie kommst du darauf?«

Er lehnte den Kopf an die Wand hinter sich. »Er ist einfach so … ich weiß nicht. Irgendwie scheint er keine richtige Lust mehr zu haben. Als würde er lieber sonst wo sein als beim Training. Und die kommende Spielzeit scheint ihn auch kaum zu interessieren. Auf dem Spielfeld ist er total abwesend. Dabei hat er echt Talent, Lena. Er muss sich nicht mal groß anstrengen, um gut zu sein. Trotzdem habe ich das Gefühl, dass er das alles demnächst hinschmeißt.«

Ich kaute auf der Innenseite meiner Wange und überlegte krampfhaft, was ich darauf sagen sollte. Schließlich entschied ich mich für: »Es ist doch nur Football.«

Cody starrte mich an, als wäre mir eine dritte Hand aus der

Stirn gewachsen und würde ihm den Mittelfinger zeigen. »*Nur* Football? Mann, es geht hier um seine Zukunft!«

»Das klingt jetzt aber sehr dramatisch.«

Er zog eine Augenbraue hoch und schob sich von der Wand weg. »Vielleicht bilde ich mir das ja auch nur ein«, sagte er nach einer kurzen Pause.

»Das glaube ich auch«, erwiderte ich. »Hör mal, ich muss jetzt mal nach eurer Bestellung schauen, deshalb …«

Cody musterte mich und schüttelte dann leicht den Kopf. »Okay, du hast keine Lust mehr auf das Gespräch. Schon kapiert.«

Hitze stieg mir in die Wangen. War ich wirklich so leicht zu durchschauen?

»Dann lass ich dich jetzt mal.« Er schob die Hände in die Hosentaschen, ging zurück in den Speiseraum des Lokals und ließ mich stehen. Ich sah ihm nach.

Dann atmete ich auf und wischte meine merkwürdig feuchten Handflächen an meiner Jeans ab.

Bis ich das Essen aus der Küche geholt und den Jungs an den Tisch gebracht hatte, waren Abbi und Megan bereit zu gehen.

»Wollt ihr schon los?«, fragte ich.

»Yap.« Abbi warf sich ihre Tasche über die Schulter. »Eine Freundin lässt ihre Freundin nicht allein nach Hause gehen. Vor allem, wenn besagte Freundin Gefahr läuft, sich von einem unbekannten Fremden mitnehmen zu lassen.«

Megan verdrehte die Augen. »Ich hab übrigens Cody vom Klo kommen sehen. Hast du mit ihm geredet?«

Ich nickte und nahm den Putzlappen. »Er wollte über Sebastian sprechen.«

»Aha«, murmelte Megan. »Wisst ihr, was ich glaube?«

Abbis Gesichtsausdruck besagte, dass man da nur spekulieren könne.

Megan setzte eine bedeutungsvolle Miene auf und erklärte mit leiser Stimme: »Ich hab mich schon gefragt, was Sebastian wohl sagen würde, wenn er rauskriegt, dass seine beste Freundin mit seinem besten Freund rumgemacht hat. *Drama!*«

Ich holte tief Luft. Von wegen Drama. Trotzdem hoffte ich, dass mir der liebe Gott gewogen war und mir das erspart bliebe.

Die Mädchen verschwanden, und ich widmete mich wieder meinem Buch, das hinter dem Tresen lag, weil ich keine Lust hatte, näher über Megans Worte nachzudenken. Denn dann wäre mir vermutlich der kalte Schweiß ausgebrochen.

Ich hatte erst ungefähr eine Seite geschafft, da spürte ich mein Handy in meiner Tasche vibrieren.

Ein Blick genügte und sämtliche Gedanken an Sebastian und Football oder Cody und Geheimnisse verschwanden aus meinem Kopf.

Ich sah, wer der Absender der Nachricht war, und mehr brauchte ich nicht zu lesen.

Ich löschte sie, ohne sie zu öffnen.

5

ALS ICH NACH DEM Duschen mit feuchten Haaren nach unten kam, war Mom in der Küche. Sie stand vor der verblichenen blauen Küchenzeile und goss Kaffee in einen Thermosbecher. Ihre schulterlangen Haare waren beeindruckend glatt, dank der Unterstützung eines Glätteisens, und ihre weiße Bluse wies keine einzige Falte auf.

»Morgen, Liebling.« Sie drehte sich mit einem müden Lächeln zu mir um. »Du bist früh wach.«

»Konnte nicht länger schlafen.« Ich hatte eine dieser nervigen Nächte hinter mir, wo man um vier Uhr morgens aufwachte und über alles Mögliche nachgrübelte. Jedes Mal, wenn ich wieder einschlafen wollte, fiel mir ein anderes Problem ein, von der Frage, wie ich es schaffen könnte, einem College-Scout aufzufallen, bis zu dem, was Cody am Abend zuvor gesagt hatte. Würde Sebastian Football wirklich hinschmeißen?

»Geht's dir gut?«, erkundigte sie sich.

»Ja, ich bin nur früh aufgewacht und konnte nicht mehr schlafen. Und weil ich nachher zum Training muss, dachte ich, ich stehe lieber schon mal auf.« Ich ging zu der kleinen Speisekammer, zog die Tür auf und suchte die Regale ab. »Gibt's noch Pop-Tarts?«

»Die sind leer. Ich kaufe nachher in der Mittagspause welche. Heute wirst du dich mit Müsli begnügen müssen.«

Ich nahm die Schachtel mit den Billig-Cornflakes und schlurfte zum Kühlschrank. »Ich kann doch nachher einkaufen gehen.«

»Das will ich aber nicht.« Sie musterte mich über ihren Becher hinweg. »Ich möchte nicht, dass du dein hart verdientes Geld für Lebensmittel ausgibst. Dafür haben wir eine Haushaltskasse, Liebes.« Sie grinste schief. »Aber nimm bitte eine Billigmarke.«

»Ich weiß, dass wir für so was Geld in der Haushaltskasse haben, aber wenn du sie nicht magst …«

»Das gehört nun mal mit zum Ungesündesten, was man sich morgens in den Mund schieben kann«, unterbrach sie mich und hielt dann inne. »Na ja, immerhin nimmst du keine Drogen.«

»Mom!«, stöhnte ich.

Meine Mutter trat zum Tisch, setzte sich aber nicht. Ich schaufelte mir ein paar Löffel Cornflakes in den Mund und schaute dann zu ihr auf.

Sie starrte schweigend aus dem kleinen Fenster über der Spüle, aber ich wusste genau, dass sie nicht den Garten betrachtete. Da gab es auch nicht viel zu sehen. Bloß ein bisschen Wiese und ein paar gebrauchte Gartenmöbel, die wir nur selten verwendeten.

Als Dad noch bei uns wohnte, hatten sie den ganzen Sommer über immer bis spätabends draußen gesessen, manchmal sogar noch an Halloween, und hatten geredet. Früher hatte es auch mal eine gemauerte Feuerstelle gegeben, aber die war schon vor ein paar Jahren in sich zusammengefallen, bis Mom sie dann schließlich endgültig entsorgt hatte.

Mom konnte sich nur schwer von Sachen trennen, auch wenn sie längst kaputt und hinüber waren.

Lori und ich hatten oft oben auf dem Balkon gekauert und gelauscht, und ich glaube, meine Eltern wussten das, weil sie immer nur über langweiliges Zeug sprachen. Arbeit. Rechnungen. Urlaube, die geplant, aber niemals verwirklicht wurden. Pläne, die schäbigen blauen Küchenschränke zu erneuern, was dann doch nie umgesetzt wurde.

Im Rückblick kann ich den Monat, in dem alles anders wurde, genau benennen. Es war August gewesen und ich war zehn Jahre alt. In diesen Wochen wurde aus den ruhigen Gesprächen im Garten ein zischendes Flüstern, das meist damit endete, dass Dad ins Haus stürmte und die Tür hinter sich zuschlug und Mom ihm hinterherrannte.

Mom war Dad immer hinterhergerannt.

Die neue Mom gefiel mir eigentlich viel besser.

Bei dem Gedanken regten sich Schuldgefühle in mir und ich senkte meinen Löffel. Ich wusste, es war gemein, das zu denken, aber es war so. Die neue Mom kochte, sooft sie konnte, und fragte nach der Schule. Sie machte Witze und verbrachte die Abende mit mir auf dem Sofa, wo wir Eis aßen und *Dance Moms* oder *The Walking Dead* zusammen anschauten. Die alte Mom war andauernd mit Dad ausgegangen, und wenn sie mal zu Hause war, dann war er auch dabei, und sie war wieder nur mit ihm beschäftigt.

Bei der alten Mom hatte sich alles immer nur um Dad gedreht, jede Sekunde am Tag.

Das Lächeln war von ihrem Gesicht gewichen, und ich fragte mich, ob sie wohl an Dad dachte und daran, wie ihr Leben aussehen würde, wenn sie nicht von ihrem knappen Gehalt als

Versicherungsmaklerin eine Familie durchbringen und die Nächte allein verbringen müsste.

Mein Löffel fiel klirrend in die Schüssel. »Alles okay, Mom?«

»Was?« Sie blinzelte. »Ja. Natürlich. Mir geht's gut. Wieso fragst du?«

Ich musterte sie, unsicher, ob ich ihr glauben sollte. Mom sah ganz normal aus, so wie gestern und am Tag davor auch, aber um ihren Mund und ihre Augen herum zeigten sich mehrere feine Linien. Ihre Stirn war in Falten gelegt, was früher nie der Fall gewesen war, und ihre Augen, braun wie meine, nur mit einem Hauch mehr Grün darin, wirkten gehetzt. »Du siehst so traurig aus.«

»Ich bin nicht traurig. Ich habe nur nachgedacht.« Sie legte die Hand in meinen Nacken, bückte sich und gab mir einen Kuss auf die Stirn. »Heute wird es spät, aber morgen Abend bin ich zum Essen zu Hause. Wir könnten Spaghetti kochen.«

»Mit Hackfleischklößchen?«, fragte ich und freute mich schon auf die selbst gemachten Fleischklopse, die so lecker schmeckten.

Sie trat einen Schritt zurück und sah mich mit hochgezogenen Augenbrauen an. »Nur, wenn du die Wäsche machst. Da liegt ein Haufen Handtücher, der auf deine liebevolle Zuwendung wartet.«

»Mach ich.« Ich sprang auf, trug Schüssel und Löffel zur Spüle, wusch sie ab und stellte sie in das Abtropfgestell auf der defekten Spülmaschine. »Soll ich sonst noch was erledigen?«

»Mal überlegen.« Sie ging ins Wohnzimmer und hängte sich die Handtasche über die Schulter. »Vielleicht die Badezimmer putzen?«

»Jetzt nutzt du mein nettes Angebot aber ein bisschen zu sehr aus.«

Mom grinste mich an. »Wasch die Handtücher, dann bekommst du deine Hackfleischbällchen.«

Ich freute mich eindeutig schon viel zu sehr auf dieses Essen.

»Und ich kaufe dir ein paar fettreduzierte Pop-Tarts«, fügte sie hinzu.

»Wenn du das tust, rede ich nie wieder mit dir!«

Lachend nahm sie den Blazer vom Treppengeländer. »Das geht nicht. Ich bin deine Mutter. Mir kannst du nicht entrinnen.«

»Ich finde schon einen Weg, vor dir zu flüchten, wenn du mit fettarmen Pop-Tarts durch diese Tür kommst.«

Sie zog die Haustür auf. »Schon gut. Ich hol dir welche, die so viel Zucker und Fett enthalten, wie du dir nur wünschen kannst. Bis heute Abend.«

»Bis später.« Ich wollte die Tür hinter ihr schließen, lehnte mich aber gegen den Türrahmen und beobachtete, wie sie in ihren Stöckelschuhen die Einfahrt entlangstakste.

Ich kaute an meiner Unterlippe, verlagerte das Gewicht auf meinen anderen Fuß und versuchte herauszufinden, woher das ungute Gefühl in meinem Bauch kam. Mom behauptete, mit ihr wäre alles in Ordnung, aber das stimmte nicht. Oberflächlich gesehen wirkte sie ganz normal, aber tief in ihrem Innern hatte sie nie aufgehört, Dad hinterherzurennen.

Ich bemühte mich, bei den verschiedenen Übungen, die wir absolvieren mussten, und auch während des Techniktrainings konzentriert bei der Sache zu sein, damit ich mir hinterher nicht wieder eine Predigt von Coach Rogers anhören musste. Und so hatte ich diesmal nach dem Training ein deutlich besseres Gefühl als am Freitag.

Zu Hause wusch ich mir den Schweiß ab und bereitete mir ein Mittagessen aus gebratenem Speck und einer weiteren Schüssel Cornflakes. Als ich mit dem Teller ins Wohnzimmer kam, klingelte mein Handy. Ich schaute nach, wer der Anrufer war, stöhnte laut und leitete den Anruf, ohne zu zögern, an die Mailbox weiter, griff nach der Fernbedienung und schaltete den Discovery Channel ein.

Während eine Endlos-Wiederholung von *Weiblich, clever, kriminell* im Hintergrund lief, setzte ich mich aufs Sofa und nahm mein Buch. Ich hatte den ersten Band der Reihe am Vorabend fertig gelesen und die ersten paar Kapitel des zweiten Bandes angefangen und konnte es kaum erwarten, wieder in die Welt vom Hof der Nacht und den Fae einzutauchen.

Und von Rhysand.

Ich machte es mir auf dem Sofa gemütlich und wollte mich gerade in mein Buch vertiefen, als es an der Tür klopfte. Kurz überlegte ich, ob ich es einfach ignorieren sollte, aber nach einem erneuten Klopfen stand ich seufzend auf und ging zur Haustür. Ich spähte durch das Fenster, und mein Magen knotete sich zusammen, als ich die Gestalt vor der Tür erkannte.

Sebastian.

Ich öffnete die Tür, ein albernes Grinsen auf dem Gesicht, das sich nicht vertreiben lassen wollte. »Hi.«

»Hast du kurz Zeit?« Er hatte die Hand gegen den Türpfosten gestützt und beugte sich leicht vor. Dadurch spannte sich das verwaschene graue T-Shirt über seinem Oberarm an und ich musste unwillkürlich hinsehen.

»Klar.« Ich trat zurück, um ihn einzulassen, doch er blieb an der Tür stehen.

»Super. Ich wollte zum See und mein Auto so richtig einsauen.

Lust, mitzukommen?« Er zwinkerte mir zu und – *verdammt* – sah dabei so unfassbar gut aus. »Das wird bestimmt lustig.«

Ich hatte die Badminton-Wette ganz vergessen. »Klar. Ich hole nur kurz meinen Hausschlüssel.« Ich schlüpfte in ein Paar alte Turnschuhe, schnappte mir Handy und Tasche und folgte Sebastian nach draußen. »Was genau hast du vor?«

»Du kennst doch die Feldwege, die zum See rausführen, oder?«, fragte er. »Ich schätze, da wird das Auto ordentlich dreckig werden.«

Ich setzte mich auf den Beifahrersitz, er schob sich hinter das Lenkrad. »Und wie soll ich dir dabei helfen?«

Schulterzuckend drehte er den Schlüssel im Zündschloss. »Ich wollte dich eben als Gesellschaft dabeihaben.«

Mein Magen flatterte. Ich lehnte mich zurück und schnallte mich an, während ich verzweifelt versuchte, dieses Gefühl zu ignorieren. Die Sonne schien durch die Frontscheibe. Sebastian griff hinter sich, holte seine Baseballkappe vom Rücksitz und zog sich den Schirm tief über die Augen. Und ich … ich seufzte verzückt.

Ich konnte nichts dagegen tun.

Jungs mit Baseballkappe waren nun mal eine Schwäche von mir und Sebastian war der heißeste von allen. Irgendwie brachte diese alte, abgetragene Kappe seine markanten Gesichtszüge noch besser zur Geltung.

Hilfe!

Ich schloss die Augen und befahl mir, ihn, wenn überhaupt, nur noch ganz flüchtig anzuschauen. Und das möglichst mein restliches Leben lang. Oder wenigstens im kommenden Jahr. Ein ausgezeichneter Plan.

Ich musste mich echt mal zusammenreißen.

Ich drehte das Radio leiser, um mich abzulenken. »Ich war nicht mehr am See, seit Keith versucht hat, mit Abfahrtskiern Wasserski zu fahren.«

Sebastian lachte schallend. »Gott, wann war das noch mal? Im Juli? Scheint schon ewig lange her zu sein.«

»Stimmt.« Ich lehnte mich zurück und zupfte am Saum meines T-Shirts herum. »Das war, kurz bevor du nach North Carolina gefahren bist.«

»Unglaublich, dass du seitdem nicht mehr hier warst. Macht dir der See keinen Spaß, wenn ich nicht dabei bin?«, neckte er mich und schnippte gegen meinen Arm. »Du kannst es ruhig zugeben.«

»Klar. Nur deshalb.« Ich schlug seine Hand weg und legte die Beine übereinander. »Die Mädchen fahren nicht so gern zum See.« Das immerhin war nicht gelogen. »Glaubst du, Megan und Phillip kommen wieder zusammen?«

»Puh, wer weiß? Vermutlich. Und dann trennen sie sich wieder. Und kommen wieder zusammen.« Er grinste. »Ich weiß nur, dass er sich das wünschen würde. Das sagt er ganz offen.«

»Das ist cool«, murmelte ich.

Er sah mich fragend an.

»Die meisten Jungs geben so was ihren Freunden gegenüber nicht gern zu«, erklärte ich.

»Und das weißt du, weil du auch ein Junge bist?«

»Genau. Ich bin insgeheim ein Junge.«

Sebastian ignorierte meine Antwort. »Ich glaube, wenn ein Junge wirklich in ein Mädchen verliebt ist, stört es ihn nicht, wenn andere davon wissen. Die meisten würden sich da nicht genieren.«

Da würde ich mich wohl auf sein Wort verlassen müssen.

Der See lag etwa zwanzig Minuten mit dem Auto von der Stadt entfernt, in der Nähe der Farm von Keith' Eltern, und war nur über eine Reihe unbefestigter Feldwege zu erreichen. Soweit ich wusste, lag der See direkt an der Grenze der Farm und gehörte sogar der Familie. Aber weil er nicht überwacht wurde, konnte sich jeder nach Belieben dort aufhalten.

Sebastian bog auf den privaten Zufahrtsweg ein. Die Räder holperten über das unebene Gelände und eine Staubwolke stieg auf und legte sich innerhalb weniger Sekunden auf den Jeep. »Keith wird stinksauer sein.« Lachend schaute ich aus dem Fenster. »Aber er würde genau das Gleiche tun.«

»Glaub mir, er hätte sein Auto im Sumpf versenkt und es mir dann gebracht. Ich hab da absolut kein schlechtes Gewissen.«

Nachdem wir eine Stunde lang über sämtliche Wege gebrettert waren, die nur irgendwie mit dem Auto befahrbar waren, war der Jeep nicht mehr wiederzuerkennen, und mir schmerzte der Hintern. Ich ging davon aus, dass wir nun zur Stadt zurückfahren würden, als ich den See durch die Bäume schimmern sah.

Sehnsucht flammte in mir auf. Ich dachte an unser leeres, stilles Haus, das mich manchmal an ein Skelett erinnerte, ohne Haut und ohne Muskeln. Nur das Gerippe eines Hauses. Ohne Seele.

Schuldgefühle regten sich in mir. Das Haus besaß sehr wohl eine Seele – meine Mutter und meine Schwester, wenn sie zu Hause war, und meine Mom gab sich die größte Mühe, ein schönes Zuhause daraus zu machen … nur ließ sich manchmal eben nicht leugnen, dass etwas fehlte.

Mom war einfach … sie lebte nur ein halbes Leben.

Sie arbeitete den ganzen Tag über, kam nach Hause, arbeitete noch mehr, aß etwas und ging ins Bett. Und am nächsten

Tag ging es wieder von vorn los. Das war alles – ein halbes Leben.

»Können wir noch ein bisschen am See bleiben?«, fragte ich und schob die Hände zwischen die Knie. »Oder musst du irgendwohin?«

»Nö. Ich hab nichts vor. Dann fahren wir jetzt zum Steg.«

»Au ja«, murmelte ich.

Ich schwieg, während Sebastian zwischen ein paar Sträuchern anhielt. Dort öffnete ich meinen Gurt.

»Bleib noch kurz sitzen«, sagte er, bevor ich die Tür aufmachen konnte.

Verwundert beobachtete ich, wie er aus dem Wagen sprang, um den Jeep herumlief, meine Tür aufzog und sich mit großer Geste verbeugte. »Bitte sehr, Mademoiselle.«

Ich lachte ungläubig. »Soll das ein Witz sein?«

Er streckte mir die Hand entgegen. »Ich bin eben ein Gentleman.«

Ich griff danach und ließ mir von ihm aus dem Wagen helfen. Ehe ich zu Boden springen konnte, landete seine andere Hand an meiner Hüfte. Überrascht von der Berührung fuhr ich zusammen und rutschte auf dem nassen Gras aus.

Sebastian fing mich auf, dabei glitt seine Hand meinen Körper entlang und um meine Taille. Er zog mich an sich und drückte mich an seine Brust. Das kam so unerwartet, dass mir der Atem wegblieb. Auf einmal standen unsere Körper eng aneinandergeschmiegt da.

Meine Kehle war wie ausgetrocknet und ich hob den Kopf. Seine Augen lagen unter dem Schirm der Baseballkappe verborgen. Mein Herz klopfte so rasend, dass ich schon fürchtete, er könnte es spüren.

So *nah* waren wir uns.

»Hoppla, nicht hinfallen.« Er lachte, aber irgendwie klang es anders als sonst. Seine Stimme war tiefer als gewöhnlich und jagte mir eine Reihe kribbelnder Schauer über den Rücken. »Ich weiß nicht, ob ich dich in diesem Zustand allein zum Steg lassen kann.«

Ich wollte zurückweichen, um mehr Abstand zwischen uns zu bekommen, bevor ich etwas unglaublich Dummes anstellte, zum Beispiel sein Gesicht umfasste und seinen Mund auf meinen drückte.

Sebastian lächelte. Das war die einzige Warnung.

Er ging leicht in die Hocke, schlang den Arm um meine Knie, dann wurde ich hochgehoben und hing auf einmal bäuchlings über seiner Schulter. Sein Arm umfasste mit festem Griff meine Hüfte und hielt mich fest.

Kreischend griff ich nach seinem T-Shirt. »Was machst du da?«

»Ich bring dich zum Steg.«

»Oh mein Gott!«, schrie ich und klammerte mich an ihm fest. Meine Haare fielen mir wie ein dichter Vorhang vors Gesicht. »Ich kann alleine gehen!«

Er marschierte los. »Da bin ich mir nicht so sicher.«

»Sebastian!«

»Wenn du hinfällst und dich verletzt, würde ich mir das nie verzeihen.« Er stieg über einen umgefallenen Baum. »Und deine Mutter wäre auch stinksauer auf mich. Deine Schwester müsste nach Hause kommen, und du weißt doch, was für einen Schiss ich vor ihr habe.«

»Wie bitte?«, kreischte ich und trommelte mit den Fäusten auf seinen Rücken. »Seit wann hast du Angst vor Lori?«

Er ging schneller, mit unnötig langen Schritten, bei denen ich wild auf und ab wippte. »Sie ist so streng. Schon bei ihrem Blick schrumpfen Körperteile von mir zusammen, die ich lieber nicht zusammengeschrumpft haben möchte.«

Ich hob den Kopf. Der Jeep war kaum mehr zu sehen. Ich schlug mit der Faust auf seine Niere, worauf er leise ächzte und sich revanchierte, indem er zwischen den Schritten kleine Hüpfer machte.

»Das war fies.«

»Ich mach dich fertig!«

»So was würdest du nie tun.«

Statt Schatten umgab uns nun Sonnenschein und der steinige Boden und die abgebrochenen Zweige wichen hohem Gras. Der Geruch von nasser Erde wurde stärker. »Du kannst mich jetzt absetzen.«

»Ganz kurz noch.«

»Was –«

Auf einmal streckte er den Arm aus, drehte sich im Kreis herum und grölte lautstark: *»I believe I can fly. I believe I can touch the sky –«*

»Hilfe!« Ich musste laut lachen, obwohl ich kurz davor war, mich über seinen Rücken hinweg zu übergeben.

»I think about it every night and day!«

»Du bist so ein Idiot!« Ich schluckte ein weiteres Lachen hinunter. »Was ist nur in dich gefahren?«

»Spread my wings and lala lala lala away!« Er blieb so unvermittelt stehen, dass ich von seiner Schulter rutschte. Mit beeindruckender Leichtigkeit fing er mich auf und ließ mich an seinem Körper herab – seinem *ganzen* Körper – zu Boden gleiten.

Ich taumelte von ihm weg, sank in das üppig grüne Gras und stützte die Hände zwischen die warmen Halme. »Du … du bist ja nicht ganz richtig im Kopf.«

»Ich finde mich ziemlich cool.« Er ließ sich neben mich fallen. »Nicht jeder hat das Glück, Zeuge meines verborgenen Talents zu werden.«

»Talent?«, ächzte ich entsetzt. »Du klingst wie ein Eisbär, der ermordet wird.«

Er warf den Kopf in den Nacken und lachte so schallend, dass ihm die Baseballmütze vom Kopf rutschte. »Du bist doch nur neidisch, weil du nicht so eine engelsgleiche Stimme hast.«

»Du leidest unter Wahnvorstellungen!« Ich wollte mit dem Arm ausholen.

Leider war er verflixt schnell und konnte mein Handgelenk ohne Mühe fangen. »Nicht schlagen. *Herrgott noch mal.* Du benimmst dich wie eine Fünfjährige.«

»Ich zeig dir gleich, wie sich eine Fünfjährige benimmt!« Ich versuchte, meinen Arm zu befreien, aber weil er im gleichen Moment ebenfalls zog, geriet ich aus dem Gleichgewicht. Irgendwie – ich weiß bis heute nicht, wie das passieren konnte – landete ich halb auf ihm und halb auf der Wiese, und meine Beine waren mit seinen verheddert. Ich lag praktisch auf seinem Schoß und wir schauten uns an.

Nur, dass er mir nicht in die Augen sah.

Wenigstens wirkte es nicht so. Es schien vielmehr, als wäre sein Blick auf meinen Mund gerichtet, und mein Magen fühlte sich auf einmal ganz hohl an. Die Zeit schien stehen zu bleiben, und ich konnte jeden Teil seines Körpers spüren, der mich berührte. Seinen Arm, der immer noch um meine Hüfte geschlungen war, seinen festen Schenkel, der sich an meinen presste. Sein dünnes T-Shirt unter meiner Handfläche und die muskulöse Brust darunter.

»Ich habe Wahnvorstellungen?«, fragte er heiser.

Ich erschauderte. »Ja.«

Er hob eine Hand, und mir stockte der Atem, als er nach einer Haarsträhne griff, die mir ins Gesicht gerutscht war, und sie vorsichtig und zart hinter mein Ohr schob, wo seine Hand dann liegen blieb.

Sekunden vergingen, ein paar wenige Herzschläge nur, und dann gab er einen Laut von sich, wie ich es noch nie gehört hatte. Heiser und tief und irgendwo aus seinem Innern kommend. Und da senkte ich, ohne nachzudenken, den Kopf…

Und dann küsste ich Sebastian.

6

DER KUSS WAR SO ZART, fast wie ein Kitzeln auf den Lippen, dass ich kaum glauben konnte, dass er tatsächlich passierte. Aber so war es, und Sebastians Arm umfasste immer noch meine Taille, und seine Hand ruhte in meinem Nacken und zupfte an meinen Haaren.

Sein Mund lag ganz dicht an meinem, so dicht, dass ich jeden seiner Atemzüge an den Lippen spürte. Ich wusste nicht, ob ich überhaupt noch atmete, nur mein Puls raste wie wild. Ich wollte ihn wieder küssen, ich wollte, dass er mich zurückküsste. Das war alles, was ich mir wünschte. Aber in diesem Moment war ich vor Überraschung wie erstarrt.

Sebastians Kopf neigte sich zur Seite, seine Nase glitt an meiner entlang, und als ich daraufhin leise die Luft einsog, wurde mir klar, dass ich tatsächlich noch atmete. Würde er meinen Kuss erwidern? Fester diesmal? Leidenschaftlicher?

Da drehte er auf einmal den Kopf weg, und ehe ich wusste, wie mir geschah, landete mein Hintern im Gras, und wir berührten uns nicht mehr. Ich wollte etwas sagen, brachte aber kein Wort hervor. Mein Verstand hatte aufgehört zu arbeiten.

In diesem Moment begriff ich erst, was passiert war.

Sebastian hatte nicht *mich* geküsst.

Ich hatte *ihn* geküsst.

Ich hatte ihn geküsst … und für einen kurzen Moment, den allerkürzesten Moment in der gesamten Erdgeschichte … hatte ich gedacht, er würde meinen Kuss erwidern. Wenigstens hatte es sich so angefühlt.

Aber er hatte es nicht getan.

Stattdessen hatte er mich einfach ins Gras plumpsen lassen.

Hilfe, was hatte ich getan?

Mein Herz schien irgendwo in meiner Kehle zu stecken und tausend Gedanken schossen mir durch den Kopf. Ich öffnete den Mund und hatte keine Ahnung, was ich sagen sollte.

Sebastian sprang auf, sein Gesicht war bleich und verkrampft. »Oh Mist. Tut mir leid.«

Ich klappte den Mund wieder zu. Echt jetzt? *Er* entschuldigte sich dafür, dass *ich* ihn geküsst hatte?

Sebastian hob seine Kappe auf, setzte sie sich wieder auf den Kopf und trat, ohne mich anzusehen, einen Schritt zurück. »Das war … ein Versehen, oder?«

Langsam hob ich den Kopf. Meinte er diese Frage wirklich ernst? Und was sollte ich darauf erwidern? Meine Lippen waren sicher nicht »ausgerutscht« und aus Versehen auf seinen gelandet. Nach ein paar flachen, brennenden Atemzügen konzentrierte ich mich auf das hellgrüne Gras. Meine Finger schlangen sich um die langen Halme, während ich seine Worte verdaute.

Ein scharfer Schmerz flammte in meiner Brust auf und sickerte wie eine dickflüssige Ölschicht in meinen Magen.

»Ich … äh … ich habe ganz vergessen, dass ich mich vor dem Abendessen noch mit dem Coach treffen muss«, sagte er und wandte sich ab. »Wir sollten besser zurückfahren.«

Das war eine Lüge.

Es konnte nur gelogen sein.

Er wollte weg von mir. Ich war nicht dumm, aber … verdammt, tat das weh. Ich konnte mich nicht daran erinnern, dass er je vor mir fliehen wollte.

Der Schmerz in meiner Brust wanderte meine Kehle hoch und raubte mir den Atem. Eine kribbelnde Hitze traf mein Gesicht, während eine tiefe Scham in mir aufwallte.

Oh Gott.

Am liebsten hätte ich mich mit dem Gesicht nach unten in den See gelegt und in die Tiefe sinken lassen.

Wie betäubt stand ich auf und klopfte mir das Gras von den Shorts. Schweigend gingen wir zum Jeep zurück und … oh Gott, wie gern hätte ich in diesem Moment geweint. Meine Kehle schmerzte, meine Augen brannten, und ich musste meine gesamte Willenskraft aufbieten, um nicht auf der Stelle in Tränen auszubrechen. Mein Herz war von einem derart stechenden Schmerz erfüllt, als wäre mir der Brustkorb aufgerissen worden.

Im Auto schnallte ich mich an und konzentrierte mich darauf, tief und gleichmäßig zu atmen. Ich musste mich nur so lange zusammenreißen, bis ich zu Hause war. Das genügte. Zu Hause konnte ich mich in meinem Bett verkriechen und wie ein zorniges Baby losflennen.

Sebastian drehte den Schlüssel und der Motor sprang stotternd an. Das Radio schaltete sich ein, und ein leises Stimmengewirr ertönte, das nicht zu verstehen war.

»Wir … zwischen uns ist doch alles okay, oder?«, fragte er mit nervöser Stimme.

»Ja«, sagte ich heiser und räusperte mich. »Na klar.«

Sebastian antwortete nicht. Ein paar Sekunden lang spürte

ich seinen Blick auf mir, aber ich schaute ihn nicht an. Ich brachte es nicht über mich, weil ich sonst bestimmt losgeheult hätte.

Er schaltete und fuhr auf die Straße.

Was hatte ich mir dabei nur gedacht? Noch nie hatte ich irgendwas getan, das meine Gefühle für Sebastian verraten hätte. Die meiste Zeit gab ich mich ganz cool. Und jetzt auf einmal hatte ich ihn *geküsst*.

Am liebsten hätte ich die Zeit zurückgedreht.

Ich wollte die Zeit zurückdrehen und diese kurzen Sekunden noch mal erleben, vor allem, weil ich wohl nie wieder die Chance dazu bekommen würde.

Ich wollte die Zeit zurückdrehen und ihn *nicht* küssen, weil das ein Riesenfehler gewesen war.

Unsere Freundschaft würde nie mehr so sein wie früher, das wusste ich genau.

Am Mittwochmorgen pochte es hinter meinen Schläfen, und meine Augen schmerzten, aber ich hatte immer noch nicht geweint. Dabei hatte ich die ganze Zeit das Gefühl, gleich in Tränen ausbrechen zu müssen, vor allem als ich die mit Brot und Zwiebeln gefüllten Fleischbällchen meiner Mutter, die es gestern zum Abendessen gegeben hatte, kaum herunterbrachte. Natürlich hatte Mom das bemerkt, aber ich wich ihren Fragen mit der Ausrede aus, mir sei schon seit dem Training am Morgen flau im Magen gewesen. Nach dem Essen konnte ich nicht mal mehr lesen. Stundenlang lag ich wie ein Häufchen Elend auf dem Bett, starrte auf die Balkontür und wartete darauf, dass Sebastian kam oder mir eine Nachricht schickte. Egal was. Aber da kam nichts.

Normalerweise wäre das nicht weiter schlimm gewesen. Während des Sommers meldeten wir uns auch sonst nicht täglich beieinander. Aber nach diesem Vorfall am See? Da kam mir dieses Schweigen anders als sonst vor.

Obwohl mir Kehle und Augen brannten, wollten keine Tränen kommen. Irgendwann nachts wurde mir dann klar, dass ich nicht mehr geweint hatte, seit … seit der Sache mit Dad. Und da war mir irgendwie noch mehr zum Heulen zumute. Warum wollte ich mir keine Tränen mehr erlauben?

Das Einzige, was mir das einbrachte, waren mordsmäßige Kopfschmerzen. Gott sei Dank hatte ich am Donnerstag kein Training, sonst hätte ich mir eine weitere, hochverdiente Standpauke eingehandelt. Nachdem Mom zur Arbeit gegangen war, verkroch ich mich wieder im Bett, starrte an die Risse in der Decke und ging in Gedanken die Szene vom See noch mal durch, bis zu dem Moment, in dem alles schiefgegangen war.

Der Moment, in dem ich Sebastian geküsst hatte.

Ein Teil von mir würde am liebsten so tun, als wäre nichts passiert. Das hatte früher auch schon funktioniert.

Zum Beispiel tat ich bis heute noch so, als würde mein Dad nicht existieren.

Aber als ich auch am Donnerstag ohne einen spätabendlichen Besuch von Sebastian und ohne Nachricht von ihm aufwachte, wusste ich, dass ich dringend mit jemandem reden musste. Ich hatte keine Ahnung, was ich jetzt tun und wie ich mit dem Problem umgehen sollte, und es war nicht sehr wahrscheinlich, dass mir dazu irgendwann eine himmlische Erleuchtung kommen würde. Deshalb schickte ich den Mädels gleich morgens die Nachricht, dass ich mit ihnen reden müsse. Sie würden sofort wissen, dass es dringend war, weil ich keinen Grund angab.

Abbi und Megan tauchten, so schnell sie konnten, bei mir auf, und wäre Dary nicht verreist, wäre sie auch gekommen.

Megan saß auf meinem Bett, die langen Beine angewinkelt. Die blonden Haare fielen ihr offen auf die Schultern. Abbi hockte auf meinem Schreibtischstuhl und sah wie ich so aus, als sei sie erst vor zwei Minuten aus dem Bett gekrochen und nur kurz in Jogginghose und Tanktop geschlüpft.

Ich hatte bereits in groben Zügen erzählt, was passiert war, unterstützt von der Packung Oreos, die Megan mitgebracht hatte. Schon beim Erzählen hatte ich drei oder fünf davon verdrückt – okay, zehn. Trotzdem hatte ich fest vor, mir die restlichen Spaghetti mit Fleischbällchen von gestern reinzuziehen, sobald die Mädels wieder weg waren.

»Ich will nur kurz anmerken, dass ich schon immer wusste, dass du in Sebastian verknallt bist«, verkündete Megan.

Bevor ich fragen konnte, wieso ich mir dann jede Woche anhören musste, ich solle endlich einen Vater für meine Kinder finden, fuhr Megan schon fort: »Deshalb hab ich dich auch mit meinen wöchentlichen Strafpredigten genervt – ich hatte gehofft, du würdest es dann irgendwann mal zugeben.«

Leider konnte ich diesen Gedankengang nicht nachvollziehen. Kein bisschen.

»Ich habe es natürlich auch schon vermutet«, meinte Abbi. »Bei unserem letzten Treffen habe ich das ja sogar angedeutet.«

»Kein Wunder, dass du mit Andy Schluss gemacht hast«, fügte Megan hinzu. »Du wolltest schon ernsthaft mit ihm zusammen sein, aber das ging nicht, weil du eben in Sebastian verknallt bist.«

Das stimmte. Ich hatte mir fest vorgenommen, in Andy verliebt zu sein, und ich hatte ihn ja auch gemocht. Nur – ich war nicht mit meinem Herzen dabei gewesen, und das war mit Sicherheit der dümmste Grund der Welt, um mit einem Jungen zu schlafen. Aber ich hatte eben geglaubt, dass das meine Gefühle für ihn vielleicht verändern würde. Aber so war es nicht, und das war dann auch das Signal für mich gewesen, die Beziehung zu beenden.

Ich marschierte vor dem Kleiderschrank auf und ab. »Warum habt ihr nichts gesagt, wenn es so offensichtlich war?«

»Wir dachten, du willst nicht darüber reden«, meinte Megan schulterzuckend.

Abbi nickte. »Du redest ja allgemein nicht gern über persönliche Dinge.«

So gern ich das abgestritten hätte … es stimmte. Leider. Selbst mit Sebastian war das so. Ich hörte lieber zu, als dass ich redete. Ich konnte stundenlang herumgrübeln, ohne meine Gedanken anderen gegenüber je laut auszusprechen.

»Aber darum geht es jetzt nicht. Ich bin einfach verwirrt«, sagte Megan. »Du sagst, er hätte so einen Laut von sich gegeben – und ich weiß übrigens genau, was du meinst. Und er hat dich umarmt. Das klingt doch so, als hätte es ihm auch gefallen.«

Ich ballte die Fäuste und öffnete sie wieder und tigerte ruhelos weiter auf und ab. »Ich kapier das doch auch nicht. Ich meine, ich habe keine Ahnung, was ich mir dabei gedacht habe. Alles war gut. Er hat sich ganz normal benommen, so wie immer, und wir haben herumgealbert –«

»Herumgealbert?«, fragte Megan und hielt angesichts meines finsteren Blicks abwehrend die Hände in die Höhe. »Was ist? Ich will mich nur vergewissern, dass ich auch alles richtig verstehe.«

»Nicht so, wie du denkst«, erwiderte ich und rieb mir die

Schläfen. »Ich wollte ihn gegen den Arm boxen, nur so aus Spaß, und er hat mein Handgelenk festgehalten. Und plötzlich bin ich auf seinem Schoß gelandet und wir haben … wir haben uns in die Augen geschaut.«

»Und da hast du ihn geküsst?« Abbi setzte sich im Schneidersitz auf. »Nur *ein* Kuss?«

Ich schlug die Hände vors Gesicht und nickte. »Es war nur ein kurzer Kuss auf den Mund. Ich bin mir nicht mal sicher, ob man so was überhaupt als Kuss bezeichnen kann.«

»Kuss ist Kuss, egal, wie lange er dauert«, meinte Abbi.

»Das würde ich nicht sagen.« Megan angelte sich einen Keks aus der Oreopackung neben ihr. »Es gibt schon verschiedene Arten von Küssen. Ein kurzer Schmatz auf die Backe oder ein langer auf den Mund, aber mit geschlossenen Lippen, und dann noch der … Moment mal, was rede ich hier eigentlich? Ihr seid alle keine Mitglieder in der Jungferngarde mehr. Ihr wisst ja alle selbst, was es für unterschiedliche Kussarten gibt.«

»Oh mein Gott«, stöhnte ich und ließ die Arme sinken.

Abbi verdrehte kopfschüttelnd die Augen. »Ich hab ja oft keine Ahnung, wovon du redest … aber Jungferngarde? Das ist … da fehlen mir einfach die Worte.«

Obwohl Megan sich einen ganzen Keks auf einmal in den Mund geschoben hatte, redete sie einfach weiter. »Du hast ihn also nur kurz geküsst, ohne Zunge, und dann bist du ausgeflippt?«

Ich drehte weiter meine Runden. »Ja. So ungefähr.«

Sie nahm eine Serviette und wischte sich die kleinen, schwarzen Krümel von den Lippen. »Hat er den Kuss erwidert?«

»Nein«, flüsterte ich. »Ich dachte erst, er würde es tun, aber das hat er nicht.«

Abbi hob die Augenbrauen. »Was hat er stattdessen getan? Einfach nur dagelegen? Während du auf seinem Schoß gesessen bist?«

Ich nickte peinlich berührt. »Hm-mm.«

Die Mädchen wechselten einen Blick, dann stibitzte sich Megan einen weiteren Keks. »Es überrascht mich nicht, dass du ihn geküsst hast. Immerhin warst du schon scharf auf ihn, seit du begriffen hast, dass Jungen einen Pe–«

»Ich weiß, wann ich angefangen habe, in ihm mehr als nur einen Freund zu sehen«, unterbrach ich sie. »Trotzdem habe ich keine Ahnung, was da am See mit mir los war.«

»Vermutlich, weil du jede Sekunde davon im Kopf analysiert hast, anstatt sie tatsächlich zu erleben.« Abbi lehnte sich zurück. »Das machst du doch immer so. Grübeln und dir den Kopf zerbrechen, während gerade etwas Tolles passiert.«

Auch das hätte ich gern abgestritten, aber wieder hatte sie recht. Das tat ich. Und zwar oft. »Kann ja sein, aber können wir bitte ein anderes Mal über meine Charakterschwächen diskutieren?«

Abbi grinste. »Klar.«

»Vielleicht hast du ihn einfach überrumpelt«, meinte Megan. »Vielleicht hatte er Schiss.«

»Meinst du?«

»Vielleicht. Ich meine, ihr seid doch schon seit Ewigkeiten befreundet. Da kann es doch sein, dass er von der Situation überfordert war, obwohl er vielleicht auch in dich verknallt ist.« Sie strich sich die Haare hinter die Schulter. »Hast du hinterher was zu ihm gesagt? – Warte, du brauchst nicht zu antworten. Ich weiß schon. Natürlich nicht.«

Ich zog einen Schmollmund.

Sie hob die Hände. »Ich will nicht unhöflich sein. Ich weise nur darauf hin, dass es durchaus möglich wäre, dass er wegen deinem Schweigen denkt, dass du denkst, du hättest einen Fehler gemacht.« Sie sah zu Abbi. »Stimmt doch, oder?«

»Na ja …« Abbi stützte sich mit dem Arm auf die Stuhllehne. »Also. Du weißt doch, wie sehr ich dich mag, Lena, ja?«

Oha, das Gespräch nahm eine Wendung, die mir sicher nicht gefallen würde. »Ja und?«

»Ich werde jetzt einfach mal was in den Raum werfen. Damit du darüber nachdenken kannst«, sagte sie, ihre Worte sorgfältig wählend. »Du hast Sebastian geküsst. Gehen wir mal davon aus, dass es ein nicht nur freundschaftlicher Kuss war. Es war ein Kuss auf den Mund, und wir sind uns alle einig, dass so was üblicherweise kein Zeichen für eine platonische Freundschaft ist.«

»Einverstanden«, warf Megan ein. »Sonst wäre das Ganze auch zu verwirrend.«

»Du hast ihn also geküsst, und er weiß, dass du das nicht nur aus reiner Freundschaft getan hast. Jetzt gibt es zwei Möglichkeiten: Die eine wäre, wie Megan gesagt hast – du hast ihn überrumpelt, und er hat seltsam reagiert und verkriecht sich deshalb jetzt in einer Ecke.«

Ich konnte mir Sebastian nicht vorstellen, wie er sich irgendwo in einer Ecke verkroch.

»Die zweite Möglichkeit wäre, dass sich dein Kuss für ihn irgendwie falsch angefühlt hat. Und als es dann peinlich geworden ist, hat er sich so schnell wie möglich aus dem Staub gemacht. Und nun hofft er, dass du das Ganze wieder vergisst.«

Autsch.

Ich ging zur Balkontür. »Du meinst, er wünscht sich, ich hätte es nicht getan?«

»Na ja …« Sie biss sich auf die Unterlippe. »Er hat gerade keine Freundin. Und du bist auch solo.« Leise fuhr sie fort: »Ihr habt viel gemeinsam. Ihr seht beide gut aus –«

»Also, ich würde sofort mit dir ins Bett hüpfen«, bemerkte Megan.

»Danke.« Ich lachte heiser.

»Und ihr wisst beide so viel voneinander. Deshalb denke ich, wenn er bei deinem Kuss gemerkt hätte, wie sehr ihm das gefällt, hätte er ihn auch erwidert. Zumindest hätte er nicht nur gesagt, dass das nicht hätte passieren dürfen.«

Mein Herz zog sich zusammen. Ich schob den Vorhang beiseite und sah aus dem Fenster. In den Ästen des alten Ahornbaums raschelte der Wind.

Abbi hatte recht. Das hatte Sebastian tatsächlich gesagt.

»Weil es nämlich keinen Grund gibt, warum ihr beide nicht zusammen sein könnt«, fügte sie hinzu. »Deshalb denke ich, dass er das nicht gesagt hätte … wenn er wirklich auf dich stehen würde.«

Säure brodelte in meinem Magen und das Brennen breitete sich in meinem ganzen Körper aus. Wieso fühlte sich der Schmerz nur so real an, als würde mir das Herz herausgerissen? Ich holte zitternd Luft. »Und was soll ich jetzt tun?« Ich ließ den Vorhang los und drehte mich zu ihnen um.

Megans blonde Augenbrauen wanderten in die Höhe. »Ich hätte ihm schon längst eine Nachricht geschrieben und ihn gefragt, was los ist.«

Angst explodierte in mir, als ich über diesen Vorschlag nachdachte. »Dafür bin ich zu feige.«

»Du bist nicht feige, Lena«, versicherte Abbi mir. »Ich versteh schon, warum du das nicht getan hast. Er ist einer deiner besten Freunde. Das ist schon verdammt knifflig.«

Knifflig beschrieb es nicht mal annähernd.

»Ich glaube, es wäre klug, wenn du dich bei ihm meldest«, fuhr Abbi fort. »Schick ihm einfach eine kurze Nachricht und frag, ob alles okay ist. Das finde ich nicht zu aufdringlich.«

Schon bei dem Gedanken daran hätte ich mich am liebsten übergeben. »Ich komme mir so dumm vor.«

Megan sah mich fragend an. »Warum?«

»Weil … weil ich mir über so was eigentlich gar nicht den Kopf zerbrechen sollte.« Ich ließ mich neben Megan auf das Bett fallen und holte einen Keks aus der Packung, doch in meiner Kehle breitete sich schon wieder dieses Brennen aus. »Ich meine, es gibt echt Wichtigeres, worüber ich mich sorgen sollte.«

»Was denn?«, wollte Megan wissen. »Den Weltfrieden? Politik? Die Staatsverschuldung? Keine Ahnung, da gibt es eine Menge. Du schaust doch immer Nachrichten. Ich weiß nicht mal, auf welchem Sender die kommen.«

Ich schüttelte mit einem schwachen Lächeln den Kopf. »Ich sollte mich darauf konzentrieren, dass das mein letztes Schuljahr ist. Ich habe dieses Jahr fast nur Leistungskurse belegt und der Trainingsplan in Volleyball ist mörderisch. Ich muss unbedingt versuchen, ein Stipendium –«

»Das ist doch Blödsinn.« Megan drehte sich mit hochrotem Kopf zu mir. »Du denkst über einen Jungen nach und redest mit uns über ihn. Na und? Ich weiß, dass du auch andere Dinge im Kopf hast. Und Abbi weiß das auch. Du musst nicht den ganzen Tag nur über wirklich wichtige, ernste Themen sprechen, um zu beweisen, dass du nicht nur Jungs im Kopf hast. Vergiss dieses ganze ›Oh mein Gott, sie denkt ständig nur an Jungs‹-Gelaber, weil wir am Ende sowieso den Kürzeren ziehen. Wir Mädchen, meine ich. Wir können gar nicht gewinnen.«

»Oh je.« Abbi grinste. »Jetzt legst du aber los.«

»Da kannst du Gift drauf nehmen. Und wie ich gleich loslege. Es ist doch so: Wenn wir an Jungs denken, behaupten die anderen – meistens andere Mädchen, weil Mädchen echt verdammt fies sein können –, wir wären oberflächlich. Wir wären einseitig, was immer dieser Scheiß auch bedeuten soll. Und wenn wir sagen, dass wir nicht an den Jungen denken, den wir mögen, werfen sie uns vor, wir würden lügen. Oder wären irgendwie seltsam. Und wenn wir uns auf andere Dinge konzentrieren, sind wir Angeber. Wir *können* also gar nicht gewinnen. Als dürften wir keine Gefühle haben oder über unsere Gefühle nachdenken. Das ist doch total bescheuert.«

»Ich sage das nicht oft«, meinte Abbi ernst, »aber da hat sie recht.«

»Natürlich hab ich recht.« Megan wedelte empört mit den Händen. »Und für Mädchen, die Mädchen mögen, gilt das Gleiche. Die gelten dann nicht als jungsfixiert, sondern haben angeblich nur Mädchen im Kopf. Das ist doch krank. Du machst dir Sorgen wegen Sebastian, weil er dir wichtig ist, aber deshalb denkst du trotzdem noch an die Schule und an Volleyball, die Arbeit und sogar die Staatsverschuldung, jawohl!«

Ich lachte.

Megan holte tief Luft. »Ich denke gerne über Jungen nach, vor allem über Phillip, und ich bin deutlich schlauer als die meisten Menschen, vor allem als die Leute, die mir vorwerfen, ich hätte nur Jungs im Kopf. Ich kann so viel an Jungs denken, wie ich will, und mich trotzdem noch für andere Dinge interessieren. Deshalb – Scheiß drauf. Mach dich nicht selbst fertig, weil du dich jetzt gerade darauf konzentrierst, was dir in diesem Moment wichtig ist. Das ist nun mal ein Junge. Morgen kann es etwas ganz anderes sein.«

Beinahe schockiert sah ich sie an. Dann breitete sich ein Lächeln auf meinem Gesicht aus. »Megan, wow. Könntest du diese Schimpftirade vielleicht noch mal wiederholen, damit ich sie aufnehmen kann?«

Sie verdrehte die Augen. »Lieber nicht, beim zweiten Mal klingt es meistens nicht mehr ganz so lässig.«

Abbi kam mit ihrem Stuhl zu uns gerollt. »Ich sage es noch einmal: Megan hat recht.«

Ich ließ mich rücklings auf mein Bett fallen, wobei ich fast auf den Oreos gelandet wäre. Ich starrte an die Decke, während das beklommene Gefühl in meiner Brust ein wenig nachließ. Der Kummer schwebte immer noch wie ein Schatten über mir, zusammen mit der Verwirrung über Sebastians Benehmen, aber es war schon weniger geworden. Wegen ihnen. Meinen Freundinnen. »Leute«, sagte ich, »mir geht's echt schon besser. Das heißt, ich muss vielleicht nicht den ganzen Nachmittag heulend auf der Couch sitzen und die sieben Fleischklopse von gestern auf einmal verdrücken.«

Abbi lachte hustend. »Wie schön.«

»Kann ich vielleicht auch ein Fleischbällchen abbekommen?« Megan stupste mich am Arm. »Nach dem vielen Zucker könnte ich ein bisschen Fleisch gebrauchen.«

Abbi seufzte.

»Okay. Gleich wird es kitschig«, warnte ich die beiden, ohne mich zu rühren. »Aber wir werden doch immer Freundinnen bleiben, oder? Weil, ich habe so das Gefühl, dass das nicht die letzte Schwachsinnsaktion von mir gewesen sein wird.«

Megan kicherte. »Das war jetzt echt kitschig, aber ja, das werden wir.«

»Vergiss Dary nicht«, erinnerte mich Abbi und stieß mich mit dem Fuß an. »Wir vier Freundinnen werden immer vier Freundinnen bleiben. Egal, was passiert.«

7

Nachdem die Mädchen gegangen waren, nahm ich mein Handy und trat auf den Balkon. Dort beugte ich mich über das Geländer und spähte zu Sebastians Haus hinüber. Seine Mutter stand im Garten vor einem Beet und grub in der Erde. Sie trug einen breitkrempigen Strohhut, unter dem nur ein paar braune Haarsträhnen hervorschauten.

Ihr ganzer Körper erzitterte, als sie den Spaten in das Blumenbeet rammte. Neben ihr lagen mehrere blaue und rote Hortensien, noch in ihren Kartontöpfen. Mein Blick huschte zur Veranda und der gemauerten Feuerstelle darauf. Sie war nicht auseinandergefallen wie unsere.

Sebastians Mutter redete nicht viel. Obwohl wir uns schon lange kannten und ich schon unendlich oft bei ihnen gewesen war, hatte ich selten länger mit ihr gesprochen.

Sie grüßte immer freundlich und fragte, wie es mir und meiner Mom ging oder wie es Lori im College gefiel, aber mehr auch nicht.

Sebastians Vater war derjenige, der die Unterhaltungen bestritt.

Ich atmete tief ein und schaute auf mein Handy. Abbi und Megan hatten also die ganze Zeit schon vermutet, dass ich für

Sebastian mehr als nur Freundschaft empfand. Und Dary hatte es sicher auch schon erraten. Dass sie das für sich behalten und mich nicht gedrängt hatten, mit ihnen darüber zu reden, sprach für sich. Sie kannten mich einfach zu gut.

Ich trat vom Geländer weg, ließ mich auf meinen Liegestuhl fallen und stellte die Füße auf den Sitzrand. Das Handy in der Hand überlegte ich, welche Möglichkeiten mir blieben.

Ich konnte das Ganze ignorieren und so tun, als wäre es nie passiert. Das war schon immer meine bevorzugte Strategie gewesen. Oder ich könnte mir vornehmen, mich morgen darum zu kümmern – schließlich wusste ich genau, wie ich tickte. Im Gegensatz zum Heute schien mir das Morgen immer voller neuer Möglichkeiten und Chancen zu sein, aber dann schob ich doch alles wieder auf.

Das würde jetzt nicht funktionieren.

Ich kaute auf meiner Lippe, öffnete die Nachrichten-App und suchte die letzte Nachricht von Sebastian; es war die von Freitag. Mein Magen schlug einen Purzelbaum, als ich die Worte *Ist alles okay zwischen uns?* tippte.

Mehrere Augenblicke verstrichen, bis ich den Mut aufbrachte, auf Senden zu drücken. Hinterher bereute ich es sofort. Aber weil ich die Nachricht nicht zurückholen konnte, starrte ich einfach darauf. Das Football-Training war vorbei, das wusste ich. Manchmal zog er hinterher noch mit seinen Freunden los. Ab und zu kam er aber auch direkt nach Hause.

Jedenfalls antwortete er nicht gleich. Ich legte die Stirn auf die Knie. Ich war immer noch ein wenig überrascht, dass ich ihm tatsächlich geschrieben hatte. Meine natürliche Reaktion hätte eigentlich so ausgesehen, erst mal nichts zu unternehmen und zu warten, bis Sebastian irgendwann doch wieder bei mir auftauchte oder sich die Sache von allein klärte. Aber das brachte ich einfach nicht über mich.

Ich überlegte, ob ich rübergehen sollte und schauen, ob er da war. Aber nachdem ich ihm eben erst geschrieben hatte, hätte das vielleicht ein bisschen übertrieben gewirkt. Weil ich nicht still sitzen konnte, stand ich auf, trat zur Treppe, die in unseren Garten führte, und ging zögernd ein paar Stufen hinunter. Auf halbem Weg blieb ich stehen, weil ich nicht wusste, was ich unten tun sollte. Drüben in Sebastians Garten war seine Mutter fast fertig damit, die Blumen einzupflanzen. Auf der Wiese lagen nur noch ein paar knallpinke Exemplare. Ich machte kehrt und ging durch mein Zimmer nach unten in die Küche, um die Fleischbällchen aufzuwärmen. Ich verdrückte vier davon auf der Sofalehne kauernd und schaute dabei Nachrichten.

Als ich fertig war, hatte Sebastian immer noch nicht geantwortet.

Wieder stand ich mit schmerzhaft vollem Bauch oben in meinem Zimmer, das Handy in der Hand. In mir schwirrte viel zu viel ruhelose Energie herum, als dass ich mich hätte setzen und etwas lesen können. Vielleicht sollte ich anfangen zu putzen.

So verzweifelt war mein Wunsch nach Ablenkung.

Ich legte das Handy auf den Nachttisch und ging zu meinem Kleiderschrank. Überall lagen Jeans und Bücher und die Hälfte meiner T-Shirts und Pullover hing nur halb an den Bügeln.

Okay, so verzweifelt war ich dann auch wieder nicht.

Ich schloss die Tür und ließ mich bäuchlings aufs Bett fallen, was meinem vollen Bauch nicht unbedingt guttat.

Stöhnend murmelte ich »Ich blöde Kuh« in meine Decke.

Mein Handy pingte und ich schoss hoch. Blitzschnell riss ich das Handy vom Nachttisch. Mir stockte der Atem. Sebastian hatte geantwortet. *Endlich.*

Klar. Wieso?

»Wieso?«, flüsterte ich, obwohl ich es am liebsten laut geschrien hätte. »Was meinst du mit ›Wieso‹?«

Bevor ich das zurückschreiben konnte, hielt ich inne, mein Finger verharrte über dem Display. Mein Herz raste wie nach mehreren Runden Sprinttraining.

Ich könnte ganz offen und ehrlich sein und genau erklären, warum ich das gefragt hatte. Mir wären da eine Million Dinge eingefallen. Zum Beispiel, was er gedacht hatte, als ich ihn küsste, oder warum er sich auf einmal so komisch aufgeführt hatte. Ich könnte ihn auch fragen, ob er wünschte, ich hätte es nicht getan. Ich könnte ihm sogar mitteilen, dass es sich schön angefühlt hatte, ihn zu küssen, ein bisschen wie Nachhausekommen.

Aber ich schrieb nichts davon.

Wieder pingte mein Handy.

Bei dir auch alles okay?

Nein. Kein bisschen.

Ich war in ihn verliebt, seit ich denken konnte, und nun hatte ich Angst, dass zwischen uns von jetzt an eine furchtbar peinliche Stimmung herrschte und unsere Freundschaft für immer zerstört wäre.

Aber auch davon schrieb ich nichts.

Stattdessen tippte ich: *Ja, klar.* Dann warf ich das Handy auf mein Kissen und ließ mich stöhnend auf die Matratze fallen.

»Ich bin so ein Feigling!«

Wieder mal hatte es Feyre ihren Feinden so richtig gezeigt.

Ich klappte das Buch zu und presste die Stirn gegen den glatten Einband. Mein Herz klopfte. Während der letzten fünf Kapitel hatte ich eine Herzattacke nach der nächsten gehabt, und nun betete ich inständig, dass der dritte Band bereits erschienen war. Wenn nicht, würde ich mich von meinem Balkon stürzen müssen.

Ich legte das Buch in meinen Schoß und suchte eine gemütlichere Position auf dem alten Holzliegestuhl. Er war eigentlich nicht bequem, aber mit einem Sitzkissen unter dem Hintern und dem Geländer als Beinstütze verwandelte er sich in einen perfekten Lesesessel.

Ein warmer Wind blies über den Balkon, wehte über meine nackten Beine und zauste die dünnen Haarsträhnen in meinem Nacken. Neben dem Stuhl lag ein weiteres Buch, diesmal ein Roman, der in der Gegenwart spielte.

Es gab einfach nichts Schöneres, als den Samstag vor Schuljahresbeginn nur mit Lesen und Essen zu verbringen.

Ich tauschte mein gebundenes Buch gegen das Taschenbuch mit der glänzenden goldenen Krone auf dem Einband und legte es auf meinen Schoß, während ich kurz mit dem Handy meine Facebook-Seite prüfte. Keine privaten Nachrichten, nur ein paar Benachrichtigungen von Snapchat. Ich schaute mir an, wie einer der Footballspieler in der vergangenen Nacht betrunken einen Gehweg entlanggewankt war. Ein anderer hatte ein

Bild von sich beim Frühstück gepostet. Dary hatte ein Foto vom Washington Monument geschickt, gefolgt von einer Reihe von Straßenschildern. Die schienen ihr besonders zu gefallen.

Ich ging zu Instagram und scrollte gedankenlos durch Selfies und Strandbilder von Sommerabschlussfeiern. Ich wollte die App schon schließen, da fiel mir an den neuesten Bildern meiner Freunde etwas auf: Alle Mädchen trugen Badeanzüge, die Jungs Badeshorts. Und alle hielten rote Plastikbecher in den Händen. Außerdem waren sämtliche Bilder bei Nacht aufgenommen worden.

Keith.

Offenbar hatte am vergangenen Abend mal wieder eine Party bei ihm stattgefunden.

Mein Daumen erstarrte, als ich ein Foto erblickte, das Skylar gepostet hatte.

Mir sank das Herz, und ich hatte nur noch einen Gedanken im Kopf: Wie unfassbar dumm ich doch war.

In einem königsblauen Bikini, der ihren Astralkörper bestens zur Geltung brachte, saß sie auf der Kante eines Rattan-Gartenstuhls und stützte sich hinten ab. Ihr gegenüber hockte Sebastian. Er lächelte. Beide lächelten. Sie … sie sahen einfach umwerfend aus.

Keine Ahnung, wie lange ich auf das Foto starrte. Zu lange vermutlich.

Warum – warum nur – musste ich ihr folgen?

Ich kannte die Antwort. Ich hatte vor Jahren damit angefangen, weil sie mit Sebastian zusammen war und ich offenbar auf Selbstbestrafung stand. Ich likte ihre Fotos sogar, nur um zu beweisen, dass ich kein eifersüchtiges Monster war.

Dabei war ich so eifersüchtig, wie man es sich nur vorstellen konnte.

Und nun war ich nicht mehr zu bremsen. Hastig wechselte ich zu Sebastians Seite, um zu sehen, ob dort auch Fotos vom vergangenen Abend aufgetaucht waren. Doch sein letzter Post war drei Wochen alt. Sebastian hatte kein großes Interesse an den sozialen Medien und nutzte sie nur gelegentlich.

Nun wollte ich mich aus einem ganz anderen Grund vom Balkon stürzen. Nach Donnerstag hatte Sebastian mir ein paar Mal geschrieben, aber wir hatten uns seit dem Kuss nicht mehr gesehen. Ich brauchte mir nichts vorzumachen. Zwischen uns war es anders geworden. Sonst hatte ich Sebastian mindestens jeden zweiten Tag gesehen oder noch öfter, und das sogar, als er noch mit Skylar zusammen war, es sei denn, er war verreist. Das hieß, er ging mir aus dem Weg.

Leise fluchend schloss ich die App und ließ mein Handy auf das Buch fallen, das neben mir am Boden lag. Eine nervöse Sorge bohrte sich in meinen Bauch und ich schaute kopfschüttelnd auf den großen Ahornbaum im Garten. War er vielleicht nach unserem Kuss wieder mit Skylar zusammengekommen? Und spielte das überhaupt eine Rolle?

Ja, das tat es, auch wenn es nicht so sein sollte.

Angewidert von mir selbst schlug ich mein Buch auf. Ich musste mich unbedingt in etwas vertiefen, das nichts mit mir und meinem Leben zu tun hatte.

Nach ein paar Seiten hörte ich auf der Treppe, die zu meinem Balkon hochführte, Schritte. Ich hob den Kopf und erstarrte, als ich Sebastian erblickte, hin- und hergerissen zwischen dem Wunsch, mich in meinem Zimmer zu verkriechen oder ihm mit offenen Armen entgegenzurennen.

Natürlich tat ich keines von beidem.

Stattdessen klappte ich mit wild klopfendem Herzen langsam das Buch zu, während er die letzte Stufe erklomm. Aus meinen Lungen schien sämtlicher Sauerstoff entwichen zu sein.

Oh Hilfe.

Sebastians Oberkörper war nackt. Es war nicht das erste Mal, dass ich ihn so sah, aber irgendwie fühlte es sich immer wieder aufs Neue wie eine Premiere an.

Ein muskulöser Brustkorb, der Bauch wie aus Marmor gemeißelt und schmale Hüften. Er war nicht übermäßig mit Muskeln bepackt, nein, er war einfach nur ein Paradebeispiel dafür, wie Footballtraining einen Körper zum Positiven verändern konnte. Dazu trug er eine Baseballkappe. Und zwar verkehrt herum.

Ich zerschmolz sofort zu weichem Glibber.

Wie ich ihn hasste!

Mit einem Grinsen im Gesicht kam er über den kleinen Balkon zu mir geschlendert.

»Hey, du Streberin.«

Einen Moment konnte ich nicht antworten. Ich befand mich plötzlich wieder am See, auf seinem Schoß, und spürte seinen Mund auf meinem, viel zu kurz nur. Hitze stieg mir in die Wangen und breitete sich dann auch in den tieferen Regionen meines Körpers aus.

Oh mein Gott.

Ich musste mich dringend zusammenreißen und glaubhaft so tun, als wäre nichts passiert. Er tat das schließlich auch. Ich konnte das. Und ich musste es schaffen. Wie sollten wir Freunde sein, wenn ich das nicht hinbekäme?

Er hob den Kopf und sah mir kurz in die Augen, bevor er

den Blick abwendete. Ich meinte, einen rosa Schimmer in seinen Wangen zu sehen. Wurde er rot? Vielleicht war er doch nicht so cool, wie ich gedacht hatte.

Ich räusperte mich. »Hi, du Schwachkopf, hast du vergessen, dich anzuziehen, bevor du aus dem Haus gegangen bist?«

Mit funkelnden Augen schaute er mich an und seine Schultern entspannten sich sichtlich. »Ich habe mich so gefreut, dich endlich mal wieder zu sehen, dass ich einfach keine Zeit damit verlieren wollte, nach einem sauberen T-Shirt zu suchen.«

»Ja klar.«

»Ich wollte dir eigentlich eine Nachricht schicken.« Er lehnte sich neben meinen Füßen an das Geländer. »Aber ich dachte mir schon, dass du hier draußen sitzt.«

»Bin ich so vorhersehbar?«

»Schon.«

»Na dann«, murmelte ich und suchte krampfhaft nach etwas zu sagen. »Hast … hattest du heute Morgen Training?«

Sebastian nickte. »Bis zwölf. Dann hab ich mich noch mal hingelegt.«

»Kurze Nacht?«, fragte ich unverfänglich, während mein Puls schneller wurde.

Er zuckte mit den Schultern. »Nicht wirklich«, antwortete er, und ich versuchte zu entschlüsseln, ob das vielleicht ein versteckter Code dafür war, dass er wieder mit Skylar zusammen war oder mit einer anderen rumgemacht hatte.

Dabei waren es lediglich zwei Worte, die keine große Bedeutung hatten.

»Keith hat sich volllaufen lassen und ein paar Raketen abgefeuert.« Er verschränkte die Arme und lenkte so ganz unnötig die Aufmerksamkeit auf seine Brust. »Wundert mich sowieso, dass er sich nicht längst ein paar Finger abgerissen hat. Oder eine Hand.«

»Aber echt. Mich auch.«

»Eigentlich bin ich gekommen, weil ich dich einladen wollte. Keith macht heute Abend ein kleines Grillfest. Besser gesagt, sein älterer Bruder. Nur ganz wenige Leute«, erklärte er. »Hast du Lust, mitzufahren?«

Mein Herz vollführte einen Freudentanz und jubelte laut *Ja, ja, ja!* Mein Verstand aber schreckte zurück und befahl mir, mit diesem Quatsch aufzuhören, weil mein Herz dumm war und mich dazu verleitete, dumme Dinge zu tun. »Ich weiß nicht ...«

»Komm schon.« Er packte meinen Fuß. Ich wollte ihn wegziehen, aber er hielt mich am Knöchel fest. Natürlich weigerte ich mich, irgendetwas da hineinzuinterpretieren. »Wir haben uns in letzter Zeit kaum gesehen und ich bin doch erst seit dem Wochenende wieder da.«

Ja, und ich habe dich geküsst, und dir hat das nicht gefallen. Er benahm sich tatsächlich völlig normal. So normal, dass ich mich fast schon fragte, ob ich mir den Vorfall am See nur eingebildet hatte.

»Lass uns doch ein bisschen zusammen abhängen. Ein paar Burger reinziehen.«

Ich ließ das Buch in meinen Schoß sinken und umklammerte die Armlehnen meines Stuhls. »Ich habe eigentlich keinen Hunger.«

»Du willst dir wirklich einen frisch gegrillten, leckeren Cheeseburger entgehen lassen? Pah, das ist doch nur Gezicke.«

Mit zusammengekniffenen Augen versuchte ich, meinen Fuß aus seinem Griff zu ziehen.

Sebastian senkte den Blick. »Ich fahre und du kannst dich

amüsieren. Du musst nur deinen hübschen Hintern aus dem Stuhl hochbewegen, den Rest übernehme ich.«

Ich sah ihn mit großen Augen an.

Er fand meinen Hintern hübsch?

Das Grinsen auf seinem Gesicht wurde breiter und gleich darauf tanzten seine Finger über meine Fußsohle. Sofort kreischte ich auf.

»Aufhören! Hör auf!«

Seine Finger schwebten über meiner Fußsohle. »Kommst du jetzt mit oder nicht?«

Voller Panik, er könnte mich wieder kitzeln, japste ich: »Das ist unfair!«

»Solange ich dich so dazu bringen kann, das zu tun, was ich will, ist mir das ganz egal«, erwiderte er und legte den Finger in die Mitte meiner Sohle. Mein ganzes Bein zuckte. »Also, wie hättest du es denn gern, Lena-Maus?«

»Lena-Maus?«, rief ich und bohrte die Finger in die Armlehnen. Wann hatte er mich das letzte Mal so genannt? Damals, als ich noch keinen BH getragen hatte? »Ich bin kein Kleinkind mehr, Sebastian.«

Seine Wimpern senkten sich und verbargen seine Augen. »Ich weiß, dass du kein Kind mehr bist.« Seine Stimme wurde tiefer. »Das kannst du mir glauben.«

Diese Worte kreisten wieder und wieder durch meinen Kopf und meine Lippen öffneten sich leicht. Sein Blick suchte meine Augen. Diesmal fing mein Herz nicht an zu tanzen, sondern es schlug so wild, dass ich es in jeder Faser meines Körpers spürte.

Warum hast du mich nicht zurückgeküsst?

»Komm doch mit«, bat er noch einmal. »Bitte.«

Ich schloss die Augen. Ich wollte ja, aber … nicht ohne

moralische Unterstützung. »Kann ich Megan und Abbi fragen, ob sie auch kommen?«

»Klar«, meinte er. »Keith wird sich freuen. Du weißt ja, dass er –«

»Sich an Abbi ranmachen will. Klar.« Ich holte tief Luft, schlug die Augen auf und nickte. »Na gut.«

»Perfekt.« Er strahlte mich an und legte mein Bein wieder auf dem Geländer ab. Seine Finger verharrten noch einen Moment an meiner Haut, dann ließ er los. »Wusste ich's doch, dass du mir nicht widerstehen kannst.«

Ich beschloss, das zu überhören, schwang meine Beine auf den Boden und hob Bücher und Handy auf. »Du musst aber kurz warten.« Mit heißen Wangen ging ich zur Tür. »Ich muss erst Mom Bescheid sagen.«

»Nimm Badesachen mit«, rief er und ließ sich auf meinen Balkonstuhl fallen.

Ich dachte an Skylar in ihrem Bikini und beschloss, meinen »aus Versehen« zu vergessen.

Nachdem ich die Bücher auf mein Bett geworfen hatte, schickte ich Abbi und Megan schnell eine Nachricht und steckte das Handy in meine Handtasche.

Unten fand ich Mom in der Küche. Auf dem Tisch vor ihr lagen zahlreiche Unterlagen ausgebreitet, teils lose, teils zu dicken Stapeln zusammengeheftet. Ihre blonden Haare waren zu einem Pferdeschwanz zusammengebunden und ihre Lesebrille thronte ganz vorn auf ihrer Nase.

»Was machst du da?«, frage ich und stellte mich neben sie.

»Ich lese mir die neuesten Vorschriften für die Rechtskräftigkeit von Verträgen durch.« Mom schaute auf. »So ziemlich die langweiligste Beschäftigung für einen Samstag, die man sich nur vorstellen kann. Was ist mit dir? Du musst dieses Wochenende nicht arbeiten, oder?«

»Nein.« Ich strich mit den Handflächen über die Stuhllehne. »Ich wollte mit Sebastian auf eine Grillparty gehen.«

»Das klingt doch gut.« Mom stützte ihr Kinn in ihre Hand und sah zu mir auf. »Fast wie ein Date.«

»Mom«, warnte ich sie.

»Was ist?« Sie sah mich mit großen, unschuldigen Augen an. »Ich hätte absolut nichts dagegen, wenn –«

»Oh bitte«, stöhnte ich genervt und schaute zur Treppe, in der Hoffnung, dass Sebastian sich bemerkbar machen würde, bevor er nach unten käme. »Da läuft nichts. Das weißt du doch.«

»Eine Mutter darf doch wohl hoffen und träumen«, erwiderte sie. »Er ist ein netter Junge, Lena.«

»Abbi und Megan kommen wahrscheinlich auch. Und es werden noch andere da sein.« Ich löste mich von dem Stuhl. »Tut mir leid, wenn ich deinen Traum zerstöre.«

»Schade.« Sie seufzte kläglich. »Ich wollte schon kleine Babyschuhe für euer erstes Kind stricken.«

»Oh mein Gott.« Ich war entsetzt, aber nicht wirklich überrascht. Meine Mutter redete manchmal wirklich dummes Zeug. »Das ist doch lächerlich. Aber ich scheine ja nur lächerliche Menschen um mich herum zu haben.«

»Warum nicht?« Grinsend richtete sie den Blick wieder auf die Papierberge vor sich. Ich schüttelte nur den Kopf. »Wann kommst du nach Hause?«, fragte sie dann.

»Bestimmt nicht vor dem Essen. Heute Abend vielleicht?«

»Klingt gut. Dann muss ich wenigstens nicht kochen.« Typisch Mom, sie sah immer nur die guten Seiten, selbst wenn es keine gab. »Übrigens«, sagte sie und durchbohrte mich mit diesem Mom-Blick, den sie nur dann aufsetzte, wenn sie etwas sagte, was ich nicht hören wollte.

Bestimmt ging es um meinen Vater.

Ich erstarrte.

»Du solltest endlich mal ans Telefon gehen und mit ihm reden, Lena. Das geht schon viel zu lange so.«

Ich verschränkte genervt die Arme. »Finde ich nicht.«

»Lena«, sagte sie warnend. »Du bist ein tolles Mädchen und unglaublich loyal, aber was zwischen deinem –«

»Mom, beim nächsten Mal geh ich ran, versprochen. Okay?« Ich hatte so was von keine Lust mehr auf diese Unterhaltung. »Aber jetzt muss ich los. Sebastian wartet.«

Es schien, als wollte sie noch etwas sagen, doch dann schüttelte sie nur unmerklich den Kopf. »Na gut. Viel Spaß und pass auf dich auf.«

Ich beugte mich über sie und gab ihr einen Kuss auf die Stirn. »Na klar.«

»Ich will damit nur sagen, dass hier mit zweierlei Maß gemessen wird.« Meine Füße ruhten auf dem warmen Armaturenbrett von Sebastians Jeep. Die Klimaanlage war voll aufgedreht, kam aber gegen die Hitze im Innenraum nicht an. »Bei dir sagt keiner was, wenn du oben ohne hinter dem Steuer sitzt, aber wenn ein Mädchen in einem Bikinioberteil und ohne T-Shirt Auto fährt, flippen plötzlich alle aus.«

»Und ich sage nur, ich bin absolut dafür, dass Mädchen in Bikinis hinter dem Steuer sitzen dürfen«, erwiderte er, eine Hand auf dem Lenkrad, die andere auf der Rückenlehne meines Sitzes. Seine Baseballmütze saß ausnahmsweise mal richtig herum auf seinem Kopf, zum Schutz gegen die Sonne, und er trug immer noch kein T-Shirt, dafür aber Badeshorts und Badelatschen. Hinter meiner Sonnenbrille verdrehte ich die Augen. »Ja, klar.«

»Hör mal, uns Jungs ist so was total egal. Wir würden uns niemals gegen Gleichberechtigung beim Nacktherumlaufen aussprechen. In hundert Jahren nicht.« Er fuhr langsamer, als wir uns der Ausfahrt näherten. »Es sind meistens Mädchen, die anderen Mädchen das Leben schwer machen.«

Ich drehte den Kopf langsam zu ihm, doch er schaute stur nach vorne auf die Straße.

»Ich kann mir gut vorstellen, dass ein Mädchen andere Mädchen als Schlampen bezeichnet, wenn sie im Bikini hinter dem Lenkrad sitzen, während sie einen Typen, der oben ohne fährt, einfach nur sexy finden würde.«

Sebastian hatte nicht ganz unrecht, aber eher würde die Hölle zufrieren, als dass ich das zugeben würde. Ich nahm die Füße herunter und setzte mich aufrecht hin, während die verschwommenen Umrisse der Bäume an uns vorbeizogen. Abbi und Megan wollten auch kommen. Sie würden bei Megans Cousin Chris mitfahren, der auch bei Sebastian in der Mannschaft spielte.

Meinem Gefühl nach würde sich die kleine Grillparty über kurz oder lang in ein Riesenfest verwandeln. Es wäre nicht das erste und sicher nicht das letzte Mal, dass aus einem zwanglosen Treffen einiger Freunde innerhalb kurzer Zeit eine krasse Party wurde. Vor allem, wenn das Ganze bei Keith stattfand.

Sonnenlicht drang durch die Bäume, die dicht neben der engen, kurvigen Landstraße wuchsen. Derjenige, der die Straße gebaut hatte, musste dabei einer Schlange gefolgt sein.

Ich lehnte den Kopf zurück und beobachtete, wie die hohen Ahornbäume und Farne allmählich ausgedehnten Apfelwiesen wichen. Sie erstreckten sich, so weit das Auge reichte, in ordentlichen Reihen über sämtliche Hügel um uns herum, und Keith' Familie gehörte der Großteil davon.

Ich war diese Straße schon oft mit Sebastian und meinen Freunden entlanggefahren. Nun wurde mir plötzlich klar, dass dies der letzte Samstag in den Ferien war. Ein besonderer Tag also, der letzte Ferientag für uns als Schüler. Im nächsten Jahr würden Sebastian und ich nie wieder diese vertrauten Wege zusammen fahren. Er würde auch nicht mehr ständig auf meinem Balkon auftauchen und Dary würde nicht mehr im Joanna's vorbeischauen und über meinen schlechten Männergeschmack lästern.

Meine Brust brannte und mein Atem wurde ganz zittrig.

Oh Gott, am liebsten hätte ich losgeheult wie ein Baby. Aber ich durfte jetzt nicht weinen – schließlich war es gut, dass sich alles änderte. Ich würde auf eigenen Beinen stehen, und mit etwas Glück bekämen Megan und ich beide einen Platz an der UVA, und sie könnte mich weiterhin jeden Freitag davor warnen, alleine alt zu werden, umringt von Katzen und mit nichts als billigem Thunfisch aus der Dose als Essen. Dary würde meinen schlechten Männergeschmack dann eben per FaceTime kritisieren, Abbi würde auch irgendwo in der Nähe aufs College gehen, und wir könnten uns immer noch alle an den Wochenenden sehen.

Sebastian würde an ein College gehen, das ihm ein umfassendes Sport-Stipendium gewährte, falls er weiterhin Football spielen sollte, und – da brauchten wir uns nichts vormachen – das würde er tun. Und wir würden sicher anfangs in Kontakt bleiben. Wir würden ab und zu telefonieren, und irgendwann würden aus den Anrufen Kurznachrichten werden, und dann würden auch die seltener werden, bis wir nur noch miteinander redeten, wenn wir beide in den Ferien zu Hause waren.

Wir würden uns voneinander entfernen, und der Gedanke machte mir Angst, aber in diesem Augenblick, in dieser Sekunde, hatten wir immer noch ein Morgen. Und die nächste Woche. Wir hatten noch das ganze Jahr. Praktisch eine Ewigkeit, tröstete ich mich.

Ich würde dem Unvermeidlichen noch nicht so bald ins Auge blicken müssen.

Überrascht spürte ich, wie Sebastian mir ans Knie tippte. Ich sah ihn an.

»Alles okay bei dir?«, fragte er.

»Ja.« Ich räusperte mich.

Leise Sorge legte sich auf sein Gesicht. »Woran hast du gedacht?«

Ich zuckte mit den Schultern. »Ich musste nur daran denken, dass wir beide nächstes Jahr um diese Zeit im College sein werden. Das ist unser letztes Schuljahr, weißt du.«

Sebastian antwortete nicht. Stattdessen starrte er mit zusammengepressten Lippen auf die Straße. So sah er sonst nur aus, wenn er wütend war oder etwas sagen musste, was ihm schwerfiel.

Bevor ich ihn fragen konnte, was ihm durch den Kopf ging, sagte er: »Du wirst immer zu meinem Leben gehören – das weißt du doch, oder?«

Das hatte ich nicht erwartet, und nun wusste ich nicht, was ich darauf sagen sollte.

»Selbst wenn wir auf verschiedene Colleges gehen«, fuhr er

fort, als bestünde tatsächlich die Möglichkeit, wir könnten nächstes Jahr an der gleichen Uni landen, »werden wir immer in engem Kontakt bleiben.« Es war fast, als könnte er meine Gedanken lesen. Aber er kannte mich einfach so gut. Viel zu gut. »Uns wird nichts auseinanderbringen.«

Ich hätte ihm gern gesagt, dass es leider immer anders lief, aller guten Vorsätze zum Trotz. Meine Schwester hatte sich auch geschworen, mit ihren Freundinnen, die auf anderen Colleges waren, in Kontakt zu bleiben, aber mittlerweile war sie in ihrem dritten Studienjahr und hatte lauter neue Freundinnen und einen neuen Freund.

Wenn jemand erst mal weggezogen war und man sich nicht mehr jeden Tag sah, brach der Kontakt immer irgendwann ab. Ich hatte das am eigenen Leib erlebt.

Auch wenn derjenige behauptete, er würde einen lieben.

»Wir werden immer Freunde sein.« Seine Augen suchten kurz in meinem Gesicht. »Egal, was passiert.«

Heilige Scheiße, war ich gerade in die Kategorie »gute, alte Freundin« einsortiert worden?

Yap, so hatte es geklungen.

Ich versuchte, den Schmerz wegzuatmen, und ignorierte das hohle Gefühl in meiner Brust. Stattdessen strich ich mir über die Shorts. »Aye, aye, Käpt'n.«

Seine Lippen verzogen sich zu einem Grinsen.

»Kommt Skylar heute eigentlich auch?« Sobald ich die Worte ausgesprochen hatte, bereute ich sie auch schon.

»Keine Ahnung.« Diese kurz angebundene Antwort war ganz untypisch für ihn.

Ich kaute an meiner Unterlippe, während er bremste und rechts auf die Straße abbog, die zu Keith' Anwesen zwischen den riesigen Obstplantagen führte. Er wohnte in einem monströsen Haus, das für jeden viel zu groß wäre außer für einen Polygamisten mit fünfzig Kindern. Keith' Familie besaß Geld. Die Obstplantagen befanden sich schon seit Generationen in ihrem Besitz, und ich ging davon aus, dass Keith den Betrieb irgendwann übernehmen würde, obwohl er eigentlich wie Sebastian aufs College gehen und Football spielen wollte. Angeblich hatte er schon einen Studienplatz an der WVU. Er war groß genug, um auch in einer Collegemannschaft einen Stammplatz als Verteidiger zu bekommen.

Die geteerte Auffahrt war bereits voller Autos. Ein paar davon erkannte ich, aber Skylars BMW war nicht darunter und Codys SUV – Gott sei Dank – auch nicht. »Kleines Grillfest, was?«

Sebastian lachte. »Das war der Plan.«

»Na dann.«

Er parkte hinter einem Honda, mit genügend Abstand, um später auch wieder aus der Parklücke zu kommen. Ich schnappte mir meine Handtasche und stieg aus. Wir schlenderten die Einfahrt entlang, traten durch eine gläserne Flügeltür und folgten dem breiten, mit Flusssteinen gepflasterten Pfad um das Haus herum. Mit jedem Schritt wurden das Gelächter und Geschrei lauter und auch das Platschen des Pools. Ich konnte Grillfleisch riechen und mein leerer Magen knurrte erwartungsvoll.

Sebastian hatte recht: Einem Cheeseburger konnte ich nicht widerstehen.

»He.« Sebastian stieß mich an. »Wenn du gehen willst, dann sag mir einfach Bescheid, ja? Fahr bloß nicht bei jemand anderem mit.«

»Aber irgendwer kann mich nachher bestimmt in die Stadt mitnehmen. Keine Sorge.«

»Ich mache mir keine Sorgen. Ich will dich nur nach Hause fahren.«

Er warf sich das T-Shirt über die Schulter. Vermutlich hätte es eine zu große Anstrengung erfordert, es anzuziehen.

Auf einen Außenstehenden hätte Sebastian vielleicht bestimmerisch gewirkt, aber er gehörte einfach nicht zu den Leuten, die einen zu einer Party mitnahmen und dort dann sich selbst überließen.

»Vielleicht will ich ja gar nicht mit dir nach Hause fahren.« Ich schwenkte meine Handtasche. »Bestimmt sind jede Menge Leute da, die mich nur zu gerne mitnehmen würden.«

»Das wäre ziemlich dumm, wo wir doch Nachbarn sind.«

»Widersprich mir gefälligst nicht.« Ich überholte ihn und ging vor ihm her. »Aber mal im Ernst, ich habe keine Lust, ewig hierzubleiben.«

»Ich auch nicht …«

»Verdammt!«, schrie ich. In dem Moment, als ich beim Gehen den Fuß hob, hatte er mir gegen die Sohle getreten. Ich fuhr herum und schlug mit der Tasche nach ihm.

Lachend wehrte er den Schlag mit den Armen ab. »Pass auf, wo du hintrittst.«

»Wichser«, murmelte ich und wandte mich ab.

»Ich will übrigens auch nicht so lange bleiben«, fuhr er fort. »Morgen ist Training, eins gegen eins mit dem Coach.« Er hielt inne. »Und mit meinem Vater.«

Sofort tat er mir leid. »Wie läuft's mit deinem Dad?«

»Der Tag hat nicht genug Stunden, um darüber zu reden«, erwiderte er und hielt mich an der Hand fest, bevor ich genauer nachhaken konnte. Ich drehte mich um. »Ich will nicht lange bleiben, weil ich Training habe und weil …«, seine strahlend blauen Augen hefteten sich auf mein Gesicht, »… ich nachher mit dir reden muss.«

Mein Herz schlug auf einmal ganz unregelmäßig. Am liebsten hätte ich meine Hand weggezogen und wäre schreiend durch die Obstwiesen gerannt … aber das hätte vermutlich etwas merkwürdig gewirkt. »Und worüber?«, fragte ich, obwohl ich es genau wusste.

»Das sag ich dir dann.«

Ich zog eine Augenbraue hoch. »Und warum reden wir nicht jetzt?«

»Nein. Später.« Er ließ meine Hand los und ging um mich herum. »Erst muss ich was trinken.«

8

»Mein Mann! Endlich!«

Keith sprang von der Terrasse und landete vor uns wie Tarzan, hätte es damals schon … oh mein Gott, eine *Speedo?* Keith war ein hünenhafter Kerl, kräftig wie ein Bär, groß und breitschultrig und absolut nicht der Typ für eng anliegende Sportbadehosen.

»Du hast Lena mitgebracht!«

Sebastian, der einen Schritt vor mir ging, blieb stehen. »Was hast du denn da an?«

Ich versuchte nicht hinzusehen, aber eine finstere Macht zwang mich dazu. Und … nun, ich bekam definitiv *mehr* zu sehen, als ich wollte. Ich wich zurück, aber es war zu spät. Keith schoss blitzschnell an Sebastian vorbei und eine Sekunde später hing ich schon hoch oben in seinen Armen und wurde fast zu Tode gequetscht. Ich quiekte wie eine Gummiente.

»Wir haben uns ja ewig nicht mehr gesehen.« Keith schwang mich hin und her, als wäre ich eine Kirchturmglocke. »Wie lange ist das letzte Mal schon her?«, fragte er, und ich konnte das Bier riechen, das ihm aus den Poren drang.

»Keine Ahnung«, ächzte ich eingeklemmt in seinem Griff. »Ein Monat oder so?«

»Neeee!« Er zog das Wort in die Länge. »Das muss länger her sein.«

»Lass sie endlich los«, blaffte Sebastian. »Alter, du bist praktisch nackt.«

Keith warf den Kopf in den Nacken und lachte schallend, dann drehte er sich mit mir im Kreis und ließ mich ohne Vorwarnung los. Ich taumelte. Sebastians Hände legten sich auf meine Schultern und hielten mich aufrecht.

»Gefällt euch meine Badehose?« Keith stemmte die Hände in die Hüften und stellte sich breitbeinig hin und – *oh mein Gott,* mir schmerzten die Augen. »So kann ich mich viel freier bewegen und mein Hintern sieht einfach *umwerfend* aus. Außerdem passt das Grün so gut zu meinen Augen, findet ihr nicht?«

»Absolut«, flüsterte ich und schüttelte langsam den Kopf.

Sebastian griff unter seine Kappe und rieb sich die Stirn. »Dieser Anblick wird mich mein Leben lang verfolgen.«

»Beglücken! Er wird euch euer Leben lang *beglücken.*« Keith schlug uns mit der Hand auf die Schulter und führte uns durch das offene Gartentor. »Die Hamburger sind fast fertig. Und nachher wollen wir noch eine Runde Würste auf den Grill werfen. Getränke sind in der Kühltruhe.«

Keith' Zuhause war ein beliebter Partytreffpunkt. Vom Herbst bis zum Frühjahr gab es jedes Wochenende große Lagerfeuer auf den Feldern hinter dem gepflegten Anwesen, und im Sommer trafen sich alle am Pool, der so groß wie das Erdgeschoss unseres Hauses war, die Sandsteinterrasse, die ihn umgab, nicht mitgerechnet. Dort standen um die zehn Liegestühle, die meisten mit Leuten belegt, deren Gesichter ich aus der Schule kannte. Ein paar winkten, als sie uns sahen.

Die Familie musste ein Vermögen in den Garten gesteckt

haben – von der Summe hätte Mom vermutlich locker ihre Hypothek tilgen können. Außer dem Pool und der Terrasse gab es überall Blumenbeete und Bänke, ein Poolhaus, das größer war als manche Wohnung, eine Wurfbahn fürs Hufeisenwerfen und ein Badmintonspielfeld.

Seit der Party im Juli war ich nicht mehr hier gewesen.

»Hey.« Keith fuhr sich mit der Hand über den beschwipsten Schädel und lenkte dadurch meine Aufmerksamkeit wieder auf sich. »Kommt deine Freundin Abbi vielleicht auch?«

»Ja.« Ich stellte mir Abbis Gesicht vor, wenn sie Keith' Aufzug sah, und hätte fast laut gelacht. »Sie müsste bald auftauchen; bestimmt freut sie sich schon, dich zu sehen.«

Abbi würde mich *erwürgen*.

»Klasse«, erwiderte er etwas zu erfreut. »Super, dass du kommen konntest. Ich dachte schon, du willst nicht mehr mit mir befreundet sein.«

Ich schüttelte den Kopf. »Ich liebe dich doch, Keith. Ich hatte nur viel um die Ohren.«

»Also, ich finde, für mich solltest du trotzdem immer Zeit haben.« Keith ging rückwärts davon, in Richtung seines älteren Bruders Jimmy, der vor dem Grill stand.

Bei seinem Anblick brach Jimmy in lautes Gelächter aus. »Scheiße, Mann, du hast die ja wirklich angezogen!«

Keith wackelte vor seinem Bruder mit dem Hintern herum. »Die ziehe ich nie mehr aus.«

»Gott steh uns bei«, murmelte Sebastian.

Ich wischte mir die Schweißperlen von der Stirn. Es war so heiß, dass ich es schon fast bedauerte, keine Badesachen dabeizuhaben. »Er ist *dein* Freund.«

»Ich weiß.« Lachend ging er um einen Blumentopf herum.

Ich schaute zu den Glastüren, die ins Haus führten, und meinte, dahinter eine Bewegung zu erkennen. »Glaubst du, Keith' Eltern sind auch da?«

»Hoffentlich nicht.« Sebastian musterte den Pool. »Es ist immer zum Totlachen, wenn sein Vater gegen später alle zu einem Hufeisenturnier herausfordert.«

Ich ließ meine Handtasche neben ein paar andere fallen. »Es ist sowieso unglaublich, dass seine Eltern diese Feste überhaupt erlauben. Ich meine, Mom ist auch ziemlich gechillt, aber sie fände es sicher nicht so cool, wenn ich jedes Wochenende eine Party geben würde.«

»Keith und Jimmy haben, was Eltern angeht, eben das große Los gezogen.« Er beugte sich zu mir. Die Mütze verbarg den oberen Teil seines Gesichts. »Bevor wir von Keith' verstörendem Anblick unterbrochen wurden, wollte ich …«

»Yo! Seb!« Phillip stand hinter ihm von einem der Liegestühle auf und schlenderte auf uns zu. »Seit wann bist du da?«

»Gerade gekommen«, antwortete Sebastian und drehte sich zu ihm.

Phillip, dessen dunkle Haut in der Sonne schimmerte, legte die Hand auf Sebastians Schulter und nickte mir zu. Ich winkte ihm mit den Fingern. Die beiden fingen an, sich über das anstehende Trainingsspiel und das erste Pflichtspiel der neuen Saison am nächsten Freitag zu unterhalten. Ich stand neben ihnen und summte innerlich »It's a small world« vor mich hin, bis Keith zurückkehrte und Sebastian und mir rote Plastikbecher mit Bier in die Hand drückte.

»Aber nur eins«, meinte Sebastian und nippte am Schaum. »Ich muss noch fahren.«

Keith schnaubte. »Weichei.«

»Na und?« Unbeeindruckt holte Sebastian uns ein paar Teller, dann setzten wir uns und verdrückten unsere Burger. »Hast du den Quarterback des Wood-Teams gesehen? Er wirft mindestens …«

Ich klinkte mich aus der Unterhaltung aus und nahm ab und zu einen Schluck von meinem Bier, bis ich Megans Cousin endlich um die Hausecke biegen sah. Hastig überließ ich die Jungs sich selbst und ging Megan und Abbi am Gartentor entgegen.

»Zum Glück seid ihr endlich da«, stöhnte ich. »Sie reden die ganze Zeit nur über Football. Nichts anderes.«

»Wo sind deine Badesachen?« Das war das Erste, was Megan sagte. Sie trug abgeschnittene Jeans und ein Bikinioberteil und ihr Gesicht verschwand fast hinter der riesigen schwarzen Sonnenbrille. »Abbi und du, ihr habt doch echt keine Ahnung, was man zu einer Pool-Party anzieht.«

Abbis Locken waren zu zwei Zöpfen gebunden. »Mach dir nichts draus, sie war schon die ganze Fahrt über am Meckern.«

»Es war eben ein langer Tag.« Megan riss mir den Becher aus der Hand und schüttete mit einem beeindruckenden Riesenschluck mindestens die Hälfte in sich hinein. »Erst hat mich dieses Arschloch da drüben«, sie zeigte mit dem Finger – ihrem Mittelfinger – auf Phillip, »mir gestern auf meine Nachricht nicht geantwortet, dabei weiß ich genau, dass er hier war und diese blöde Meg Carr auch, die schon seit mindestens zwei Jahren scharf auf ihn ist.«

Ich schürzte die Lippen. Soweit ich wusste, war Meg Carr auf gar niemanden scharf, aber ich war klug genug, das nicht laut zu sagen. Im Gegensatz zu Abbi.

»Darf ich dich daran erinnern, dass ihr zwei euch getrennt habt? Ich meine, ihr redet wieder miteinander, okay, aber das muss noch lange nichts heißen.« Abbi lehnte sich an mich und legte mir den Arm auf die Schulter. »Also, was beschwerst du dich?«

»Das erkläre ich dir gleich. Warte kurz.« Noch ein tiefer Schluck von meinem Bier. »Er sagt, er will wieder mit mir zusammen sein, und ich bin ernsthaft am Überlegen, ihn zu erhören. Aber wenn er wirklich wieder mein Freund sein will, sollte er wenigstens auf meine Nachrichten reagieren.«

Abbi sah mich an.

Ich schwieg.

»Und dann hat mein bekloppter Cousin da drüben ...« Ihr Mittelfinger wanderte zu Chris, der nun bei Sebastian und den anderen Jungs stand. »... den ich wohlgemerkt furchtbar gernhabe, auf der Fahrt hierher ständig mit Mandi hin- und hergeschrieben. Außerdem hat er schon was getrunken. Ich hatte total Angst, er baut einen Unfall.«

Mein Magen zog sich zusammen. Mandi war mit Skylar befreundet. Wenn Mandi neuerdings mit Chris zusammen wäre, würde sie heute Abend sicher ebenfalls hier auftauchen. Und Skylar auch, weil sie und ihre Freundinnen immer nur zusammen unterwegs waren.

So wie wir übrigens auch.

»Das stimmt«, bestätigte Abbi. »Ich hab uns auch schon in einem brennenden Autowrack gesehen.«

»Und dann wollte auch noch Mom, dass ich heute Abend mit ihr und ihrem neuen Freund essen gehe. Der im Übrigen höchstens zehn Jahre älter ist als ich, was ich echt widerlich finde.«

Ich schaute zu Abbi. Sie grinste, obwohl ihre Familie ebenfalls genug Probleme hatte.

»Also musste ich ihr erst lang und breit erklären, dass das mein letztes Wochenende vor dem letzten Schuljahr ist und ich keinesfalls vorhabe, es mit ihr und einem Typen zu verbringen, der nächsten Monat sowieso wieder durch eine neuere, schönere Version ersetzt wird.«

»O-oh«, murmelte ich.

Wieder trank sie aus meinem Becher. »Das kam ziemlich gut an bei ihr, aber ich bin hier – also habe ich gewonnen.« Sie hob den Becher zu einem Toast und wollte ihn mir dann zurückgeben.

»Behalte ihn.« Ich winkte ab. »Klingt so, als bräuchtest du dringender was zu trinken als ich.«

»Danke.« Megan hüpfte zu mir und küsste mich auf die Wange. »Du bist meine allerbeste Freundin.«

Abbi legte den Kopf schief. »Und was ist mit mir?«

»Du hast gesagt, ich würde nur meckern. Deshalb bist du auf den zweiten Platz heruntergestuft worden.« Megan schaute über den Becherrand.

Ich lachte. »Und Dary ist dann auf Platz drei, oder was?«

»Wann kommt sie eigentlich zurück?«, fragte Megan und schaute sich um.

»Morgen erst«, erklärte Abbi.

Megan zog ein enttäuschtes Gesicht. »Sie fehlt mir. Wir sollten ganz viele Selfies machen und sie den ganzen Abend damit bombardieren.«

Ich lachte. »Das würde ihr bestimmt gefallen.«

»Aber jetzt erzähl, wie es mit Sebastian läuft.« Abbi deutete mit einem Nicken auf ihn.

»Ganz gut«, antwortete ich hastig. »Wir reden später darüber, okay?«

Abbi sah aus, als wollte sie protestieren, schwieg dann aber. Ich wollte mich erst ein bisschen amüsieren, bevor ich mir Gedanken darüber machte, worüber Sebastian mit mir reden wollte.

Anschließend knipsten wir eine ganze Weile lang Selfies mit allen möglichen Leuten am Pool und im Garten und schickten sie von unseren drei Handys aus an Dary. Ihre anfänglich amüsierten Reaktionen darauf versiegten allmählich, und spätestens nach dem zwölften Selfie war sie total genervt von uns, was die ganze Sache noch lustiger machte.

Später packte Keith Abbi und wirbelte sie im Kreis herum. Sie tat, als wäre sie völlig entsetzt über seinen Aufzug, aber ich spürte, dass sie es insgeheim doch irgendwie lustig fand. Sie kämpfte sich frei und stöhnte darüber, was für ein Idiot er doch sei, lächelte dabei aber. Megan verschwand irgendwann und gesellte sich zu Phillip, der mit einem Kumpel am anderen Ende des Pools lag.

»Überlegt sie ernsthaft, wieder mit ihm zusammen zu sein?«, fragte ich Abbi.

»Wer weiß.« Sie seufzte. »Ich hoffe nicht. Sie sind quasi schon die Clearbrook-Version von Selena Gomez und Justin Bieber.«

»Nur will keiner, dass sie wieder zusammenkommen?«

Abbi lachte laut. »Das stimmt.«

Ich schaute mich im Garten um, während ich mir selbst versicherte, keinesfalls nach Sebastian zu suchen, und entdeckte Cody, der mit einem Becher in der Hand bei den anderen Footballspielern am Grill stand. »Seit wann ist der denn da?«

»Wer? Oh. Keine Ahnung.« Abbi rückte ihre knallpinke Sonnenbrille zurecht. »Es sind ganz schön viele Leute aufgetaucht. Echt verrückt.«

Wir gingen zur Kühlbox. Abbi nahm sich eine Limo, ich zog

eine Wasserflasche aus dem Eis. »Sebastian hat gesagt, er will nachher noch mit mir reden.«

»Und worüber?« Sie öffnete ihre Dose.

»Keine Ahnung. Normalerweise tut er nicht so geheimnisvoll. Aber ich kann mir schon denken, um was es geht.«

Abbi schwieg. »Du hast Skylars Instagram-Post von gestern Abend gesehen, stimmt's?«

Mein Magen verknotete sich. »Ja.«

»Vielleicht will er doch wieder mit Skylar zusammen sein«, sagte sie, und ich seufzte. »Vielleicht will er dir sagen, dass sie wieder ein Paar sind. Ich sag das nur ungern, aber nach eurem Kuss denkt er vielleicht, er müsste dir das sagen.« Sie schob die Sonnenbrille hoch, weil eine Wolke die Sonne verdeckte.

»Na ja, Skylar und er wären auch das perfekte Paar.« Ich sah zu den Jungs. Keith schob die Hüfte rhythmisch vor und zurück und gestikulierte wild herum.

»Ihr beide wärt das perfekte Paar.«

Plötzlich hätte ich mich am liebsten unter ein paar Büschen verkrochen. »Ich hab keine Lust, darüber nachzudenken. Das nervt … ich nerve mich selbst. Und zwar total.« Ich drehte mich zu Abbi. »Ich mache mich buchstäblich selbst verrückt.«

»Dann solltest du dir einen heißen Typen suchen, mit dem du dir die Zeit bis zum College vertreiben kannst.«

»Jetzt klingst du genau wie Megan«, meinte ich. »Aber vielleicht finde ich ja wirklich jemand, mit dem ich mich ablenken kann. Vorzugsweise einen sexy Typen, der viel liest und sich für Geschichte interessiert.«

»Klingt nach einem perfekten Ehemann. Ich dachte eher an Netflix und Knutschen auf dem Sofa.« Ihre Stimme klang trocken. »Nur nicht übertreiben.«

Lachend trank ich einen Schluck von meinem Wasser.

Megan tänzelte zu uns herüber und schnippte ihre Sonnenbrille hoch. »Leute, ihr glaubt nicht, was ich gerade erfahren habe.«

»Was denn?«, fragte ich, froh über die Ablenkung.

Aufregung summte in Megans Stimme. »Griffith und Christie sind gerade mit Steven losgefahren, um sich mit ein paar zwielichtigen Kerlen aus der Stadt zu treffen, von denen sie Koks kaufen wollen.«

Ich ließ die Wasserflasche sinken. Dass sie uns so was erzählen würde, hatte ich absolut nicht erwartet.

»Tja, das überrascht mich nicht wirklich«, meinte Abbi leise. »Haben sie das nicht auch schon im Juli gemacht? Christie war total neben der Spur. Keith musste fast den Krankenwagen rufen.«

Megan blieb der Mund offen stehen. »Du weißt davon? Machen die das regelmäßig?«

»So regelmäßig, dass sie sich offenbar gerade was besorgen müssen«, gab Abbi zurück.

Ich war völlig baff von dieser Wir-gehen-dann-mal-los-und-kaufen-Koks-Haltung, als würden sie zum Supermarkt fahren, um Chips zu kaufen.

Meine Güte, wie heftig.

Ich war nicht naiv, aber es überraschte mich schon, dass ausgerechnet die beiden Drogen kauften. Na ja, eigentlich konnte ich mir bei *keinem*, den ich kannte, vorstellen, dass er oder sie Koks oder Heroin konsumierte.

»Schöne Scheiße.« Megan schaute auf ihren roten Becher. Er war wieder aufgefüllt worden. »Phillip will es auch probieren. Er wäre fast mit ihnen mitgefahren. Ist das zu fassen?«

Abbi verzog den Mund. »So ein Idiot.«

»Oder?« Megan trank einen Schluck. »Ich geh gleich mal und mache ihn ordentlich zur Sau. Bis später.«

Ich schaute ihr mit hochgezogenen Augenbrauen hinterher. »Das ist … Wahnsinn.«

»Glaubst du, Keith nimmt so was auch?«

Ich schob mir die Haare hinter das Ohr. »Ich wusste nicht mal, dass *die* so einen Mist machen. Mich brauchst du also nicht fragen.«

»Na ja, es würde die Badehose erklären«, sagte sie seufzend. »Man muss schon verdammt high sein, um das für eine gute Idee zu halten.«

Ich kicherte. »Stimmt.«

»He.« Eine Sekunde nachdem ich Sebastians Stimme gehört hatte, schlang er mir auch schon von hinten den Arm um meine Schulter. Ein Seufzer entfloh mir, als sich seine warme, feste Brust an meinen Rücken drückte. Unmengen kleiner Schauder strömten mir über den Rücken und mein Gesicht wurde heiß. »Wo warst du?«, schnurrte er.

Abbi schaute mich vielsagend an.

Ich konzentrierte mich hastig auf den Pool. »Ich war die ganze Zeit hier. Wo warst du?«

»Überall«, erwiderte er und drehte mich an den Schultern zu sich herum. Er hatte die Baseballkappe wieder verkehrt herum auf dem Kopf, und unsere Gesichter waren nur Zentimeter voneinander entfernt, fast so nah wie vor ein paar Tagen am See. So nah, dass ich das Bier an seinem Atem riechen konnte. »Ich hab da so eine Idee. Es geht dabei um mich. Und um dich … und es könnte ein bisschen feucht werden.«

Mir rutschte das Herz in die Hose.

Oh mein Gott.

»Ach wirklich?«, zirpte Abbi. »Klingt spannend. Erzähl mehr von deiner Idee.«

Oh. Mein. *Gott.*

Grinsend nahm er mir die Sonnenbrille von der Nase und klemmte sie auf seinen Kopf. »Na ja, ich bin eher ein Mann der Tat als jemand, der lange herumredet.«

Ich konnte nichts anderes tun, als dazustehen und ihn anzustarren, weil ich auf einmal das Gefühl hatte, in eine andere Realität gebeamt worden zu sein – eine Realität, die es sonst nur in den nicht gerade jugendfreien Liebesromanen gab, die ich so gerne verschlang, wo es ständig zu öffentlichen Liebesbekundungen kam und ein Happy End garantiert war. Ich konnte den Blick nicht von seinen Augen abwenden, die unter den schweren Lidern so blau leuchteten, dass sie fast unnatürlich aussahen. Unsere Gesichter schwebten so dicht voreinander, dass ich die eine winzige Sommersprosse unter seinem rechten Auge erkennen konnte.

»Was machst …?«, flüsterte ich, dann versagte mir die Stimme.

Sebastian senkte den Kopf, seine Arme glitten meinen Rücken hinab und umfassten meine Taille. Er zog mich an sich und mein Herz fing in einer fast tödlichen Geschwindigkeit an zu rasen.

Das war kein Traum, das war Wirklichkeit. Er tat es *wirklich*, inmitten all unserer Freunde.

Sein Kopf neigte sich zur Seite und unsere Münder berührten sich fast. »Lena, Lena, Lena.«

Meine Augen schlossen sich flatternd und ich spürte seinen warmen Atem auf meinen Lippen. Jeder Muskel in meinem

Körper verkrampfte sich, ich war atemlos vor Vorfreude, Begehren und Verlangen.

Gleich würde es passieren und dieses Mal würde es anders enden.

9

MEINE HÄNDE LEGTEN sich auf seine Brust und glitten zu seinen Schultern. Das Gelächter und der dröhnende Beat der Musik klangen weit entfernt. Sebastian trat dicht vor mich, bückte sich und führte einen Arm unter meine Beine. Er hob mich hoch und ich schlug die Augen auf.

Er drückte mir einen kurzen Kuss auf die Nasenspitze, und dann flog ich so unvermittelt in hohem Bogen durch die Luft, dass ich vor Schreck nicht mal mehr schreien konnte.

Mit dem Hintern voraus landete ich im kalten Wasser, sämtliche Luft wurde aus meiner Lunge gepresst, und ich ging wild um mich schlagend unter. Ich sank wie ein Wasserbüffel in die Tiefe, bis meine Füße gegen den harten Boden stießen, wo ich eine Sekunde lang ungläubig verharrte.

Was war da eben nur passiert? Oh Gott.

Ich dachte, er würde mich küssen, aber es war nur Spaß gewesen. Ein Spaß wie unter *Kumpeln*. Er alberte mit mir herum, als wäre der Kuss nie passiert, und ich … ich führte mich wie ein Volltrottel auf.

Und ich wusste genau, wie es für die anderen um uns herum ausgesehen haben musste: ich mit geschlossenen Augen, die Hände auf seinen Schultern.

Ich war so eine *Idiotin.*

Eine Idiotin, die gleich ertrank.

Mit brennenden Lungen stieß ich mich vom Boden ab und kam prustend und fluchend zurück an die Oberfläche. »Du Arsch!«

»He, ich wollte dir nur einen Gefallen tun.« Sebastian stand am Beckenrand und hatte ein selbstzufriedenes Grinsen auf seinem gut aussehenden Gesicht. »Es sah so aus, als könntest du eine Abkühlung vertragen.«

»Ich glaube nicht, dass das die Art von *feucht* war, die Lena sich erhofft hatte«, bemerkte Abbi trocken.

Sebastians Kopf schwang zu ihr hinüber, und Megan, die neben Abbi aufgetaucht war, während ich in meiner eigenen Dummheit ertrank, verschluckte sich an ihrem Getränk. Sie machte kehrt, marschierte vom Pool weg und wedelte dabei mit der Hand vor ihrem Gesicht.

Ich ließ mich zurück unter die Oberfläche sinken und stellte mir vor, wie ich Abbi langsam erwürgte. Das würde sie mir büßen!

Beschämt wie schon sehr, sehr lange nicht mehr schwamm ich zum flachen Ende des Beckens und schleppte mich aus dem Wasser. Sebastian kam mit einem Badelaken zu mir.

»Du siehst sehr süß aus, wenn du nass bist«, sagte er.

»Halt die Klappe.« Ich stieg die breiten Stufen aus dem Pool hinauf.

»So gefällst du mir richtig gut.«

Ich beugte mich vor, schleuderte die Haare über meinen Kopf und drückte sie aus. Dicke Wassertropfen spritzten hervor und sammelten sich unter meinen durchweichten Flipflops zu einer Pfütze. »Am liebsten würde ich dich schlagen.«

»Du bist immer gleich so aggressiv.«

Ich zerrte an meinem T-Shirt, aber es half nichts. Der Stoff klebte an meinem Oberkörper. Ich konnte nur dankbar sein, dass ich kein weißes T-Shirt trug und die Shorts eng genug waren, um nicht von meinen Hüften zu rutschen. »Ich zeig dir gleich, wie aggressiv ich sein kann.«

Er legte den Kopf in den Nacken und lachte laut. »Das könnte mir sogar gefallen.«

»Oh, das wird dir kein bisschen gefallen.« Ich reckte mich hoch, zog meine Sonnenbrille von seinem Kopf und setzte sie auf. »Glaub mir.«

Keith kam zu uns geschlendert. »Du weißt echt, wie man ein Mädchen feucht macht, Seb.«

Ich lief feuerrot an und ballte die Fäuste.

»Pah, davon hat keiner von euch eine Ahnung«, gab Abbi zurück. Keith' dunkle Augenbrauen wanderten in die Höhe. »Oh Baby, ich würde jetzt sofort vor dir auf die Knie gehen, wenn du mir erlauben würdest, dir zu zeigen, wie gut ich darin bin, ein Mädchen –«

»Das reicht mir schon, um zu wissen, dass du absolut keinen Schimmer davon hast.« Abbi hob die Hand und brachte ihn zum Schweigen. »Sonst müsstest du das nicht so groß herausposaunen.«

»Da hat sie recht«, meinte Sebastian.

Lachend zupfte Keith an einem von Abbis Zöpfen. »Ich beweise dir das Gegenteil. Gib mir fünf Minuten.«

»Fünf Minuten?« Sie schnaubte.

Ich riss Sebastian das Handtuch aus der Hand, drängte mich an ihm vorbei und ging zum Ende der Terrasse, wo der Weg weiter zum Poolhaus und zur Wurfbahn führte, um zu vermeiden, dass ich etwas Unüberlegtes tat, zum Beispiel ihm einen Boxhieb zu verpassen.

»Das war ziemlich blöd, was?«

Ich fuhr herum und sah Cody mit einer Flasche in der Hand im Halbdunkeln stehen. Warum konnte ich mich nicht ungestört in einer stillen Ecke verkriechen und mich allein in meiner Dummheit suhlen? War das wirklich zu viel verlangt?

»Ja«, murmelte ich.

»Du siehst ziemlich angefressen aus«, bemerkte er.

Ich holte tief Luft und sah ihn an. »Hat dir schon mal jemand gesagt, was für ein guter Beobachter du bist?«

Leise lachend hob er die Flasche. »He, ich hab dich nicht wie 'nen Basketball in den Pool geworfen.«

Ich schlang mir das Handtuch um die Schultern und zählte innerlich bis zehn. Cody hatte mir wirklich nichts getan. »Und, was machst du so?«

»Nichts Besonderes.« Er trank noch einen Schluck aus seiner Flasche. »Ich versuche zu entscheiden, ob ich noch bleibe oder demnächst abhaue.«

Ich war zwar nicht in der Stimmung, mich zu unterhalten, wusste aber auch nicht, was ich sonst tun sollte. Abbi stritt immer noch mit Keith herum, und Sebastian stand bei Phillip und Megan, die auf ihren Liegestühlen lagen.

»Und wo willst du hin?«

»Weiß nicht. Hab heute nur irgendwie keinen Bock auf Party.« Er stellte einen Fuß vor den anderen und lehnte sich an die Wand des Poolhauses. »Bei euch fehlt eine, stimmt's?«

Ich nickte. »Dary. Sie ist mit ihrer Familie nach DC gefahren.«

»Cool.« Es klang nicht so, als würde er das ernst meinen. »Wie lange willst du noch bleiben?«

Es dämmerte, also musste es schon nach acht sein. Ich war schon länger geblieben, als ich vorgehabt hatte. Der Abend war schrecklich verlaufen und ich sollte mich verdrücken. »Ich glaube, ich hau auch bald ab.« Ich hatte große Lust, nach Hause zu fahren und die Pop-Tarts zu essen, die Mom mir besorgt hatte.

»Du scheinst auch nicht in Partylaune zu sein.« Er schob sich etwas näher zu mir. »Wir könnten Sebastians Autoschlüssel klauen und ein bisschen rumcruisen.«

Ich schnaubte nur. »Ich weiß nicht, ob das so klug wäre.«

»Wieso nicht?« Ein schelmisches Grinsen erschien auf seinem Gesicht. »Wäre doch lustig.«

»Ja, klar.« Ich schüttelte mir die Flipflops von den Füßen, in der Hoffnung, dass sie auf den aufgeheizten Pflastersteinen schneller trockneten. »Erstens bin ich mir ziemlich sicher, dass du es nicht schaffen würdest, ihm die Schlüssel zu klauen, weil sie sich gerade in seiner Hosentasche befinden.«

»Traust du mir so wenig zu?«, gab er zurück. »Ich hab ziemlich geschickte Finger.«

»Das glaub ich sofort, aber ich habe gehört, dass du wieder mit Jessica zusammen bist, und sie wird nicht sehr begeistert sein, wenn sie erfährt, dass wir zusammen Sebastians Auto gestohlen haben«, erklärte ich. »Auf so einen Stress habe ich echt keinen Bock.«

»Oh Mann, so was spricht sich ganz schön schnell herum, was?« Cody schüttelte den Kopf. »Jessica kann manchmal ein bisschen … temperamentvoll sein.«

»Das ist noch harmlos ausgedrückt«, erklärte ich mit einem leisen Lachen. »Und das soll jetzt nicht fies klingen.«

»Ja, ich weiß schon, was du meinst.« Er stieß mich leicht an. »Schau mal, wir bekommen Gesellschaft.«

Bevor ich mich umdrehen konnte, ertönte schon Sebastians Stimme hinter mir. »Störe ich?«

Ich erstarrte. »Cody und ich unterhalten uns nur.«

»Das sehe ich.« Sebastian trat so dicht neben mich, dass ich die Wärme seines Körpers spüren konnte. »Über was?«

»Wir hecken ruchlose Taten aus«, antwortete Cody.

Sebastian kicherte. »Weißt du überhaupt, was ruchlos bedeutet?«

»Fick dich, Sebastian.« Cody lachte. Er ging einen Schritt zurück und deutete mit der Flasche auf mich. »Viel Spaß mit dem Idioten hier.« Dann zeigte er auf Sebastian und grinste. »Echt cool, dass du morgen ein Extra-Training mit dem Coach einlegst. Schließlich warst du einen ganzen Monat lang weg. Wäre schon blöd, wenn das Team wegen dir die nächsten Spiele verliert.«

»Wegen mir brauchst du dir da keine Sorgen zu machen«, gab Sebastian zurück.

»Ja, sicher«, meinte Cody und marschierte davon.

Ich sah Sebastian an. »Du warst ganz schön unhöflich, findest du nicht?«

»Nö. Ich dachte, ich komm rüber und erlöse dich von dem Gespräch mit ihm.«

»Ich kann mich nicht erinnern, dass ich um Hilfe gerufen hätte.«

»Wow.« Er stellte sich genau in dem Moment vor mich, als die bunten Lampen der Lichterkette, die zwischen den Bäumen hing, aufflammten. Seine Stirn war gerunzelt. »Das war jetzt aber –«

»An deiner Stelle würde ich jetzt lieber aufpassen«, warnte ich und schaute ihn an. »Überleg dir gut, was du sagst.«

Er öffnete den Mund und schloss ihn dann wieder. Stattdessen zog er die Baseballkappe von seinem Kopf, fuhr sich mit den Fingern durch die Haare und setzte sie wieder auf. »Bist du sauer, weil ich euch unterbrochen habe?«

Oh. Klar. Glaubte er ernsthaft, ich wäre *deshalb* wütend auf ihn? Meine Wangen wurden heiß. Zum Glück war die Gartenbeleuchtung nicht sehr hell. Frust strömte wie eine Armee von Feuerameisen über meine Haut. »Ist doch egal.«

»Warte mal.« Er lachte, aber es klang heiser. »Soll das heißen, du bist an Cody *interessiert?*«

»Was?«

»Stehst du auf Cody?«, wiederholte er.

Ich zog das Handtuch enger um mich. Ich *konnte* mich nur verhört haben. Vor ein paar Tagen erst hatte ich ihn geküsst und da stellte er mir so eine Frage? »Und wenn schon?«

Er sah mich an, als hätte ich ihm gerade gestanden, die Schule hinzuschmeißen und Straßenkünstlerin zu werden. »Cody ist ein Frauenheld, Lena. Er hat schon die halbe Schule flachgelegt. Und er ist wieder mit ...«

»Ich weiß, was er ist, aber ich weiß nicht, was dich das angeht«, feuerte ich möglichst leise zurück.

Sebastian starrte ungläubig auf mich herab. »Du hast dich doch nie für ihn interessiert. Die ganze Zeit nicht. Und jetzt auf einmal tust du es?«

Okay, ich hatte absolut kein Interesse an Cody, aber dieses Gespräch war einfach lächerlich. »Ich weiß nicht, was dich das angeht. Bist du nicht gestern Abend die ganze Zeit mit Skylar zusammen gewesen?«

Ruckartig fuhr sein Kopf zu mir herum. »Was hat das mit diesem Gespräch zu tun?«

Als ich nun Luft holte, brannte mir mein Atem ein Loch in die Brust. Ich konnte metallische Verbitterung und ranzige Eifersucht schmecken, Gefühle, die schon viel zu lange in mir gärten. Gefühle, die ich jahrelang verborgen und unterdrückt hatte. Plötzlich fühlte ich mich wie entblößt, meiner Haut beraubt, und es gab kein Verstecken mehr.

Er rieb sich die Brust, direkt über dem Herzen. »Ich kann nicht fassen, dass wir dieses Gespräch überhaupt führen.«

Ich zuckte zusammen. »*Du* kannst nicht glauben, dass wir dieses Gespräch führen? *Du* hast doch damit angefangen, und weißt du was, ich will jetzt auch gar nicht länger mit dir reden. Ich bin nämlich stinksauer auf dich.«

»Du bist sauer auf mich?« Seine Augenbrauen flogen in die Höhe. »Weswegen denn?«

Ich ließ das Handtuch fallen und blickte demonstrativ an mir herab. Eine kleine Pfütze hatte sich unter mir gebildet. Dabei wusste ich genau, dass meine Wut nicht daher kam, dass er mich in den Pool geworfen hatte. So was hatte er schon öfter getan. Und ich hatte *ihn* auch schon ein paar Mal in Keith' Pool geschubst. Aber ich wollte wütend auf ihn sein, weil wütend immer noch besser war als beschämt und verletzt und enttäuscht.

»Ernsthaft? Deshalb bist du sauer?« Er trat zurück. »Wieso das denn? Bist du …«

»Ich habe dich geküsst!« Sobald ich diese Worte aussprach, hatte ich wieder einen Kloß im Hals.

Er biss die Zähne zusammen und sah mich an. »Wie bitte?«

»Am Montag habe ich dich geküsst und ich … ich wollte das gar nicht. Es ist einfach so passiert, und bevor … ich überhaupt was sagen konnte, bist du praktisch davongerannt. Und vorhin, als du mich in den Pool geworfen hast, da hab ich eben gedacht, *du* würdest *mich* küssen«, sagte ich schwer atmend und mit einem Gefühl von Übelkeit im Bauch. »Ich dachte, dass du mich deswegen hochgehoben hast.«

Im Licht der Dämmerung waren seine Augen von einem so dunklen, tiefen, endlosen Blau wie das Meer bei Nacht. »Lena, ich dachte –«

»Sebastian!«

Beim Klang von Skylars Stimme schrak er zurück und drehte sich schwer atmend um.

Verdammter Mist …

Sie schwebte in einem trägerlosen Kleid, das gerade so ihre Oberschenkel bedeckte, den Gartenweg entlang. Dabei ging sie so schnell, dass ihre Haare wehten. Es sah aus, als würde sie über einen Laufsteg stolzieren. »Da bist du ja. Ich habe schon überall nach dir gesucht.«

Ich presste die Lippen zusammen und verkniff mir, sie darauf hinzuweisen, dass wir uns nicht wirklich in einer dunklen Ecke versteckt hatten und es deshalb eigentlich keinen Grund gab, *überall* zu suchen.

Mit ihrem Miss-America-Lächeln im Gesicht trat sie zu uns und legte die Hand auf Sebastians Arm. »Können wir kurz reden?« Ich senkte den Blick und kniff kurz die Augen zusammen, weil ich schon wusste, dass er Ja sagen würde. Es war höchste Zeit für mich, dieses Gespräch zu beenden, bevor noch ernsthafter Schaden daraus entstand. Hastig schob ich meine Füße in die Flipflops. »Ich wollte sowieso gerade … da rübergehen.«

Sebastian drehte sich zu mir. »Lena –«

»Bis nachher«, unterbrach ich ihn und zwang mich, Skylar anzulächeln.

Sie lächelte zurück, und vermutlich sagte sie auch etwas, nur konnte ich es durch das laute Brausen in meinen Ohren nicht hören. Ich lief zum Pool und suchte sofort nach Abbi.

»Alles okay bei dir?« Sie saß an der Kante eines Liegestuhls, auf dem Keith sich ausgestreckt hatte. Er hatte offenbar entschieden, dass er die eng anliegende Badehose lange genug vorgeführt hatte, und trug nun Shorts und T-Shirt. Eindeutig eine Verbesserung.

»Ja.« Ich räusperte mich. »Alles bestens.«

Zweifelnd schaute sie zum Poolhaus und machte Anstalten zu widersprechen. Ich kam ihr jedoch zuvor. »Wir reden morgen darüber.«

»Okay.« Sie klopfte auf den Platz neben sich. »Setz dich.«

Ich hockte mich zu ihr, den Rücken zum Poolhaus, und drehte mich nicht um. Kein einziges Mal. Während ich zuhörte, wie Keith und Abbi versuchten, sich gegenseitig mit sarkastischen Bemerkungen zu übertreffen, tröstete ich mich selbst damit, dass das, was zwischen mir und Sebastian passiert war, nicht wirklich eine Rolle spielte. Der heutige Abend war ein Reinfall gewesen, aber morgen würde alles besser werden.

Das musste einfach so sein.

HEUTE

10

Sonntag, 20. August

Mir tat alles weh und ich konnte mich nicht bewegen. Meine Haut fühlte sich viel zu straff an, meine Muskeln brannten, als stünden sie in Flammen, und meine Knochen schmerzten bis ins Mark. Einen solchen Schmerz hatte ich noch nie erlebt. Ich konnte kaum atmen, so heftig war er.

Mein Gehirn fühlte sich ganz benebelt an. Ich versuchte die Arme anzuheben, aber sie waren bleischwer und wollten sich nicht rühren. Verwirrung stieg in mir auf.

Ich meinte, ein regelmäßiges Piepen zu hören und Stimmen, aber weit entfernt, so als würde ich an einer Tunnelöffnung stehen und die Geräusche drängten vom anderen Ende zu mir herüber.

Ich konnte nicht sprechen. Da … da war etwas in meinem Hals, ganz *hinten* in meiner Kehle. Mein Arm zuckte ohne Vorwarnung und irgendetwas zupfte an meinem Handrücken.

Warum ließen sich meine Augen nicht öffnen?

Panik überkam mich. Warum konnte ich mich nicht bewegen?

Etwas Schlimmes war passiert. Etwas *sehr* Schlimmes. Ich wollte doch einfach nur die Augen öffnen. Ich wollte …

Ich liebe dich, Lena.

Ich liebe dich auch.

Stimmen hallten durch meinen Kopf, eine davon gehörte mir, das wusste ich genau, und die andere …

»Sie wacht auf.« Eine weibliche Stimme drang durch den Tunnel zu mir und unterbrach meine Gedanken.

Schritte näherten sich, ein Mann sagte: »Ich gebe jetzt das Propofol.«

»Das ist schon das zweite Mal, dass sie aufwacht«, erwiderte die Frau. »Eine echte Kämpferin. Ihre Mutter wird sich freuen.«

Kämpferin? Ich begriff nicht, worüber sie redeten, warum sie meinten, dass meine Mutter sich freuen würde …

Wär's nicht besser, wenn ich fahre?

Wieder war diese Stimme in meinem Kopf und sie gehörte mir. Ich war mir sicher, dass ich das gesagt hatte.

Wärme strömte durch meine Adern, flutete von meinem Hinterkopf aus durch meinen ganzen Körper, und dann gab es keine Träume mehr, keine Gedanken und keine Stimmen.

DIENSTAG, 22. AUGUST

Mein Magen zog sich vor Übelkeit zusammen.

Das war das Erste, was ich spürte, als die erstickende, alles überdeckende Dunkelheit allmählich nachließ. Mir war speiübel, und ich hätte mich am liebsten übergeben, wäre mein Magen nicht völlig leer gewesen.

Alles tat mir weh.

Mein Kopf und mein Kiefer pochten, aber der schlimmste Schmerz kam von meiner Lunge. Jeder Atemzug brannte wie verrückt in meiner Brust und schien mir nicht wirklich ausreichend Luft zu verschaffen. Ich musste deutlich mehr Atemzüge tun, um genügend Sauerstoff zu bekommen, und meine Brust fühlte sich unnatürlich eng an, als würde sie von Gummibändern zusammengepresst.

Um zu verstehen, was da mit meinem Körper los war, zwang ich mich, die Augen zu öffnen. Zuerst wollten sich meine Lider nicht regen, so als wären sie zugenäht, aber ich kämpfte hartnäckig, bis ich sie endlich aufbekam.

Grelles Licht blendete mich und zwang mich, sie gleich wieder zuzukneifen. Als ich dabei unwillkürlich zurückwich und mich leicht bewegte, schossen sofort wieder zahlreiche Schmerzpfeile durch meinen Körper.

Was war los mit mir?

»Lena?« Die Stimme kam näher. »Lena, bist du wach?«

Ich kannte diese Stimme – sie gehörte meiner Schwester. Aber das konnte nicht sein, weil Lori in Radford sein müsste. Auf dem College. Glaubte ich wenigstens.

Ich hatte keine Ahnung, welcher Tag es war. Samstag? Sonntag?

Kühle Finger legten sich auf meinen Arm. »Lena?«

Ich versuchte erneut, die Augen zu öffnen, und diesmal war ich auf das Licht vorbereitet. Mein Blick wurde klar, und ich schaute auf eine abgehängte Decke, wie die in meinem Klassenzimmer. Dann sah ich nach rechts und da saß Lori auf einem von zwei Stühlen neben mir.

Sie war es tatsächlich.

Und auch wieder nicht.

Meine Schwester sah einfach fürchterlich aus und das tat sie sonst nie. Ihr umwerfendes Aussehen war ihr sozusagen in die

Wiege gelegt, selbst frühmorgens noch, aber jetzt hatte sie die ungewaschenen Haare zu einem unordentlichen Pferdeschwanz zurückgebunden, ihre Augen waren blutunterlaufen und die Haut darunter geschwollen und rot. Selbst ihr graues Radford-University-T-Shirt war total zerknittert.

»Hey«, flüsterte sie lächelnd, aber etwas an diesem Lächeln stimmte nicht. Es war schwach und angestrengt. »Du bist aufgewacht, Schlafmütze.«

Hatte ich lange geschlafen? So fühlte es sich zumindest an. Als wäre ich tagelang im Tiefschlaf gewesen. Aber ich lag nicht in meinem Bett und auch nicht in meinem Zimmer. Ich leckte mir die Lippen. Sie fühlten sich ganz trocken an, so wie mein Mund und meine Kehle. »Was …?« Ich bekam nicht genug Luft und brachte die Worte kaum heraus. »Was ist … passiert?«

»Was passiert ist?«, wiederholte sie und kniff dann die Augen so fest zu, dass sich in den Augenwinkeln Fältchen bildeten. »Du liegst auf der Intensivstation in Fairfax. Im Krankenhaus«, erklärte sie leise, schlug die Augen wieder auf und sah zur Tür.

»Ich … das verstehe ich nicht«, flüsterte ich heiser.

Ihr Blick flog zu mir zurück. »Was?«

Die Worte herauszubekommen, war ungeheuer anstrengend. »Warum bin … ich auf der Intensivstation?«

Loris Augen suchten in meinem Gesicht. »Du hattest einen Autounfall, Lena. Einen sehr …« Ihre Stimme brach und sie atmete tief durch. »Einen sehr schlimmen Autounfall.«

Ein Autounfall? Ich starrte sie einen Moment lang an, dann wanderte mein Blick zurück zu der abgehängten Decke und den grellen Lichtern. Eine Sekunde verging, ich wollte den Kopf drehen und zuckte zusammen, als ein durchdringender Schmerz von einer Schläfe zur anderen durch mich hindurchfuhr. Die Wände waren weiß und vollgestellt mit Kisten und Behältern, die als Gefahrenstoffe markiert waren.

Nun begriff ich auch, woher das Ziehen an meinem Handrücken kam: Ich hing an einem Tropf. Ich lag also tatsächlich in einem Krankenhaus, aber ... ein Autounfall? Ich überlegte fieberhaft, aber mein Kopf war voller Schatten, hinter denen sich die Erinnerungen verbargen.

»Ich ... ich erinnere mich nicht an einen Auto...unfall.«

»Du meine Güte«, murmelte Lori.

Die Tür ging auf und da war Mom. Ein großer, dünner Mann in einem weißen Laborkittel kam zusammen mit ihr ins Zimmer. Mom blieb stocksteif stehen und drückte die zusammengefalteten Hände an die Brust. Sie sah genauso schlimm aus wie Lori.

»Oh Liebling«, rief sie und eilte dann zu meinem Bett.

Eine Erinnerung trieb an die Oberfläche. Worte ... die jemand zu mir gesagt hatte. *Liebst du mich so sehr, dass du mich ins Haus trägst und ins Bett steckst, ohne meine Mutter zu wecken?*

Jemand hatte das zu mir gesagt – draußen, in der Einfahrt bei Keith. Die Stimme kam aus der Dunkelheit zu mir geschwebt und klang auf unheimliche Weise vertraut. *Aber vorher halten wir bei McDonald's und holen Chicken Nuggets für mich.*

Chicken Nuggets?

Sobald sich die Erinnerung kurz gezeigt hatte, verschwand sie auch schon wieder, und ich konnte die Stimme nicht einordnen oder sagen, ob sie echt oder nur ein Traum gewesen war.

»Gott sei Dank.« Mom beugte sich über mich und küsste mich vorsichtig auf Stirn, Nase und dann auf mein Kinn. »Oh, Gott sei Dank. Gott sei Dank!« Wieder küsste sie meine Stirn. »Wie fühlst du dich?«

»Verwirrt«, zwang ich heraus. Zutiefst verwirrt.

»Sie erinnert sich nicht mehr an den Autounfall.« Lori stand auf und strich sich mit den Händen über die Hüften.

»Das ist bei diesen Verletzungen und nach der tiefen Sedierung nichts Ungewöhnliches«, erklärte der Mann in dem weißen Kittel. »Ihre Erinnerung wird ziemlich sicher mit der Zeit vollständig zurückkehren oder zumindest mit nur wenigen Lücken, sobald wir die Beruhigungsmittel abgesetzt haben.«

Sedierung?

Mom setzte sich auf Loris Stuhl, der direkt neben dem Bett stand, und nahm meine Hand. Es war die mit dem Infusionsschlauch. »Das ist Dr. Arnold. Er war derjenige, der …« Sie senkte kopfschüttelnd den Blick und holte zitternd Luft.

Wenn sie es nicht aussprechen konnte, musste es etwas sehr Ernstes sein. Während ich sie betrachtete, sah ich in Gedanken vor mir, wie sie am Küchentisch saß und über Verträgen brütete. Sie hatte ihre Lesebrille getragen und mich ermahnt, an mein Handy zu gehen, wenn es wieder klingelte. Und sie hatte noch etwas gesagt.

Pass auf dich auf.

Wann war das gewesen? Samstag. Samstagabend, bevor …

Dr. Arnold setzte sich an die Bettkante und schlug die Beine übereinander. »Du bist wirklich ein Glückspilz, junge Dame.«

Ich konzentrierte mich auf ihn und beschloss, ihm das vorerst mal zu glauben, weil ich keine Ahnung hatte, was hier eigentlich los war.

Mom drückte meine Hand, sie sah aus, als würde sie jeden Moment in Tränen ausbrechen. Ihre Augen waren ebenso geschwollen und rot gerändert wie Loris.

Der Arzt nahm eine Tafel, die am Fußteil des Betts hing. »Und wie geht es dir, abgesehen von der Müdigkeit?«

Ich schluckte, und es fühlte sich an wie Sandpapier, das aneinanderrieb.

»Müde. Und ich … mir ist ein bisschen schlecht.«

»Das ist vermutlich eine Folge der Sedierung«, sagte er und fuhr mit dem Finger die Tafel entlang. »Wir geben dir ein starkes Schmerzmittel, von dem einem auch ein bisschen übel werden kann. Und wie sind die Schmerzen?«

»Ähm … mein Kopf tut weh.« Ich schaute zu Mom, sie lächelte mich beruhigend an. »Meine Brust auch. Eigentlich … tut alles weh.«

»Du hast eine ziemliche Abreibung abbekommen«, entgegnete Dr. Arnold. Meine Augen wurden groß. Eine Abreibung? Ich dachte, es wäre ein Autounfall gewesen? Bevor ich nachfragen konnte, fuhr er fort. »Du hast eine Gehirnerschütterung, aber es gibt glücklicherweise keine Hinweise auf eine Hirnschwellung. Solange das so bleibt, sind wir in dieser Hinsicht aus dem Schneider.« Er überflog die Tafel. »Du wirst vielleicht schon gemerkt haben, dass dein linker Arm gebrochen ist. Er wird drei bis sechs Wochen im Gips bleiben müssen.«

Ich blinzelte langsam. Ein Gips?

Aber mein Arm *durfte* nicht gebrochen sein. Ich hatte doch Training und bald gingen die Spiele wieder los.

Ich hob den linken Arm und spürte sofort ein dumpfes Pochen. Yap. Da war tatsächlich ein Gips an meinem Unterarm. Mein Blick wanderte zurück zu dem Arzt. Das fühlte sich alles so unwirklich an.

»Ich … ich darf keinen Gips tragen. Ich spiele … Volleyball.«

»Liebes.« Wieder drückte Mom sanft meine Hand. »Das ist jetzt nicht so wichtig. Das ist das Letzte, worüber du dir Sorgen machen musst.«

Wie sollte ich mir keine Sorgen darüber machen? Das war mein letztes Schuljahr. Der Trainer hatte gesagt, ich könnte vielleicht von einem Scout entdeckt werden, und Megan wäre bestimmt stinksauer, wenn ich nicht spielen würde.

Dr. Arnold klappte die Tafel zu. »Du hast ein paar sehr ernste Verletzungen davongetragen, Lena, darunter ein schweres Trauma im Brustbereich, was zu einem beidseitigen Pneumothorax geführt hat.«

Ich starrte ihn verständnislos an. Pneumo-was?

Er lächelte schwach, als er meine Verwirrung bemerkte. »Das bedeutet, dass Luft in deinen Brustkorb eingedrungen ist und Druck auf die Lungenflügel ausgeübt hat, weshalb diese sich nicht ausdehnen konnten. So etwas kommt meistens nur einseitig vor, und häufig ist das Loch so klein, dass wir nur die Luft entfernen müssen.«

Da meine Brust sich anfühlte, als würde sie in einem Druckverband stecken, hatte ich den Verdacht, dass es bei mir anders gelaufen war.

»Du hast dir jedoch beidseitig mehrere Rippen gebrochen, die deine Lungen verletzt haben. Deine Lungen sind kollabiert und du konntest nicht atmen. Deswegen hatten wir es bei dir mit einer lebensgefährlichen Situation zu tun. Wenn beide Lungen versagen, kommt es nicht oft vor, dass wir uns hinterher noch mit dem Patienten unterhalten können.«

Mom hob die Hand und legte die Finger an den Mund. »Wir mussten aufmachen und beide Seiten operieren.« Der Arzt zeigte mir die Stellen an seinem Körper. »Um die eingedrungene Luft aus dem Brustraum zu entfernen und die Löcher in der Lunge zu schließen.«

Heilige.

Scheiße.

»Um deinen Lungen Zeit zu geben, sich zu erholen, haben wir dir starke Schlafmittel verabreicht und dich von einer Maschine beatmen lassen. Aber nicht sehr lange. Gestern warst du so weit, dass wir die Aufwachphase einleiten konnten.« Dr. Arnold lächelte erneut.

Ich hatte eine vage Erinnerung daran, ein Gespräch gehört zu haben, in dem es darum ging, mich aufzuwecken. Und dann war da noch was anderes ganz hinten im meinem Gedächtnis. Andere Leute, die redeten. Jemand hatte geschrien – nein, der Schrei war nicht von hier aus dem Krankenhaus gekommen.

»Wie gesagt, du hast wirklich unglaubliches Glück gehabt. Wir konnten den Beatmungsschlauch schon entfernen, werden dich aber noch für ein oder zwei Tage auf der Intensivstation behalten, weil dein Blutdruck etwas niedrig ist. Das wollen wir erst noch weiter beobachten.«

Ich begriff, was er sagte, und es klang auch logisch. Trotzdem fiel es mir schwer, seinen Worten zu glauben.

»Sobald wir der Meinung sind, dass du dazu bereit bist, verlegen wir dich auf eine normale Pflegestation. Wegen möglicher Infektionen und Entzündungen überwachen wir noch eine Weile deine Werte. Heute wirst du aber schon mit den ersten Atemübungen anfangen und morgen darfst du zum ersten Mal aufstehen und ein paar Schritte gehen.«

Ich kapierte das alles nicht.

»Und wenn alles gut geht, wovon ich ausgehe, können wir dich Anfang nächster Woche entlassen.«

Anfang nächster Woche?

»Es wird noch eine Weile dauern, bis deine Verletzungen

ganz ausgeheilt sind, und mit dem Volleyball wirst du erst mal pausieren müssen.«

Mein Herz sank. Nein. Ich musste spielen! Sonst …

»Aber du wirst mit ziemlicher Sicherheit wieder vollständig gesund werden und von ein paar zumutbaren Einschränkungen abgesehen keine Langzeitschäden davontragen. Aber darüber werden wir uns ein anderes Mal unterhalten.« Dr. Arnold erhob sich. Ich fragte mich, was er mit zumutbaren Einschränkungen meinte. »Der Gurt hat dir das Leben gerettet. Wären die anderen angeschnallt –«

»Danke«, warf meine Mutter hastig ein. »Vielen Dank, Dr. Arnold. Ich kann nicht sagen, wie dankbar ich – wir alle – für das sind, was Sie getan haben.«

Moment mal. Irgendwas fehlte doch. Etwas Wichtigeres als Volleyball und Infektionen. Wie war ich hierhergekommen? Was war passiert?

»Welche anderen?«, stieß ich hervor und schaute Lori an.

Meine Schwester sank mit bleichem Gesicht auf den Stuhl neben Mom.

Dr. Arnolds Gesicht war auf einmal ganz ausdruckslos, als hätte er eine Maske übergezogen. Er sagte noch ein paar Worte darüber, wie lange ich nach Meinung der Ärzte noch auf der Intensivstation bleiben müsse, und verschwand dann hastig.

Mein Blick wanderte zu Mom. »Was … was hat er gemeint? Welche anderen?«

»Was ist das Letzte, an das du dich erinnerst?«, fragte meine Schwester, als Mom nicht antwortete.

Mom warf ihr einen scharfen Blick zu. »Nicht jetzt, Lori.«

»Doch.« Ich holte flach Luft. »Doch. Jetzt.« Krampfhaft ging ich die Lücken und leeren Stellen durch. Ich erinnerte mich, wie ich mit Mom am Samstag gesprochen hatte. Ich hatte ihr gesagt … »Ich war … auf Keith' Party.« Ich schloss die Augen und ignorierte den pochenden Schmerz in meinem Kopf. »Ich erinnere mich wieder …«

»An was erinnerst du dich?«, flüsterte Mom und sank langsam wieder auf ihren Stuhl.

Mit pochendem Kiefer presste ich die Zähne zusammen. Die Pool-Party. Sebastian. Wie ich gedacht hatte, er würde mich küssen. Wie er mich stattdessen in den Pool geworfen hatte. Wie ich hinterher mit ihm redete – nein, *stritt* – dann … »Ich erinnere mich, wie ich mich neben Abbi auf einen Liegestuhl gesetzt habe und … dann weiß ich nichts mehr.«

Ich liebe dich, Lena.

Ich liebe dich auch.

Wer hatte das gesagt? Abbi? Megan? Eine von ihnen war es gewesen. Frustriert hob ich die Hand und zuckte zusammen, als der Infusionsschlauch daran zog.

Mom nahm meine Hand, führte sie vorsichtig an ihre Lippen und drückte einen Kuss auf meine Knöchel. »Du hast gerade eine Riesenmenge an Informationen vorgesetzt bekommen. Du solltest dich jetzt lieber ausruhen, damit wir dich bald wieder nach Hause holen können. Wir können später darüber reden.«

Was hatte der Arzt gesagt. Der Gurt hatte mir das Leben gerettet, aber die *anderen* … es hatte so geklungen, als hätten die anderen nicht … *Oh mein Gott.* Da waren noch andere mit mir im Auto gewesen!

»Nein.« Das Piepen der Maschine wurde parallel zu meinem Herzschlag schneller. Ich versuchte mich aufzurichten und hatte das Gefühl, durch das Bett nach unten gezogen zu werden.

»Ich will das … wissen … ich will wissen … was passiert ist … jetzt sofort.«

Tränen stiegen meiner Mutter in die Augen. »Liebes, ich glaube nicht, dass wir jetzt darüber reden sollten.«

Jemand hatte geschrien – Megan?

»Doch«, presste ich hervor. »Doch!«

Mom schloss kurz die Augen. »Ich weiß nicht, wie ich dir das sagen soll.«

»Sag es einfach«, flehte ich, während mein Herz so rasend schnell schlug, dass ich fürchtete, mir würde die Brust zerspringen. War es Megan gewesen? Nein. Abbi? Ich bekam keine Luft mehr. Sebastian? Oh Gott, ich war doch mit Sebastian zu der Party gefahren. Oh Gott.

Ich legte den Kopf zurück und versuchte krampfhaft zu atmen.

Mom legte vorsichtig meine Hand zurück auf das Bett. »Du warst nicht allein in dem Auto.«

Oh Gott. Oh Gott.

Meine Brust zog sich zusammen und mein Blick raste panisch zwischen Mom und Lori hin und her. Meine Schwester hatte die Augen zusammengekniffen und schaute aus dem kleinen Fenster. »Du bist mit Megan im Auto gesessen … und mit ihrem Cousin Chris. Phillip und Cody waren auch dabei.« Lori schaute zu mir und blinzelte heftig, und da sah ich, dass ihr Tränen über das Gesicht strömten. »Es tut mir so leid, Lena. Sie … sie haben es nicht geschafft.«

11

»NEIN!«, FLÜSTERTE ICH und starrte Lori an. »Nein. Das … das kann nicht sein.«

Sie ließ den Kopf hängen und vergrub das Gesicht in den Händen. Ihre Schultern bebten. Ein Zittern lief durch meinen Körper, und mit pochendem Herzen bemühte ich mich, genug Luft in meine Lungen zu saugen. »Nein«, jammerte ich erneut.

»Es tut mir so leid«, erwiderte sie.

Mein Blick flog zu Mom. »Sie irrt sich. Stimmt's? Mom, sie … das muss ein Irrtum sein.«

»Nein, Liebling.« Mom hielt immer noch meine Hand, drückte sie ganz fest. »Sie … sie sind alle tot.«

Langsam schüttelte ich den Kopf und nahm meine Hand weg. Ich hob den linken Arm. Sofort zog ein starker, stechender Schmerz bis in meine Schulter. »Das … verstehe ich nicht.«

Mom atmete mehrmals tief ein und versuchte sich zu sammeln. Ein Tränenschleier glänzte in ihren Augen, als sie sich über mich beugte. »Erinnerst du dich gar nicht an den Unfall?«

Ich bemühte mich nach Kräften, suchte krampfhaft in meinem Kopf herum, aber alles, was ich fand, waren Gesprächsfetzen. Über Chicken Nuggets und ich … wenn ich mich unheimlich anstrengte, konnte ich mich vage daran erinnern, wie ich in Keith' Einfahrt stand und Cody beobachtete und etwas Bestimmtes dachte und sagte …

Wär's nicht besser, wenn ich fahre?

Das war ich gewesen. *Ich* hatte diese Frage gestellt, das wusste ich genau. Das ungute Gefühl kehrte zurück, ein Zögern und Zweifeln. Ich sah mich selbst, wie ich an der Hintertür eines SUVs stehen blieb – es war Chris' Auto. *Wär's nicht besser, wenn ich fahre?*

Nein. *Nein.*

Ich kniff die Augen zu, als sich ein geballter Knoten an Emotionen in meiner Brust ausbreitete. Ich kapierte das nicht. Ich hatte doch neben Abbi gesessen. Und Sebastian hatte mich zu der Party gefahren. Wie war ich dann bei den anderen im Auto gelandet? Und wie war Megan –

Ich brachte es nicht über mich, genauer darüber nachzudenken. Es ging einfach nicht. »Was ist passiert?«, keuchte ich. »Erzählt … es mir.«

Ein Moment des Schweigens verstrich. »Die Polizei … um elf Uhr abends hat ein Streifenbeamter bei uns geklingelt. Ich war noch wach. Ich war in der Küche, und als ich öffnete und ihn sah, wusste ich sofort, dass etwas passiert sein musste. Die Polizei kommt nicht vorbei, wenn …« Mom verstummte mitten im Satz und ich öffnete die Augen. Ihre Lippen zitterten. »Er sagte, du seist in einen schlimmen Autounfall verwickelt gewesen und mit dem Rettungshubschrauber ins Krankenhaus gebracht worden. Und dass ich sofort hierherfahren soll.«

»Vorher hat sie noch mich angerufen. Ich hab mich gleich ins Auto gesetzt und bin über Nacht hergefahren.« Lori rieb sich die Stirn. »Zuerst haben sie uns nichts erzählt. Wir haben nur erfahren, dass zwei Patienten eingeliefert wurden. Beide wurden operiert.«

Ich bewegte die Beine unter der dünnen Decke. »Zwei? Hat –«

»Das war Cody«, sagte Lori und schaute zur Decke. »Er ist gestern Nacht gestorben.«

Gestern Nacht? Am Sonntag? »Was?«

»Wir wissen nichts Genaues. Seit seine Eltern in sein Zimmer gerufen wurden, habe ich nicht mehr mit ihnen gesprochen«, antwortete Mom und suchte meinen Blick. »Ich weiß nur, dass er schwere Kopfverletzungen erlitten hatte. Ich glaube nicht …« Sie seufzte. »Die Ärzte gingen offenbar nicht davon aus, dass er noch mal aufwachen würde.«

Nein. Cody konnte doch nicht gestorben sein. Ich erinnerte mich noch genau daran, wie ich mich bei Keith mit ihm unterhalten hatte. Er hatte darüber gewitzelt, Sebastians Autoschlüssel zu stehlen und eine kleine Spritztour zu machen. Es konnte nicht sein, dass er … tot war. Cody war … er war unser Quarterback. Er musste doch bei den Spielen neben Chris und Phillip auflaufen. Angeblich sollte er nächstes Jahr für die Penn State spielen. Er hatte doch vor Kurzem noch mit mir geredet, oder nicht? Witze gemacht und herumgeblödelt.

Aber wenn Chris und Phillip bei uns gewesen waren, hieß das … es bedeutete, sie hatten auch nicht …

Mein Mund bewegte sich, aber ich fand keine Worte. Ich brachte den Mut nicht auf, die Frage auszusprechen, die mir auf der Seele lag. Ich schaffte es nicht, mich der Antwort zu stellen. Ein Knoten bildete sich in meiner Kehle, während ich die Lippen weiter bewegte und kein Ton herauskam.

Mom berührte ganz leicht meinen rechten Arm und atmete

zitternd aus. »Megan und die anderen sind beim Aufprall gestorben … Sie waren wohl sofort tot. Keiner von ihnen ist angeschnallt gewesen.«

»Wieso?«, fragte ich und wusste nicht mal, warum ich das fragte. Ich hatte genug Antworten bekommen, um zu begreifen, was sie da sagte. Cody lebte nicht mehr. Phillip mit seinen bescheuerten T-Shirts lebte nicht mehr. Und Chris lebte auch nicht mehr.

Und Megan … Wir wollten doch zusammen aufs College. Vielleicht sogar zusammen Volleyball spielen. Sie war eine meiner besten Freundinnen, lauter und verrückter als alle anderen. Sie konnte nicht tot sein. Das durfte einfach nicht wahr sein.

Aber sie lebte nicht mehr.

Sie alle lebten nicht mehr.

Tränen sammelten sich in meinen Augen. »Aber wieso?«, wiederholte ich.

Mom schwieg. Lori antwortete schließlich, ohne mich dabei anzusehen. »In den Nachrichten hieß es, sie wären aus dem Wagen geschleudert worden. Der SUV streifte einen Baum und überschlug sich ein paar Mal.«

Die Nachrichten? Sogar in den *Nachrichten* war darüber berichtet worden?

Ich hatte keine Ahnung, was ich denken sollte, außer dass das nicht wahr sein konnte. Ich presste meinen Kopf in das Kissen und achtete nicht auf den brennenden Schmerz, der mir das Rückgrat entlangrauschte. Ich wollte raus aus diesem Bett. Ich wollte raus aus diesem Zimmer, weg von Lori und Mom.

Ich wollte zurück nach Hause, wo alles normal und wie immer war. Wo die Erde sich immer noch drehte und alles gut war. Wo alle noch lebten.

Mom sagte etwas, aber ich hörte sie nicht, sondern schloss die tränenverschleierten Augen. Lori antwortete ihr, aber ihre Worte schienen keinen Sinn zu ergeben. Ich zählte bis zehn und sagte mir, wenn ich die Augen wieder öffnete, würde ich zu Hause in meinem Bett liegen und das alles würde nur ein Albtraum sein. Weil es nicht wahr sein konnte. Das konnte nicht passiert sein.

Megan war noch am Leben. Alle waren noch am Leben.

»Lena?«, unterbrach Moms Stimme meine Gedanken.

Niemand war gestorben. Megan ging es gut. Und den anderen auch. Ich würde aufwachen und alles würde wieder normal und gut sein.

Mom sagte erneut etwas, und sosehr ich mich auch bemühte, ich schaffte es einfach nicht, aufzuwachen.

Dies war kein Albtraum, dem man entrinnen konnte.

»Ich will nicht mehr … reden«, sagte ich mit zittriger Stimme. »Ich will … nicht.«

Meine Worte trafen auf Schweigen.

Und so lag ich in meinem Bett, die Augen fest zusammengepresst, und sagte mir immer wieder, dass das nicht wahr sein konnte. Nichts davon war wahr. So etwas konnte nicht passiert sein, weil meine Freunde das einfach nicht verdient hatten.

Das war unmöglich.

Eine Sekunde verging, vielleicht zwei, und dann … dann zerbarst etwas in mir, als wäre ich aus hauchdünnem Glas. Ein Laut erklang, der mich an ein verwundetes, sterbendes Tier erinnerte, und es dauerte einen Moment, bis mir klar wurde, dass ich das war. Ich gab diese Laute von mir. Ich weinte so heftig, dass ich keine Luft mehr bekam und es nicht mehr schaffte, durch den Schmerz zu atmen, der alle meine Sinne zu überwältigen drohte. Die Tränen brannten an den wunden Stellen in meinem Gesicht und verstopften mir die Kehle, aber ich konnte nicht aufhören.

»Mein lieber, kleiner Schatz«, sagte Mom und legte ihre Hände auf mich. »Du musst dich beruhigen. Du musst tief und gleichmäßig atmen.«

Aber ich konnte nicht, weil sie tot waren. Es war, als würde sich ein heftiges Sommergewitter in mir Bahn brechen, unberechenbar und zerstörerisch. Die Tränen strömten immer weiter und hörten erst auf, als fremde Stimmen durch das Zimmer hallten, gefolgt von einer brennenden Wärme in meinen Adern, und dann gab es keine Tränen mehr.

Nur noch ein großes Nichts.

Viel später legte Mom mir wieder die Hand auf den Arm. Ich schlug die Augen auf und lag nach wie vor auf der Intensivstation. Der antiseptische Geruch hing mir immer noch in der Nase, immer noch piepten Maschinen. Ich lag hier und konnte der Erkenntnis nicht entfliehen, was das bedeutete.

Mom sah mich aus tränenlosen Augen an. Meine Schwester und sie schienen sich nicht vom Fleck gerührt zu haben, während ich in diesem Bett lag. Das Beruhigungsmittel, das man mir über den Tropf verabreicht hatte, verließ langsam meinen Körper.

»Ich muss dich was fragen«, sagte Mom nach ein paar Minuten.

Lori stand auf und trat zum Fußende des Betts. »Nicht jetzt, Mom.«

Mom achtete nicht auf sie, sondern konzentrierte sich ganz auf mich. »Die Polizei sagt, dass vermutlich Alkohol im Spiel war. Dass der Fahrer – dass Cody möglicherweise betrunken gewesen ist.«

Meine Stirn legte sich in Falten. Cody war gefahren? Das ergab keinen Sinn. Er war doch gar nicht mit seinem Auto zu der Party gekommen, sonst hätte er wohl kaum davon gesprochen, Sebastians Jeep zu klauen. »Wem gehörte … das Auto?«

»Chris«, antwortete Lori und verschränkte die Arme.

»Und … Cody ist damit gefahren?« Das ergab alles überhaupt keinen Sinn.

Sie nickte. »In den Nachrichten haben sie gesagt, es bestünde der Verdacht, dass Alkohol die Unfallursache gewesen sei. Sie haben sogar die Party bei Keith erwähnt. Offenbar ist die Polizei in der Nacht noch dort gewesen … Es war …«

Bei Keith? Ich hob meinen gesunden Arm, bis der Infusionsschlauch zu sehr zog, und ließ ihn wieder sinken. Warum hätte Cody mit Chris' Auto fahren sollen?

Da fiel mir wieder ein, was Abbi und Megan erzählt hatten, als sie bei der Party eingetroffen waren. Sie hatten den Verdacht gehabt, Chris wäre auf der Hinfahrt schon betrunken gewesen, und ich … ich hatte nicht mal richtig zugehört. Ich hatte nicht den Hauch von Sorge gespürt oder mich gefragt, was ihm einfiel, in so einem Zustand Auto zu fahren. Ich hatte … ich war zu sehr damit beschäftigt gewesen, was mit Sebastian los war.

»Hatten sie getrunken?«, fragte Mom.

Ich hatte Cody trinken sehen – aus einem roten Plastikbecher und aus einer Bierflasche. Daran konnte ich mich noch erinnern. Ich erinnerte mich … ich erinnerte mich, wie ich dachte –

Ich war mir nicht sicher, ob er fahren konnte oder nicht, aber die Jungs schauten mich alle so ungeduldig an, und Megan schubste mich von hinten und redete ständig von der Zehner-Box Chicken McNuggets, die sie sich reinziehen wollte. Ich überlegte, ob ich zu-

rück zu Abbi gehen und später mit ihr zusammen nach einer Mitfahrgelegenheit suchen sollte, aber sie war seltsamerweise total in ihre Unterhaltung mit Keith vertieft, und ich hatte das Gefühl, dass sie so bald nicht aufbrechen würde. Da war diese kleine warnende Stimme in meinem Kopf, aber ich … ich war so dumm gewesen.

Ich war in das Auto eingestiegen.

»Sie erinnert sich nicht an den Unfall, Mom. Wie soll sie da diese Frage beantworten?«, mischte Lori sich ein, aber konnte ich mich wirklich nicht erinnern?

Mom sah mich mit wogender Brust an und dann konnte sie sich nicht mehr beherrschen. Ihr Gesicht wurde kreidebleich, und als sie aufstehen wollte, fiel – sank – sie gleich wieder auf ihren Stuhl zurück. »Was hast du dir nur dabei gedacht, Lena?«

Ich öffnete den Mund, während mein Verstand wie rasend arbeitete. Ich hatte keine Ahnung, was ich gedacht hatte. Ich begriff das alles nicht. Oh Gott, das konnte nicht passiert sein. Das durfte nicht passiert sein.

»Mom«, sagte Lori und kam um das Bett herum.

»Du bist in das Auto gestiegen. So war es. Du bist in das Auto gestiegen, und dieser Junge – es heißt, er hätte getrunken. Die Polizei sagte, sie hätte es an euch allen riechen können. Und du – du hättest sterben können. *Sie* sind gestorben.« Sie stand jäh auf und diesmal blieb sie auf den Beinen und drückte die geballten Fäuste an ihre Brust. »Ich liebe dich, und ich danke im Moment sämtlichen Schutzengeln da oben im Himmel, dass du noch am Leben bist, aber ich bin auch so enttäuscht von dir. Ich habe dir beigebracht … wir, dein Vater und ich, haben dir beigebracht … dich niemals, unter keinen Umständen, hinter das Steuer zu setzen, wenn du getrunken hast, oder bei jemandem mitzufahren, der betrunken ist.«

»Mom«, flüsterte Lori, und ihre Wangen waren wieder tränennass. Genau wie meine.

»Wusstest du, dass er betrunken war?«, wollte Mom mit schwacher Stimme wissen.

Wär's nicht besser, wenn ich fahre?

»Ich weiß es nicht.« Meine Stimme zitterte und eine weitere Erinnerung kämpfte sich hervor. *Ernsthaft. Ich hatte nicht zu viel. Außerdem bin ich die Strecke schon tausendmal gefahren.* Die Stimme kannte ich. Das war Cody. Aber das konnte nicht sein, weil er niemals betrunken gefahren wäre, mit vier Beifahrern im Auto, weil – wer würde so etwas tun? *Chris hat es kurz vorher auch getan und dir war das ganz egal,* flüsterte eine leise Stimme in meinem Hinterkopf. Aber das war etwas anderes. Ich wäre niemals in den Wagen gestiegen. Ich wusste, dass ich das nicht getan hätte. Und ich hätte ihn nicht fahren lassen.

So war ich nicht.

Ich war nicht so ein Mensch.

Das war ich einfach nicht.

12

AM DIENSTAGABEND TAUCHTE die Polizei im Krankenhaus auf.

Dadurch erfuhr ich endlich, dass schon Dienstag war, drei Tage nach Samstag. Drei Tage, seit meine Freunde … gestorben waren. Drei Tage, in denen ich geschlafen hatte. Ich war am Leben und hatte geschlafen.

Die Polizisten kamen zu zweit in mein Zimmer und eine eiskalte Furcht machte sich in mir breit. Ich hatte fürchterliche Angst, mein Blick huschte panisch von meiner Mutter zu den beiden Männern in den hellblauen Uniformen und mit den merkwürdigen Kappen auf dem Kopf. Eine Krankenschwester war mit dabei und warnte die beiden, bevor sie sich überhaupt vorstellen konnten. »Sie haben höchstens zehn oder fünfzehn Minuten Zeit, dann braucht sie eine neue Ladung Medikamente. Sie darf sich nicht aufregen.«

Der ältere Polizist nickte und nahm seine Mütze ab, unter der sandfarbene Haare mit grauen Strähnen zum Vorschein kamen. »Wir werden sie nicht lange beanspruchen.«

Die Krankenschwester musterte die Beamten mit einem strengen Blick, bevor sie das Zimmer wieder verließ. »In zehn Minuten bin ich zurück.«

Ich schluckte, als der ältere Mann sich mir und meiner Mutter vorstellte.

»Meine Name ist Daniels, das ist mein Kollege Allen.« Er deutete auf den jüngeren, dunkelhäutigen Mann, der ebenfalls die Mütze abgenommen hatte. »Wir untersuchen den Unfall von Samstagnacht und hätten da ein paar Fragen an Sie, wenn Sie sich dazu in der Lage fühlen.«

»Ich weiß nicht, ob sie das schon schafft.« Mom sah mich erschöpft an. »Sie ist erst heute Morgen aufgewacht und hat das von ihren Freunden erfahren …«

Allen senkte den Kopf. »Unser tiefes Beileid für Ihren Verlust.« Er drückte seine Mütze direkt unter dem Bauchnabel an seine Uniformjacke. »Wir haben da ein paar Fragen und hoffen, dass Sie sie beantworten können, um einige Lücken zu füllen.«

Ich wollte das nicht tun. In meinen Augen sammelten sich Tränen. Aber ich nahm mich zusammen. Mir blieb sowieso nichts anderes übrig. Ich räusperte mich und krächzte: »Okay.«

»Gut.« Daniel stellte sich neben das Bett. »Wir müssen alles wissen, woran Sie sich erinnern. Schaffen Sie das?«

Ich schloss die Augen. Ich wollte gar nicht hier sein, und ich wollte auch nicht darüber reden, an was ich mich allmählich wieder erinnerte, aber das hier war die Polizei.

Also fing ich an.

Beim Sprechen musste ich wieder weinen, weil auf dem Gesicht meiner Mutter nichts als Enttäuschung und Kummer zu sehen war. Die Polizisten zeigten kaum eine Regung, während sie ihre Fragen abfeuerten.

»Wurde bei der Party Alkohol ausgeschenkt?«

»Waren Keith' Eltern zu Hause, und war ihnen bewusst, dass Alkohol konsumiert wurde?«

»Haben Sie gesehen, ob Cody etwas getrunken hatte?«

»War Chris zu betrunken, um selbst zu fahren?«

»Wie viel hatten Sie getrunken?«

Ich vermutete, dass sie die Antworten auf ein paar dieser Fragen bereits kannten und nun prüfen wollten, ob meine Aussage sie bestätigte. Als sie verstummten, hatte ich das Gefühl, etwas sagen zu müssen. Die Worte krochen meine Kehle hinauf.

»Wir … ich hätte nicht gedacht, dass so etwas passiert«, flüsterte ich. Meine Stimme, meine Seele, mein Herz und alles andere an mir fühlten sich gebrochen und kaputt an. »Keiner von uns hätte das gedacht.«

»Die Leute denken viel zu wenig nach«, erwiderte Daniels mit strenger Stimme. »Vor allem Jugendliche in deinem Alter. Das erleben wir leider viel zu oft.«

So viel dazu? *Jugendliche in deinem Alter.* Als würde es nur um Statistiken gehen, nicht um reale Menschen.

Damit verließen sie das Zimmer, und ich war zu nichts anderem mehr fähig, als ihnen hinterherzustarren. Schweigen legte sich über den Raum. Ein entsetzliches, nervenzerfetzendes Schweigen. Ich schloss die Augen, weil ich es nicht ertragen konnte, Mom anzusehen. Zu sehen, was sie – wie ich genau wusste – über mich dachte.

Ich war auch so jemand.

Leichtsinnig.

Unverantwortlich.

Schuldig.

Die Medikamente, die ich über die Infusion verabreicht bekam, machten alles … erträglicher. Ich hatte keine Schmerzen.

Ich musste nicht reden. Lori und Mom saßen schweigend neben meinem Bett und schauten irgendwelche Serien im Fernsehen an.

Mein Gehirn schaltete sich nicht ab, während ich so dalag.

Aber ich dachte nicht mehr an diesen Abend.

Ich konnte nicht mehr daran denken.

Ich lag da, schwebte gefühlt einen halben oder vielleicht auch einen ganzen Meter über der Matratze und plötzlich kam mir die Erinnerung an einen anderen Abend.

Es war im Juli gewesen, das letzte Mal, dass wir alle zusammen am See waren.

Es war das Wochenende des Vierten Julis gewesen, es herrschte strahlendes Wetter, und die ganze Bande war dabei – alle von uns. Jemand schleppte einen alten Holzkohlegrill an und Sebastian hatte die Heckklappe seine Jeeps aufgeklappt und die Musik laut aufgedreht.

Ich schaute mit Abbi, Dary und Megan zu, wie Keith versuchte, auf Abfahrtskiern Wasserski zu fahren. Alle lachten, außer Abbi. Sie starrte mit weit aufgerissenen, ängstlichen Augen auf den See und murmelte die ganze Zeit: »Er wird sich noch umbringen. Gleicht haut es ihn rein und er ist tot.«

Aber Keith war nicht gestorben.

Er war ins Wasser gestürzt und hatte laut gejammert, er hätte sich den Hintern gebrochen oder so ähnlich. Dann war er aus dem See gewankt und hatte sich die Badehose festgehalten. Phillip und Chris hatten auf ihn gewartet. Ich kann mich nicht erinnern, Cody gesehen zu haben.

Und in meiner Erinnerung war ich die meiste Zeit damit beschäftigt, Sebastian zu beobachten, der auf dem Steg stand und mit einem anderen Typen redete. Ich hatte ihn lange betrachtet an diesem Abend, immer wieder nach ihm gespäht, weil ich wusste, dass er bald wegfahren würde.

Im Nachhinein wünschte ich mir, es wäre anders gewesen. Ich wollte nicht Sebastian anschauen, ich wollte Phillip und Chris beobachten, ich wollte den Kopf nach rechts drehen und Megan betrachten. Ich wünschte, ich hätte ihrem Geplapper an diesem Abend zugehört, weil ich mich jetzt nicht mehr richtig daran erinnern konnte. Aber ich wusste noch, dass sie glücklich wirkte und lächelte.

Und als sie aufstand und sich zu Phillip ans Ufer stellte, hätte ich sie am liebsten zurückgerufen. Ich wäre ihnen gern gefolgt, um mir für immer einzuprägen, wie sie Seite an Seite am See standen, aber ich tat es nicht. Ich blieb, wo ich war, während am anderen Ufer jemand ein Feuerwerk abbrannte.

Ich versuchte, meine Erinnerung zu ändern.

Aber dann war da noch Sebastian. Als der Himmel sich erhellte und das Krachen der Feuerwerksraketen die Luft erfüllte, hatte er den Arm um mich gelegt. Eine Rakete flog mit einem sanften Pfeifen in den Himmel und explodierte in einem grellroten Funkenregen. Die ganze rechte Seite meines Körpers schmiegte sich angenehm warm an ihn. Die Wange an seine Schulter gelehnt betrachtete ich den funkelnden Himmel, weil damals zwischen uns noch alles normal und schön gewesen war, und ich erinnerte mich daran, wie ich dachte, dass … dass das Leben nicht besser sein könnte als da, in diesem Moment.

Ich konnte ja nicht wissen, wie recht ich damit hatte.

Am Mittwochmorgen überbrachte Mom mir eine Neuigkeit. »Dein Vater kommt.«

»Warum?«, fragte ich und starrte an die Decke.

»Er ist dein Vater«, entgegnete sie nur müde.

Keine besonders überzeugende Erklärung. Er mochte mein Vater sein, okay, nur hatte er sich viele Jahre nicht gerade wie ein Vater aufgeführt. Warum ausgerechnet jetzt damit anfangen?

Und dann fiel mir noch etwas Deprimierendes auf: Ich lag seit Samstagnacht auf der Intensivstation, und jetzt war Mittwoch – das hieß, er hatte sich nicht gerade beeilt, um zu mir zu kommen.

Das passte wieder so zu ihm, dass ich am liebsten laut gelacht hätte.

»Er fährt von Seattle mit dem Auto zu uns«, erklärte Mom, die offenbar den gleichen Gedanken gehabt hatte. »Du weißt doch, dass er keinen Fuß in ein Flugzeug setzt. Heute Abend müsste er hier sein, spätestens morgen.«

Ich kannte meinen Vater nicht mehr, und in diesem Moment hatte ich absolut keine Gehirnkapazitäten mehr frei, um über ihn nachzudenken. Ich wollte ihn nicht sehen, aber im Grunde war mir das alles völlig egal.

Ich wollte einfach nur mit meinen Erinnerungen in Ruhe gelassen werden und mich nicht damit befassen, was sich verändert hatte. Ich wollte nicht, dass die neuen Erinnerungen alles Alte auslöschten.

Mom und Lori wechselten sich bei meiner Betreuung ab. Die eine machte sich auf die rund vierzigminütige Fahrt nach Clearbrook, um nach dem Haus zu sehen, zu duschen und frische Klamotten anzuziehen, die andere blieb so lange bei mir. Mom kam nicht wieder darauf zu sprechen, was ich vor den Polizisten ausgesagt hatte.

Während Mom mal wieder nach Hause gefahren war, erzählte Lori mir, dass der Unfall nur fünf Kilometer von Keith entfernt passiert war. Wir hatten es nicht mal bis zur Schnellstraße geschafft, was in gewisser Weise ein Segen war. Die kurvige Straße zur Farm war wenig befahren, im Grunde nur von Leuten, die zu Keith' Familie wollten. Auf der Schnellstraße wären womöglich noch andere Autos in den Unfall verwickelt worden.

Noch mehr Leute hätten getötet werden können.

Noch mehr Leute als nur wir.

In diesen Stunden, wenn Lori oder meine Mutter schwiegen oder wenn die Krankenschwestern meine Werte prüften, drohten mich die Gedanken an Megan und die Jungs zu überwältigen, auch wenn ich das alles zu verdrängen versuchte. Ich hatte so viele Fragen. Wie ging es Abbi? War Dary von jemandem informiert worden oder hatte die schreckliche Nachricht bei ihrer Rückkehr am Sonntag auf sie gewartet? Was dachte Sebastian? Und der Coach ... Wie würde unser Trainer mit Megans Verlust umgehen? Ich war im Team jederzeit ersetzbar, Megan nicht. Am Tag, an dem ich aufgewacht war, hatte die Schule wieder begonnen. Wie ging es unseren anderen Mitschülern?

Auf der Intensivstation durften nur Familienmitglieder zu Besuch kommen. Sobald ich auf die normale Station verlegt würde, wäre diese Schonzeit vorbei. Die Klinik hatte offene Besuchszeiten, die Leute durften also jederzeit kommen, bis spätabends. Aber im Moment war ich dankbar, dass nur Lori und Mom bei mir waren.

Meine Freunde zu sehen, würde mich ständig daran erinnern, was passiert war. Das könnte ich nicht ertragen. Das würde alles viel zu real machen, zu schmerzhaft. Deshalb versuchte ich, während ich noch abgeschnitten vom wirklichen Leben im Krankenhaus lag, mir vorzumachen, ich wäre aus einem völlig anderen Grund hier.

»Mr Miller ist wirklich nett zu Mom«, berichtete Lori am Mittwochabend, als meine Mutter in die Cafeteria gegangen war, wo auch immer die sich befand. Mr Miller war der Geschäftsführer des Versicherungsbüros und Moms Chef. »Er hat ihr diese und nächste Woche freigegeben, ohne ihr dafür Urlaubstage abzuziehen. Er hat einfach ihre ganzen ungenutzten Krankheitstage zusammengerechnet.«

»Das ist nett«, murmelte ich und blickte aus dem kleinen, rechteckigen Fenster. Von hier aus konnte ich eigentlich nur Himmel sehen.

Lori saß an meinem Bett und stützte sich mit den Armen auf die Matratze, direkt neben meinen Beinen, die derzeit noch in fiesen Beinmanschetten steckten. Um die Durchblutung zu verbessern und eine Thrombose zu verhindern.

»Sebastian hat mir geschrieben«, verkündete sie.

Ich schloss die Augen.

»Er fragt nach dir. Jeden Tag.« Sie lachte rau. »Weißt du, ich bin am Montag zum ersten Mal nach Hause gefahren, und er muss echt am Fenster darauf gewartet haben, dass Mom oder ich kommen. Jedenfalls ist er schon aus der Tür gestürzt, bevor ich überhaupt ausgestiegen war. Er macht sich wirklich große Sorgen. Und Abbi und Dary auch.«

Es schnürte mir die Brust zu. Ich wollte nicht an meine Freunde denken. Ich wollte nicht an Sebastian, Abbi oder Dary denken, die sich Sorgen um mich machten, während Megan tot war. Während seine Freunde, seine besten Freunde, auch tot waren. Ich wollte nicht denken.

Lori atmete stockend aus und einen Moment lang herrschte Schweigen. »Morgen ist übrigens die Beerdigung von Megan und Chris. Ihre Familien haben entschieden, sie zusammen abzuhalten.«

Mir stockte der Atem.

Die Beerdigung war *morgen?* So schnell schon? Alles war vorbei, noch bevor es überhaupt begonnen hatte. Und ihre Familie … sie mussten nicht nur … Megan beerdigen, sondern auch Chris. Ich konnte nicht … ich *konnte* einfach nicht.

»Phillips Beerdigung ist am Freitag und Codys am Sonntag. Seine ist erst später, weil …« Ihre Stimme erstarb.

Ich schlug die Augen auf. Der Himmel hatte mittlerweile ein dunkleres Blau angenommen. Bald würde es Abend sein. »Warum?«, krächzte ich.

Lori seufzte erneut. »Sie mussten eine … Autopsie bei ihm durchführen, weil er gefahren ist. Bei den anderen war das nicht nötig; da haben sie nur Blutproben genommen.«

Autopsien und Blutproben.

War das alles, was von ihnen noch blieb?

»Die Schule gestattet den Schülern, an den Beerdigungen teilzunehmen, wenn sie möchten. Sie sind vom Unterricht befreit.«

Wie … nett von der Schule. Bestimmt würden viele Menschen zu den Beerdigungen kommen. Die Jungs waren extrem beliebt gewesen. Und Megan auch. Ein alberner Gedanke huschte mir durch den Kopf: Wie sollte das Team am Freitagabend nur Football spielen? Es war das Eröffnungsspiel. Der Mannschaft fehlten nun drei … *drei* Stammspieler.

Bestimmt war längst ein Team von Trauerbegleitern in der Schule unterwegs. Als letztes Jahr ein Sophomore-Schüler an

Krebs gestorben war, hatten sie auch Psychologen hinzugezogen.

»Mom wird morgen zu Megans Beerdigung gehen«, sagte Lori und ich erstarrte. »Ich weiß nicht, ob sie es dir vorher erzählt. Sie wollte nicht, dass ich dir das mit den Beerdigungen sage, aber ich finde, du solltest es wissen.«

Ich schwieg.

Mehrere Minuten vergingen. Sie kamen mir wie eine Ewigkeit vor und waren trotzdem nicht lange genug.

»Du musst jetzt nicht darüber reden. Du musst nicht mal daran denken«, sagte meine Schwester leise. »Aber irgendwann wirst du es tun müssen, Lena. Irgendwann musst du dich damit auseinandersetzen, was passiert ist. Nur jetzt noch nicht.«

Am Donnerstagmorgen wurde ich auf die Pflegestation verlegt. In meinem neuen Zimmer standen deutlich weniger Geräte herum und dafür mehr Stühle. Das Kopfteil meines Betts war schräg gestellt, um mir das Atmen zu erleichtern, und nachdem die Schwestern meine Atemübungen mit mir gemacht hatten, halfen sie mir, aufzustehen und auf dem Flur ein paar Schritte zu gehen. Eine Krankenschwester begleitete mich und achtete darauf, dass mein Krankenhaushemd nicht aufklaffte.

Das Gehen war anstrengend.

Dem Arzt zufolge würde es noch etwa zwei Wochen dauern, bis meine Verletzungen vollständig verheilt waren, und so lange würde ich auch noch schnell ermüden. Trotzdem musste ich mich bewegen, um zu verhindern, dass sich Flüssigkeit in meinen Lungen sammelte oder sich Blutgerinnsel bildeten.

Vor dem Unfall hätte ich mich vor Dingen wie Flüssigkeit in

der Lunge oder einem Blutgerinnsel zu Tode gefürchtet. Ich hätte jedes schmerzhafte Stechen in meinem Bein, jeden Anflug von Atemlosigkeit für einen Vorboten des Todes gehalten. Ich hätte nonstop nach den Symptomen gegoogelt.

Und jetzt?

War es mir … egal.

Ich schlurfte den Gang hinunter und dachte nur, dass ein Blutgerinnsel dem Ganzen wenigstens schnell ein Ende machen würde. Oder nicht? Sobald es sich löste, wäre alles vorbei.

So wie der Moment, in dem das Auto gegen den Baum prallte. Da war es auch für Megan, Chris und Phillip vorbei gewesen. In der einen Sekunde noch am Leben, einen Herzschlag später für immer von uns gegangen.

Lori wollte am Wochenende nach Radford zurückkehren, da Dr. Arnold zuversichtlich war, mich am Sonntag, allerspätestens am Montag, entlassen zu können.

Dann würde alles fast wieder normal sein.

Nur dass es nicht so war.

Das Leben würde nie mehr normal sein.

Mom erzählte mir von Megans Beerdigung.

»Es war wunderschön, wie sie die Trauerfeier gestaltet haben. Die Reden für die beiden …« Sie hielt inne. »Wenn du irgendwann dazu bereit bist, können wir sie mal auf dem Friedhof besuchen.«

Mehr sagte sie nicht.

Sie saß in dem Stuhl am Fenster. Die Scheibe war fleckig, als wäre sie schon eine Weile nicht mehr geputzt worden, was ich aus irgendeinem Grund ungeheuer faszinierend fand. Das war doch ein Krankenhaus, oder? Wieso lagen dann tote Fliegen auf dem Fensterbrett herum?

Mom hatte mich nicht noch einmal gefragt, warum ich in das Auto gestiegen war. Nach dem Wutausbruch auf der Intensivstation machte sie einen völlig gefassten Eindruck. Blonde Haare, zu einem ordentlichen Pferdeschwanz frisiert. Schwarze Yogahosen ohne Fusel. Nur ihre Augen waren immer noch gerötet, und ich hatte das ungute Gefühl, dass ihre Selbstbeherrschung Risse bekam, wenn sie nach Hause fuhr oder wenn ich schlief.

Sie weinte viel.

So wie in den Monaten, nachdem mein Dad uns verlassen hatte.

»Ich habe auf dem Weg hierher in der Schule vorbeigeschaut«, berichtete sie und klappte die Zeitschrift zu, in der sie geblättert hatte. »Sie wissen, dass du erst in der dritten Woche wieder kommst.« Sie schob die Zeitschrift in ihre Handtasche. »Du kannst es bestimmt kaum erwarten.«

Ob und wann ich wieder in die Schule gehen würde, war mir völlig gleichgültig. Wieso sollte ich mich darauf freuen, wenn Megan nie wieder dort sein würde? Wenn Cody, Phillip und Chris nicht mehr da waren? Das war alles so unfair.

Der ganze Unfall war unfair.

Wieso zum Beispiel hatte ich überlebt? Von den fünf Menschen im Auto hatte ich das am wenigsten verdient.

»Die Lehrer sind wirklich unglaublich hilfsbereit«, fuhr sie fort. »Sie stellen dir die Unterlagen für die ersten Wochen zusammen. Ich glaube, Sebastian bringt sie morgen vorbei.«

Sebastian.

Wie sollte ich ihm je wieder in die Augen blicken?

Oder Abbi oder Dary? Weil, ich wusste genau … ich hatte noch genügend Erinnerungen, um zu wissen, dass ich … ich hätte nicht in das Auto steigen dürfen. Ich hätte nicht zulassen dürfen, dass Megan es tat. Ich hätte …

Ich wendete mich ab, schaute zur Decke und blinzelte hastig. Tränen sammelten sich in meinen Augen. Wie sollte ich die Schule je wieder betreten, wenn alle anderen tot waren? Wenn Megan nicht an meinem Schließfach auf mich wartete, um mit mir zum Training zu gehen? Wenn sie mir nicht mehr mit ihrer wöchentlichen Freitagspredigt auf die Nerven ging?

Als ich nicht antwortete, betrachtete Mom die Bücher, die Lori für mich mitgebracht hatte. Sie lagen auf einem kleinen Beistelltisch. »Kennst du die schon?«, fragte sie. »Wenn du mir eine Liste gibst, hole ich dir andere.«

Ich hatte den Stapel nicht angerührt. Keine Ahnung, ob ich die Bücher kannte oder nicht. Ich atmete flach und konzentrierte mich auf den Fernseher. Mom hatte einen Nachrichtenkanal eingeschaltet. »Nein, danke, das passt schon.«

Mom sagte erst nach einer langen Pause wieder etwas. »Du darfst jetzt übrigens Besuch empfangen. Bestimmt –«

»Ich will keinen Besuch!«

Mom runzelte die Stirn. »Lena.«

»Ich will niemanden sehen«, wiederholte ich.

»Lena, ich weiß aber, dass Abbi und Dary kommen wollen. Und Sebastian auch.« Sie rutschte vor und sprach leise weiter: »Sie warten schon darauf, seit –«

»Ich will … sie nicht sehen.« Ich drehte den Kopf zu ihr. »Ich will nicht.«

Ihre Augen wurden groß. »Ich finde aber, es wäre gut für dich, sie zu sehen, vor allem nach –«

»Nachdem Megan gestorben ist? Und Cody und die anderen?«, blaffte ich, und mein Pulsschlag wurde schneller. Der blöde Herzmonitor passte sich seinem Tempo sofort an. »Du findest, es wäre gut für mich, meine Freunde zu sehen, wo du weißt, dass … ich zugelassen habe, dass die anderen in das Auto steigen und deshalb jetzt tot sind?«

»Lena.« Mom stand auf, trat zum Bett und beugte sich zu mir. »Du bist nicht als Einzige verantwortlich für diese Nacht. Ja, du hast einen Fehler gemacht, aber du bist nicht die Einzige –«

»Ich war nicht betrunken«, sagte ich und beobachtete, wie das Gesicht meiner Mutter blass wurde. »Daran erinnere ich mich noch. Ich habe an meinem halben Becher Bier nur genippt … und das war viel früher an dem Abend. Hätten sie mich getestet … als ich ins Krankenhaus kam, hätten sie festgestellt, dass ich … ich war nicht betrunken. Ich … ich war nüchtern. Ich hätte fahren können.« Meine Stimme brach. »Ich hätte fahren *müssen.*«

Meine Mutter wich vom Bett zurück und sank schwerfällig auf ihren Stuhl. »Und warum hast du es nicht getan?« Ihre Stimme klang belegt.

»Ich weiß es nicht.« Ich umklammerte meine Decke und spürte sofort den Schmerz im linken Arm. »Ich glaube, ich … ich wollte nicht …«

»Was wolltest du nicht, Lena?«

Der nächste Atemzug schmerzte. »Ich wollte nicht diejenige … sein, die ein Drama daraus macht.«

»Oh. Oh, Liebes.« Mom legte sich die Hand auf den Mund und schloss die Augen. »Ich weiß nicht, was ich sagen soll.«

Vermutlich, weil es dazu nichts zu sagen gab.

Ich erinnerte mich nun wieder genau, wie ich neben dem Auto stand. Ich erinnerte mich, wie Cody die Hand nach dem Türgriff ausstreckte und ihn verfehlte. Und ich erinnerte mich, wie ich ihn fragte, ob alles okay sei, und wie dann alle auf mich einredeten und ich mich schließlich dem Druck beugte.

Ich erinnerte mich an alles.

Ein Klopfen unterbrach uns. Mom erstarrte und ließ die Hand sinken. Ich schaute auf und dann … fühlte ich gar nichts mehr und alles auf einmal zugleich.

Dad stand in der Tür.

13

VIER JAHRE HATTE ich Dad nicht mehr gesehen.

Das letzte Mal war in unserer Küche gewesen, als wir alle um den Tisch herumsaßen. Mom und er hatten gewartet, bis Lori und ich von der Schule kamen, und ich glaube, ich ahnte schon beim Hereinkommen, was gleich passieren würde. Mom hatte rote Augen gehabt.

Lori hatte es nicht kommen sehen.

Dad sah … er sah älter aus, aber gut. Er hatte etwas mehr Falten um Augen und Mund, und sein Haar war eher grau meliert als braun, aber sonst schien in seinem Leben in Seattle alles rundzulaufen.

Dad war Bauunternehmer gewesen. Seine Firma Wise Home Industries hatte mehr als die Hälfte aller Häuser errichtet, die in den vergangenen zwei Jahrzehnten in unserer Kleinstadt gebaut worden waren. Dann brach der Immobilienmarkt total zusammen, Dad musste Einsparungen vornehmen, und die Aufträge tröpfelten, bis sie schließlich ganz versiegten und er die Firma schließen musste. Es kam kein Geld mehr herein. Die Lage war mehr als angespannt.

Und er konnte nicht damit umgehen. Er ließ Mom und uns im Stich und zog ausgerechnet nach Seattle, um sich selbst zu finden oder irgend so einen Mist. Angeblich arbeitete er dort inzwischen für eine Werbeagentur.

Ich hatte gedacht, sein Anblick würde stärkere Gefühle auslösen als nur milden Ärger oder Überraschung. Jahrelang hatte ich seine Anrufe ignoriert, jahrelang war ich wütend auf ihn gewesen. Jetzt war ich einfach nur leer. Was auch an den Schmerzmitteln liegen konnte, die durch meinen Organismus gepumpt wurden.

Seine braunen Augen wanderten erst zu Mom, dann richteten sie sich auf mich. Ein schiefes Lächeln erschien auf seinem Gesicht und er trat an mein Bett. Mit einem Räuspern schaute er auf mich herab. »Du siehst … äh …«

… so aus, als hätte ich einen Autounfall gehabt? Als hätte ich zwei kollabierte Lungenflügel, einen geschwollenen Kiefer, ein zerschrammtes Gesicht und einen gebrochenen Arm? Als wäre ich auf einer Party gewesen und hätte eine Reihe beschissener Fehler gemacht, die ich noch nicht mal ansatzweise erklären konnte? Als hätte ich zugelassen, dass meine Freunde starben?

Wie sah ich aus, Dad?

Er stand in einer steifen, unnatürlichen Haltung neben meinem Bett. »Ich bin so froh, dich zu sehen.«

Was sollte ich darauf antworten?

Mom stand von ihrem Stuhl auf und gab mir einen Kuss auf die Stirn. »Ich hol mir kurz was zu essen.« Sie warf meinem Vater einen vielsagenden Blick zu. »Ich bin gleich wieder da.«

Ein Teil von mir wollte fordern, dass sie blieb – schließlich hatte sie Dad hierhaben wollen, nicht ich –, aber dann ließ ich sie doch gehen. Mich mit meinem Vater auseinanderzusetzen, war nicht mal ansatzweise Strafe genug für das, was ich angerichtet hatte.

Dad nickte ihr zu, ging um das Bett herum und setzte sich auf ihren Stuhl. Wäre Lori hier, würde sie ausflippen vor Freude, ihn zu sehen. Sie hatten immer noch Kontakt. Nicht oft, aber immerhin.

Er legte die verschränkten Hände auf die Knie und betrachtete mich aufmerksam. Mehrere Augenblicke vergingen. »Wie geht es dir?«

Ich wollte mit den Schultern zucken, aber meine Rippen protestierten dagegen. »Ganz okay.«

»Schwer vorstellbar, nach allem, was passiert ist«, sagte er überflüssigerweise. »Deine Mutter sagt, du darfst am Wochenende nach Hause. Der Arzt meint, dass alles ohne Komplikationen verheilen wird.«

»Das … hat er gesagt.« Ich schob den Finger unter den Gips und versuchte mich zu kratzen.

Dad schwieg ein paar Herzschläge lang. »Ich weiß nicht, wo ich anfangen soll, Lena. Der Anruf von deiner Mutter … das war einer der schlimmsten Momente in meinem Leben. Ich weiß, dass du viel durchgemacht hast, und ich will es nicht noch schlimmer machen.«

»Dann lass es doch einfach«, sagte ich leise und heiser.

»Aber was passiert ist, hätte nicht passieren müssen«, fuhr er fort, als hätte ich nichts gesagt, und er hatte ja recht, so was von recht sogar, trotzdem wollte ich das von *ihm* nicht hören. »Das war nicht einfach nur ein Unfall. Ihr Kids habt –«

»Willst du … mir ernsthaft eine Strafpredigt halten?« Ich hustete und zuckte vor Schmerzen zusammen. »Echt jetzt?«

Seine Schultern erstarrten. »Ich verstehe dich ja. Wirklich, Lena. Ich war nicht da, aber immerhin habe ich versucht, dich anzurufen. Immer wieder. Ich habe versucht –«

»Du bist abgehauen und wir haben *zwei Jahre* nichts von dir gehört!« Wollte er diese winzig kleine Tatsache etwa ignorieren? Und meinen, er könnte mit einem Telefonanruf wieder zurück in mein Leben preschen?

»Es tut mir leid«, fügte er hastig hinzu, und vielleicht war das wirklich ernst gemeint, aber in diesem Moment kamen mir seine Worte so leer vor wie unser Haus. »Ich bin immer noch dein Vater, Lena.«

»Ja, kann sein, aber in dem Moment ... als du damals aus der Tür gegangen bist und für zwei Jahre verschwunden warst, habe ich aufgehört, dich so zu sehen.« Meine Rippen schmerzten bei jedem Wort. »Wie ... kannst du es wagen, mir jetzt Vorhaltungen zu machen?«

Seine Wangen wurden rot. »Lena –«

»Ich will das ... jetzt nicht«, sagte ich zu ihm, kniff die Augen zu und wünschte, nein, *betete*, dass er verschwinden möge. Dass alles um mich herum verschwinden würde. Dass ich aus diesem Zimmer verschwinden könnte. »Ich will nicht reden. Ich bin ... müde und ... ich will meine Ruhe.«

Dad antwortete nicht. Ich drehte den Kopf weg und kniff die Augen zu, bis ich an seinen Schritten hörte, dass er das Zimmer verlassen hatte, so wie ich es von ihm nicht anders erwartet hatte.

Ich wusste, ich würde ihn nicht wiedersehen.

Nachdem Dad gegangen war und die Zeitschaltuhr eine neue Dosis Medikamente durch meinen Infusionsschlauch schickte, schlummerte ich ein. Ich bekam nicht mit, ob Mom oder Lori in mein Zimmer zurückgekommen waren oder ob sie irgendwo im Krankenhaus mit Dad saßen. Lori war sicher bei ihm geblieben, aber das nahm ich ihr nicht übel. Nur weil unsere Beziehung zerbrochen war, musste ihre Beziehung nicht auch zu Ende sein.

Ich hatte keine Ahnung, wie lange ich geschlafen hatte. Keine Stunde vermutlich. Im Krankenhaus zu schlafen, war fast unmöglich. Es war einfach zu laut. Geräte, die sich surrend an- und ausschalteten. Schritte auf dem Flur. Ferne Stimmen. Mysteriöse Durchsagen. Ich schlief immer nur kurze Zeit am Stück, und als ich diesmal aufwachte, musste ich daran denken, wie Megan versucht hatte, in meinem Wohnzimmer eine Tanzfigur nachzumachen, die sie bei *Dance Moms* gesehen hatte.

Dabei hatte sie sich den Knöchel verstaucht.

Und die Vase auf dem Sofatisch zerbrochen.

Sie hatte mehrere Spiele aussetzen müssen und der Coach war stinksauer gewesen. Ich musste mir ein Grinsen verkneifen, als er ihr deswegen eine donnernde Strafpredigt hielt.

Megan konnte so manchmal so bescheuert sein.

Ein Gefühl der Schwere legte sich auf meine Brust, das jedoch nicht von meiner kaputten Lunge oder den schmerzenden Rippen herrührte. Minuten verstrichen, und allmählich wurde mir klar, dass ich nicht allein war.

Durch den Putzmitteldunst und den antiseptischen Krankenhausgeruch wehte ein frischerer Duft zu mir. Es war nicht das Vanilleparfüm meiner Mutter oder Loris Himbeerkörperlotion. Es roch nach Natur, nach Kiefern und Zedernholz.

Mir stockte der Atem und meine Augen flogen auf. Ich drehte den Kopf ein kleines bisschen zur Seite, und da saß Sebastian, auf dem Stuhl neben dem Fenster.

Er schaute durch die fleckige Scheibe nach draußen, und ich

konnte nur sein Profil sehen, aber das verriet mir schon genug. Er hatte das Kinn in die Hand gestützt und Bartstoppeln bedeckten seine Wangen. Er war bleicher, als ich es bei ihm gewohnt war. Seine Haare fielen ihm strähnig und zerzaust in die Stirn.

Was machte er denn hier?

Ich hatte Mom doch gesagt, dass ich keinen Besuch wollte. Ich war noch nicht bereit, ihn zu sehen oder Abbi oder Dary oder sonst irgendwen.

Obwohl ich keinen Laut von mir gab, drehte er den Kopf. Tiefe Schatten prangten unter seinen wunderschönen nachtblauen Augen, die einen gequälten Ausdruck hatten.

Unsere Blicke begegneten sich und er saß da wie erstarrt. Ich war mir nicht mal sicher, ob er atmete. Er schaute mich einfach nur an, als könnte es das letzte Mal sein … und so musste es sich ja eine ganze Zeit lang für ihn auch angefühlt haben.

Sebastians Blick wanderte suchend über mein Gesicht, verharrte auf dem angeschwollenen, verschrammten Jochbein. Er öffnete den Mund, brachte aber kein Wort heraus und schwieg stattdessen. Ich wünschte fast, es bliebe so. Ich wünschte, er würde einfach weiter schweigen, weil seine Stimme mich nur an das Davor erinnern würde, an die vielen dummen Dinge, über die ich mir vor dem Unfall Sorgen gemacht hatte. An all die vielen dummen Momente, die ich verschwendet hatte. Und daran, warum ich die Party überhaupt hatte verlassen wollen.

»Was … machst du hier?«, flüsterte ich.

Er schloss die Augen, und seine Gesichtszüge verhärteten sich, als hätte er Schmerzen. Ein Moment verging, dann öffnete er die Augen wieder, und da war eine Rohheit in ihnen, die ich noch nie gesehen hatte. »Gott«, stieß er hervor. »Am liebsten würde ich dich fragen, was für eine bescheuerte Frage das ist, aber das Wichtigste ist jetzt, dass du tatsächlich mit mir sprichst. Dass du tatsächlich noch da bist.«

Sämtliche Muskeln in meinem Körper verkrampften sich. Ein tauber Schmerz schoss durch meine Rippen. »Ich ... ich habe Mom gesagt, dass ich niemanden sehen will.«

»Ich weiß.« Sebastian beugte sich vor und umklammerte seine Knie. »Warum?«

»Warum?«, wiederholte ich ungläubig.

»Wie konntest du auch nur eine Sekunde lang glauben, dass ich nicht sofort zu dir kommen würde, sobald du Besuch empfangen darfst? Mag sein, dass Abbi und Dary sich davon abhalten lassen, aber ich würde mich nicht einmal vom Teufel persönlich daran hindern lassen.« Er rutschte zur Stuhlkante vor. »Ich wollte – nein, ich *musste* – dich mit eigenen Augen sehen, um mich zu vergewissern, dass du tatsächlich noch am Leben bist. Und dass du wieder gesund wirst.«

Mein Puls begann zu rasen. »Aber du weißt doch, dass mit mir alles okay ist. Ich bin die Einzige, die okay ist.«

»Okay?« Sein Gesicht verzog sich und wurde dann wieder glatt. »Du hast dir nicht den Zeh gestoßen, Lena. Deine Lungenflügel sind kollabiert. Dein Arm ist gebrochen. Du siehst fürchterlich aus und du ...« Seine Stimme brach. »Du hättest sterben können. Die Beerdigung, auf der ich vorhin war – das hätte deine sein können.«

Das brachte mich zum Schweigen.

»Heute habe ich mit ansehen müssen, wie einer meiner besten Freunde beerdigt wurde. Und morgen werde ich erleben, wie sie noch einen meiner besten Freunde begraben«, fuhr er mit belegter Stimme und zitternden Lippen fort. »Am Sonntag wird *wieder* einer meiner Freunde begraben. Innerhalb von drei Tagen werde ich die Beerdigung von vier Freunden miterlebt haben.«

Oh Gott.

»Ich werde nie wieder Megan zuhören können und mir überlegen, wovon zum Teufel sie da spricht«, sagte er und es schnürte mir die Kehle zusammen. »Ich werde nie mehr hören, wie Cody mir eine Predigt über Football hält. Ich werde nie wieder in der Schule sitzen und beobachten, wie Chris bei den Arbeiten schummelt, und mich fragen, warum er nie erwischt wird. Ich werde nie mehr mit Phillip abhängen und mit ihm Playstation spielen.« Seine Stimme zitterte, und ich wünschte, er würde damit aufhören. »Ich habe mich an diesem Samstag von keinem von ihnen verabschiedet. Und von dir auch nicht.«

Oh Gott.

»Und weißt du was? Ich kann schon ihren Tod im Moment noch gar nicht richtig verarbeiten. Wer weiß, ob es mir je gelingen wird. Aber dich zu verlieren?« Er richtete sich auf und biss die Zähne zusammen. »Das hätte ich nicht verkraftet.«

Ich kniff die Augen zu und atmete gegen den rasiermesserscharfen Knoten in meiner Kehle an. »Ich kann das nicht.«

»Was?«, fragte er.

»Du …« Ich holte scharf Luft. »Was passiert ist … das war meine Schuld!«

»Was?« Er klang erstaunt. Lieber Gott, er war tatsächlich richtig geschockt. »Du bist doch nicht gefahren, Lena. Du hast dich nicht betrunken hinter das Lenkrad gesetzt.«

»Das ist … egal«, flüsterte ich.

»Lena –«

»Du kapierst das nicht.« Ich hob meinen gesunden Arm und

legte die Hand über meine Augen. Ich wollte nicht vor ihm weinen. Ich wollte nicht schon wieder weinen. »Ich will … nicht mehr reden.«

Ein paar Momente verstrichen, dann sagte er: »Das müssen wir auch nicht.«

Ich drehte mich ruhelos in meinem Bett hin und her. Etwas baute sich in mir auf, etwas Hässliches, Unschönes, zu roh und zu mächtig. »Kannst du gehen?«, bat ich fast schon flehend. »Bitte?«

Einen Moment lang ruhte sein Blick auf mir, dann stand er auf, und ich wäre am liebsten in meinem Bett versunken, irgendwo im Nichts.

Aber Sebastian ging nicht.

Er war nicht mein Vater.

Er war nicht *ich*.

Er nahm den Stuhl, stellte ihn direkt neben das Kopfteil meines Betts und setzte sich wieder. Mein Herz klopfte. Er legte den rechten Arm neben mich aufs Bett, dann beugte er sich vor und strich mir mit der anderen Hand ein paar schlaffe Haarsträhnen aus dem Gesicht. Dabei sagte er: »Ich werde nicht gehen, auf keinen Fall. Du kannst gerne sauer sein und dich aufregen, aber ich bleibe hier. Denn auch wenn du es vielleicht selbst nicht merkst – du solltest nicht allein sein. Ich bleibe hier.«

14

SEBASTIAN BLIEB, AUCH wenn wir nicht mehr sprachen. Er schaltete den Fernseher ein und schaute Nachrichten. Ich mied es, zu ihm hinüberzusehen, spürte aber immer mal wieder seinen Blick auf mir ruhen. Ich wartete darauf, dass er etwas sagte, Fragen stellte, aber das tat er nicht. Er war immer noch da, als die Krankenschwestern in mein Zimmer kamen und mich zu meinem Spaziergang aus dem Bett holten.

Ich war so entsetzt darüber, dass er miterleben würde, welche Anstrengung mich das Aufstehen kostete, dass sich alle meine Muskeln verkrampften, als die Schwester mir beim Aufsitzen half.

Sie merkte, dass ich stocksteif dasaß, und sah mich fragend an. »Hast du Schmerzen?«

Ich presste die Lippen zusammen und schüttelte hastig den Kopf, während Sebastians Blick Löcher in meinen Rücken bohrte.

Die Krankenschwester begriff, was das Problem war. »Könntest du vielleicht zum Schwesternzimmer gehen und uns einen Becher mit Eiswürfeln holen?«, fragte sie ihn.

»Klar.« Sebastian sprang auf, und ich starrte zu Boden, bis er den Raum verlassen hatte.

»Danke«, flüsterte ich.

»Keine Ursache«, erwiderte sie und umfasste meinen unversehrten Arm mit festem Griff. »Ist er dein Freund?«

Ich schüttelte den Kopf und rutschte vom Bett. »Nur … ein Kumpel.«

Das zu sagen, tat weh. Immer wieder gingen Leute davon aus, wir wären ein Paar, was mich früher insgeheim immer ungemein gefreut hatte, aber als ich jetzt in meine Hausschuhe schlüpfte und mich daranmachte, ein paar Schritte zu gehen, empfand ich nichts. Keine Aufregung, keine süße Vorfreude, die dann doch enttäuscht wurde. Keine Trauer darüber, dass es nicht so war.

Ich war … einfach leer.

Die Krankenschwester achtete darauf, dass sich mein Krankenhaushemd am Rücken nicht öffnete, während wir auf dem Flur auf und ab gingen. Schon nach wenigen Runden waren meine Knie nicht mehr ganz so zittrig und ich konnte spürbar besser atmen. Ich hätte noch länger aufbleiben können, aber die Schwester brachte mich wieder zurück in mein Zimmer.

Sebastian saß wieder auf seinem Stuhl. Als ich zu meinem Bett kam, stand er auf, einen hellgelben Plastikbecher in der Hand. »Hier ist das Eis.«

»Bestens«, erwiderte die Krankenschwester, ohne mein Hemd loszulassen. »Kannst du es bitte auf den Tisch stellen?« Sebastian wandte sich ab, und solange er abgelenkt war, half mir die Schwester ins Bett. Das Kopfteil war schräg gestellt, damit mein Oberkörper erhöht lag. Ich starrte auf meine Hände und spürte, wie Sebastian näher trat. Nun holte die Krankenschwester noch das Inhaliergerät für die Atemübungen.

Sebastian blieb auch währenddessen da.

Er blieb noch, bis die Schwester gegangen war und meine Mutter zurückkehrte. Ich tat, als würde ich schlafen, während sie sich leise über irgendwelche Belanglosigkeiten unterhielten. Während ich den Stimmen lauschte, die mir so vertraut sein sollten wie das Atmen, aber nun ganz fremd in meinen Ohren klangen, schlief ich irgendwann tatsächlich ein.

Am Freitagnachmittag gab es kein Footballspiel. Das erfuhr ich, weil Sebastian eine Stunde nach Schulschluss bei mir aufkreuzte.

Anders als am Tag zuvor blitzte diesmal tatsächlich der winzige Funke eines unbestimmten Gefühls in mir auf, als Mom zur Tür sah und ich Sebastian entdeckte. Vermutlich eine gewisse Verbesserung im Vergleich dazu, gar nichts zu fühlen.

Sebastian sah ein bisschen besser aus.

Er hatte sich inzwischen rasiert, seine Augenringe waren nicht mehr ganz so dunkel, und sein Gesicht hatte wieder mehr Farbe.

Er fing an zu reden und erzählte von der Schule und den zwei Kursen, die wir dieses Jahr gemeinsam hatten, von Abbi und Dary. Er sprach über alles, nur nicht über den Unfall oder die Beerdigungen. Ich sagte so gut wie nichts. Ich lag nur da und starrte auf den Fernseher.

Am Samstag kam er wieder vorbei, und da blitzte erneut ein Funke in mir auf, ein warmes Gefühl in meiner Brust, das ich zu gern festgehalten hätte, aber … es fühlte sich falsch an, das zu tun.

Insgesamt sprach ich an dem Tag vielleicht fünf Sätze.

Ich brachte es einfach nicht über mich, etwas zu sagen, das

ausdrückte, was mir im Kopf herumspukte oder was ich fühlte … und was nicht.

Auch am Sonntag tauchte Sebastian wieder auf, mit schwarzer Hose und weißem Hemd. Er hatte die Ärmel hochgekrempelt und hielt eine flache Papiertüte in der Hand. Ich ahnte, woher er kam.

»Du siehst schon viel besser aus«, stellte er fest und setzte sich ans Fenster, die Papiertüte zwischen den Knien. »Wo ist deine Mutter?«

Ich holte stockend Luft. »Zu Hause. Sie ist … sie kommt bald.«

»Cool.« Die tiefblauen Augen fingen für einen kurzen Moment meinen Blick. »Glaubst du, sie lassen dich morgen raus?«

Ich rutschte auf dem schräg gestellten Bett herum und nickte.

Er senkte die dichten Wimpern und hielt die Tüte hoch. »Das wollte ich dir gestern schon geben. Hatte es aber im Auto vergessen.« Er griff in die Tüte und zog ein großes Stück Pappe hervor, eine riesige Karte, wie ich sofort sah.

Meine trockenen Lippen öffneten sich. »Was … ist das?«

Ein schiefes Grinsen erschien auf seinem Gesicht. »Eine Karte. Ich glaube, die gesamte Schule hat unterschrieben.«

Eine Karte.

Eine Karte für mich.

Ich hob den Blick. Er hielt sie mir entgegen, aber ich brachte es nicht über mich, die Hand auszustrecken. Ich konnte sie nicht annehmen. Ich durfte nicht, verdammt. Auf keinen Fall.

Sebastian sah mich an. Schweigen breitete sich aus, dann holte er tief Luft, legte die Tüte auf den Fenstersims und rückte näher an mein Bett heran.

»Alle denken an dich.« Vorsichtig klappte er die riesige Grußkarte auf und zeigte sie mir. »Sie vermissen dich.«

Mein Blick huschte über die Karte, über die vielen Unterschriften unter den aufgemalten Herzchen und den »Werd bald gesund«-Wünschen in Bubbleschrift, die »Du fehlst uns«-Botschaften in Schreib- und Blockschrift. Schuldgefühle ballten sich in mir und strömten wie Batteriesäure durch meine Adern. Wussten sie es nicht?

»Und ich vermisse dich auch«, fügte Sebastian leise hinzu.

Langsam hob ich den Blick zu ihm, meine Kehle wie zugeschnürt von widerstreitenden Gefühlen. Sie vermissten mich, aber sie wussten ja nicht, dass ich das, was passiert war, hätte ändern können – hätten ändern *müssen.*

Sebastian klappte die Karte wieder zu und trat mit einem Räuspern einen Schritt zurück. »Ich lege sie auf deinen Tisch, okay?« Ohne auf meine Antwort zu warten, stellte er sie auf den kleinen Beistelltisch neben meinem Bett.

Ich spähte unauffällig zu ihm hinüber. Schweigend schob er den Stuhl näher zu meinem Bett und setzte sich, die Arme auf die Schenkel gestützt. Sein Gesichtsausdruck verriet, dass er nicht wusste, was er sagen oder tun sollte, und angestrengt darüber nachdachte.

»Du … du musst nicht hierbleiben«, sagte ich zu ihm und starrte wieder auf meine Hände. »Ich weiß, dass ich keine besonders gute Gesellschaft bin.«

»Ich möchte nicht gehen«, gab er zurück und atmete hörbar aus. »Willst du … darüber reden?«

Mein Körper erstarrte. »Nein.«

Sebastian schwieg wieder eine Weile. »Dary und Abbi vermissen dich sehr. Sie versuchen, dir Zeit zu geben, aber –«

»Ich weiß«, unterbrach ich ihn. »Ich bin nur … ich möchte nicht, dass sie hierherkommen. Krankenhäuser sind so furchtbar.«

»Das würde sie nicht stören.«

Das wusste ich natürlich. »Aber es lohnt sich doch gar nicht mehr. Morgen bin ich sowieso zu Hause.«

Er setzte sich bequemer auf seinen Stuhl und lehnte sich zurück. »Heute war Codys Beerdigung. Sie fand in der großen Kirche an der Route 11 statt. Kennst du die? Das ist da, wo wir früher immer für Halloween gesammelt haben«, erklärte er. »Die Kirche war brechend voll. Es gab nur noch Stehplätze. Eigentlich waren alle … Alle Beerdigungen waren so, aber du kennst ja Cody.« Er lachte heiser. »Er hätte es geliebt. Du weißt schon, so viele Menschen, nur wegen ihm.«

Ich presste die Lippen zusammen und nickte. So war Cody gewesen. Er hätte die Aufmerksamkeit genossen.

»Seine Eltern …« Sebastians Stimme erstarb, er räusperte sich erneut. »Du kennst doch seinen jüngeren Bruder, oder? Toby? Wie alt dürfte er sein? Zwölf? Dreizehn? Oh Mann. Er ist Cody wie aus dem Gesicht geschnitten. Und er … er ist total zusammengebrochen. Sie mussten ihn nach der Hälfte des Gottesdienstes rausbringen. Ich hoffe, er wird …«

Die Hände zusammengepresst schaute ich zu Sebastian. Er starrte mit verkrampfter Miene ins Leere. »Er wird was?«

Er holte laut und deutlich Luft. »Er wird darüber hinwegkommen. Irgendwann.«

Ich antwortete nicht, obwohl ich ihm gern zugestimmt hätte. Ich wollte, dass Toby irgendwann damit zurechtkam, aber wie konnten wir wissen, ob es je so kommen würde? Er hatte seinen älteren Bruder verloren. Wie sollte man so etwas verkraften? Wie sollte dieser Schmerz auch nach vielen Jahren je weniger werden? Wie ließ sich dieses Loch im Leben, diese Leerstelle, die ein Mensch hinterließ, je wieder füllen?

Wie konnte man damit weiterleben?

15

DIE RÜCKKEHR IN MEIN Zimmer zu Hause am Montagvormittag war schwerer, als ich gedacht hätte.

Mom war vor mir eingetreten und schüttelte ein paar besonders dicke Kissen auf, die sie gekauft hatte, um mit ihnen einen Kissenberg am Kopfende meines Betts aufzutürmen. Laut Anweisung des Arztes sollte ich die ersten drei Tage eigentlich in einem Lehnsessel schlafen, weil meine Atmung noch nicht wieder ganz in Ordnung war, aber da wir keinen solchen Sessel hatten, musste ein Kissenberg reichen.

Ich wusste, dass sie ihre freien Tage in der vergangenen Woche bezahlt bekommen würde, doch hatten wir nicht wirklich Geld für neue Kissen übrig. Ich hatte angeboten, sie von meinem kleinen Sparbuch zu bezahlen, aber Mom hatte abgelehnt. Dr. Arnold meinte, ich könne ruhig wieder als Kellnerin arbeiten, sobald mein Hausarzt mich für fit genug hielte, nur beim Volleyball sei wegen des Armbruchs vorerst noch offen, wann ich wieder ins Training einsteigen könnte.

Ich hatte keine Ahnung, wie ich je wieder im Joanna's hinterm Tresen stehen sollte.

Ich hatte keine Ahnung, wie ich je wieder Volleyball spielen sollte.

Ich hatte keine Ahnung, wie mein Leben je wieder so werden sollte wie früher.

Mom richtete sich auf und drehte sich zu mir. »Alles okay?«

Nein.

Ich stand immer noch wie angewurzelt in der Tür. Mein Blick huschte unruhig durch das Zimmer. Alles war so wie vorher, nur auf meinem Schreibtisch lag ein Stapel Schulbücher und Ordner. Sebastian musste sie vorbeigebracht haben. Ich hatte die kommenden Tage noch Zeit, den Unterricht von zwei verpassten Wochen nachzuholen.

Und ich hatte auch keine Ahnung, ob ich es je schaffen würde, mein Zimmer zu betreten.

Es war immer noch genauso wie vorher, im Gegensatz zu allem anderen, und es fühlte sich falsch an, hineinzugehen, solange ich immer noch Megan vor mir sah, wie sie bei ihrem letzten Besuch im Schneidersitz auf meinem Bett gesessen und ihre langen blonden Haare zwischen den Fingern gedreht oder einen Volleyball gegen die Wand geworfen und sich über Phillip beklagt hatte. Oder wie sie Jahre zuvor, mit dreizehn, meine Bücher durchforstet hatte, auf der Suche nach Erwachsenenromanen, und die schmutzigen Szenen Dary vorlas, deren Gesicht dann immer knallrot anlief. Ich konnte Megan und Abbi darüber streiten hören, welche Tänzerin in *Dance Moms* am besten war oder wessen Mutter sie aussuchen würden, um eine Schlägerei zu gewinnen. Ein leises Lächeln umspielte meine Mundwinkel.

Ich hatte nicht mal zu Megans Beerdigung gehen können.

Leicht schwankend schloss ich die Augen und legte die rechte Hand an den Türpfosten.

»Lena?«

»Ja«, stieß ich hervor und schluckte. »Ich bin nur …«

Ich wusste nicht mehr, was ich war.

Ich war zu Hause. Ich war am Leben und ich war zu Hause.

Alle anderen aus dem Auto waren das nicht.

Sie lagen alle unter der Erde.

»Du musst erschöpft sein. Du solltest dich ausruhen, nicht hier herumstehen.« Mom schlug die Bettdecke zurück. »Komm. Leg dich hin.«

Mom schwirrte um mich herum, bis ich im Bett lag und sie mir die Beine zugedeckt hatte. Dann schwirrte sie noch mehr herum und brachte mir ein Glas Wasser und eine Dose Limo, zusammen mit einer Schüssel Chips. Erst als ich alles in Reichweite hatte, was ich möglicherweise benötigen könnte, verließ sie das Zimmer. Kurz darauf brachte sie mir noch etwas.

»Ich wollte es dir nicht mit ins Krankenhaus bringen, vor allem nachdem du keinen Besuch wolltest.« Sie ging zum Bett und streckte die Hand aus. »Das hier hat die Polizei am Mittwoch vorbeigebracht, nachdem keine der … anderen Familien es für sich beansprucht hat.«

Mein Handy.

»Ich habe es für dich aufgeladen. Ich glaube, du hast eine ganze Menge Nachrichten bekommen.« Sie warf einen kurzen Blick darauf. »Keine Ahnung, wie es heil bleiben konnte.«

Langsam nahm ich ihr das Handy aus der Hand und drehte das Display nach oben. Wie hatte es den Unfall überlebt? Das Auto war gefahren, und ich … ich hatte das Handy in der Hand gehabt, als Cody gegen den Baum fuhr.

Daran konnte ich mich noch erinnern.

Ich wollte Abbi eine Nachricht schreiben.

Ich starrte auf mein Handy und hörte kaum, wie Mom sagte,

sie würde nach unten gehen und ein paar Anrufe erledigen. Das Handy war kein bisschen beschädigt, kein einziger Riss im Display, gar nichts. Wie war das möglich?

So viele entgangene Nachrichten, Anrufe und Mitteilungen aus den sozialen Netzwerken – zu viele. Ich ignorierte alle, öffnete meine Nachrichten-App und scrollte mich durch die Liste bis zu Abbis Namen. Ihre Nachrichten las ich nicht, sondern konzentrierte mich stattdessen auf das offene Nachrichtenfenster, auf die halb fertigen Zeilen darin.

Bin mit Megan gefahren. Wollte dich nicht stör

»Oh mein Gott«, flüsterte ich und ließ das Handy fallen, als wäre es eine Bombe, die jeden Moment explodieren könnte.

Meine Nachricht war immer noch da und wartete darauf, verschickt zu werden. Ein Gedanke, der unvollendet geblieben war. Eine Botschaft, die ihren Empfänger nie erreicht hatte. Die Worte hätten das Letzte sein können, das ich jemals getippt hatte. Sie hätten es sein müssen – hätte mir nicht ein fünf Zentimeter breiter Gurt das Leben gerettet.

Ich strich mir über die Haare und schob ein paar Strähnen aus meinem Gesicht. Mehrere Minuten saß ich völlig reglos da. Bald war es Zeit für meine Atemübungen. Das Inhaliergerät stand auf meinem Nachttisch. Ich warf die Decke von meinen Beinen und rutschte vorsichtig über das Bett. Beim Aufstehen fühlten sich meine Rippen so an, als würden sie von einer Zange gepackt, aber ich ignorierte den Schmerz und ging zu meinem Schreibtisch und holte meinen Laptop.

Zurück in meinem Bett klappte ich ihn auf und tippte als Erstes auf Google den Namen der örtlichen Tageszeitung ein.

Die Webseite poppte auf, und kurz darauf hatte ich gefunden, was ich suchte:

Artikel über den Unfall.

Der erste Bericht vom Tag danach brachte auch ein Foto des SUVs. Entsetzt schlug ich die Hand vor den Mund. Das Bild war in der Unfallnacht aufgenommen worden und in ein rotblaues Licht gehüllt.

Wie konnte es erlaubt sein, so etwas zu veröffentlichen?

Der Wagen war so kaputt, dass er fast nicht mehr zu erkennen war: das Dach eingedrückt, die Türen abgefallen, die Fenster zerbrochen. Es sah aus, als sei die eine Seite richtiggehend aufgerissen worden. Eine gelbe Plane hing über einem Teil der Windschutzscheibe.

Dort, wo Chris gesessen hatte.

Meine Hand zuckte von der Tastatur zurück. Fassungslos saß ich da und fragte mich, wie ich diesen Aufprall hatte überleben können. Wie hatte ein schlichter Sicherheitsgurt mich *davor* beschützen können?

In diesem ersten Artikel waren noch keine Namen freigegeben worden. Zu dem Zeitpunkt warteten Familien noch auf die Nachricht, die ihr Leben so grausam zerstören würde. Zwei Patienten seien mit dem Rettungshubschrauber ins Krankenhaus gebracht worden. Als Unfallursache wurde Alkohol vermutet.

Ich klickte zurück, überflog die Schlagzeilen und hielt bei einer inne: *Vier Schüler bei Alkoholfahrt ums Leben gekommen.* Er stammte vom Dienstag.

Wie benommen las ich den Artikel, als würde es darin um Fremde gehen, nicht um meine Freunde. Sie listeten die Namen nacheinander auf: der achtzehnjährige Cody Reece, der achtzehnjährige Chris Byrd, die siebzehnjährige Megan Byrd, der achtzehnjährige Phillip Johnson. Mein Name wurde nicht genannt. Ich wurde als siebzehnjährige Schülerin bezeichnet, die sich in einem kritischen, aber stabilen Zustand befände.

Alle Insassen, außer einem, waren aus dem Wagen geschleudert oder teilweise herausgeschleudert worden. Ich dachte an die Plane über der Fahrerseite … und weigerte mich, genauer darüber nachzudenken.

Ich scrollte weiter. Erste toxikologische Befunde hätten ergeben, dass der Blutalkoholspiegel des Fahrers – Cody – das Doppelte des gesetzlichen Grenzwerts betrug. Am Dienstag, vor knapp einer Woche also, sollte der endgültige Bericht vorliegen, und ich … ich sah die ganze Zeit nur Cody vor mir, wie er den Türgriff verfehlte. Hörte ihn so klar und deutlich sagen, als säße er neben mir: *Scheiße, Mann. Ist das dein Ernst? Ich hab doch kaum was getrunken.* Und da wollte ich nicht mehr weiterlesen, schaffte es aber nicht, aufzuhören.

Ich überflog den Artikel, in dem angekündigt wurde, dass die Clearbrook High wegen des tragischen Verlusts, den die Mannschaft erlitten hatte, auf das Spiel gegen die Hadley High letzten Freitag verzichtete. Es wurde von den Jungs berichtet, von ihren Rekorden auf dem Spielfeld. Und dass Cody gehofft hatte, an die Penn State zu kommen, und Phillip und Chris an die WVU wollten.

Gestern war ein weiterer Artikel veröffentlicht worden, in dem für kommenden Freitagabend eine Andacht angekündigt wurde, direkt nach dem Footballspiel, mit dem die Clearbrook High ihre »bittersüße« Saison einleiten wollte. Aber in dem Artikel stand noch ein anderes Wort – *Anklage.*

Anklage gegen – oh mein Gott! Schockiert und mit einer dumpfen Übelkeit im Bauch las ich die Zeilen zum zweiten Mal.

> Die Untersuchung des Unfalls ist derzeit noch nicht abgeschlossen. Örtliche Behörden haben bekannt gegeben, dass sämtliche Insassen des Autos unter 21 Jahre alt waren und damit nach dem Gesetz noch keinen Alkohol konsumieren durften. Alle fünf haben sich vor ihrer Fahrt im Haus von Albert und Rhonda Scott aufgehalten. Es wird davon ausgegangen, dass beide Erwachsene zu Hause waren, als die Party in ihrem Haus stattfand. Sollte es zu einer Anklage kommen, könnte das Ehepaar Scott sich wegen der Gefährdung Minderjähriger, der Versorgung von Minderjährigen mit Alkohol und grob fahrlässiger Gefährdung im Straßenverkehr vor Gericht verantworten müssen.

Ach du heilige Scheiße.

Damit waren Keith' Eltern gemeint und natürlich waren sie während der Party zu Hause gewesen. Ich hatte sie ja selbst im Haus gesehen, in der Küche. Und das war auch nicht das erste Fest gewesen, das sie auf ihrem Anwesen geduldet hatten.

Wie betäubt erreichte ich das Ende des Artikels und dann … dann tat ich etwas, von dem ich wusste, dass ich es nicht tun sollte. Aber ich tat es trotzdem. Ich las die Kommentare unter dem Artikel, in dem ihre Namen genannt worden waren. Der erste Kommentar lautete schlicht: »Ich bete für sie.« Der zweite Kommentar war: »Was für sinnlose Tode. Ruht in Frieden.« Der dritte Kommentar sagte: »Hab den Reece-Jungen schon spielen gesehen. Was für eine Verschwendung. Hätte es in die NFL schaffen können.«

»Genau aus dem Grund sollte man nicht betrunken Auto fahren. Was für eine Schande.«

»Diese schmale Straße hat schon ihre Tücken, wenn man nüchtern ist. Aber betrunken? Was für Idioten!«

Von da an ging es … einfach nur steil bergab. Irgendwelche Leute gaben ihren Senf zu dem Unfall ab, als hätten sie sie gekannt – als hätten sie *uns* gekannt. Fremde Menschen schrieben fürchterliche Dinge, als wäre es ihnen total egal, ob Codys oder Phillips Freunde oder die Familien von Megan und Chris sie lesen konnten.

»Sie haben einen dummen Fehler gemacht und sind deshalb gestorben. Ende der Geschichte.«

»Warum eine Trauerandacht für vier Deppen, die sich besoffen hinters Steuer setzen?«

»Na ja, vier Menschen weniger, die zur Überbevölkerung der Erde beitragen.«

»Die Eltern des Gastgebers sollten wegen Mordes angeklagt werden!«

»Bin ich ein schlechter Mensch, weil ich dankbar bin, dass sie keine Unbeteiligten umgebracht haben?«

»Zum Glück haben sie keine Unbeteiligten getötet. Diese Schwachköpfe.«

Und so ging es endlos weiter, in Hunderten von Kommentaren. Lauter Fremde, die ihre Meinung dazu kundtun mussten, wobei ihre Kommentare irgendwo zwischen »Ich bete für sie« und »die armen Eltern« schwankten.

»Lena?« Mom erschien in der Tür. »Was machst du da?«

Ihr Blick schwenkte von meinem Gesicht zu meinem Laptop. Hastig trat sie um das Bett herum und schaute auf den Monitor, dann beugte sie sich blitzschnell vor, nahm mir den Computer vom Schoß und klappte ihn zu.

Zitternd sah ich sie an. Mein ganzer Körper bebte. Mein Gesicht war nass. Ich hatte nicht gemerkt, dass ich angefangen hatte zu weinen. »Hast du die Kommentare gelesen?«

»Nein.« Sie legte den Laptop auf meinen Schreibtisch. »Ich habe nur einen kurzen Blick darauf geworfen, das hat mir genügt.«

»Weißt du … was sie sagen?«

»Das spielt keine Rolle.« Sie setzte sich neben mich auf die Bettkante. »Es ist nicht –«

»So denkt man jetzt über sie!« Ich deutete auf meinen Computer und bemühte mich, tief einzuatmen. Ich wusste, dass ich mich beruhigen musste. »So wird man sich an sie erinnern, stimmt's?«

»Nein.« Mom legte den Arm um meine Schultern. »Du wirst dich nicht so an sie erinnern und ihre Familien auch nicht.«

Aber das stimmte nicht. Von jetzt an würde die ganze Welt für alle Ewigkeit ein falsches Bild von ihnen haben. Das war alles, was von Megan, Cody, Phillip und Chris in der Öffentlichkeit übrig bleiben würde: vier Leben, auf Blutalkoholwerte und falsche Entscheidungen reduziert.

Nicht die Footballstars.

Nicht die künftigen College-Studenten.

Nicht die Volleyballspielerin mit der harten Schmetterhand.

Nicht die Freundin, die alles stehen und liegen ließ, um mich bei meinem Liebeskummer zu trösten.

Nicht der Junge, der sich um die Zukunft seines Freundes sorgte.

Nicht die Kindsköpfe, die einen in jeder Situation zum Lachen bringen konnten.

Stattdessen waren sie Jugendliche mit doppelt so viel Promille im Blut wie erlaubt.

Jugendliche, die leichtsinnig und unverantwortlich waren.

Jugendliche, die *sich selbst* um ihre Zukunft gebracht hatten.

Dumme Jugendliche, die *dumme* Entscheidungen getroffen hatten und *gestorben* waren.

Ein warnendes Beispiel für andere.

Mehr blieb von ihnen nicht übrig.

Ihr Leben war zu einer verfickten Aufklärungsveranstaltung über die Gefahren von Alkohol am Steuer geworden.

Und ich hasste es.

Weil es stimmte.

16

DREISSIG MINUTEN NACH Schulschluss konnte ich sie unten hören. Ihre Stimmen klangen vom Erdgeschoss zu mir hoch; ich konnte nicht verstehen, was sie sagten, aber ich wusste genau, dass meine Mutter sie nicht wegschicken würde.

Voller Panik stand ich auf und schaute zur Balkontür. Ob ich noch abhauen konnte? Wie lächerlich. Meine Rippen würden vor Schmerzen zerspringen, wenn ich zu rennen versuchte, und überhaupt – wo sollte ich hin? Ich saß in der Klemme.

Abbi und Dary kamen mich besuchen.

Sämtliche Muskeln in meinem Körper zogen sich zusammen, als ihre Schritte die Treppe hochdonnerten. Schmerz flammte in meinem Brustkorb auf, und diesmal wurde er nicht von starken Schmerzmitteln gedämpft, wie ich sie im Krankenhaus bekommen hatte. Die Ärzte hatten uns ein Rezept mitgegeben, aber ich hatte noch keine Tablette genommen.

Ich ließ den Ordner mit den Hausaufgaben und dem nachzuholenden Unterrichtsstoff fallen, während der Druck in meiner Brust immer größer wurde.

Zuerst kam Abbi ins Zimmer und hielt direkt an der Türschwelle inne. Obwohl Dary hinter ihr war, stand Abbi eine gefühlte Ewigkeit wie angewurzelt in der Tür. Als könnte sie nicht in mein Zimmer kommen, weil der Raum all das repräsentierte, was es nicht mehr gab. So wie ich es auch empfunden hatte.

Ihre Locken waren zu einem straffen Knoten zusammengebunden. Die Haut unter ihren Augen war dunkel und geschwollen. Schließlich gelang es Dary, sich an ihr vorbei ins Zimmer zu zwängen, und sie sah ebenso … fertig aus.

Ihr wildes schwarzes Haar war nach hinten gegelt, die Augen hinter dem weißen Brillengestell dick und rot. Sonst trug sie immer irgendein abgefahrenes Outfit, doch heute hatte sie nur Jeans und ein weites Shirt mit V-Ausschnitt an. Keine bunten Farben, kein flippiges Kleid oder Hosenträger.

»Du siehst ganz schön beschissen aus«, sagte Abbi schließlich mit heiserer Stimme.

Mein Mund war trocken. »So fühle ich mich auch.«

Darys Gesichtzüge brachen in sich zusammen. Sie trat vor und setzte sich auf mein Bett, während Abbi sich auf meinen Drehstuhl fallen ließ. Dary beugte sich über das Bett und vergrub das Gesicht in den Händen. Ihre Schultern bebten, und ich hätte gern etwas gesagt, sie irgendwie getröstet.

»Tut mir leid.« Ihre Stimme klang gedämpft. »Ich hab Abbi versprochen, mich zusammenzureißen.«

»Stimmt.« Abbi zog die Beine an und schlang die Arme um ihre Knie. »Hat sie.«

»Ich hab … ich hab dich so vermisst.« Dary richtete sich auf, schob die Brille hoch und wischte sich die Augen. »Als deine Mutter gesagt hat, du wolltest keinen Besuch haben, da wurde es endlos … bis ich dich sehen konnte – mich vergewissern, dass du okay bist.«

»Ich gebe mir ja wirklich Mühe, deshalb nicht sauer auf dich zu sein«, sagte Abbi und legte das Kinn auf ihre Knie. »Aber es war verdammt beschissen, sämtliche Neuigkeiten über deinen Gesundheitszustand nur über Sebastian zu erfahren.«

»Tut mir leid.« Ich lehnte mich zurück, wobei ich darauf achtete, dass die Kissen nicht zu weit nach unten rutschten. »Sebastian hat ... er hat sich einfach aufgedrängt.«

»Du hast deine Ruhe gebraucht. Das verstehe ich ja, aber ...« Dary trocknete sich die letzten Tränen. »Es war nur echt schwer für uns.« Sie machte eine Pause. »Alles war so verdammt schwer.«

»Das stimmt«, gab ich leise zu.

»Und, wie geht es dir?«, fragte Dary. Sie setzte sich auf und ließ die Hände sinken.

»Besser. Aber ich hab immer noch Schmerzen.«

Sie schob die Brille wieder zurück auf ihre Nase. »Was ist mit deinen Rippen? Deiner Lunge? Hast du deshalb das Inhaliergerät da stehen?« Sie deutete auf den Apparat neben dem Stapel mit Schulbüchern auf meinem Tisch.

Ich nickte. »Ja. Der Doc meint, die Verletzungen würden ohne bleibende Schäden verheilen, aber ich muss das Gerät noch bis Ende nächster Woche ein paarmal am Tag benutzen.«

»Und was ist mit deinem Arm?«, fragte Abbi.

Ich hob den linken Arm und zuckte sofort zusammen. »Müsste auch wieder zusammenwachsen. Wenn es gut läuft, kann der Gips in ein paar Wochen ab.«

Abbi musterte meinen Arm. »Und ... was wird so lange aus Volleyball?«

»Keine Ahnung.« Ich suchte eine neue Sitzposition. »Darüber hab ich mir noch keine Gedanken gemacht.«

»Als ich den Arm gebrochen hatte, musste der Gips sechs Wochen lang dranbleiben.« Dary verzog das Gesicht. »Gott, ich weiß noch, wie ich in dem Sommer mal Giftefeu unter dem Gips hatte. Das war vielleicht übel.«

Ich schaute zu Abbi. Sie betrachtete nicht mehr meinen Gips, sondern starrte auf das Fußende meines Betts. »Geht es euch beiden … seid ihr okay?«

Abbi lachte, ohne jede Spur von Freude. »Ich weiß nicht mal mehr, was diese Frage bedeutet.«

»Es ist halt …« Dary schloss die Augen und schüttelte den Kopf. »Megan war verrückt – auf eine richtig gute Art. Es ist so furchtbar, dass sie nicht mehr da ist und wir ihre Stimme nicht mehr hören können oder sehen, wie sie sich über eine Katze auf dem Hof kringelig lacht oder so. Es ist einfach … nichts ist mehr wie früher.«

»Kannst du dich an den Unfall erinnern?«, fragte Abbi plötzlich.

Ein Zittern durchfuhr mich. »Nur ein bisschen. So kurze Erinnerungsfetzen.«

»Deine Mutter hat gesagt, du hättest eine Gehirnerschütterung gehabt und würdest nicht mehr alles wissen«, meinte Dary.

Ich nickte.

»Dann weißt du nicht, was genau passiert ist?«, fragte Abbi erneut, und mein Blick huschte kurz zu ihr hinüber.

»Nicht wirklich«, log ich und hasste mich dafür. »Aber ich … ich erinnere mich, dass ich dir eine Nachricht geschrieben habe, um dir zu sagen, dass … ich gehe.«

»Ich habe keine Nachricht bekommen.«

»Ich hatte keine Gelegenheit … sie abzuschicken.«

Dary schloss die Augen. »Ich weiß, du erinnerst dich nicht, aber glaubst du, sie haben sehr … leiden müssen?«

Ich strich mit den Händen über meine Bettdecke und atmete zitternd aus. »Ich glaube nicht. Und Cody wohl auch nicht.«

»Er ist nicht mehr zu Bewusstsein gekommen«, erklärte Abbi leise.

Ich schüttelte den Kopf und schaute von einer zur anderen. Ich wusste nicht, was ich sagen sollte. Megans Verlust hing schwer und fast greifbar über uns.

Sie blieben noch ein bisschen, Dary auf meinem Bett, Abbi auf meinem Schreibtischstuhl. Sie redeten über die Schule und über Megan – über die Lieder, die auf ihrer Beerdigung gespielt worden waren. Sie redeten über den Prozess, der Keith' Eltern drohte, und wie er damit umging. Dary redete am meisten.

Ich tat so, als würde ich mich an dem Gespräch beteiligen, nickte und antwortete, wenn es nötig war, ohne wirklich bei der Sache zu sein. Mein Kopf war Hunderte von Kilometern entfernt. Kurz vor dem Abendessen standen sie auf und Dary umarmte mich zum Abschied.

Anschließend nahm Abbi mich ebenso vorsichtig in den Arm. »Ich weiß, du brauchst noch Zeit für dich«, sagte sie und legte ihre Stirn an meinen Kopf. Ihre Stimme war so leise, dass nur ich sie hören konnte. »Ich weiß, das ist alles sehr schwer für dich, aber es ist auch für uns schwer. Vergiss das nicht. Du brauchst uns jetzt.« Ihre Stimme brach, und über ihre Schulter hinweg konnte ich sehen, wie Dary den Kopf senkte. »Aber wir brauchen dich auch.«

Ich hörte, wie sich der Türknauf drehte, und sah auf. Ein Schatten stand vor der Balkontür. Mit klopfendem Herzen legte ich den Inhalator beiseite. Sebastian kam herein und zog die Tür hinter sich zu.

Er trug eine Schlafanzughose und ein weißes Tanktop. Und er sah gut aus. Er sah eigentlich immer gut aus, aber irgendwie sträubte ich mich dagegen, es auch nur wahrzunehmen. Als dürfe ich das jetzt nicht mehr.

Als ich hätte das Recht dazu verloren.

»Ich hab dir lieber keine Nachricht geschickt«, sagte er und setzte sich zu mir aufs Bett. »Ich dachte, du würdest sowieso nicht antworten.«

»Und warum bist du dann gekommen?«

Seine Mundwinkel wanderten nach oben. »Du weißt genau, warum.«

Ich zog eine Augenbraue hoch. Bevor ich etwas erwidern konnte, schob er sich das Bett hoch und legte sich auf den Rücken. Nun lagen wir Schulter an Schulter und Hüfte an Hüfte nebeneinander.

Sofort schärften sich all meine Sinne, wie es mit dieser Art von Nähe stets einherging. Eine fiebriges Kribbeln brannte auf meiner Haut. Es … fühlte sich falsch an. Dieses intensive Gefühl. Als dürfte ich nach allem, was passiert war, so etwas nicht mehr spüren. Als wäre das nicht richtig.

»Was soll das werden?«, fragte ich.

»Ich mach's mir gemütlich.« Er grinste mich an. »Ich habe vor, eine Weile zu bleiben.«

Mir blieb der Mund offen stehen. »Ist dir eigentlich bewusst, dass ich momentan ziemlich schnell müde werde? Ich muss mich ausruhen –«

»Weißt du noch, wie du mit elf mal Pfeiffer'sches Drüsenfieber hattest?«, unterbrach er mich unvermittelt.

Ich runzelte die Stirn. Natürlich konnte ich mich daran erinnern. Am schlimmsten war das Fieber gewesen. Es hatte sich angefühlt, als würde mein Kopf explodieren. Wahrscheinlich hatte ich mich bei Dary angesteckt.

»Unsere Eltern wollten damals nicht, dass ich dich besuche. Dad hatte Angst, ich könnte auch krank werden und das Training verpassen.« Er lachte leise. »Jedenfalls warst du stinksauer, weil du so einsam warst, und hast die ganze Zeit gejammert –«

»Ich habe nicht gejammert«, widersprach ist. »Ich saß tagelang allein in meinem Zimmer, und wenn ich nicht geschlafen habe, war mir eben langweilig.«

»Du warst krank und wolltest nicht allein sein.« Er hielt inne und wartete, bis ich ihn ansah. »Du wolltest mich.«

Ich zog die Augenbrauen hoch. Hitze stieg mir ins Gesicht. Hatte er Drogen genommen? »Ich wollte nicht *dich* an sich. Ich wollte nur, dass jemand –«

»Du hast mich immer schon gewollt«, unterbrach er mich und schaute mir in die Augen. »Nicht einfach irgendwen – *mich.*«

Mehrere Sekunden lang starrte ich ihn entgeistert an. Zu mehr war ich nicht in der Lage. Der Abend der Party kam mir wieder in den Sinn. Wir beide am Pool. Wie ich gedacht hatte, er würde mich küssen. Dann unser Streit. Und ich dachte an den Montag davor, am See. Da hatte ich ihn geküsst. Aber ich hatte mir nicht mehr erlaubt, an all das zu denken, weil es mir so unfair vorkam.

»Und deshalb hat die Tatsache, dass du mich nicht hierhaben willst, nichts damit zu tun, dass du müde bist. Ich weiß, warum du mich nicht hier willst. Oder wenigstens meine ich, es ansatzweise zu begreifen. Und über diese Lena-und-Sebastian-Sache können wir auch später noch sprechen«, erwiderte er und verschränkte locker die Arme. »Jetzt will ich erst mal hören, wie es mit Abbi und Dary lief.«

Wir würden später über die Lena-und-Sebastian-Sache reden? Nun, dazu würde es nicht kommen. Dafür würde ich schon sorgen.

»Ich bleibe hier, ob du willst oder nicht.« Er stieß mit seinem Knie gegen meines. »Und jetzt erzähl.«

Nachdenklich wanderte mein Blick zum Fernseher. Tief in mir drin wusste ich, dass ich ihn durchaus bewegen könnte, von hier zu verschwinden. Wenn ich ernsthaft sagte, dass ich ihn nicht hierhaben wollte, würde er gehen. Es würde ihm nicht gefallen, aber er würde gehen. Gleichzeitig wusste ich auch, dass ich das eigentlich nicht wollte. Ich wollte nicht allein sein. Ich wollte meine Freunde bei mir haben.

Ich wollte ihn.

»Es war schön, sie zu sehen«, gestand ich heiser. »Woher weißt du überhaupt, dass sie hier waren? Hast du unser Haus beobachtet?«

»Vielleicht.« Wieder lachte er leise. »Nein, sie haben mir heute in der Schule erzählt, dass sie vorhätten, sich zur Not auch mit Gewalt Zutritt zu dir zu verschaffen. Sie haben dich echt vermisst, Lena. Die letzte Woche war sehr schwer für sie.«

»Ich weiß.«

Er schwieg einen Moment. »Megan war auch ihre Freundin.«

Schuldgefühle krochen wie eine Schlange durch meinen Körper. »Das weiß ich auch.«

»Das ist mir schon klar, aber irgendwas ist doch mit dir!«

Ich strich mit der Hand über die Bettdecke. Es gab so vieles, was ich sagen wollte, nur wusste ich nicht, wie. »Mir geht eben gerade viel durch den Kopf.«

»Verständlich«, murmelte er. »Mir geht gerade auch viel durch den Kopf. Schon komisch. Manchmal wache ich auf und denke an etwas, das Cody zu mir gesagt hat. Oder an irgendwelchen Schwachsinn, den ich zu ihm gesagt habe.«

Ich schloss die Augen und nahm das Brennen in meiner Kehle wahr.

»Heute im Unterricht hat jemand einen total witzigen Spruch gebracht, und mein erster Gedanke war, dass ich das unbedingt Phillip erzählen muss. Dass er sich darüber bestimmt totlachen würde. Dann ist mir eingefallen, dass ich es ihm ja nicht sagen kann«, fuhr er fort. »Gestern bin ich in die Mensa und hab nach dir Ausschau gehalten.«

Ich wusste nicht, was ich darauf sagen sollte.

»Ich vermisse sie, Lena.« Seine Schulter drückte sich sanft an mich. »Ich vermisse dich.«

Ich öffnete die Augen und gestattete mir, mich an ihn zu lehnen. »Aber ich bin doch noch da.«

»Bist du das wirklich?«

Ich blinzelte. »Klar.«

Sebastian schwieg einen langen Augenblick. »Es hilft, über sie zu reden, weißt du? Wenigstens hat das dieser Trauerbegleiter gesagt.«

Für mich fühlte es sich wie ein Schuss in die Brust an, über Megan und die Jungs zu sprechen, deshalb konnte ich das nicht nachvollziehen.

Als ich nicht antwortete, stellte er mir die gleiche Frage wie Abbi: »Kannst du dich an den Unfall erinnern?«

Ich gab ihm die gleiche Antwort wie den Mädchen. »Nur an einzelne Bruchstücke davon.«

Er nickte langsam. »Weißt du … weißt du noch, warum du mit ihnen gefahren bist, ohne mir Bescheid zu sagen?«

Ein sechster Sinn verriet mir, dass er über ein bestimmtes Thema reden wollte … ein Thema, dem ich bislang mit aller Macht aus dem Weg gegangen war. Was sollte ich darauf antworten? Der Grund, warum ich einfach abgehauen war, kam mir jetzt so dumm vor. So unglaublich bescheuert. Aber ich war es müde, ständig nur »Ich weiß nicht« zu sagen, und fühlte mich erschöpft von den vielen Halbwahrheiten und Lügen. »Du hast mit Skylar geredet und ich … ich wollte euch nicht stören.« Er schaute mich an, als hätte er keine Ahnung, wovon ich sprach. »Nachdem sie kam, habe ich dich nicht mehr gesehen. Ich wollte nicht nach dir suchen. Ich dachte, ihr zwei wollt … für euch sein oder so.«

Ein Gefühl, das ich nicht zu entschlüsseln vermochte, flackerte auf seinem Gesicht auf, und er drehte den Kopf weg. Sein Miene wurde hart. »Fuck«, murmelte er und fuhr sich mit den Fingern durch die Haare. Seine Hand ballte sich zur Faust. »Ich habe keine Ahnung, wieso du meinst, Skylar und ich würden für uns sein wollen. Ich hätte jedenfalls nichts dagegen gehabt, wenn du uns unterbrochen hättest. Ich dachte, du würdest dich mit den anderen amüsieren.«

Ich schlug unter der Decke die Beine übereinander. »Ach ja?«

»Ernsthaft.« Er starrte auf die Bettdecke. »Skylar wollte mit mir darüber reden … ob wir vielleicht wieder zusammenkommen. Ich habe ihr erklärt, dass das nicht passieren würde. Sie war ziemlich fertig deswegen. Hat geweint und so.«

Überraschung schoss durch mich hindurch. »Du bist nicht wieder mit Skylar zusammen?«

»Nein.« Er lachte auf. »Als wir uns im Frühjahr getrennt haben, war die Sache für mich erledigt. Ende. Kein Zurück mehr. Nichts gegen sie, ich mag sie immer noch sehr, aber das wird einfach nicht passieren.«

Da war diese Stimme in mir, von früher noch, die jedes einzelne Wort, das er soeben gesagt hatte, am liebsten zerlegt hätte. Überhaupt *alles*, was er gesagt hatte. Dieser alte Teil von mir wollte herausfinden, ob er die Wahrheit sagte oder ob er alles nur herunterspielte, um mich nicht zu verletzen.

Mein jetziges Ich tat das nicht mehr.

Sebastian hatte keinen Grund, mich anzulügen.

»Während ich mit ihr geredet habe, bekam ich irgendwann eine Nachricht von Abbi, weil sie nach dir und Megan gesucht hat.« Diesmal rieb er sich das Kinn. »Ein paar Leute, die auch nach Hause fahren wollten, hatten den Unfall gesehen und den SUV erkannt und waren zurückgekommen, weil die Straße gesperrt war. Und da wusste ich, dass etwas passiert ist. Ich habe versucht dich anzurufen, dir Nachrichten geschickt.«

Die vielen entgangenen Anrufe und Nachrichten warteten immer noch ungelesen in meinem Handy.

Er seufzte. Mehrere Herzschläge verstrichen. »Und wie geht es dir jetzt wirklich?«

Diese schlichte Frage traf mich wie ein Dolchstoß, sie krachte voller Wucht gegen die Mauern, die ich in mir errichtet hatte, und schlug einen winzigen Spalt in sie hinein. »Ich will nächste Woche nicht in die Schule gehen«, flüsterte ich. »Ich weiß nicht, wie ich den anderen unter die Augen treten soll, wo ich doch ...«

»Wo du was?«

Wo ich doch dafür verantwortlich bin, dass meine Freunde tot sind.

Allein diese Worte zu denken, ließ mein Herz unregelmäßig schlagen und schnürte mir die Kehle zu. Ich war noch nicht bereit, wieder in die Schule zu gehen. Und ich war noch nicht bereit, über die Trauer und den Schmerz zu sprechen und *die Schuld*. Ich war noch nicht bereit, diese wirren, bitteren Gefühle in Worte zu fassen. Ich wusste nicht, wie ich meinen Freundinnen, die ich so mochte, und dem Jungen, den ich schon mein ganzes Leben lang liebte, eingestehen sollte, dass ich das hätte verhindern können. Dass ich einen furchtbaren Fehler gemacht hatte.

»Na gut«, sagte er schließlich. »Wir müssen nicht darüber reden.«

Ein Knoten bildete sich in meinem Hals. »Danke.«

»Irgendwann wird es besser werden.« Er griff nach meiner linken Hand und schlang vorsichtig seine Finger um meine. »Und weißt du, woher ich das weiß?«

»Nein.« Meine Augen waren nun so schwer, dass ich sie kaum noch offen halten konnte.

Er drückte meine Hand. »Die Balkontür war nicht abgeschlossen.«

17

AM DIENSTAGNACHMITTAG saß ich auf meinem Bett und starrte auf mein Handy. Mom war unten und versuchte, ein paar Akten zu bearbeiten, zu denen sie von zu Hause aus Zugang hatte. Am Morgen hatte sie mir erzählt, dass sie mit Dad geredet hätte. Es war das erste Mal, dass sie ihn seit seinem Besuch im Krankenhaus erwähnte.

Sie hatte mir erklärt, er würde sich bemühen, etwas mehr präsent zu sein, was immer das auch heißen mochte.

Ich erwartete eigentlich nicht, dass sich irgendetwas ändern würde. Dad würde gelegentlich anrufen und ich würde nicht rangehen. Dass ich fast ums Leben gekommen war, änderte vieles, aber das nicht.

Ich musterte die Bettdecke neben mir und dachte an den vergangenen Abend. Irgendwann war ich eingeschlafen und hatte nicht bemerkt, dass Sebastian gegangen war. Am Morgen war er jedenfalls verschwunden.

Irgendwann wird es besser werden.

Wirklich? Kurz nach dem Aufwachen, bevor der Nebel des Schlafs vollständig verschwunden war, hatte ich das für einen kurzen Moment sogar geglaubt. Bis ich mich bewegte und einen fiesen Schmerz in meiner Brust spürte.

Ich war voller Hoffnung gewesen, dass vielleicht wirklich bald alles besser würde, bis mir wieder einfiel, dass meine Freunde nicht mehr lebten.

Bis mir einfiel, dass ich ihr Leben hätte retten können.

Ein brennender Schmerz zog durch meine Rippen und ließ mich zusammenzucken. Ich schluckte schwer und fühlte mich beklommen und ruhelos.

Coach Rogers hatte am Vormittag angerufen. Ich hatte nicht gewusst, dass er dran war, bis Mom mir das Telefon brachte, und da konnte ich mich schlecht weigern, mit ihm zu sprechen.

Mit zitternder Hand und einem Knoten im Bauch hatte ich den Hörer entgegengenommen. Der Coach war streng. Es gab Mädchen, die schon für viel geringere Vergehen als meines aus der Mannschaft geflogen waren.

Nervös rieb ich mir die Stirn. Der Coach fragte, wie es mir ginge, und ich sagte, es würde langsam besser. Dann erkundigte er sich nach meinem Arm, und ich erklärte, er müsse noch ein paar Wochen im Gips bleiben.

Er sprach ganz offen mit mir über meine Lage, und ich war total überrascht, als er meinte, er würde mich trotz des gebrochenen Arms beim Training und bei den Spielen erwarten. Und regelrecht schockiert, als er mir versprach, ich hätte meinen Platz in der Mannschaft immer noch sicher.

Damit hatte ich absolut nicht gerechnet.

Der Coach wollte vorläufig eines der Mädchen aus dem Junior-Team mit reinnehmen und dann von Spiel zu Spiel entscheiden. Ich glaube, ich murmelte dazu nur ein leises »Okay«.

Er erwähnte weder Megan noch die Jungs.

Eine Stimme in mir fragte sich, ob Mom ihm vielleicht etwas gesagt hatte. Wie konnte er Megan nicht erwähnen? Sie war ein so wichtiger Teil der Mannschaft gewesen, besser noch als unsere Teamkapitänin. Sie würde auf jeden Fall einen Platz in einer College-Mannschaft bekommen.

Hätte.

Megan *hätte* einen Platz bekommen. Der Anruf endete damit, dass der Coach mir sagte, ich solle gut auf mich achtgeben und dass er erwarte, mich nächste Woche beim Training zu sehen. Nachdem ich aufgelegt hatte, nahm Mom das Telefon mit nach unten, und ich saß nur da und starrte auf mein Handy, in dem Wissen, dass dort ungeöffnete Nachrichten und ungehörte Mailbox-Botschaften auf mich warteten. Aber daran dachte ich in diesem Moment nicht – ich dachte nur daran, was der Coach gesagt hatte.

Er wollte mich im Team, aber … ich konnte mir einfach nicht vorstellen, weiter Sport zu machen. Mit der Mannschaft durch die Gegend zu fahren und auf der Bank zu sitzen und so zu tun, als hätte ich nicht wegen Megan mit Volleyball angefangen. So zu tun, als wäre es okay, dass es sie nicht mehr gab.

Mein Blick fiel auf die Knieschützer in meinem Schrank und da wusste ich es.

Ich glitt vom Bett und humpelte hinüber, presste meinen gebrochenen Arm gegen meine Rippen, bückte mich und hob sie auf. Dann warf ich sie ganz hinten in den Schrank, noch hinter die Bücher und die Jeans. Anschließend schloss ich die Tür und trat zurück.

Ich brauchte sie nicht mehr.

Am Samstagmorgen saß Lori auf dem Küchentisch, die Füße auf einen Stuhl gestützt. Wäre Mom zu Hause, würde sie ausflippen, aber sie war unterwegs, um tausend Dinge zu erledigen. Normalerweise kam Lori am Wochenende nicht nach Hause, weil es eine ziemlich lange Fahrt von Radford nach Clearbrook war, aber Mom wollte mich noch nicht allein lassen, aus Angst, meine Lungen könnten erneut kollabieren oder so.

Meine lebensbedrohlichen Verletzungen waren erst zwei Wochen her, trotzdem fühlte sich mein Körper fast schon wieder normal an. Ich ermüdete zwar schnell, und meine Rippen und mein Arm taten immer noch weh, aber die blauen Flecken in meinem Gesicht verblassten, und mein Kiefer schmerzte nicht mehr.

Und ich lebte noch.

Im Moment zog ich Kreise um den Küchentisch, teils weil ich mich so viel wie möglich bewegen sollte, aber auch weil ich Probleme mit dem Sitzen hatte. Beim Gehen schmerzten zwar die Rippen, aber daran hatte ich mich mittlerweile gewöhnt.

Lori schälte eine Orange und Zitrusduft erfüllte die Küche. »Weißt du eigentlich, dass Dad immer noch hier ist?«

Ich blieb auf halbem Weg zwischen Kühlschrank und Spüle stehen. Mom hatte nur erwähnt, dass sie mit ihm gesprochen habe, aber nicht, dass er noch in der Stadt war. Ich war davon ausgegangen, er wäre längst zurück in Seattle. »Was?«

»Yep.« Sie ließ die Schale auf ein Papiertuch neben ihr fallen. »Er wohnt in einem dieser Hotels, die auch kleine Suiten anbieten. Du weißt schon, für längere Aufenthalte.«

»Wie lange bleibt er noch?«

Schulterzucken. »Keine Ahnung. Ich treffe mich heute Abend mit ihm zum Essen. Komm doch mit.«

Ich lachte und bereute es sogleich. Lachen tat weh. »Nein danke, ich verzichte.«

Lori verdrehte die Augen und teilte die Orange in Schnitze auf. »Nicht gerade nett von dir.«

Ich ging weiter um den Tisch und ignorierte ihre Bemerkung. »Wie kann er sich das leisten? So ein Hotel muss doch ganz schön teuer sein.«

»Er verdient ganz gut«, erwiderte sie. »Und er hat Geld gespart. Wenn du mit ihm reden würdest, wüsstest du das.«

»Oh, er verdient so viel, dass er es sich leisten kann, ein paar Wochen in einem Hotel zu wohnen?« Verärgert blieb ich vor dem Kühlschrank stehen und holte mir was zu trinken heraus. »*Super.*«

Lori schob sich den letzten Schnitz in den Mund und schaute mich an. »Mom verdient auch ganz okay.«

»Wir hatten auch schwere Zeiten«, gab ich zurück. »Das weißt du genau.«

Ich ging ins Wohnzimmer und schaltete den Fernseher an. Dann ließ ich mich vorsichtig auf dem Sofa nieder und zappte durch die Sender. Lori gesellte sich zu mir, aber ehe sie sich setzen konnte, klopfte es an der Tür.

»Ich mach auf.« Sie verschwand in unserem kleinen Flur.

Sebastian konnte es nicht sein. Er war jeden Abend gekommen. Jeden. Abend. Seit Montag, aber jetzt würde er noch beim Training sein. Jeden. Abend.

»Sie ist da drin«, hörte ich Lori sagen.

Kurz darauf kam Dary durch den Durchgang ins Wohnzimmer. »Hey.« Sie winkte. »Mir ist langweilig.«

Meine Lippen verzogen sich zu einem winzigen Lächeln, das sich seltsam anfühlte. Mir wurde klar, dass ich seit … seit jenem Samstagabend nicht mehr gelächelt hatte. »Und da hast du beschlossen, vorbeizukommen?«

»Yep.« Sie setzte sich auf den Sessel. »Mir war so langweilig, dass ich dachte, ich komme vorbei und –«, sie starrte mit zusammengekniffenen Augen auf den Fernseher, »schau die Schlacht am Antietam mit dir an.«

Lori setzte sich mit einem abfälligen Schnauben auf die Couch. »Du wirst dir bald wünschen, du wärst zu Hause geblieben.«

»Bestimmt nicht.« Dary zog die Beine an. »Mom will unsere Schränke neu ordnen. Ihr denkt vielleicht, ich übertreibe, aber sie hat echt schon mit einer *Liste* auf mich gewartet, als ich von der Schule heimkam. Da habe ich gelogen und gesagt, ich müsste dir bei den Hausaufgaben helfen. Ich bin zu Fuß gekommen, und übrigens, warum ist es eigentlich im September noch so verdammt heiß?«

»Das ist der Klimawandel.« Lori nahm die Fernbedienung und stellte den Ton stumm. »Wo ist Abbi?«

Ich zuckte zusammen. Abi war seit Montag nur einmal hier gewesen, am Mittwoch. Sie war nicht lange geblieben und hatte Dary allein zurückgelassen. Ansonsten hatte sie weder angerufen noch eine Nachricht geschrieben.

»Sie macht heute was mit ihren Eltern«, erklärte Dary.

Das war eine Lüge, das wusste ich. Ihre Mom musste samstags immer im Krankenhaus arbeiten, und so, wie die Dinge bei ihnen zu Hause gerade standen, bezweifelte ich, dass sie einen Familienausflug machten.

Die Banane, die ich kurz zuvor gegessen hatte, verwandelte sich in meinem Magen in sauren Brei. Abbi wollte mich nicht sehen und dafür gab es auch genug Gründe. Ich konnte es ihr jedenfalls nicht übel nehmen.

»Wann kommst du wieder zur Schule?«, fragte Dary.

»Ich war gestern beim Arzt. Am Montagmorgen soll ich noch mal vorbeikommen, und wenn alle Werte okay sind, wovon er ausgeht, geht es Dienstag wieder los.«

Dary fuhr sich durch die kurzen Haare. »Ich wette, du kannst es kaum erwarten.«

»Na ja«, murmelte ich. Angst lag wie ein Klumpen in meinem Bauch.

Sie sah mich fragend an. »Echt jetzt? Mir wäre schon längst die Decke auf den Kopf gefallen und du gehst doch eigentlich ganz gern zur Schule.«

Mir fiel tatsächlich die Decke auf den Kopf, und es stimmte, ich mochte die Schule, aber es bedeutete nun mal, dass ich allen gegenübertreten musste und –

»Die anderen freuen sich schon auf dich«, sagte Dary, die mein Zögern bemerkte. »Ganz viele Leute fragen immer wieder, wie es dir geht. Sie denken an dich.«

Ich nahm einen Schluck von meiner Cola und dachte an die Karte, die Sebastian mir gebracht hatte. Sie stand immer noch auf meinem kleinen Tisch. »Es … es wird einfach nicht das Gleiche sein, jetzt, wo sie nicht mehr da sind.« Damit offenbarte ich einen winzigen Bruchteil der Gefühle, die mich quälten. So wie bei Sebastian am Montagabend.

Dary senkte den Blick und ihre Schultern hoben sich zu einem tiefen Seufzer. »Das stimmt. Es ist wirklich nicht mehr so wie früher, aber es … wird leichter.«

Wirklich?

Sie holte noch einmal tief Luft, und als sie dann weitersprach, zitterte ihre Stimme. »Hast du eigentlich schon die ganzen Schulaufgaben gemacht?«

Ich war froh über den Themenwechsel und entspannte mich

ein wenig. »So ziemlich. Es waren fast nur Sachen, die man lesen musste, oder kurze Arbeitsblätter.«

»Gut. Wenigstens musst du dich nicht auch noch damit abplagen, alles nachzuholen.« Sie stützte den Ellenbogen auf die Sessellehne. »Und wie läuft es mit Sebastian?«

Lori schnaubte schon wieder. »Er wohnt praktisch bei uns.«

Ich warf ihr einen finsteren Blick zu. »Tut er nicht.«

»Ich fand es ja vorher schon schlimm«, fuhr meine Schwester, ohne mich zu beachten, fort. »Als würde sich ständig ein Bruder bei uns rumtreiben. Aber jetzt geht er gar nicht mehr nach Hause.«

Dary lachte.

»Du wohnst nicht mehr hier, Lori«, widersprach ich. »Du weißt doch gar nicht, was du da redest.«

»Wird es nicht langsam Zeit für den Inhalator?«, sagte Dary mit gespieltem Ernst.

Ich verdrehte die Augen. »Keine Ahnung, wieso du plötzlich nach ihm fragst.«

Nun schnaubte Dary wie ein kleines Ferkel. »Komm schon, Lena. Nur weil ich eine Woche verreist war, heißt das nicht, dass ich von dem Kuss und dem Streit bei ...« Sie verstummte und ich erstarrte. Mit einem Kopfschütteln fing sie sich wieder. »Abbi hat mir alles erzählt.«

Abbi konnte von Glück sagen, dass sie in diesem Moment nicht da war, denn ich hätte ihr liebend gern einen kräftigen Schlag auf den Hinterkopf verpasst.

»Moment mal.« Lori rutschte zur Sofakante vor und starrte mich an. »Du hast Sebastian *geküsst?«*

Ich öffnete den Mund.

»Ja«, antwortete Dary an meiner Stelle. »Draußen beim See.«

»Wurde auch Zeit.« Lori lehnte sich grinsend zurück. »Oh mein Gott, warte nur, wenn ich ihn das nächste Mal sehe.«

»Bitte sag nichts zu ihm. Bitte, Lori. Es war ein … Ich weiß nicht. Das hätte nicht passieren sollen. Und er hat mich auch nicht zurückgeküsst. Es war nur eine Art Zufall, der einfach so passiert ist –«

»Jemand zu küssen, passiert doch nicht einfach nur aus Zufall, oder?« Lori legte den Kopf schief. »Das müsstest du doch wissen.«

»Abbi hat gesagt, ihr zwei hättet euch gestritten, nachdem er dich in den Pool geworfen hat, stimmt's? Du wolltest ihr später noch davon erzählen.« Dary stützte die Wange auf ihre Faust. »Und worüber habt ihr euch gestritten? Komm schon, ich weiß, dass du Abbi und … Megan gegenüber zugegeben hast, dass du ihn magst, also so *richtig*, und überhaupt haben wir das sowieso schon längst gewusst.«

»Ach, da ging es um nichts Wichtiges.« Ich seufzte und überlegte krampfhaft, wie ich diesem Gespräch entkommen könnte. Es fühlte sich seltsam – falsch sogar – an, nach allem, was passiert war, über Sebastian zu reden. Aber die beiden musterten mich erwartungsvoll, als fänden sie das gar nicht seltsam. »Ich dachte, er würde mich küssen, aber dann hat er mich in den Pool geworfen. Ich war sauer und bin weg. Dann habe ich mich mit … Cody unterhalten«, sagte ich und spürte einen scharfen Schmerz, bei dem mir die Luft wegblieb.

»Dann ist Sebastian dazugekommen, und ich weiß nicht mal genau, wieso wir gestritten haben. Er hat was gesagt, ich hab auch was gesagt, und dann habe ich zugegeben, dass ich am Pool gedacht hatte, er würde mich küssen, aber da kam Skylar, und ich bin abgehauen.«

Ich hielt inne und sah zu Dary. »Er hat mir erzählt, Skylar und er wären nicht wieder zusammen.«

»Das ist auch so. In der Schule hängt er jedenfalls nicht mit ihr ab«, erklärte sie und schaute zur Decke. Ihre Lippen waren geschürzt. »Ich habe allerdings gesehen, wie sie mal zu ihm kam. Er wirkte nicht gerade begeistert. Eher so, als würde er höflich sein wollen und insgeheim verzweifelt darauf warten, dass seine allerbeste Freundin auf der Welt, auch unter dem Namen Lena bekannt, herbeigeeilt kommt und ihn rettet.«

Sie grinste, während ich nur den Kopf schüttelte.

»Moment mal. Noch mal von vorn. Du hast ihn also geküsst?«, fragte Lori. »Weiß Mom davon? Denn falls du glaubst, sie kriegt nicht mit, dass er sich nachts heimlich in dein Zimmer schleicht, hast du dich getäuscht.«

Meine Augen wurden groß. »Sie weiß davon?«

Lori lachte, als würde sie mir am liebsten wie einem Hündchen den Kopf tätscheln. »Ich glaube, sie hat da schon so einen Verdacht.«

Oh.

Das war nicht gut.

»Ihr zwei werdet irgendwann heiraten, und es wird so romantisch sein, dass alle kotzen müssen«, verkündete Dary.

»Da wäre ich mir nicht so sicher«, protestierte ich und hob abwehrend den gesunden Arm. »Können wir jetzt bitte über was anderes reden?«

»Es gibt da noch einen Grund, warum ich gekommen bin.« Dary rückte ihre Brille zurecht. »Ich habe mich gefragt, ob du vielleicht zum Friedhof möchtest … Ich könnte dich in deinem Auto hinfahren.« Sie schaute zu meiner Schwester. »Oder vielleicht könntest du uns fahren?«

Ich wurde bleich und ein schweres Gewicht legte sich auf mich. Zum Friedhof? Codys und Phillips Gräber sehen? Und Megans und das von Chris? Die Erde würde noch ganz frisch sein. Bestimmt war noch kein Gras darauf gewachsen.

»Ich weiß nicht.« Lori musterte mich. »Es ist ziemlich heiß draußen und auf dem Friedhof muss man schon ein ganzes Stück gehen. Ich glaube nicht, dass Lena schon fit genug dafür ist.«

Dary schien die Ausrede, die immerhin nicht ganz gelogen war, zu akzeptieren.

Sie blieb noch eine Weile und brach dann mit dem Versprechen auf, sich später noch mal zu melden.

»Danke«, sagte ich, nachdem Lori die Tür hinter ihr zugemacht hatte. »Du weißt schon. Wegen dem Friedhof.«

Sie nickte abwesend und bekümmert. »Dafür bist du noch nicht bereit, und nicht nur wegen deines körperlichen Zustands.«

Ich nahm ein Sofakissen und drückte es fest an mich. Sie hatte recht, das spürte ich.

»Du vermeidest es, über Megan und die Jungs zu reden.« Sie trat zum Sofa. »Du willst auch nicht über den Unfall sprechen. Da war mir schon klar, dass du ganz sicher nicht zu ihren Gräbern willst.«

Gräber. Ich hasste das Wort. Es klang so kalt und verlassen.

»Aber irgendwann musst du es tun, das ist dir schon bewusst, oder?« Lori setzte sich neben mich und stellte die nackten Füße auf den Couchtisch. »Das gehört dazu. Um alles verarbeiten zu können.«

Ich nickte. »Ich weiß. Nur …« Mein Bauch zog sich zu einem harten Knoten zusammen. »Darf ich dich was fragen?«

»Klar.«

»Glaubst du wirklich, dass es ein Unfall war?«

Ihre Brauen zogen sich zusammen. »Wie meinst du das?«

»Das ist schwer zu erklären, aber … war es wirklich ein Unfall? Ich meine, Cody war … er hat sich betrunken hinters Steuer gesetzt.« Ich drückte das Kissen an mich. »Hätte er überlebt, wäre er doch wegen fahrlässiger Tötung angeklagt worden, oder?«

»Vermutlich.«

»Wie kann es dann ein Unfall gewesen sein?« Und müsste ich nicht auch vor Gericht gestellt werden, weil ich nicht betrunken gewesen war? Aber das sagte ich nicht laut. »Für mich ist ein Unfall etwas, das nicht verhindert werden kann. Aber das hätte verhindert werden können.«

Lori lehnte ihren Kopf gegen das Polster. »Ich verstehe schon, was du meinst, aber ich … ich weiß nicht, was ich darauf sagen soll. Cody hatte ja nicht vor, die Kontrolle über den Wegen zu verlieren und gegen den Baum zu fahren. Er hatte nicht vor, jemanden umzubringen oder dich zu verletzen, aber so ist es nun mal gekommen. Handlungen können eben Konsequenzen nach sich ziehen. So ist das nun mal.«

»Nicht zu handeln, aber auch«, murmelte ich.

Sie schwieg einen Moment. »Mom hat es mir übrigens erzählt.«

Ich erstarrte.

Ein Herzschlag verstrich. »Sie hat gesagt, sie hätten zusammen mit den ganzen anderen Tests auch deinen Blutalkohol überprüft, als du ins Krankenhaus gekommen bist. Die Ärzte haben gesagt, du wärst nicht betrunken gewesen. Du hattest keinen Alkohol im Blut.«

Ich schloss die Augen und schluckte schwer.

»Was ist passiert, Lena?« Sie drehte sich zu mir. »Du weißt doch, dass du mit mir reden kannst. Ich werde dich sicher nicht verurteilen. Und es würde dir helfen, dir das alles mal von der Seele zu reden.«

Ich öffnete den Mund. Das Verlangen, ihr alles zu erzählen, war fast übermächtig. Aber natürlich würde sie mich dann verurteilen. Sie konnte gar nicht anders.

Deshalb schwieg ich.

18

SEBASTIAN SCHLEPPTE einen der alten Plastik-Liegestühle aus dem Gartenschuppen seiner Eltern nach oben und ließ ihn neben meinen fallen.

Es war Samstagabend und wir saßen nebeneinander auf meinem Balkon. Seine Füße lagen auf der oberen Geländerstrebe, meine auf der unteren, weil der Druck auf meinen Rippen zu groß war, wenn ich die Beine zu hoch lagerte.

Der Tag war heiß gewesen, wie an einem sonnigen Sommertag im August, doch am Abend hatte es sich beträchtlich abgekühlt. Das war typisch für das Klima hier. Tagsüber, mit dem heißen Wind und der feuchten Luft, bekam man den Eindruck, der Sommer würde niemals enden. Und abends kroch dann der Herbst immer näher, brachte kalte Winde und sterbende Blätter mit sich und verwandelte die Welt in ein Meer aus Orange und Rot. Bis zum Ende des Monats würden überall in den Vorgärten Kürbisse auftauchen. In zwei Monaten würden alle schon von Thanksgiving und Weihnachten reden. Das Leben ging weiter, aber nicht im Schneckentempo wie bei mir, sondern geradezu in Warpgeschwindigkeit.

»Hast du heute Abend nichts Besseres zu tun?«, fragte ich. Sebastian hatte sich vor einer halben Stunde bei mir eingefunden. Vor einem Monat wäre er an einem Samstagabend bei Keith gewesen. Oder draußen am See mit Phillip und Cody. Doch nun saß er hier auf meinem Balkon.

»Nicht wirklich.«

Ich klopfte das Kissen hinter mir zurecht. »Vermutlich gibt es gerade nicht viele Partys?«

»Ein paar schon. Aber natürlich nicht bei Keith.« Er schnippte mit den Fingern gegen die Wasserflasche, die zwischen seinen Beinen klemmte. »Ich bin lieber hier.«

Bei diesen Worten wurde mein Herz so leicht wie ein Luftballon, aber ich ignorierte dieses angenehme Prickeln und ließ den Ballon mit einem Nadelstich schnell wieder platzen. »Wie steht's mit Keith?«

»Es ist eine harte Zeit. Er redet nicht viel darüber. Ich glaube, das darf er auch gar nicht. Zumindest dürften ihm das die Anwälte seiner Eltern geraten haben.« Sebastian nahm einen Schluck von seinem Wasser. »Ich weiß nicht, was mit seinen Eltern passieren wird. Angeblich hat Phillips Familie vor, sie zu verklagen. Sie haben wohl auch mit den anderen Familien gesprochen. Ich wäre nicht überrascht, wenn sie sich bei euch auch noch melden.«

Ich beobachtete, wie die Blätter im Abendwind von den Ästen trudelten, und schüttelte den Kopf. »Damit will ich nichts zu tun haben.«

»Das dachte ich mir schon. Ich weiß, wie beschissen Keith sich fühlt. Er glaubt, er wäre für alles verantwortlich.«

Ich spielte an meiner Limonadendose herum. »Aber ist er das auch? Ich meine, seine Eltern wussten von den Partys und dass dort getrunken wurde. Wir alle wussten davon. Sie hatten kein Problem damit. Aber sie haben niemanden gezwungen, sich betrunken hinters Steuer zu setzen.« Ich hielt inne und fragte mich, warum ich das sagte. Vermutlich, damit ich mich selbst besser fühlte. »Keine Ahnung, worauf ich damit hinauswill. Ich habe nur laut gedacht.«

In Wahrheit hätte ich vor einem Monat noch keinen Gedanken an so etwas verschwendet. Auf Partys zu gehen, ein oder zwei Bier zu trinken und weiterzuziehen – das war ganz normal. Ich hätte nie gedacht, dass so etwas passieren könnte, auch wenn ich wusste, wie dumm das klang. Wie unfassbar naiv diese Annahme war. Und was für tragische Folgen sie am Ende hatte.

Sebastian sagte eine ganze Weile nichts, worauf ich irgendwann zu ihm rübersah. Er starrte zu dem dunklen Nachthimmel mit der funkelnden Sternendecke empor. »Weißt du, was ich denke?«

»Was?«, flüsterte ich und fürchtete mich fast, es zu hören.

Er neigte den Kopf zu mir. »Ich denke, wir sind alle irgendwie verantwortlich.«

Ich erstarrte, unfähig, den Blick von ihm abzuwenden.

»Darüber hab ich in letzter Zeit ziemlich viel nachgedacht. Ich war auch auf der Party. Ich habe Alkohol getrunken und hatte vor, dich nach Hause zu fahren. Ich bin gar nicht auf die Idee gekommen, dass ich dich damit in Gefahr bringen könnte – und mich auch.«

»Aber du warst nicht betrunken«, wandte ich ein. »Ich habe noch nie erlebt, dass du betrunken warst und trotzdem gefahren bist.«

»Das habe ich auch noch nie gemacht, aber macht das wirklich einen Unterschied?«, fragte er. »Zwei Bier? Drei? Nur weil ich glaube, dass ich nicht betrunken bin, heißt das noch lange nicht, dass ich vom Alkohol nicht beeinträchtigt wäre. Das soll jetzt nicht wie in einem dieser Filme von der Verkehrswacht klingen, aber um einen Unfall zu bauen, reicht es aus, eine einzige Sekunde unaufmerksam zu sein, stimmt's?«

»Stimmt«, murmelte ich.

»Und ich wette mit dir, dass Cody auch gedacht hat, er wäre in Ordnung. Er hat bestimmt keine Sekunde geglaubt, dass es so enden könnte, wenn er sich hinter das Steuer setzt.«

Das hatte er tatsächlich nicht.

Meine Brust schmerzte und diesmal nicht wegen meiner Verletzungen. Cody hatte tatsächlich gedacht, er könnte noch fahren. Und Chris, Megan und Phillip hatten das auch geglaubt.

»Er ist nicht betrunken. Komm jetzt.« Megan nahm meine Hand, beugte sich vor und flüsterte mir ins Ohr: »Ich will Chicken Nuggets mit Süßsauer-Soße.«

Ich schluckte schwer und ließ die Erinnerung los, aber das, was sie aussagte, blieb zurück. Keiner von ihnen hatte auch nur eine Sekunde daran gezweifelt, dass Cody fahren konnte, weil sie alle getrunken hatten. Und ich? Ich hatte es besser gewusst.

Sebastian hatte schon recht. Wir waren alle verantwortlich, manche mehr, manche weniger. Wir waren alle unglaublich leichtsinnig gewesen, immer und immer wieder. Keiner hatte sich Gedanken darüber gemacht, bis tatsächlich etwas Schlimmes passiert war. Bis es zu spät war. Und wenn man das so betrachtete, hatte ich genauso viel Schuld wie Cody. Vielleicht nicht in juristischer Hinsicht, aber moralisch auf jeden Fall.

Und ich wusste nicht, wie ich damit leben sollte.

»Dary hat mir eine Nachricht geschickt.«

Ich zog fragend eine Augenbraue in die Höhe. »Warum? Sie war doch vorhin hier.«

»Ich weiß.« Sebastian klemmte die Flasche wieder zwischen seine Beine. »Aber sie macht sich Sorgen um dich.«

»Das ist nicht nötig.« Ich lehnte mich zur Seite, weil das Stechen in meinen Rippen stärker wurde. »Mir geht's gut.«

Sebastian lachte leise. »Dir geht's absolut nicht gut, Lena.«

»Was soll das denn heißen?«

»Das soll heißen, nur weil du allen vorspielst, den Unfall gut verkraftet zu haben, heißt das noch lange nicht, dass es wirklich so ist.«

Ich strich mir die Haare aus dem Gesicht und beobachtete, wie ein Stern hinter einer Wolke verschwand. »Willst du Psychologie studieren, oder was?«

Diesmal lachte er laut auf. »Vielleicht. Ich glaube, ich wäre gar nicht schlecht darin.«

Ich kicherte. »Wenn du meinst.«

Er streckte die Hand aus und zupfte sanft an einer Haarsträhne von mir. »Darfst du nächste Woche überhaupt schon selbst mit dem Auto zur Schule fahren?«, fragte er. »Ich habe mit Dad gesprochen, und er hat erzählt, jemand aus seiner Firma hätte mal einen Pneumothorax gehabt. Nur an einem Lungenflügel. Und der durfte erst wieder Auto fahren, als alles ganz verheilt war.«

»Also, so weit habe ich noch gar nicht gedacht. Ich hoffe einfach, sie lassen mich fahren.«

»Und was ist mit deinem Arm? Es ist zwar nur der linke, aber das und deine Lunge noch dazu – vielleicht solltest du doch lieber erst mal auf das Autofahren verzichten.« Er ließ meine Haare wieder los. »Ich wohne doch gleich nebenan. Ich kann dich mitnehmen, bis du wieder fit bist.«

»Das ist wirklich nicht nötig. Ich bin sicher, ich werde –«

»Es ist mir egal, ob es nötig ist oder nicht. Ich will dich einfach mitnehmen, bis du wieder hundertprozentig gesund bist.«

Unsere Blicke trafen sich. »Mir geht's gut. Ich kann fahren.«

»Das weißt du nicht. Vielleicht sind deine Reaktionen verlangsamt, weil deine Rippen schmerzen. Oder du bekommst plötzlich keine Luft mehr und baust einen Unfall.« Er rückte zu mir, und obwohl wir auf getrennten Stühlen saßen, war plötzlich kaum noch Platz zwischen uns. »Ich habe dich schon einmal fast verloren. Ich möchte nicht, dass das noch mal passiert.«

Mir stockte der Atem und diesmal hatte es nichts mit meiner angeschlagenen Lunge zu tun. »Aber wie soll ich nach Hause kommen? Du musst doch nach der Schule zum Football-Training. Und ich kann nicht zum Volleyball«, fügte ich hinzu und hob meinen eingegipsten Arm. »Da bin ich erst mal raus.«

»Zwischen Schule und Training ist fast eine Stunde Zeit.«

Sebastian schien meine Volleyballpause nicht merkwürdig zu finden. Der Coach ging vermutlich davon aus, dass ich mich am Dienstag in der Turnhalle einfinden würde, aber da konnte er lange warten. »Das reicht locker, um dich kurz nach Hause zu fahren. Ich möchte es gerne«, fügte er mit leiserer Stimme hinzu. »Das ist doch selbstverständlich, oder? Umgekehrt würdest du auch darauf bestehen, mich zu fahren.«

Er hatte recht, aber den umgekehrten Fall würde es niemals geben – Sebastian war nicht so dumm wie ich. Aber es wäre albern, mich länger zu sträuben. Er wohnte nebenan. Und er war immer noch mein … bester Freund, egal, was passiert war. Nur – wie lange noch, wenn er erfuhr, welche Rolle ich bei dem Unfall gespielt hatte?

Dann tat er etwas, das mich immer ganz verrückt machte: Er

biss sich auf die Unterlippe und ließ sie langsam wieder los. »Da ist noch was, über das wir reden müssen.«

»Echt?« Ich starrte auf seinen Mund und dachte daran, wie weich sich seine Lippen auf meinen angefühlt hatten.

Er legte den Kopf schief. »Es gibt so einiges, worüber wir reden sollten.«

Okay?

Ich war mir nur nicht sicher, ob ich mich wirklich damit befassen wollte. Vorsichtig lehnte ich mich in meinem Liegestuhl zurück. »Ich bin schon ziemlich müde und –«

»Tu das nicht«, forderte er leise. »Schließ mich nicht aus deinem Leben aus.«

Mir sank das Herz. »Ich schließe dich nicht aus.«

»Doch. Bei Abbi und Dary machst du das so, und bei mir hast du es nur deshalb nicht geschafft, weil ich dich nicht lasse.«

»Du kannst schon eine ziemliche Nervensäge sein«, murmelte ich.

Er setzte die Füße auf den Boden und stellte die Flasche neben seinen Stuhl. »Ich muss dir was sagen. Du brauchst nicht zu antworten. Du brauchst mir auch nichts zu erzählen. Du sollst nur zuhören, während ich hier was klarstelle.«

»Weißt du was?« Ich sah ihn an. »Ich habe keine Ahnung, worauf du hinauswillst.«

Ein schiefes Lächeln erschien auf seinem Gesicht. »Das wird sich gleich ändern.«

Ich wartete.

Er blickte mich eindringlich an. »Wann haben wir uns kennengelernt? Mit sechs? Sieben?«

»Acht«, antwortete ich und fragte mich, warum er jetzt *damit* anfing. »Wir sind hier eingezogen, als ich acht war, und du warst draußen mit deinem Dad, und ihr habt einen Football hin- und hergeworfen.«

»Genau.« Seine Mundwinkel wanderten in die Höhe. »Du hast auf dem Balkon gestanden und mir zugeschaut.«

Ich starrte ihn an. »Das hast du gemerkt?« Darüber hatten wir nie geredet. Warum auch? Ich hatte keine Ahnung gehabt, dass er mich damals gesehen hatte. Am nächsten Tag war er rübergekommen und hatte gefragt, ob ich Lust hätte, mit ihm eine Runde Fahrrad zu fahren.

»Ich habe dich gesehen.« Er streckte die Hand aus und tippte mir auf den Arm. »Und ich habe gehört, wie dein Vater gesagt hat, du sollst deinen Hintern zurück ins Haus bewegen und die Kisten auspacken. Und du hast geantwortet, dass Kinderarbeit gesetzlich verboten sei.«

Ich konnte ein Grinsen nicht unterdrücken. »So was in der Art könnte ich schon gesagt haben.«

»Und da habe ich mich in dich verliebt.«

Ich fuhr zusammen und blinzelte, einmal, zweimal. »W-was?«

Seine Wimpern schirmten seine Augen vor dem trüben Licht der Balkonlampe ab, die eigentlich nur aus einer nackten Glühbirne bestand und jeden Moment den Geist aufgeben konnte. »Ich war einfach überrumpelt, als du mich am See geküsst hast.«

Meine Augen wurden groß. Was redete er da?

»Ich habe das nicht bedauert. Und ich fand es auch nicht unangenehm. Ich hätte nur nie gedacht, dass du mich … auf diese Weise magst.« Wieder lachte er, diesmal verlegen und unsicher. »Okay, das stimmt nicht ganz. Manchmal habe ich mich schon gefragt, ob du … Jedenfalls wünschte ich, ich hätte hinterher nicht die Nerven verloren. Ich wünschte, ich hätte deinen Kuss erwidert. Ich wünschte … ich wünschte, ich hätte dich da am Pool geküsst.« Er zog die Schultern hoch und hob den Blick. »Weil ich das eigentlich schon sehr lange tun wollte.«

»Was?«, wiederholte ich stumm.

Sebastians Blick lag unverwandt auf mir. »Ich weiß nicht, wann es passiert ist – wann ich angefangen habe, dich so zu sehen, dich *wirklich* zu sehen. Warte mal. Nein. Das ist gelogen. Ich weiß es genau. Ich habe mich in dich verliebt, als ich dich diesen blöden Spruch zu deinem Vater sagen hörte. Ich wusste nur nicht genau, was ich da fühlte. Es hat Jahre gedauert, bis ich das herausgefunden hatte. Eigentlich erst, als du mit Andy zusammen warst. Da hab ich es dann kapiert. Ich war … Verdammt, mich hat das *so genervt* mit euch beiden. Ich konnte ihn echt nicht leiden. Ich fand, du hättest jemand Besseres verdient. Und es hat mir überhaupt nicht gefallen, wie er immer an dir herumgetatscht hat.«

Ich konnte ihn nur anstarren.

»Lange Zeit habe ich mir selbst was vorgemacht. Ich habe mir gesagt, dass ich nur deshalb so streng über ihn urteile, weil du meine beste Freundin bist. Aber es lag nicht nur daran. Immer wenn ihr euch geküsst habt, hätte ich ihn am liebsten umgebracht. Wenn ich mitbekommen habe, dass er bei dir war, wollte ich euch stören. Dafür sorgen, dass ihr keine Zeit zu zweit habt.« Er lachte erneut auf. »Und das habe ich ja auch ziemlich oft gemacht.«

Wie wahr. Viele Male war er unangekündigt durch die Balkontür gestiefelt und manchmal war es wirklich verdammt peinlich gewesen. Andy war jedes Mal stinksauer, vor allem wenn Sebastian sich auf mein Bett pflanzte und nicht mehr gehen wollte.

»Als du mit ihm Schluss gemacht hast, war ich nicht erleichtert. Nein, ich war *glücklich.* Als ich mitbekam, wie du mit Abbi hier draußen darüber geredet hast, dass du dich von ihm trennen willst, dachte ich nur: ›Das ist meine Chance!‹«

Alles in mir war wie erstarrt. *Alles.* »Aber … aber du warst doch mit Skylar –«

»Deshalb habe ich mich ja auch von ihr getrennt. Sie hatte recht damit, dass mir meine Freunde wichtiger waren als sie, aber es war nicht so, wie sie dachte. *Du* warst mir wichtiger«, erklärte er. »Ich dachte auf eine Art und Weise an dich … eigentlich hätte ich so an sie denken müssen.«

Mir blieb der Mund offen stehen.

»Aber ich habe keine Sekunde geglaubt, dass du für mich ebenso empfinden könntest. Und ich wollte unsere Freundschaft nicht aufs Spiel setzen.« Sebastian beugte sich wieder zu mir, sodass sein Gesicht ganz dicht bei meinem war. »Als du mich geküsst hast, da … Verdammt, da habe ich einfach Panik bekommen. Und jetzt komme ich mir wie ein Feigling vor. Ich hätte was zu dir sagen sollen. Ich kann das jetzt nicht mehr ändern, aber ich möchte, dass du weißt, dass ich den Kuss absolut nicht bereue. Ich bedaure nur, dass er nicht von mir ausgegangen ist.«

Sebastian holte tief Luft. »An dem Abend wollte ich dir das erklären. Das war es, worüber ich mit dir reden wollte. Und im Rückblick tut es mir furchtbar leid, dass ich Skylar nicht einfach abgewimmelt habe. Gott, ich wünschte so sehr, ich hätte es getan, weil … weil du dann bestimmt nicht in dieses Auto gestiegen wärst. Wer weiß, was passiert wäre? Aber ich mag dich, Lena. Das weißt du.« Wieder lachte er verschämt. »Ich … Na ja, ich mag dich *sehr*, und ich wünschte, ich hätte dich an dem Abend beim Pool geküsst. Ich wünschte, ich hätte dir gesagt, wie –«, er räusperte sich, »– wie lange ich mir schon gewünscht habe, dich zu küssen. Und dass du nicht nur eine gute Freundin für mich bist.«

War das ein Traum? Es musste einer sein, denn so fühlte es sich an. Eine halbe Ewigkeit hatte ich darauf gewartet, diese Worte zu hören.

»Ich glaube ... ich glaube, ich weiß, wie du dich fühlst, und ich erwarte nicht, dass du jetzt was dazu sagst«, fuhr er fort, und seine Augen musterten mich forschend. »Ich wollte dir das alles nur endlich mal beichten.«

Völlig unfähig, seine Worte zu verarbeiten, sah ich ihn an.

Ich meine, ich hatte schon begriffen. Wirklich, das hatte ich. Er versuchte mir gerade zu sagen, dass er mich auch küssen wollte. Schon die ganze Zeit. Und dass er mich gernhatte, und zwar so richtig. Und das schon lange. Ich war total geschockt und sprachlos. Endlich gingen meine geheimsten Wünsche in Erfüllung, aber – ausgerechnet jetzt? In diesem Moment? Jetzt, wo ich absolut kein Recht mehr darauf hatte, das, wonach ich mich so sehnte, auf einem Silbertablett überreicht zu bekommen. Jetzt, wo eine meiner besten Freundinnen tot war und drei weitere Freunde dazu, weil *ich* ... sie nicht aufgehalten hatte.

Ich schüttelte den Kopf. »Warum ... warum ausgerechnet jetzt? Warum hast du –« Meine Stimme brach. »Warum erzählst du mir das erst jetzt?«

»Ich weiß, ich hätte nicht warten sollen.«

»Aber ... das ist jetzt wirklich der absolut schlechteste Moment, den man sich überhaupt nur vorstellen kann.« Ich setzte die Füße auf den Boden und stand auf. Ich brauchte dringend

Abstand zwischen uns. Durch die abrupte Bewegung bohrte ein stechender Schmerz in meine Rippen. »Das ist richtig mieses Timing, Sebastian.«

»Oder richtig gutes«, feuerte er zurück und schaute zu, wie ich um den Liegestuhl herumging. »Und weißt du was? Warten wäre zu riskant. Es gibt keinen schlechten Zeitpunkt, um jemandem zu sagen, dass man ihn liebt.«

Sebastian liebte mich? Meinte er »lieben« im Sinne von *lieben*? Das war unmöglich. Das konnte nicht sein, nicht jetzt. Jetzt war es *zu spät.*

Ich wich bis zu meiner Balkontür zurück und er stand auf und folgte mir. Mein Rücken drückte sich gegen die Scheibe, ich tastete nach dem Türknauf hinter mir und erstarrte, als er um den Liegestuhl herumkam.

Er blieb vor mir stehen und legte die Hand über meinem Kopf an die Scheibe. »Der einzig bessere Zeitpunkt wäre der Moment gewesen, in dem mir klar geworden ist, was ich für dich empfinde«, sagte er und neigte den Kopf zu mir. Mein Herz verwandelte sich in einen Presslufthammer. »Seitdem hätte es Tausende von Momenten gegeben.«

»Mir ist das alles zu viel.« Meine Stimme klang belegt und ich sah mit weit aufgerissenen Augen zu ihm auf.

»Das verstehe ich. Ich wollte es dir einfach nur sagen.« Sebastian beugte sich vor, und während ich mit hämmerndem Herzen die Augen schloss, drückte er seine Lippen an meine Schläfe. »Was bringt es zu warten? Keinem von uns ist ein Morgen versprochen. Das haben wir jetzt gelernt, oder nicht? Man kann die Dinge nicht ewig aufschieben.« Er küsste mir erneut die Schläfe und trat dann zurück. »So will ich nicht mehr leben.«

19

NORMALERWEISE HÄTTE ICH mich sofort ans Telefon gehängt und meine Freundinnen angerufen. Das Gespräch mit Sebastian war ein Notfall der höchsten Alarmstufe, den es genauestens zu besprechen und zu analysieren galt, was mit einschloss, dass ich mich dabei ständig wiederholte und im Kreis drehte.

Aber seit dem Unfall war eben nichts mehr normal.

Ich wollte Abbi und Dary unbedingt anrufen. Fast hätte ich es am Sonntagmorgen auch getan, doch stattdessen starrte ich nur auf mein Handy, bis seine Umrisse vor meinen Augen verschwammen, und fand einfach nicht den Mut dazu. Es schien mir irgendwie nicht in Ordnung zu sein. Ich zweifelte viel zu sehr daran, dass sie sich mein ganzes Jungs-Drama – oder wie auch immer man das mit Sebastian bezeichnen sollte – überhaupt anhören wollten.

Und als ich am Montagabend dann auf meinem Bett saß und an meinen Fingernägeln kaute, als wären sie mein Abendessen, hatte ich schon ganz andere Sorgen im Kopf.

Am Vormittag hatte ich die Erlaubnis bekommen, wieder zur Schule zu gehen. Und es hatte keinen Sinn, mich dagegen zu wehren, obwohl Mom mich sicher noch mal zu Hause behalten hätte, wenn ich ihr sagte, ich wäre noch nicht bereit. Aber das würde gleichzeitig bedeuten, dass sie sich noch länger von ihrem Job freinehmen musste, da sie mich im Moment auf keinen Fall alleine zu Hause lassen wollte. Nachdem Lori wieder nach Radford zurückgefahren war, blieb als Babysitter nur noch Dad übrig, wo auch immer er sich gerade herumtrieb, aber Mom wusste natürlich, dass ich damit niemals einverstanden wäre. Ihr Chef war die letzten Wochen extrem verständnisvoll gewesen, aber ich wollte auf keinen Fall ihre Stelle in Gefahr bringen. Also würde ich morgen zur Schule gehen. Ich würde allen gegenübertreten müssen. Das Verstecken war vorbei.

Sebastian würde mich morgen fahren, und – oh Gott, ich durfte gar nicht an ihn denken, weil ich sonst daran denken musste, was er am Samstag gesagt hatte.

Und da habe ich mich in dich verliebt.

Mein Herz schlug auf einmal ganz unregelmäßig.

Ich darf nicht daran denken. Ich versuchte, Sebastians Worte aus meinem Kopf zu verbannen, was in etwa so erfolgreich war, wie mit gefesselten Beinen eine Treppe runterzulaufen. Ein Schauder lief mir über den Rücken. Ich drehte mich um und schaute auf die Weltkarte über meinem Schreibtisch. Vor mehreren Jahren hatte ich sämtliche Orte, die ich eines Tages mal besuchen wollte, mit einem blauen Leuchtmarker umkreist. Sebastian hatte einen roten Stift genommen und mitgemacht. Viele Orte waren mit beiden Farben umkringelt. Damals waren wir dreizehn oder vierzehn.

Und die ganze Zeit über war er in mich verliebt gewesen?

Ich kniff die Augen zu und ließ ein paar Sekunden lang, wenige Herzschläge nur, seine Worte unter meine Haut sickern, durch meine Muskeln dringen und in meine Knochen einstanzen. Meine rechte Hand lag auf meiner Brust und ballte sich zur Faust, mein Magen hüpfte wie in einer Achterbahn. In diesem kurzen Moment stellte ich mir vor, wie es sein könnte – wie mein Leben aussehen könnte.

Sebastian würde mir sagen, dass er mich liebte. Dann würden wir uns küssen, inniger und wilder als beim ersten Mal. Ich würde seinen Kuss erwidern und vielleicht würden wir uns in dem Moment verlieren. Irgendwann würden wir noch weitergehen und zärtlich und romantisch miteinander schlafen. Wir würden auf Dates gehen. In der Schule Händchen halten. Gemeinsam zu Partys fahren. Alle würden lächeln und sich leise »Wurde aber auch Zeit« zuflüstern. Wir würden die Hände nicht voneinander lassen können und –

Ich fuhr mir mit der Hand über die Augen und wischte mir die nassen Wangen trocken. Dann rutschte ich zum Fußende meines Betts, stellte die Füße auf den Boden und erhob mich. Ein Stechen schoss durch meine Rippen und riss mich in die Wirklichkeit zurück. Zitternd holte ich Luft.

Mein Herz wurde schwer vor Schuldgefühlen.

Wie konnte ich an so was auch nur denken? Das war so … selbstsüchtig von mir. Falsch. Ich hatte keine Ahnung, was ich fühlen oder wie ich nach alldem weitermachen sollte, aber ich wusste sehr genau, dass ich so etwas Schönes nicht verdient hatte.

Nicht jetzt.

In ein paar Hundert Jahren vielleicht.

Aber nicht jetzt.

»Bist du sicher, dass du das schaffst?«

Ich schaute vom Küchentisch auf und wischte die Pop-Tarts-Krümel von meinen Fingerspitzen. Ich hatte mich zum Essen gezwungen, obwohl ich keinen Hunger hatte. Der Zuckergeschmack lag nun wie Sägemehl in meinem Mund.

Mom stand in ihrem Büro-Aufzug, einer hellblauen Bluse und schwarzer Hose, an der Spüle. Äußerlich betrachtet sah sie super aus, sehr gepflegt, aber ihre Augen wirkten müde. »Wenn du dich aus irgendeinem Grund zu krank oder erschöpft fühlst, ruf mich bitte sofort an. Dann hole ich dich ab.«

»Ich schaff das schon.« Ich stand auf, knüllte das Küchentuch zusammen und warf es in den Müll. »Du brauchst dir nicht den ganzen Tag Sorgen um mich zu machen.«

»Ich bin deine Mutter. Das ist mein Job.«

Ein schwaches Lächeln legte sich auf meine Lippen. »Aber ich krieg das hin. Der Arzt hat doch gesagt, dass alles gut verheilt ist und es keine Probleme geben wird.«

»Ich weiß. Ich war ja dabei. Aber er hat uns auch gewarnt, dass bis zu fünfzig Prozent der Patienten mit einem Pneumothorax einen Rückfall erleiden.«

»Mom.« Ich seufzte, aber bevor ich etwas erwidern konnte, klopfte es an der Tür. Kurz darauf schwang sie auf und ich drehte mich mit klopfendem Herzen zum Flur.

»Hallo!«, rief Sebastian. »Ich bin's.«

Mom fing an zu strahlen, als wäre die Sonne aufgegangen. Schritte näherten sich der Küche, und dann stand Sebastian in der Tür, mit feuchten Haaren und einem abgetragenen T-Shirt über den breiten Schultern.

Er sah gut aus, umwerfend wie immer.

Ich strich mir über die Jeans und wurde auf einmal ganz nervös, aus Gründen, die nichts mit der Schule zu tun hatten. Sebastian war am Sonntag bei mir gewesen, ohne unser Gespräch vom Samstagabend zu erwähnen, aber es war trotzdem da, in jedem seiner Blicke, in jeder Berührung, wenn seine Hand mich streifte oder sein Bein sich an meines drückte.

»Morgen.« Gut gelaunt marschierte er herein. »Und, bist du bereit?«

Ich nickte und befahl mir, mich zusammenzureißen.

»Bitte tu mir einen Gefallen«, sagte Mom, während ich nur wie gelähmt vor der Spüle stand. »Schau ein bisschen nach Lena.«

»Mom«, stöhnte ich.

Sie beachtete mich nicht. »Ich möchte nicht, dass sie sich zu viel zumutet. Das wird ein langer Tag für sie werden.«

Meine Augen wurden groß, als er den Arm um meine Schultern legte. Es war eine Geste, ganz federleicht, die er schon tausendmal getan hatte, und doch erzitterte ich.

Sebastian spürte es ebenfalls. Das sah ich an dem kleinen Grinsen, mit dem er mich ansah. »Keine Sorge, Ms Wise. Ich lasse sie nicht aus den Augen.«

Oh je.

Der Drang, mich an ihn zu lehnen, meine Wange an seine Brust zu schmiegen, war fast übermächtig, aber ich trat von ihm weg, nahm meinen Rucksack und warf ihn mir mit Schwung über die Schulter, was keine gute Idee war. Das musste ich mir fürs nächste Mal unbedingt merken. »Wir sollten los, sonst kommen wir zu spät.«

»Dein Wunsch ist mir Befehl.« Sebastian nahm den Bücherstapel, den ich in meinem Schließfach verstauen musste.

Mom folgte uns durch die Haustür und hielt mich auf, bevor

ich die Treppe runterging. Sie legte die Hände auf meine Wangen. »Ich liebe dich«, flüsterte sie innig. »Heute wird ein langer Tag für dich.« Ihre Augen suchten meine. »Aus vielen Gründen.«

»Ich weiß.« Hysterische Tränen brannten mir wieder in der Kehle. Sie löste die Hände von meinem Gesicht und drehte sich zu Sebastian. »Ich übergebe sie deiner Obhut.«

Seiner Obhut? Ich verzog das Gesicht, aber keiner von beiden merkte es. »Ich passe gut auf sie auf«, versprach er, und in seinen Worten lag ein Ernst, als würde er hiermit eine riesige Verantwortung übernehmen.

»Danke«, sagte Mom und klopfte ihm auf die Schulter.

Ich musste mich beherrschen, nicht genervt mit den Augen zu rollen, als ich auf den Gehweg trat. »Wir müssen los«, wiederholte ich, damit Sebastian sich endlich losriss. Ich winkte Mom zum Abschied und ging über die Einfahrt und durch die hohe Hecke zu Sebastians Haus.

»Du weißt schon«, sagte ich und verlagerte das Gewicht meines Rucksacks ein wenig, »dass ich mich nicht in deiner Obhut befinde, was auch immer das heißen soll.«

Mit seinen langen Beinen hatte Sebastian mich rasch eingeholt. »Klar tust du das.« Er zog die hintere Tür seines Jeeps auf und legte die Bücher hinein. »Ich hab dich schon länger in meiner Obhut, als mir selbst bewusst war.«

Ich musterte ihn verärgert. »Ich weiß echt nicht, was ich darauf noch sagen soll.«

»Du brauchst gar nichts zu sagen.« Seine Finger schoben sich unter den Schulterriemen meines Rucksacks und nahmen ihn mir von der Schulter, worauf ich leise aufseufzte. »Du siehst heute übrigens echt gut aus.«

Das kam so unerwartet, dass ich verlegen blinzelnd an mir

herabsah. Ich trug ein altes T-Shirt, Jeans und Flipflops, die fast auseinanderfielen. »Echt?«

»Ja.« Er stellte meinen Rucksack auf den Rücksitz und schloss die Tür. Dann trat er so dicht vor mich, dass sich unsere Füße fast berührten. Ich legte den Kopf in den Nacken und erwiderte seinen Blick. »Und keine blauen Flecken mehr.«

Ich verstand fast nicht, was er sagte.

»Sie sind fast alle schon seit einer Weile verblichen, aber hier war noch ein bisschen was.« Sein Daumen strich über meine linke Wange, worauf ich fast keine Luft mehr bekam. Seine mitternachtsblauen Augen legten sich auf mein Gesicht. »Der ist jetzt auch weg.«

»Wirklich?«, gelang es mir zu sagen.

»Ja.« Sein Daumen strich weiter über meinen Kiefer. »Es war nur noch ein schwacher bläulicher Schatten, aber ich habe ihn trotzdem bemerkt.«

Ich erschauderte.

Sein Daumen glitt sanft wie ein Lufthauch über mein Kinn und an meiner Unterlippe entlang. Sein Kopf senkte sich.

»Heute wird es schwer werden«, sagte er heiser, seine Stimme tiefer als sonst. »Du wirst körperlich erschöpft sein ...« Sein Daumen wanderte weiter. »Und emotional wird es auch hart. Mein erster Tag war ... Ich kann es gar nicht beschreiben.«

Mein gesamtes Inneres, jede Zelle, jeder Muskel, krampfte sich zusammen und entspannte sich doch gleichzeitig. Es fiel mir schwer, ihm zuzuhören, wenn er mich auf diese Weise berührte. Mich so berührte, wie er es noch nie getan hatte. Und wie ich es mir immer von ihm ersehnt hatte.

»Klingt ... klingt so, als hättest du wieder Psychoratgeber gelesen«, zwang ich mit atemloser Stimme hervor.

Sein Mund verzog sich zu einem schiefen Lächeln. »Vielleicht hab ich auch einfach nur gut zugehört.«

Ich sah ihn verwundert an. Bevor ich fragen konnte, was er damit meinte, drückte er plötzlich seine Lippen neben meinen Mund. Ganz kurz nur – kürzer noch als der Kuss am See –, aber es erschütterte mich dennoch bis ins Mark.

»Was machst du da?«, stieß ich hervor.

Er trat zurück und betrachtete mich durch seine dichten Wimpern hindurch. »Ich tue nur, was ich angekündigt habe.«

Als ich in mein Klassenzimmer kam, wartete schon eine Nachricht auf mich. Ich saß noch nicht mal auf meinem Platz, da winkte mich die Lehrerin schon zu sich und überreichte mir den Zettel. Auf ihrem faltigen Gesicht lag ein mitfühlender Ausdruck. »Du sollst ins Rektorat kommen, Liebes.«

Liebes? So war ich in meiner gesamten Schullaufbahn noch nie genannt worden. Ich nahm den Zettel und machte mich auf den Weg.

Unterwegs hielt ich den Kopf möglichst gesenkt – beim Betreten und Verlassen des Klassenzimmers, draußen im Gang und selbst bei meinem Schließfach, wo Sebastian mir geholfen hatte, meine Bücher zu verstauen und alles zu ordnen, bevor er mich *wieder* küsste, diesmal auf die Wange, und sich dann zu seinem Unterricht aufmachte.

Alle schauten mich an, alle tuschelten, und als ich den Fehler beging, beim Abschließen meines Spinds kurz den Kopf zu heben, kam sofort ein Mädchen, mit dem ich noch nie im Leben ein Wort gewechselt hatte, zu mir, umarmte mich unbeholfen und gab einen weitschweifigen Sermon von sich, wie leid ich ihr tue und wie froh sie sei, dass es mir wieder gut ging. Ich hatte keine Ahnung, wie sie hieß. Und ich war mir ziemlich sicher, dass sie mich vor dem Unfall nicht gekannt hatte.

Ich blieb total verwirrt zurück.

Nun marschierte ich mit dem mittlerweile angeknitterten Zettel in der Hand zum vorderen Flügel der Schule und stieß die gläserne Tür auf, die zum Rektorat führte. Am Empfang saß eine der ehrenamtlichen Verwaltungskräfte, eine ältere Dame mit dem grellsten pinkfarbenen Lippenstift, den ich je gesehen hatte.

Ich trat zu ihrem Schreibtisch. »Ich soll mich im Rektorat melden. Ich bin Lena Wise.«

»Oh.« Ihre wässrigen Augen musterten mich wissend. »Warte hier, ich sage ihnen, dass du da bist.«

Ihnen? Nervös trat ich von dem Tisch zurück. Was sollte das? Ich beobachtete, wie sie den engen Gang entlangschlurfte, der zu den Büros führte. Ich musste nicht lange warten. Kurz darauf kam ein silberhaariger Mann zu mir.

»Ms Wise?« Er streckte die Hand aus. »Ich bin Dr. Perry. Ich gehöre zu dem Team von Trauerbegleitern, das aufgrund der jüngsten Ereignisse hier in der Schule tätig ist.«

Oh.

Mist.

»Kommen Sie doch bitte mit, damit wir uns kurz unterhalten können, okay?« Er trat beiseite und wartete. Offenbar hatte ich nicht wirklich eine Wahl.

Ich unterdrückte ein Seufzen und trottete hinter Dr. Perry in einen der Besprechungsräume, die gewöhnlich für Elterngespräche reserviert waren. Mit albernen Motivationspostern, die kleine Katzen an Seilen zeigten und Teamwork propagierten, an den Wänden.

Ich ließ meinen Rucksack zu Boden fallen und setzte mich vorsichtig auf den harten Plastikstuhl, während er um den Tisch herumging und mir gegenüber Platz nahm. Eine Tasse, deren Aufdruck besagte, wie toll ihr Besitzer doch war – ein typisches Vatertagsgeschenk –, stand auf dem Schreibtisch, daneben eine geschlossene Akte, auf die mein Name gekritzelt war.

»Darf ich Lena zu Ihnen sagen?«, fragte er.

Ich nickte und schob die Hände zwischen meine Knie. Weil sich das für meinen Arm nicht gut anfühlte, zog ich eine Hand wieder hervor und legte sie auf den Tisch.

»Perfekt.« Er lächelte leicht. »Wie gesagt, meine Name ist Dr. Perry. Ich habe eine eigene psychologische Praxis, arbeite aber auch für den Schulbezirk. Ich werde hinzugezogen, wenn es die Umstände verlangen und das Kollegium der Hilfe eines erfahrenen Therapeuten bedarf.« Dann zählte er eine Reihe höchst beeindruckender Qualifikationen auf. Collegeabschluss an der Penn State. Master an der Brown University. Eine Unmenge von Diplomen, die in meinen Ohren wie eine fremde Sprache klangen. Dann kam das Gespräch auf mich. »Und wie geht es dir damit, wieder zur Schule zu gehen?«

»Ganz okay«, antwortete ich und schlug die Beine übereinander. »Ich bin … bereit.«

Er legte einen Arm auf den Tisch. »Es muss hart sein, nach fast zwei Wochen, die du den Unterricht versäumt hast, wieder hier zu sein, auf der Schule, die auch deine Freunde besucht haben. Es wird auf einmal so real, so spürbar, dass sie nicht mehr da sind.«

Die Worte kamen so unerwartet und direkt, dass ich zusammenschrak. Er war der Erste, der das so offen ansprach. »Ich … Es war …« Ich blinzelte. »Es ist schwer.«

»Das kann ich mir vorstellen. Der Tod von vier jungen, fröhlichen Menschen, die ihr ganzes Leben noch vor sich hatten, ist immer schwer zu begreifen.« Dabei sah er mich mit wachen Augen an. »Und für dich ist es noch schwieriger. Du hast mit ihnen im Auto gesessen. Du wurdest schwer verletzt, und laut deiner Akte werden dich deine Verletzungen noch eine ganze Weile daran hindern, wieder Volleyball zu spielen. Das ist wirklich alles sehr viel, was da gerade bei dir los ist.«

Ich verkrampfte mich und zuckte zusammen, als meine Rippen schmerzhaft protestierten. Ich schaute zur Tür und überlegte, ob ich flüchten sollte.

»Aber darum soll es vorerst nicht gehen«, sagte er sanft. »Du kannst dich entspannen.«

Mein Blick schoss zu ihm zurück. »Vorerst?«

»Die nächsten ein, zwei Monate werden wir uns dreimal in der Woche treffen«, verkündete er und nahm seine Tollster-Vater-aller-Zeiten-Tasse in die Hand. »Ich weiß nicht, ob deine Mutter dir das schon gesagt hat.«

Kein Wort hatte sie gesagt. Zu wütend, um zu sprechen, verschränkte ich die Hände über dem Bauch.

»Normalerweise werden unsere Sitzungen montags, mittwochs und freitags stattfinden. Heute ist eine Ausnahme, aber morgen treffen wir uns, und danach geht es dann fahrplanmäßig weiter.«

Dreimal in der Woche? Hilfe! Ich ächzte und schaute zur Decke. »Ich glaube nicht, dass das nötig ist.«

Er nahm einen Schluck Kaffee. »Es ist nötig, und du bist nicht die Einzige, die das machen muss. Du bist da nicht allein.«

Mein Blick huschte zu ihm. Liebend gern hätte ich gefragt,

mit wem er sich sonst noch traf. Sebastian vielleicht? Das würde erklären, warum ein paar der Dinge, die er sagte, so unglaublich ins Schwarze trafen.

Ich fragte aber nicht nach, weil ich davon ausging, dass er das sowieso nicht beantworten durfte.

»Niemand wird dich verurteilen, weil du dich mit mir triffst.«

Da wäre ich mir nicht so sicher. Schließlich war das hier eine Schule – da wurde alles von allen beurteilt.

»Und es ist nötig, Lena. Du spürst das jetzt vielleicht noch nicht, und zuerst mag es sich sogar anfühlen, als würde es mehr Schaden anrichten als Gutes tun.« Sein Blick lag unverwandt auf mir. »Du hast ein paar Dinge erlebt, die du unbedingt loswerden solltest.«

Ich klappte den Mund zu und schwieg.

Er musterte mich einen Moment, und ich hatte auf einmal dieses ätzende Gefühl, dass er direkt in mich hineinsehen konnte und alles sah, was ich nicht laut aussprechen wollte.

»Das Schuldgefühl, überlebt zu haben, wenn alle anderen gestorben sind, ist für sich allein schon eine schwere Last, Lena. So ein Überlebenden-Syndrom ist eine ernste Sache. Diese Bürde wird man nie mehr richtig los, aber wir können sie etwas leichter machen. Erträglicher.«

Ich atmete leise aus. »Und wie?«

»Dein Leben geht weiter, auch wenn dir das in diesem Moment unmöglich erscheint. Es gibt ein Morgen. Eine nächste Woche. Einen nächsten Monat. Ein nächstes Jahr. Und irgendwann wirst du darüber hinwegkommen.«

Mir war nicht klar, wie das möglich sein sollte. »Ich … ich hätte nie gedacht, dass so was passiert«, flüsterte ich und kniff kurz die Augen zusammen. »Ich weiß, es klingt dumm, aber ich hätte einfach nie gedacht, dass so was passieren kann.«

»Das ist nicht dumm. Niemand tut das. Niemand denkt, dass es ihn treffen könnte.« Als er innehielt, war mir sofort klar: Er wusste es. *Er wusste es!* Mein Blick fiel auf die Akte vor ihm auf dem Tisch und mein Herz fing an zu rasen. Hatte er mit der Polizei gesprochen? Mit Mom? Als er fortfuhr, wäre ich am liebsten aufgesprungen und aus dem Zimmer gerannt, blieb aber wie festgewachsen auf meinem Stuhl sitzen.

»Ich weiß, was passiert ist.«

20

»GEHST DU HEUTE NICHT zum Volleyball?«, fragte Dary.

»Nein.« Mehr sagte ich nicht dazu. Der Coach hatte mich nach der Mittagspause vor meinem Schließfach aufgespürt und gefragt, ob ich zum Training kommen würde. Ich hatte ihm gesagt, dass ich immer noch schnell erschöpft sei und Mom versprochen hätte, nach Hause zu kommen.

Das war nicht ganz gelogen.

Daraufhin sagte der Coach, dass er mich in der kommenden Woche beim Training erwarte, und ich nickte. Es hatte schon bei diesem Gespräch genügend Möglichkeiten gegeben, ihm zu sagen, dass ich ganz aufhören würde, aber das verschob ich lieber auf einen anderen Tag.

Mit anderen Worten: Ich kniff.

Ein paar Meter vor uns ging Sebastian durch den Gang vor der Turnhalle, meinen Rucksack in der Hand.

»Ein schöner Anblick«, gestand Dary mir flüsternd.

Ein müdes Lächeln umspielte meine Lippen. Dass Sebastian gut aussah, konnte ich nicht abstreiten. Trotzdem hätte ich mich am liebsten in meinem Bett verkrochen und geschlafen. Ich war fix und fertig.

Neben Dary flogen Abbis Finger über ihren Handybildschirm. »Er ist echt hilfsbereit, findest du nicht?«

Überrascht sah ich sie an. Abbi war den ganzen Tag nicht sehr gesprächig gewesen, weder in Chemie noch in der Mittagspause. Alle anderen hatten viel geredet. Und so wie das Mädchen am Morgen waren den ganzen Tag über immer wieder Leute auf mich zugekommen. Ich bekam jede Menge Umarmungen und Genesungswünsche von Schülern, die ich kaum kannte. Andere dagegen ignorierten mich. Jessica und ihre Freundinnen zum Beispiel, aber das wunderte mich nicht. Schließlich war sie mit Cody zusammen gewesen. Auch Skylar hatte mich im Unterricht keines Blickes gewürdigt.

Trotzdem hatte ich das deutliche Gefühl, dass Abbi irgendwie sauer auf mich war. Und dafür konnte es jede Menge Gründe geben. »Ja, er … hilft mir wirklich sehr.«

»So nennt man das heutzutage also«, witzelte Dary. »Wenn ein Junge auf dich steht, ist er hilfsbereit?«

»Das hast du schön ausgedrückt.« Abbis Blick war auf Sebastians Rücken gerichtet. »Hat sich zwischen euch eigentlich was verändert?«

Ich öffnete den Mund, um ihnen von unserem Gespräch zu erzählen, hielt dann aber inne. Davon wollten sie bestimmt nichts hören.

Abbis Lippen waren geschürzt, als wir durch die Flügeltür traten. Der Himmel war bewölkt und der Geruch von Regen lag in der Luft.

Mit großen Augen schaute Dary von ihr zu mir. »Sollen wir nicht vielleicht später zusammen was essen gehen? So … wie früher?«

So wie mit Megan.

»Ich weiß nicht«, sagte ich heiser. »Ich muss noch einiges für die Schule nachholen.«

Wir gingen zusammen über den Parkplatz. Abbis Lächeln war verbittert und ihre Worte klangen scharf. »Natürlich.«

Mein Blick schoss zu ihr und mein Magen rutschte mir in die Hose. Abbi seufzte. »Wirst du bis nächste Woche alles nachgeholt haben?«, fragte sie.

Ich nickte nur und sagte leise: »Klar.«

»Ich melde mich später bei euch.« Dary drückte erst mir, dann Abbi einen Kuss auf die Wange und eilte zu ihrem Auto.

Vor uns drehte Sebastian sich um. Er war schon fast bei seinem Jeep, und ich wusste, dass er nicht viel Zeit hatte. Trotzdem musste ich mit Abbi reden, weil eine Frage in mir brodelte. Ich ahnte zwar, dass es besser wäre, die Klappe zu halten, brachte es aber einfach nicht fertig.

Ich blieb stehen und wandte mich zu ihr. »Können wir kurz reden?«

Ihr Blick löste sich von ihrem Handy und ihre Augenbrauen wanderten in die Höhe. Sie schaute nicht direkt feindselig, aber auch nicht sehr freundlich. Eine Mauer schien zwischen uns zu stehen. »Was gibt's?«

Ich holte Luft und fragte: »Bist du irgendwie … sauer auf mich?«

Abbi senkte das Handy und legte den Kopf schief. Einen Moment dachte ich, sie würde nicht antworten. »Willst du das ehrlich wissen?«

Mein Herz wurde schwer. »Wir sind doch immer ehrlich zueinander.«

Sie schaute zu den dicken Wolken am Himmel und schüttelte den Kopf. »Erst muss ich dich was fragen.«

»Okay.«

»Was läuft da zwischen dir und ihm?« Sie deutete mit dem Kinn in Sebastians Richtung.

»Nichts«, antwortete ich hastig. »Er hilft mir nur ein bisschen.«

»Wirklich? So würdest du das beschreiben?« Ihre Hand umklammerte den Riemen ihres Rucksacks. »Ich weiß nämlich, dass er dir nicht nur ein bisschen hilft.«

»Er ist –«

»Er hat Skylar gesagt, dass er in dich verknallt ist«, unterbrach sie mich und sah mich dabei scharf an.

Ich blinzelte. »Er hat *was?«*

»Skylar hat Daniela erzählt, er hätte zugegeben, dich gernzuhaben, und das sei auch der Grund, warum sie sich im Frühjahr getrennt hätten«, erklärte sie und trat unruhig von einem Fuß auf den anderen. »Und dass er es nicht noch mal mit ihr versuchen wolle, weil er in dich verliebt sei. Willst du mir wirklich erzählen, dass du davon nichts mitbekommen hast? Dass du nicht weißt, was er für dich empfindet, obwohl du dich so lange heimlich nach ihm verzehrt hast? Dass er nicht offen zu dir war?«

»Ich …« Ich trat einen Schritt zurück und blickte suchend nach Sebastian, der gerade meinen Rucksack auf den Rücksitz warf.

»Ich kann nicht fassen, dass du mir kein Wort davon erzählt hast, vor allem, wo ich weiß, wie du für ihn empfindest. Und wie aufgelöst du warst, als er nach deinem Kuss kein Interesse gezeigt hat«, fuhr sie fort, und ihre Stimme brach. »Ich bin eine deiner engsten Freundinnen und ich lebe noch. Ich lebe noch, und du hast mir kein Wort davon erzählt – obwohl ich genau weiß, wie wichtig das für dich ist.«

Oh mein Gott. Ich fuhr zusammen. Das hatte ich nicht erwartet. »Ich wollte eben nicht darüber reden. Ich meine, ich wollte schon. Ich wollte dich und Dary auch sofort anrufen, nachdem Sebastian mir gesagt hat, was er empfindet, aber ich konnte das alles irgendwie nicht richtig verarbeiten. Seine Worte sind so unerwartet gekommen, wie aus dem Nichts, und ich weiß nicht mal, ob er wirklich so fühlt oder ob er das nur gesagt hat, weil … wegen allem, was passiert ist«, gestand ich hastig. »Und nach alldem fühlt es sich einfach verkehrt an, über Sebastian zu reden, so als sei nichts passiert.«

»Genau darum geht es ja, Lena. Was passiert ist, ist für alle schlimm, nicht nur für dich. Ja, du hast in dem Auto gesessen, und Gott allein weiß, was du sehen und durchmachen musstest. Ich weiß es jedenfalls nicht. Und weißt du, warum nicht? Weil du nicht mit mir darüber reden willst. Du willst nicht mit Dary reden –«

»Ich bin doch gerade erst wieder zur Schule gekommen.« Ich schluckte, um die Rasiermesser in meiner Kehle zu vertreiben. »Es ist erst –«

»Der Unfall ist zwei Wochen und drei Tage her. Ich weiß«, feuerte Abbi aufgebracht zurück. »Ich weiß genau, wie lange es her ist, seit Megan, Cody, Phillip und Chris gestorben sind. Ich weiß genau, wie viele Tage vergangen sind, seit ich dachte, du würdest auch sterben.«

Ich holte tief Luft. »Abbi –«

Mit zittriger Stimme fuhr sie fort: »Kapierst du das nicht? Wir alle dachten, du wärst ebenfalls tot. Oder würdest im Krankenhaus liegen und sterben, so wie Cody. Ich, Dary und Sebastian – wir alle haben das geglaubt.« Sie warf die Arme in die Höhe. »Und nachdem wir erfahren haben, dass du doch am Leben bist, mussten wir hören, dass du uns nicht sehen willst.«

Ich konnte ihr Gesicht wegen der Tränen nur noch unscharf sehen. »Tut mir leid«, flüsterte ich, weil ich nicht wusste, was ich sonst sagen sollte. »Es tut mir so leid. Mein Kopf… Es ist alles so –«

Abbi hielt eine Hand in die Höhe. »Und irgendwie kann ich es dir sogar nachsehen, dass du nicht mit mir reden willst. Ich kann verstehen, dass es dir schwerfällt, über Alltägliches zu sprechen. Und es tut mir leid. Ich will echt nicht fies klingen. Ich verstehe ja, dass du viel durchgemacht hast. Aber das habe ich auch. Und Dary und Sebastian und Keith und alle anderen hier an dieser verdammten Schule auch. Aber was ich nicht –« Sie ballte die Hand zur Faust und schaute zum Himmel, während sie stumm bis fünf zählte. »Was ich nicht begreife, ist, wie du in das Auto einsteigen konntest, Lena. Cody war betrunken, und du steigst trotzdem bei ihm ein – wie kann das sein? Du warst nüchtern! Ich habe noch mit dir gesprochen, kurz bevor du weg bist, und da warst du nicht betrunken. Trotzdem bist du in das Auto eingestiegen und hast Cody fahren lassen.«

Ich wich zurück, als hätte sie mich geschlagen. Erst wusste ich nicht, was ich sagen sollte, dann verwandelte sich der Schock in Wut – eine lodernde, flammend rote Wut, die wie ein Vulkan in mir explodierte. »Megan und du, ihr seid doch auch mit Chris zur Party gefahren, obwohl ihr geglaubt habt, er hätte was genommen. Du –«

»Wir dachten, er wäre auf irgendwas, aber wir wussten es nicht genau«, sagte sie mit aufgeblähten Nasenflügeln. »Und er ist nicht gegen einen Baum gefahren und hat vier Menschen getötet, oder? Nein.«

Mir blieb der Mund offen stehen. Was konnte ich darauf noch sagen? Sie hatte recht, aber es war trotzdem falsch, was sie sagte, weil sie einfach nur Glück gehabt hatte – ein *verdammtes* Glück –, dass sie jetzt nicht an meiner Stelle war.

»Hey, alles okay bei euch beiden?« Sebastian tauchte neben uns auf und legte die Hand auf meinen Rücken. Sein Gesicht war hart, sein Blick unerschrocken.

»Ja.« Abbi holte tief Luft. »Alles gut. Wir sehen uns.«

Mit verkrampften Schultern schaute ich zu, wie sie kehrtmachte und zu ihrem Parkplatz eilte. Abbi hatte gelogen.

Nichts war gut.

Zu Hause klingelte das Handy in meiner Tasche. Ich holte es heraus und stellte fest, dass der Anruf von Dad kam.

»Niemals«, murmelte ich und drückte ihn weg. Für so was fehlte mir echt der Kopf.

Ich schleppte mich die Treppe hoch und verbrachte die nächste Stunde mit Hausaufgaben, ohne wirklich viel hinzukriegen, weil ich ständig daran denken musste, was Abbi und Dr. Perry gesagt hatten. Als Mom nach Hause kam, zwang ich mich, nach unten zu gehen. Sie stellte gerade ihre Handtasche auf den Tisch, als ich in die Küche geschlurft kam.

»Wie war die Schule?«

»Ganz okay.« Ich setzte mich an den Tisch. »Es wäre aber deutlich besser gelaufen, wenn mich vorher jemand informiert hätte, dass ich mich dort mit einem Psychologen herumschlagen muss.«

Mom zog ihren Blazer aus. »Das habe ich nicht erwähnt, weil ich Sorge hatte, dass du dich darüber aufregen würdest, und das wollte ich vor dem Schulstart nicht. Der Tag war so schon schwer genug.«

»Ich wünschte trotzdem, du hättest es mir gesagt. Dann wäre ich wenigstens darauf vorbereitet gewesen.«

Sie kam um den Tisch herum und setzte sich neben mich. »Die Schule hat mich letzte Woche deswegen angerufen und ich hielt es für eine gute Idee.«

»Da bin ich mir nicht so sicher«, murmelte ich.

Mom lächelte schwach. »Es gibt vieles, über das du sprechen solltest. Ich wünschte zwar, du würdest mit mir reden, aber vielleicht fällt es dir mit einem Fremden leichter.« Sie hielt inne. »Zumindest hat Dr. Perry das gesagt.«

Ich rieb mir die Stirn und schloss die Augen. »Hast du ... ihm erzählt, worüber wir mit der Polizei gesprochen haben?«

»Ich habe ihm alles erzählt, was er wissen muss«, antwortete sie, und ihre Finger schlossen sich um meine linke Hand. »Alles, worüber du reden solltest.«

Ich riss meinen Arm weg, stand auf und spürte erneut die Wut in mir aufsteigen, die ich auch bei dem Streit mit Abbi empfunden hatte. »Ich will aber nicht darüber reden. Warum kapiert das keiner? Oder respektiert es wenigstens?«

Mom sah zu mir auf. »Ich respektiere es, aber ich finde es trotzdem falsch in deiner Situation.«

»Was?« Ich fuhr herum und griff nach meinem Rucksack. »Das ist doch völlig absurd.«

»Lena.«

Erst wollte ich nicht stehen bleiben, dann hielt ich doch am Fuß der Treppe inne. »Was?«

»Ich bin nicht böse auf dich.«

Mein Rückgrat verwandelte sich in Stein.

Mom stand im Durchgang zur Küche. Die dünne, abgetragene blaue Bluse spannte sich an ihren Schultern, als sie die

Arme verschränkte. Ich dachte daran, wie Lori gesagt hatte, Mom würde finanziell gut zurechtkommen, seit Dad gegangen war. Würde das stimmen, könnte sie sich hin und wieder ein neues Oberteil leisten, auch wenn sie ihre alten Kleider immer gut pflegte.

»Zuerst war ich schon wütend. Vor allem erleichtert, weil du am Leben warst und wieder gesund werden würdest, aber eben auch wütend, weil du eine falsche Entscheidung getroffen hattest. Aber mittlerweile bin ich es nicht mehr. Ich bin entsetzt darüber, was passiert ist und was du alles durchmachen musstest, aber ich bin nicht böse auf dich.«

Ich traute meinen Ohren kaum. Wie konnte das sein?

Sie holte tief Luft. »Ich will nur, dass du das weißt.«

Ich wusste nicht, was ich sagen sollte. Meine Knie fühlten sich an, als würden sie gleich nachgeben. Mom war nicht wütend auf mich und irgendwie kam mir das total merkwürdig vor. Sie sollte eigentlich immer noch stinksauer auf mich sein.

Keine Konsequenzen.

Bevor sie noch mehr sagen konnte, rannte ich die Treppe hoch und schlug meine Zimmertür hinter mir zu. Ich verkroch mich in meinem Zimmer, tat so, als würde ich mich auf die Hausaufgaben konzentrieren, und kam nur deshalb zum Abendessen hinunter, weil ich frittiertes Hähnchen roch.

Das konnte ich mir unmöglich entgehen lassen.

Kurz nach sieben zog ich eine kurze Schlafanzughose und ein altes Trägertop an. Ich zog die Decke über meine Beine, in der festen Absicht, mich nun wieder meinen Schulaufgaben zu widmen, döste dabei aber ein, ohne auch nur mein Geschichtsbuch aufzuklappen. Es war ein unruhiger Schlaf, aus dem ich jede Viertelstunde kurz aufschreckte. Als ich irgendwann wieder die Augen öffnete, hörte ich, wie eine Tür zugezogen wurde, und schaute instinktiv zum Balkon. Ein Schwall kalter Luft zog unerwartet zum Bett.

Sebastian hatte ohne ein Wort mein Zimmer betreten.

Stöhnend zog ich die Hand unter der Decke hervor und rieb mir das Gesicht. »Du weißt schon, dass das streng genommen Einbruch und unbefugtes Betreten ist, was du da tust?«

»Glaub ich nicht.« Er setzte sich an die Bettkante. »Ich bin nur höflich.«

Ich zog die Hand wieder unter die Decke und sah ihn fragend an. »Wie meinst du das?«

»Du musst nicht aufstehen und mir die Tür öffnen.« Er zwinkerte mir zu, und ich hasste es, wie sexy er dabei aussah. »Ich denke eben immer nur an dein Wohlbefinden.«

Ich verdrehte die Augen und rückte zur Seite. »Ja, klar. Aber vielleicht will ich dich gar nicht sehen?«

»Dann hättest du nur die Tür abschließen müssen«, erklärte er triumphierend. »Das reicht, um mich fernzuhalten.«

Hätte ich, ja. Aber ich hatte es nicht getan, weil ich wollte, dass er kam. Ich wollte ihn bei mir haben, obwohl das falsch war, aber das würde ich auf keinen Fall zugeben. »Du verletzt meine Grundrechte.«

Sebastian legte den Kopf in den Nacken und lachte. Laut. Meine Augen wurden groß.

»Pst.« Mein Kopf fuhr zur Tür herum. »Meine Mutter hört dich.«

»Ich schätze mal, deine Mom weiß genau, dass ich jeden Abend hier bin.«

Das Gleiche hatte auch Lori gesagt. »Ich bezweifele, dass sie weiß, dass du bis zum Morgen bleibst.«

»Vermutlich nicht, nein.« Er streckte sich auf dem Bett aus und legte den Kopf neben mich auf die Kissen. »Hast du schon geschlafen? Es ist erst neun.«

»Ich bin total müde. Heute war …« Meine Stimme erstarb. Wie zum Teufel sollte ich den heutigen Tag nur beschreiben?

»Heute war wie?« Als ich nicht antwortete, hakte er sofort nach. »Wie war es heute, Lena?«

Ich seufzte tief, laut und genervt. »Es war echt hart. Ich fühle mich, als wäre ich neunzig Jahre alt. In der dritten Stunde hätte ich mich schon hinlegen und einschlafen können. Meine Rippen haben den ganzen Tag über wehgetan, und ich konnte die Tabletten nicht nehmen, die der Arzt mir verschrieben hat, weil ich sonst auf der Stelle umgekippt wäre.«

»Und?«, fragte er, als ich verstummte.

»Und … es war einfach anstrengend.«

Sebastian sagte nichts, und ich wusste, dass er auf mehr wartete. Einige Augenblicke verstrichen und ich versuchte es noch einmal. »Eigentlich hätte ich Kreatives Schreiben zusammen mit Megan haben sollen. Das war …« Ich schluckte schwer. »Es war total seltsam, sie nicht im Unterricht oder in der Mittagspause zu sehen. Ich habe die ganze Zeit gewartet, dass sie sich an unseren Tisch setzt. Und es war komisch, nicht zum Training zu gehen. Es kam mir den ganzen Abend so vor, als hätte ich was vergessen.«

»Genau so ist es mir mit den Jungs auch gegangen.« Sebastian verschränkte locker die Arme. »Ich warte die ganze Zeit darauf, Chris im Kraftraum Gewichte stemmen zu hören. Oder wie Phillip die anderen verarscht. Oder dass Cody beim Training wieder neben mir steht.«

So viel … Verlust, so viele Dinge, die wir nie wieder erleben würden. Ich strich mit dem Finger über meinen Gips und atmete zitternd aus. »Ich musste mit einem Psychologen sprechen.«

»Ich auch«, erwiderte er. »Ich glaube, der halbe Jahrgang war bei denen.«

Ich spähte zu ihm hinüber. »Ich soll mich drei Mal die Woche mit ihm treffen.«

Auf seinem Gesicht zeigte sich weder Spott noch Verwunderung. »Das wird dir sicher guttun.«

Da war ich mir nicht so sicher. »Hast du mit ihnen geredet? Ich meine, richtig geredet?«

Er schwieg einen Moment, dann nickte er. »Ja. Und es hat mir geholfen.« Sein Blick traf mich. »Dir wird es auch helfen.«

Nur dass Sebastian nicht unter den Schuldgefühlen litt, über die ich reden musste.

»Was war heute nach der Schule mit dir und Abbi los?«, fragte er und drehte sich auf die Seite, damit er mich anschauen konnte.

Meine Schultern sackten zusammen. Wieder krochen mir die vertrauten, dicken Tränen den Hals hinauf. »Nichts.«

»So sah das aber nicht aus«, widersprach Sebastian. »Es wirkte eher, als würdet ihr streiten.« Sanft legte er den Finger unter mein Kinn und drehte meinen Kopf, bis ich ihn anschauen musste. »Rede mit mir, Lena.«

Ich senkte den Blick und spürte die Berührung warm auf meiner Haut. »Sie ist … wütend auf mich.«

»Warum?«, fragte er und glitt mit den Fingern mein Kinn entlang und weiter über meine Wange, worauf mir ein Schauder über den Rücken lief.

»Weil ich sie … ausgeschlossen habe«, gestand ich und

schloss die Augen. Seine Hand wanderte weiter und strich mir nun durch die Haare. »Weil ich nicht mit ihr geredet habe.« Das war nicht der einzige Grund, aber der einzige, den ich zugeben konnte, vor allem, wenn er mich dabei so streichelte. »Ich wollte das nicht. Es ist nur … ich fühle mich irgendwie verantwortlich.«

Seine Hand hielt inne. »Du kannst nichts für den Unfall, Lena. Du hast nicht hinter dem Steuer gesessen.«

Oh Gott, er wusste es nicht. Er hatte keine Ahnung. Ich wollte mich wegdrehen, aber Sebastian hielt mich fest. Ich schlug die Augen auf. Seine Hand glitt von meinem Hals und fiel in den schmalen Spalt zwischen uns.

Sebastian lag nun auf die Ellenbogen gestützt neben mir, sodass sein Körper fast über meinem schwebte. Das hatte etwas sehr Intimes, als hätten wir schon tausendmal so dagelegen. Und so war es eigentlich auch, aber nach seinem Geständnis vom Samstag hatte sich alles verändert. Wir waren nicht mehr einfach nur zwei Freunde, die nebeneinander auf dem Bett lagen. Er war nicht mehr einfach nur der Junge von nebenan. Das würde sich nicht wieder zurückdrehen lassen, und obwohl ich mir diese Veränderung so lange gewünscht hatte, jagte sie mir eine Riesenangst ein.

»Lena.« Er flüsterte meinen Namen wie einen Segensspruch.

»Ich will jetzt nicht mehr reden«, sagte ich. »Ich möchte, dass du … bleibst, aber ich möchte nicht mehr reden.«

Seine Augen zeigten mir, dass er begriff. Sein Blick veränderte sich, von besorgt zu etwas Wilderem, Eindringlicherem. Er biss sich auf die Unterlippe und innerhalb eines Sekundenbruchteils hatte sich die Atmosphäre im Zimmer verändert. In einem Moment musste ich mich noch beherrschen, nicht in

Tränen auszubrechen, und nun wirbelten auf einmal ganz andere Gefühle in mir.

Er hatte gesagt, er würde mich lieben.

Und ich war verliebt in ihn, seit … schon immer, eigentlich.

Nur hatte ich nicht das Gefühl, das auch verdient zu haben. Dass ich diese Möglichkeit oder zweite Chance bekam. Erleben zu dürfen, wie der Atem auf einmal schneller ging, oder die plötzliche Hitze zu spüren, die über meine Haut hereinbrach und meine Sinne überflutete.

Und vielleicht liebte er mich auch gar nicht auf diese wunderschöne, grenzenlose Weise, von der in den Büchern die Rede war, die in meinem Zimmer herumflatterten. Eine Liebe, die zwei Seelen wie eine Kette aneinanderschmiedete, ein unzerstörbares Band, das auch über die schlimmsten Umstände und die entsetzlichsten Geschehnisse obsiegte. Sebastian mochte zwar so empfinden, aber die Leute glaubten und fühlten alles Mögliche, wenn sie mit dem Tod konfrontiert waren. Doch verflogen diese Gefühle irgendwann, sobald wieder Alltag eingekehrt war und der Schmerz über den Verlust nachließ.

Aber daran wollte ich in diesem Moment nicht denken und auch nicht daran, was dazu geführt hatte, dass zwischen uns alles anders war. Ich wollte gar nicht nachdenken. Ich wollte nur diese Hitze erforschen, die sich tief in meinem Bauch ausbreitete, diese Atemlosigkeit in meiner Brust, die jedoch nicht von meiner Lunge oder meinen gebrochenen Rippen herrührte.

Vielleicht lag es an meinem ersten Schultag. Oder an dem unerwarteten Gespräch mit Dr. Perry und daran, dass er Bescheid wusste. Es mochte auch an der Konfrontation mit Abbi liegen und an der Tatsache, dass ausgerechnet sie wusste, dass ich an dem Abend … dass ich nüchtern genug gewesen war, um … um es verdammt noch mal besser zu wissen. Oder das Gespräch mit Mom war daran schuld.

Vielleicht lag es auch daran, dass Sebastian gesagt hatte, er liebe mich.

All diese Dinge verdichteten sich zu einem einzigen Chaoshaufen in mir, aber konnte ich nicht einfach … keine Ahnung … für einen ganz kurzen Moment so tun, als ob mein Leben völlig normal wäre? Und die Fantasie in meinem Kopf ausleben? Mein Puls raste wie verrückt, während mein Blick über die markanten Konturen seiner Wangenknochen wanderte, bis zu der Narbe an seiner Oberlippe.

Ich hob die Hand, hielt jedoch Zentimeter vor seinem Gesicht inne.

Ein kleines Lächeln umspielte seine Mundwinkel. »Du kannst mich gern berühren, wenn du magst. Du brauchst nicht zu fragen.«

Ich wollte ihn berühren, sehr sogar, trotzdem zögerte ich. Wenn ich ihn anfasste, dann war das keine Fantasie mehr, und wie sollte ich aus der Nummer je wieder rauskommen?

Seine Brust hob sich mit einem tiefen Atemzug. »Es wäre schön, wenn du mich berühren würdest.«

Mir stockte der Atem.

Zaghaft legte ich die Finger an seine Wange. Freudige Erregung schoss durch mich hindurch, als ich das Zittern spürte, das daraufhin durch seinen muskulösen Oberkörper fuhr. Seine Haut fühlte sich ganz glatt unter meiner Handfläche an, nur am Kinn war ein Hauch von Bartstoppeln zu spüren. Ich ließ meine Hand wandern und strich mit dem Daumen über seine Unterlippe. Er zog heftig die Luft ein, was wiederum ein Schaudern in mir auslöste. Er schloss die Augen, während ich dem

Bogen seiner Oberlippe nachspürte, bis zu der kleinen Kerbe, wo die Narbe saß.

So viele Jahre, und nie hatte ich ihn auf diese Weise berührt. Kein einziges Mal. Ich versank in diesem Moment, im Hier und Jetzt, und glitt mit der Hand über seinen Hals. Meine Finger streiften seinen Puls und ich konnte das Pochen ebenso deutlich spüren wie meinen eigenen Herzschlag.

Dann wanderte ich weiter.

Legte die flache Hand auf seine Brust. Er gab einen Laut von sich, ein leises, raues Stöhnen, das an ein Knurren erinnerte, und es war, als würde man ein Streichholz an Benzin halten. Ein Feuer brach aus. Ermutigt fuhr ich fort und folgte den straffen Wölbungen seines Körpers. Seine Muskeln waren fest und wohlgeformt, wie ich es geahnt hatte, nachdem ich sie so häufig gesehen und gelegentlich auch kurz berührt hatte.

Diesmal blieb es nicht bei einer kurzen Berührung.

Ich ließ mir Zeit, strich erst genüsslich nur mit einem Finger über seine Bauchmuskeln, dann mit zweien, erkundete sie und prägte sie mir gut ein.

Dann machte ich weiter.

Meine Finger wanderten um seinen Nabel herum und tiefer, bis sie den Bund seiner Flanellhose erreichten. Wieder zuckte sein Körper zusammen und rückte dabei noch näher zu mir. Sein Schenkel drückte sich gegen meinen.

Das ist falsch.

Ich hatte nicht das Recht, das hier zu tun, aber dieses Wissen konnte mich nicht aufhalten. Langsam hob ich den Blick zu ihm.

Seine Augen waren so blau wie die tiefsten Gründe der Ozeane, die ich selbst nie gesehen, sondern nur mit Leuchtstift auf der Landkarte über meinem Schreibtisch umkreist hatte. Irgendwie waren sich unsere Gesichter während meiner Erkundungen auf einmal viel näher gekommen. Unser Atem mischte sich.

Und dann neigte ich den Kopf und auf einmal war nichts mehr zwischen uns.

Seinen Mund auf meinem zu spüren, war genauso aufregend und elektrisierend wie beim ersten Mal, vielleicht sogar noch erregender. Anfangs war die Berührung ganz zart und sanft, nur mein Mund auf seinem, dann legte sich seine Hand in meinen Nacken.

Ich stieß einen Laut aus, wie ich es noch nie von mir gehört hatte, öffnete den Mund, und jegliche Kontrolle, die Sebastian noch gehabt hatte, alles, was ihn zurückgehalten hatte, zerplatzte wie ein Luftballon. Er küsste mich, und zwar *richtig*. Mein Herz drohte zu zerspringen. Seine Zunge glitt in meinen Mund. Er schmeckte nach Minze und nach *Sebastian*. Meine Hand legte sich auf seine Hüfte, meine Finger krümmten sich, zogen ihn näher, aber er konnte nicht näher kommen. Nicht mit meinen gebrochenen Rippen und dem eingegipsten Arm.

Aber er küsste mich, trank von meinen Lippen und meinem Mund und meinen Seufzern. Und dann wanderte er hinab, knabberte an meiner Unterlippe, entlockte mir ein Stöhnen und küsste sich meinen Hals entlang, während ich den Kopf in den Nacken legte, damit er besser herankam. Er leckte und saugte und widmete sich hingebungsvoll der einen Stelle direkt unter meinem Ohr, dass meine Zehen sich bogen und meine Hüften unruhig zuckten. Dann liebkoste er erneut meine Lippen, unsere Zungen umschlangen sich, und das einzige Geräusch im Raum war unser keuchender Atem.

Ich wusste nicht, wie lange wir uns küssten. Es wollte gar nicht mehr aufhören, und da war kein Vortäuschen oder So-tun-als-ob, wenn wir uns immer wieder aufs Neue aufeinander stürzten, voller Leidenschaft und stumm um mehr bettelnd. Freunde küssten sich nicht auf diese Weise. Sie klammerten sich nicht aneinander, wie wir es taten, meine Finger, die sich in seine Hüfte gruben, seine Hand in meinem Nacken, fest entschlossen, niemals loszulassen, obwohl ich ganz sicher nicht wegrennen würde.

Und die ganze Zeit über küssten wir uns leidenschaftlich.

Als sich sein Mund schließlich von meinem löste, legte ich die Stirn an seine Schulter und schlang schwer atmend die Finger in sein T-Shirt. Eine gefühlte Ewigkeit lang rührte sich keiner von uns. Dann drehte er sich auf die Seite, legte die Hand auf meine Hüfte und begann, mit langen, sanften Bewegungen meinen Rücken zu streicheln. Sein Atem tanzte warm auf meiner Wange.

In dieser Nacht brauchten wir keine Worte mehr.

21

ICH STARRTE AUF DAS dämliche Poster an der Wand. Ein Foto von Fallschirmspringern, die sich im Sprung an den Händen hielten, darunter in Großbuchstaben nur ein Wort: TEAMWORK.

Nur eine Schule würde ein Poster mit Leuten aufhängen, die freiwillig aus einem Flugzeug sprangen, und einem das als Beispiel für Teamwork verkaufen. Zu so einem Team wollte ich jedenfalls nicht gehören.

Dr. Perry wartete. Er hatte mir eine Frage gestellt. So wie er es schon am vergangenen Mittwoch und Freitag getan hatte, und mittlerweile war Montag, der Anfang meiner zweiten Schulwoche, und nichts und alles hatte sich verändert.

Die Frage heute war anders als die von letzter Woche. In den vergangenen Sitzungen hatte er sich hauptsächlich darauf konzentriert, wie ich mich in der Schule zurechtfand und wann ich vorhatte, wieder zum Volleyballtraining zu gehen, auch wenn ich vorerst nur zuschauen konnte. Der letzten Frage war ich ausgewichen, genau wie bei Coach Rogers, als er mich das Gleiche gefragt hatte. Außerdem hatte Dr. Perry wissen wollen, wie ich mit der morbiden Neugier meiner Mitschüler fertigwurde. Wie es mir im Unterricht erging. Er hatte über den Unfall gesprochen. Nicht über das, was vermutlich in meiner Akte stand, sondern darüber, wie schwer es sei, die Schuldgefühle, die sich durch das eigene Überleben ergaben, loszulassen. Wie wichtig es sei, darüber hinwegzukommen.

Heute hatte er mich gefragt, wann ich die Gräber meiner Freunde besuchen würde, weil das wichtig sei, um den Prozess der Verarbeitung in Gang zu setzen. Ich wollte die Frage eigentlich nicht beantworten, andererseits aber doch, weil ich mit meinen Freunden jedenfalls nicht darüber reden konnte, vor allem nicht mit Abbi, die mich offenbar für einen schrecklichen Menschen hielt, worin ich ihr insgeheim auch zustimmte. Ich hatte mich auch Sebastian gegenüber nicht geöffnet. Nicht mal nach Dienstagnacht – nachdem wir gegenseitig so ausgiebig unsere Münder erforscht hatten.

Ich fuhr mit der rechten Hand über die Armlehne meines Stuhls. »Ich kann einfach nicht auf diese Weise an sie denken«, erklärte ich schließlich und starrte auf die Fallschirmspringer hinter Dr. Perry. In ihren verschiedenfarbigen Anzügen erinnerten sie mich an eine Schachtel Malkreide. »Wenn ich an Megan denke, fällt mir immer nur ein, wie sie in meinem Zimmer sitzt und über Fernsehsendungen redet. Die Vorstellung, sie auf dem Friedhof zu besuchen, das …« Ich erschauderte. »Das kann ich nicht.«

Dr. Perry nickte langsam und hob seine Tasse. Statt der Bester-Dad-der-Welt-Tasse war es diesmal eine mit einem Bild von Elvis Presley. »Du hast das Trauma des Unfalls noch nicht überwunden. Erst wenn du das geschafft hast, wirst du auch trauern können.« Ich schlang die Finger um die Armlehne und krallte mich fest. »Ich kann dir helfen, dieses Trauma zu verarbeiten. Willst du das?«

Ich schaute ihn an und holte tief Luft. »Mehr als alles andere möchte ich eigentlich, dass alles wieder so wird wie früher.«

»Aber es wird nie mehr so sein wie früher, Lena. Das ist nicht möglich. Du musst akzeptieren, egal, wie es jetzt weitergeht, dass deine Freunde nicht mehr zurück–«

»Das weiß ich«, unterbrach ich ihn frustriert. »Das meine ich auch nicht.«

»Was dann?«, fragte er.

»Ich ... ich will einfach wieder so sein, wie ich mal war«, zwang ich hervor, und auf einmal war es, als würde sich in mir eine Tür öffnen, und ein Wortschwall strömte heraus. »Ich will nicht mehr *diese* Lena sein. Ich will nicht mehr in jeder Sekunde nur *daran* denken müssen, und wenn ich tatsächlich mal an etwas anderes denke, egal was, fühle ich mich so furchtbar, weil das falsch ist. Ich will meine Mutter nicht ansehen und diesen Blick auf ihrem Gesicht sehen müssen. Ich möchte wieder Volleyball spielen, weil ich ... weil es mir wirklich Spaß gemacht hat, aber ich kann noch nicht mal daran denken, ins Team zurückzukehren, wegen Megan. Ich will nicht neben meinen Freundinnen sitzen und mir ständig Sorgen machen, was sie über mich denken. Ich will nicht, dass sie glauben, ich würde nicht verstehen, dass der Unfall für sie genauso schlimm war wie für mich. Ich möchte glauben können, dass Sebastian mich liebt und dass das in Ordnung ist und dass ich ihn auch lieben darf«, platzte es aus mir hervor, ohne dass ich wusste, ob Dr. Perry überhaupt kapierte, worüber ich da sprach, weil ich es ja selbst nicht wirklich begriff. »Ich will das alles nicht mehr fühlen. Aber es wird nicht weggehen, das weiß ich. Wenn ich morgen früh aufwache, wird es immer noch so sein wie jetzt, und ich will das nicht mehr.«

Er guckte mich eindringlich an. »Siehst du eigentlich eine Zukunft für dich, Lena?«

Ich ließ mich in meinen Stuhl fallen und fuhr zusammen, als ein stechender Schmerz durch meine Rippen zog. Sie plagten mich eigentlich nur noch sehr selten, aber sich gegen eine Stuhllehne zu werfen, fühlte sich definitiv nicht gut an.

»Wie meinen Sie das?«

»Wo siehst du dich in einem Jahr?«

»Ich weiß es nicht.« Was spielte das schon für eine Rolle? »Im College vermutlich.«

»Um Geschichte und Anthropologie zu studieren?«, fragte er weiter. »Ich habe mich mit deiner Schulberaterin unterhalten. Sie hat mir von deinen Interessen erzählt.«

»Ja, das habe ich vor.«

»Und wo siehst du dich in fünf Jahren?«

Ärger loderte in mir auf. »Was spielt das für eine Rolle?«

»Es spielt eine große Rolle, denn wenn du dich deinen Problemen nicht irgendwann stellst, wirst du dich in fünf Jahren immer noch mit ihnen auseinandersetzen müssen.«

Meine Schultern sackten nach unten. Fünf Jahre waren eine Ewigkeit.

»Willst du das Trauma und die Trauer überwinden? Willst du, dass es dir irgendwann besser geht als jetzt, in diesem Moment?«, wiederholte er.

Ich schloss die Augen und nickte, obwohl ich mir dabei ganz schrecklich vorkam. Obwohl es sich falsch anfühlte, mir zu wünschen, dass es mir besser ging.

»Dann müssen wir das Trauma überwinden, um an deine Trauer heranzukommen, und wenn wir das geschafft haben, wird es dir auch besser gehen, das verspreche ich dir.« Er hielt inne. »Aber dazu musst du mit mir zusammenarbeiten, und du musst ehrlich sein, auch wenn dir die Wahrheit unangenehm ist.«

Ich öffnete die Augen. Sein Gesicht verschwamm. »Ich weiß … nicht, ob ich das kann.«

»Das hier ist ein sicherer Ort, Lena. Hier urteilt niemand über dich«, beharrte er leise. »Und damit es dir besser geht, müssen wir erst noch einmal zu der Party zurückgehen. Wir fangen damit an, dass du mir erzählst, an was du dich erinnerst und was alles vorgefallen ist.«

»Hast du keinen Hunger?«

Blinzelnd hob ich den Kopf und sah Sebastian an. Er saß seitlich auf dem Stuhl neben mir, einen Arm auf den Tisch gelegt, den anderen auf seinen Schoß. Seine Fingerspitzen stießen an meinen Schenkel und mein Körper reagierte sofort auf die Berührung. Wärme strömte über meine Haut, doch mein Gehirn schreckte vor der Lust, dem Verlangen und der Vorfreude zurück, die daraufhin durch meine Adern schossen. Seit Dienstag hatten wir uns nicht mehr geküsst, aber Sebastian war jeden Abend bei mir gewesen und fuhr mich jeden Morgen zur Schule, obwohl ich eigentlich längst wieder selbst hätte fahren können. Er saß in der Pause neben mir und berührte mich immer öfter, mal hier, mal dort. Immer wieder streifte seine Hand meinen Arm oder meine Taille, legte sich leicht auf meinen Rücken oder in meinen Nacken.

Und ich genoss diese kleinen Momente, obwohl ich wusste, dass es nicht richtig war.

»Was?« Ich hatte seine Frage nicht gehört.

»Du hast dein Essen gar nicht angerührt.« Er deutete auf mein Tablett. »Also, falls man Salat überhaupt als Essen bezeichnen kann.«

Salat? Stirnrunzelnd betrachtete ich meinen Teller. Yep. Der Teller mit den grünen Blättern stellte definitiv einen Salat dar. Ich konnte mich nicht mal daran erinnern, wie ich ihn an der Essensausgabe auf mein Tablett gestellt hatte. Aber das überraschte mich nicht wirklich. Nach dem Treffen mit Dr. Perry am Morgen und dem Wissen, am Mittwoch den Abend des Unfalls noch mal rekapitulieren zu müssen, war ich in Gedanken die ganze Zeit weit weg gewesen. Den Vormittagsunterricht hatte ich rein mechanisch und wie im Nebel hinter mich gebracht. Bald würde ich endlich ehrlich über alles reden müssen, und ich hatte keine Ahnung, ob ich dazu überhaupt in der Lage war. Aber Dr. Perry wusste schon Bescheid. Und Abbi hatte zumindest einen Verdacht. Das war alles, woran ich denken konnte, wenn ich meine Freunde anschaute. Das war alles, was ich in meinem Kopf hörte, wenn Sebastian am Abend auftauchte und neben mir seine Hausaufgaben machte. Das war alles, was ich sah, wenn ich zwischen den Unterrichtsstunden auf dem Gang zufällig Jessica entdeckte – das Mädchen, das mit Cody zusammen gewesen war. Sie sah mich nicht, aber ich sah sie.

Darys Lachen holte mich zurück in die Gegenwart. »Ich habe mich schon gefragt, was du mit dem Salat willst. Ich habe dich noch nie was Grünes essen sehen, ohne mindestens fünf Kilo Frittiertes dazu.«

»Keine Ahnung.« Ich schaute zu Abbi hinüber, die wie Dary ein Stück Pizza auf dem Teller hatte und dazu etwas, das wie Krautsalat aussah.

Abbi hatte ihre Pizza schon halb gegessen und zeichnete gerade eine blühende Rose auf das Deckblatt ihres Schreibblocks. In Chemie hatte sie fast kein Wort mit mir geredet und in der Mittagspause bisher auch nicht. Dabei konnte man auch nicht sagen, dass sie mich ignorierte oder so. Ich war ehrlich gesagt so abwesend, dass man mich nicht mal ignorieren konnte.

Ich schaute mich am Tisch um. Eine seltsame Mischung von Leuten hatte sich versammelt. Normalerweise wären nur wir hier gesessen – Abbi, Dary, ich und … Megan. Am anderen Ende saßen meistens noch ein paar Schüler, die wir nicht kannten, aber eigentlich waren es sonst nur wir vier gewesen. Und nun saßen außer uns noch Sebastian und mehrere Footballspieler da.

Und Keith.

Er hockte neben Abbi, so still, wie ich ihn früher nie erlebt hatte. Er hatte sich auch verändert, war nicht mehr laut und provozierend wie früher. Er spielte immer noch Football, aber ich hatte Abbi vor ein paar Tagen, bevor er an den Tisch gekommen war, zu Dary sagen hören, dass er während des letzten Spiels bestraft worden sei, weil er zu grob gewesen war.

Jetzt gerade war sein dunkler Haarschopf gesenkt, er beugte sich immer wieder zu ihr und flüsterte ihr etwas zu, worauf sie leise antwortete.

Waren sie zusammen?

Ich wusste es nicht.

Ich hatte sie nicht gefragt.

Sebastian rückte näher, wobei sich sein Knie an meines presste. Mit gedämpfter Stimme fragte er: »Alles okay mit dir?«

»Ja.« Ich räusperte mich und zwang mich zu lächeln. »Nur müde.«

Seine Augen suchten meine, und ich wusste, dass er mir

nicht glaubte. Und dass er später noch mal darauf zurückkommen würde.

»Arbeitest du am Wochenende im Joanna's, wenn du kein Spiel hast?«, fragte Dary.

Ich schüttelte den Kopf. »Nein. Wegen Volleyball hätte ich ja sonst auch nicht gearbeitet.«

»Fährst du dann zum Auswärtsspiel mit?«

Wieder schüttelte ich den Kopf. Der Coach hatte mich letzte Woche noch in Ruhe gelassen, aber das würde nicht mehr lange so gehen. Er erwartete sicher, dass ich heute erschien.

»Wow.« Dary schob die Brille hoch und schaute über den Tisch zu mir. »Ich kann mich an kein Wochenende erinnern, wo du nicht bei einem Spiel warst oder im Joanna's gearbeitet hast.«

»Stimmt.« Ich beobachtete, wie Sebastian sein gegrilltes oder gebratenes Hähnchen zerteilte und in Stücke schnitt. »Aber die können das alle verstehen. Sie sind echt nett.«

»Wer?«, wollte Dary wissen.

Ich räusperte mich. »Na ja, der Coach – er hat viel Verständnis.«

Sebastian nahm ein paar Hähnchenstücke von seinem Teller und verteilte sie auf meinem Salat. Meine Augen wurden groß. Wollte er mir ernsthaft das Essen schneiden wie einer Zweijährigen? »Bitte sehr«, sagte er. »Jetzt sieht der Salat wenigstens einigermaßen essbar aus.«

»Trotzdem nicht frittiert«, bemerkte Dary grinsend. »Aber so was Niedliches habe ich schon lange nicht mehr erlebt.«

Das war total lächerlich.

Und süß, weil ich wusste, dass es mit den besten Absichten geschah.

Mit einem klitzekleinen Lächeln griff ich nach meiner Gabel.

»Muss Lena jetzt schon gefüttert werden?«, meldete sich Abbi.

Mein Kopf fuhr hoch, meine Wangen brannten. Abbi musterte mich, eine Augenbraue hochgezogen.

»Wie bitte?«, fragte Sebastian.

Schulterzuckend sah sie ihn an. »Ich meine, sie muss zur Schule gefahren werden. Kann nirgendwo alleine hingehen. Wir müssen immer aufpassen, was wir in ihrer Gegenwart sagen. Deshalb frage ich mich nur, ob wir sie jetzt auch noch füttern müssen?«

Ich erstarrte. Mein Herz, meine Lunge, mein Gehirn – alles stand still.

»Was soll das, Abbi?« Sebastians Stimme klang scharf.

Der harte Ausdruck auf Abbis Gesicht bekam einen winzigen, kaum wahrnehmbaren Riss. Ihre Stimme klang heiser. »Ich finde, das ist eine berechtigte Frage, und ich bin sicher nicht die Einzige, die sich die stellt.«

»Abbi«, sagte Keith, laut genug, dass ich seine Stimme zum ersten Mal in dieser Pause hörte. »Lass es.«

Dary neben mir erstarrte.

»Wieso? Sie ist doch erwachsen, oder?« Abbi schluckte und sah mich mit zitternder Unterlippe an. »Kann sie nicht für sich selbst eintreten? Kann sie nicht sprechen und sich wehren?«

Ich fuhr zusammen, als hätte ich einen Schlag in den Magen bekommen. Ich wusste genau, worauf sie anspielte. Sie sprach nicht von diesem Gespräch, sie sprach von *jener* Nacht.

Jetzt reichte es mir.

Ich stand auf und nahm meinen Rucksack. Ich hörte, wie

Sebastian meinen Namen sagte, wendete mich aber trotzdem ab und trat vom Tisch weg, ohne auch nur eines der hitzigen Worte zu sagen, die mir auf der Zunge lagen.

Ich eilte aus der Mensa, die Lippen fest zusammengepresst, um nicht die Beherrschung zu verlieren, wobei ich nicht wusste, ob ich wütend schreien oder in Tränen ausbrechen sollte.

Auf halbem Weg den Flur entlang holte Dary mich ein und packte meinen Arm. »Hey, warte«, sagte sie und zwang mich, stehen zu bleiben. »Bist du okay?«

Mein Blick wanderte zur Decke. »Mir geht's gut. Außerdem würde Abbi ausflippen, wenn sie die Frage hören würde.«

»Abbi ist nur –«

»Eine dumme Kuh?«, beendete ich den Satz für sie und bereute es sofort. Ich schloss die Augen und schüttelte den Kopf. »Nein. Das stimmt nicht. Sie ist …«

»Es fällt ihr einfach schwer, mit allem klarzukommen.« Dary drückte meinen Arm. »Trotzdem war das nicht besonders nett von ihr.«

Ich warf die Haare zurück und schaute zur Mensatür. »Hat sie dir was erzählt?«

»Worüber?«

»Über mich und den Abend – Keith' Party?«

Dary ließ ihre Hand fallen. »Sie hat mir erzählt, dass du dich mit Sebastian gestritten hättest und dass sie sich mit Keith unterhalten hat.« Sie hielt inne. »Wieso?«

Offenbar hatte Abbi nicht mit ihr über diese Sache geredet. »Nur so.«

»Gibt es da etwas, das ich wissen müsste?«, fragte sie.

Jetzt. Das war die Gelegenheit, ihr zu sagen, was Abbi bereits wusste. Dann würde sie begreifen, warum Abbi so wütend auf mich war. Doch als ich den Mund öffnete, wollten keine Worte kommen.

Der Moment verstrich und Dary löste ihren Arm von meinen Schultern. »Alles wird wieder gut. Ich weiß, du glaubst mir das jetzt nicht, aber es wird besser werden. Es muss.«

Ich antwortete nicht, weil ich wusste, dass es nicht ausreichte, sich etwas aus tiefstem Herzen zu wünschen, damit es in Erfüllung ging.

Dary legte die Stirn an meinen Kopf. »Ich möchte einfach nur, dass es wieder so ist wie früher«, flüsterte sie. »Wir können Megan nicht zurückbekommen – das wird nie passieren –, aber wir können *uns* zurückbekommen. Daran glaube ich. Ganz fest.«

22

DIESER MONTAG GEHÖRTE zu den Tagen, die einfach kein Ende nehmen wollten.

Als die Schulglocke endlich zum letzten Mal läutete und ich zu meinem Schließfach ging, hatte ich absolut die Nase voll von diesem Tag. Da sah ich Coach Rogers mit großen Schritten auf mich zukommen und hätte mich am liebsten in meinem Spind eingeschlossen.

Während ich stumm eine ganze Reihe unflätiger Schimpfwörter ausstieß, stopfte ich mein Chemiebuch hastig in das Fach und betete, dass er nicht zu mir wollte. Dass er einfach nur gemütlich durch die Gänge spazierte, eingelullt vom Geräusch zuschlagender Metalltüren und lautstark geführter Unterhaltungen.

Ich zog gerade mein Geschichtsbuch heraus, als ich hörte, wie der Coach meinen Namen rief, natürlich meinen vollen Namen – schließlich war heute ja einer dieser Tage.

»Hallo«, antwortete ich und steckte das Buch in meinen Rucksack.

»Bist du auf dem Weg zur Sporthalle?«, fragte er und blieb neben mir stehen.

Ich wünschte mir inständig, weit weg zu sein, weil ich absolut nicht bereit war für dieses Gespräch, und zog nur kopfschüttelnd den Rucksack zu.

»Ich weiß, dass du mit dem gebrochenen Arm noch nicht mitmachen kannst, Lena, aber ich hätte dich trotzdem gern beim Training dabei«, erklärte er, und ich wusste, auch ohne hinzusehen, dass er dabei die Arme verschränkte. »Das wäre sicher gut für dich – und für das Team.«

»Ich weiß, aber …« Ich schluckte und schob die Spindtür zu. »Ich kann nicht.«

»Haben dir die Ärzte verboten, auf einer Bank zu sitzen?«, erwiderte er, und ich hätte nicht sagen können, ob das sarkastisch gemeint war oder nicht.

Angesichts seines unbewegten Gesichtsausdrucks wohl eher nicht. »Nein, das dürfte ich schon, aber ich … ich will nicht mehr Volleyball spielen.«

Seine dunklen Augenbrauen schossen in die Höhe. »Du willst die Mannschaft verlassen?«

Ich nickte mit einem flauen Gefühl im Bauch. »Ja. Tut mir wirklich leid, aber mit diesen Verletzungen und dem vielen Unterrichtsstoff, den ich noch nachholen muss, ist das einfach besser für mich.«

Coach Rogers schüttelte leicht den Kopf. »Du bist ein wertvolles Mitglied unserer Mannschaft, Lena. Wir können –«

»Danke, dass Sie das sagen.« Ich trat von einem Fuß auf den anderen, während eine Gruppe Schüler an uns vorbeistürmte. »Und ich weiß es wirklich zu schätzen, wie Sie mich gefördert haben, aber ich werde zu viele Spiele und Trainings verpassen. Da höre ich lieber ganz auf, das ist für alle besser.«

»Wenn dein Gips Ende des Monats abkommt, hast du immer noch den ganzen Oktober, um zu spielen, dazu sämtliche

Turniere, an denen wir teilnehmen«, wandte der Coach ein. »Du hast immer noch die Chance, einem Scout aufzufallen. Du weißt doch noch, dass wir über die Möglichkeit eines Stipendiums geredet haben?«

»Megan hätte eins bekommen«, entfuhr es mir. »Sie hätte keins gebraucht, aber sie hätte es bekommen. Ich sicher nicht.«

Er blickte mich überrascht an. »Du hast eine gute Chance –«

»Ich will einfach nicht mehr spielen«, unterbrach ich ihn und wich einen Schritt zurück. Hinter dem Coach näherte sich Sebastian den Schließfächern. Ich holte tief Luft. »Tut mir leid.« Damit ging ich an ihm vorbei. »Mein Fahrer wartet.«

Coach Rogers drehte sich um. »Du machst einen Fehler, Lena.«

Das mochte sein. Aber den könnte ich dann zusammen mit meinem letzten Fehler abheften.

»Falls du deine Meinung ändern solltest, kannst du jederzeit vorbeikommen. Wir kriegen das hin.«

Obwohl ich meine Meinung ganz sicher nicht ändern würde, nickte ich und ging hastig zu Sebastian.

Der schaute zu der Stelle, wo der Coach gestanden hatte. »Alles okay?«

»Klar.« Ich überließ ihm meinen Rucksack. »Wegen mir können wir los.«

Sein Blick huschte zu mir, und einen Moment lang schien es, als würde er etwas sagen wollen, doch er schwieg. Stumm gingen wir nebeneinander durch die Schule, während mir Coach Rogers' Worte im Kopf herumspukten.

Das Ziehen in meinem Magen wurde stärker. Hatte ich das Richtige getan? Hoffentlich, denn nun ließ es sich nicht mehr ändern.

Abends saß ich am Küchentisch und schob die Erbsen auf meinem Teller hin und her. Warum musste Mom sie mir immer noch auf den Teller tun, als wäre ich fünf Jahre alt, in der irrigen Erwartung, dass ich sie tatsächlich essen würde?

Mom hatte mich nach meinem Treffen mit Dr. Perry gefragt, und ich hatte nur ganz allgemein erzählt, worüber wir gesprochen hatten. Dann fragte sie nach Abbi und Dary und warum sie Abbi schon so lange nicht mehr gesehen habe. Ich log und behauptete, sie sei beschäftigt. Nach Sebastian fragte sie nicht, und irgendwie weckte das in mir den Verdacht, dass sie über seine spätabendlichen Besuche sehr wohl Bescheid wusste, sie aber aus irgendeinem Grund nicht erwähnte.

»Lori überlegt, ob sie am Wochenende nach Hause kommt«, erzählte Mom und schnitt eine Scheibe von dem Hackbraten ab, der den ganzen Tag im Schmortopf gegart hatte.

»Wirklich?« Ich stach mit der Gabel in das Fleisch, hungrig, aber ohne echten Appetit. »Da nimmt sie aber ganz schön viel Fahrerei auf sich.«

»Das stimmt, aber sie möchte dich eben gern sehen.« Mom sah zu mir hinüber. »Sie macht sich Sorgen.«

Das Stück Fleisch in meinem Mund verwandelte sich in Staub. »Ist Dad noch in der Stadt?«

Mom erstarrte leicht. »Er musste zurück nach Seattle. Ich glaube, er hat noch versucht, dich anzurufen.«

Ich zuckte gleichmütig mit einer Schulter. Schon komisch mit meinem Dad. Eigentlich würde ihn ja niemand daran hindern, mich zu sehen, wenn er wirklich wollte. Okay, ich reagierte nicht auf seine Anrufe, aber er hätte ja trotzdem vorbeikommen können. Mom hätte ihn schon reingelassen. Er hätte mich sehen können. Mir war durchaus bewusst, wie blöd es von mir war, ihm vorzuwerfen, dass er sich nicht stärker bemühte, wo ich ihn doch eigentlich gar nicht sehen wollte. Ich war wirklich ganz schön verkorkst.

»Aber er kommt wieder.« Mom stellte ihr Glas ab. »An Thanksgiving. Wir wollen zusammen –«

»Ein Truthahnessen wie bei einer glücklichen Familie?«, erwiderte ich, zugegebenermaßen etwas patzig.

»Lena.« Seufzend legte Mom die Gabel auf ihren Teller. »Er ist immer noch dein Vater. Er ist ein guter Mensch, und ich verstehe zwar, dass du … gewisse ungelöste Probleme mit ihm hast, aber schlussendlich ist und bleibt er dein Vater.«

»Ein guter Mensch?« Unfassbar, dass meine Mutter ihn auch noch verteidigte. »Er hat dich verlassen – und uns –, weil er immer vor allem davonläuft. Und zwar wirklich vor *allem.*«

»Liebes.« Sie schüttelte den Kopf. »Dass er gegangen ist, lag nicht nur daran, dass seine Firma pleite war und wir Geldprobleme hatten. Es gab noch viel mehr Gründe. Ich habe euren Vater geliebt. Und ein Teil von mir tut es immer noch.«

Ich presste die Lippen zusammen und schaute zur Decke. Bestätigt zu bekommen, was ich die ganze Zeit vermutet hatte – dass Mom ihn immer noch liebte –, stachelte meine Wut noch mehr an.

»Es gibt da etwas, das du verstehen musst«, sagte sie und holte leise Luft. »Dein Vater – Alan –, er hat mich einfach nicht so geliebt wie ich ihn.« Einfach so ließ sie die Bombe platzen.

Ich starrte sie an.

Sie konzentrierte sich auf ihren Teller und atmete tief aus. »Ich glaube, nein, ich *weiß*, dass mir das immer schon klar war.

Und es war auch nicht so, dass er mich die ganzen Jahre nicht geliebt hätte. Er hatte mich wirklich aufrichtig gern, aber das reichte mir nicht. Alan versuchte alles, er tat wirklich sein Bestes – und das soll jetzt keine Rechtfertigung sein –, aber seine Gefühle waren einfach nicht stark genug.«

Unsicher, was ich darauf sagen sollte, sah ich sie an. Das … hatte sie mir noch nie erzählt.

»Wir haben jung geheiratet, weil ich mit Lori schwanger war. So war es damals eben üblich.« Und dann ließ sie noch eine Bombe platzen. »Dein Vater wollte uns eigentlich nicht verlassen, Lena. Er fand, er hätte die Verantwortung für mich – uns –, und das stimmte natürlich, was euch betraf, bei mir aber nicht. Ich wollte auf Augenhöhe mit ihm sein, seine Partnerin, nicht jemand, für den er sich verantwortlich fühlt.«

»Was?«, flüsterte ich und ließ fast die Gabel fallen.

»Ich bat ihn zu gehen. Die Trennung ging von mir aus.« Ihr Lächeln war traurig und etwas verbittert. »Ich dachte irgendwie, wenn ich ihn damit konfrontierte, dass er mich nicht genug liebte, und ihn wegschickte, würden sich seine Gefühle für mich vielleicht ändern. Dass er mich dann so lieben würde wie ich ihn.« Ihr Lachen klang wie splitterndes Glas. »Ich mag eine erwachsene Frau sein, Lena, aber ab und zu glauben auch wir noch an Märchen. Ihn wegzuschicken, war die letzte Chance. Ich dachte einfach, dann würde er –«

»Aufwachen und sich in dich verlieben?«, fragte ich mit piepsiger Stimme. Hatte sie das ernsthaft geglaubt? Kurz presste ich die Augen zu. Hatte sie wirklich gedacht, sie könnte auf diese Weise ein Happy End wie in einem Märchen erzwingen?

Mom nickte. »Ja. Und tief in mir war mir natürlich damals schon bewusst, dass man jemanden durch solche Drohungen nicht dazu bringen kann, einen zu lieben. So funktioniert das nicht.«

Ich saß wie angewurzelt da und sah sie an.

»Ich liebe ihn – bedingungslos. Aber irgendwann konnte ich mich nicht länger selbst belügen oder zulassen, dass er sich belog. Und damit war unsere Ehe am Ende.«

Ich lehnte mich zurück und ließ die Hände in den Schoß sinken. »Warum … hast du uns das nie erzählt?«

Das schwache, traurige Lächeln auf ihrem Gesicht verflog. »Stolz? Scham? Bei der Scheidung warst du noch zu jung, um so was zu verstehen. Und Lori auch, obwohl sie schon ein Teenager war. Es ist nicht leicht, darüber zu reden und den eigenen Töchtern einzugestehen, dass man mit dem falschen Mann verheiratet war.«

»Aber ich …« Ich hatte die ganze Zeit geglaubt, Dad hätte einfach seine Sachen gepackt und sich aus dem Staub gemacht. »Du hast ihn weggeschickt?«

»Es war das einzig Richtige, und ich weiß, ich hätte euch Mädchen gegenüber ehrlich sein sollen, aber …« Ihre Stimme erstarb und ihr Blick schweifte aus dem Fenster in den Garten. Sie legte ihre Finger vor den Mund und blinzelte hastig. »Aber wir treffen nicht immer die richtigen Entscheidungen. Nicht mal, wenn wir erwachsen sind und es besser wissen müssten.«

Pünktlich um kurz nach acht wurde die Balkontür einen Spaltbreit geöffnet. Ich schlief nicht, sondern starrte nur ziellos auf mein Schulbuch und las den gleichen Absatz schon zum fünften Mal. Seit dem Abendessen fehlte mir die Konzentration.

Sebastian lächelte, als er mich sah. »Hübsches Shirt.« Er schloss die Tür hinter sich.

»Finde ich auch.« Es war ein weites schwarzes T-Shirt mit einem Bild von Deadpool als Baby.

Mit schnellen Schritten kam er zum Bett, worauf mein Magen sofort anfing, Saltos zu schlagen. »Ja, aber in meinem alten Sport-Shirt gefällst du mir besser.«

Errötend strich ich mir eine Haarsträhne aus dem Gesicht. »Das hab ich weggeworfen.«

»Aha.« Er ließ sich auf den Schreibtischstuhl fallen, so wie Abbi es immer getan hatte, als sie noch meine Freundin war. »Und was machst du so?«

»Nicht viel.« Ich beobachtete, wie er die Beine hochnahm und seine Füße neben meine Hüften stellte. Er war barfuß, wie immer. Ich ließ den Leuchtstift auf meinen Schreibblock sinken. »Und du?«

»Wie üblich. Training.« Er verschränkte die Arme. »Und ich habe geduscht.«

Ich grinste spöttisch. »Wie schön für dich.«

Er legte den Kopf zurück und lachte leise. »Mein Leben ist ganz schön aufregend, was?«

Mein Blick huschte zu ihm und unsere Augen trafen sich für einen kurzen Moment. Hitze floss wie Lava von meinem Hals in meine Brust und breitete sich dann in meinem Körper aus. Ich wandte mich ab und tat ein paar tiefe Atemzüge. »Also … ähm, Mom hat mir eben was total Heftiges erzählt.«

»Was denn?«

»Sie hat mir erzählt, warum mein Vater weg ist.« Ich schnippte gegen den Leuchtstift. »Du weißt doch, dass ich immer dachte, er wäre abgehauen, weil ihm alles zu viel wurde?«

»Ja.« Er stellte die Füße zurück auf den Boden und beugte sich interessiert vor. »Das war doch der Grund, oder?«

Ich schüttelte den Kopf. »Anscheinend hat er meine Mom nicht richtig geliebt. Also, er hatte sie schon gern, aber er war eben nicht wirklich in sie verliebt.« Ich erzählte ihm, was Mom gesagt hatte, und schob dabei den Leuchtstift hin und her. »Verrückt, was?«

»Oh Mann.« Er sah mich mit hochgezogenen Augenbrauen an. »Und wie geht es dir damit? Immerhin ist es zwischen dir und deinem Dad …«

Er brauchte den Satz nicht zu beenden. Jeder wusste ja, dass ich einen Riesengroll auf Dad hegte, seit er ausgezogen war. Ich hob die Hände. »Keine Ahnung. Ich glaube, ich bin noch zu geschockt, um wütend zu sein. Ich meine, warum hat sie uns das so lange verheimlicht? Gleichzeitig tut sie mir total leid, weil ich nachvollziehen kann, dass man so was nicht gern erzählt.«

Oder allgemein nicht über sich reden will. Das konnte ich sogar sehr gut verstehen.

»Mir geht einfach so viel durch den Kopf«, gestand ich. »Ich habe das Gefühl, er explodiert jeden Moment. Mom hat mich und selbst Lori glauben lassen, Dad wäre ein mieser Dreckskerl. Ich meine, er ist ja auch ein Dreckskerl, wenn er eine Frau heiratet, die er nicht wirklich liebt, aber … ach, ich weiß nicht.«

»Höchste Zeit, dass du den Kopf freibekommst.« Er stand auf und kam zu mir, nahm mein Schulbuch und legte es auf den Schreibtisch.

»Hey«, protestierte ich. »Ich mache Hausaufgaben.«

»Na und?« Schreibblock, Kuli und Leuchtstift gesellten sich

zu meinem Schulbuch, dann setzte er sich vor mich aufs Bett, ein Knie hochgezogen, sodass es sich gegen meine Wade presste. »Heute ist Montag.«

»Ja.« Ich ließ die Hände sinken. »Danke für die Information. Das war mir kurz entfallen.«

Einer seiner Mundwinkel wanderte nach oben. »Du weißt, was das bedeutet?«

»Dass ich eine Woche warten müsste, bis die nächste Folge von *The Walking Dead* erscheint, wenn die neue Staffel gerade laufen würde?«, bemerkte ich trocken.

»Nein.«

Ich beobachtete, wie er seine rechte Hand neben mein linkes Knie legte.

»Ähm. Dass die Woche nur noch vier Schultage hat?«

»Klar. Das stimmt natürlich.« Er beugte sich ein winziges bisschen vor und sofort schlug mein Herz schneller. Allmählich kam mir dieser beschissene Tag nicht mehr ganz so beschissen vor. »Aber Montag bedeutet noch etwas anderes, viel Wichtigeres«, sagte Sebastian.

»Und das wäre?« Mein Blick fiel kurz auf seinen Mund und mein Unterleib zog sich zusammen.

Sein Kopf neigte sich zur Seite. »Es bedeutet, dass wir nicht mehr reden.«

»Nicht mehr reden?«, wiederholte ich dümmlich, und ein Flattern regte sich in meiner Brust und wanderte dann Richtung Süden. War das so gemeint, wie ich vermutete?

»Ja.« Sein Oberkörper kam noch näher zu mir und ich spürte, wie sein Atem auf meiner Wange tanzte. »Ich habe Montag ganz offiziell zum Nicht-Reden-Tag erklärt. Und weißt du, was das bedeutet?«

Meine rechte Hand ballte sich zu einer lockeren Faust. »Was?«

»Dass wir eine bessere Verwendung für unsere Lippen und Zungen finden.«

Ich lachte heiser, die Augen weit aufgerissen. »Hast du das gerade wirklich gesagt?«

»Ja. Ja, das habe ich und ich nehme es auch nicht zurück.« Er beugte sich vor. Ich zuckte zusammen, als sich seine Stirn an meine legte. »Ich muss mich für meine Talente nicht schämen.«

»Du hast doch keine Talente.«

»Oh doch, ich habe so einige Talente«, erwiderte er ungeniert. »So viele, dass du nicht wüsstest, was du damit alles anfangen sollst.«

Ein leises Lachen entfloh mir. »Sebastian –«

»Dieser Montag wird besonders.« Seine linke Hand fand meine rechte, nur die Fingerspitzen strichen über meine Haut. »Soll ich es dir zeigen?«, meinte er, fuhr mit den Fingern meinen nackten Arm entlang, was einen heftigen Schauder in mir auslöste, und hielt am Ärmelsaum inne. »Wäre das okay?«

Das wäre *wunderbar*, aber ich … Ich musste daran denken, was meine Mutter mir beim Abendessen erzählt hatte. Sebastian und ich waren schon seit Ewigkeiten Freunde. Buchstäblich. Und ich wusste, dass er mich mochte und mich sicher auch richtig gernhatte, aber war das wirklich *Liebe?* Ich dachte daran, wie er mich zur Schule fuhr, sich sorgte, was ich aß, und mich plötzlich mit jeder Menge Aufmerksamkeit überschüttete. Es war nicht so wie bei Mom und Dad; ich war nicht schwanger. Aber – ich wäre fast gestorben. »Denkst du, du müsstest dich um mich kümmern?«

»Was?«

»Hast du das Gefühl, du wärst für mich verantwortlich?«

»Inwiefern?«

Warum fragte ich das überhaupt? »Ach, vergiss es.«

»Nein. Jetzt bin ich schon neugierig. Wie hast du das gemeint?«

Mist. Ich hätte einfach die Klappe halten sollen. »Ich meine, tust du das alles wegen dem, was passiert ist?«

»Wie bitte? Nein. Ich mache das, weil ich es *will.*«

Das … war die richtige Antwort, aber das änderte nichts. Seine Stirn legte sich an meine, dann war sein Atem auf meinen Lippen, und ich sehnte mich so sehr danach, mich kopfüber in seine Liebkosungen zu stürzen und mich mit den möglichen Folgen erst später zu befassen. »Ist das klug?«

»Ich finde das brillant.« Seine Finger strichen über meinen weiten Ärmel. »Ich finde, das Letzte, was du jetzt tun solltest, ist nachdenken.«

Ich bezweifelte ernsthaft, dass Dr. Perry ihm da zustimmen würde, andererseits – vielleicht ja doch? Dr. Perry redete doch immer davon, wie wichtig es wäre, weiterzuleben und nach vorne zu schauen und sich dem Trauma und der Trauer zu stellen. Und mit keinem fühlte ich mich so lebendig wie mit Sebastian.

Ich war mir nur nicht ganz sicher, ob für Dr. Perry *herumknutschen* so was wie nach vorne schauen wäre.

Ich wich zurück und sah, wie sich ein Muskel in seiner Wange anspannte. Seine Augen suchten meine. »Du weißt, was ich für dich empfinde.«

Das Herz sprang mir fast aus der Brust. »Seb–«

»Ich liebe dich«, fuhr er fort und legte dabei die Hand in meinen Nacken. Mein Atem stockte, mein Herz zog sich zusammen. »Ich liebe dich seit Jahren.«

»Sebastian«, flehte ich, kurz davor, in Tränen auszubrechen.

»Und ich weiß, bei dir im Kopf herrscht im Moment totales Chaos, und mir bleibt nichts anderes übrig, als hier zu sein, an deiner Seite, bis du das alles irgendwie aufgedröselt hast, egal wie lange es dauert.« Seine Finger strichen mir durch die Haare. »Aber es gibt etwas, das ich jetzt schon klarstellen kann: Was ich für dich empfinde, ist echt, war immer schon echt –«

Mein Herz klopfte so schnell, dass es wehtat. »Ich muss dir was sagen.«

»Du musst mir gar nichts sagen.«

Tränen erstickten meine Stimme. »Du verstehst das nicht.«

»Das muss ich auch nicht.« Sein Daumen wanderte meinen Hals entlang, tröstend und kraftgebend zugleich.

Ich schüttelte energisch den Kopf. »Warum jetzt?«, fragte ich wieder. »Warum –«

»Weil wir zu dumm waren, um es früher zu tun, und weil *wir* am Leben sind.«

Ich weiß nicht, wer sich zuerst bewegte, ob er oder ich oder wir beide gleichzeitig, aber unsere Münder prallten aufeinander. Seine Lippen. Meine. Ich schmeckte ihn, meine Finger legten sich auf seine Brust, und meine Hand glitt zu seiner Schulter. Und er küsste mich auf eine Weise, die mich völlig überwältigte und ein Feuer in mir entzündete, das sich durch meine Haut brannte, meine Muskeln in Lava und meine Knochen in Asche verwandelte. Ich spürte seine Zunge, seine Zähne. Andy hatte mich nie so geküsst; kein Junge hatte das getan. Es war beängstigend und beglückend zugleich.

Sebastian schenkte mir seine Küsse, als gäbe es einen unendlichen Vorrat davon, und ich verzehrte mich nach ihnen, und irgendwie, ohne zu wissen, wie genau, lag ich auf einmal in seinen Armen, und er senkte mich behutsam auf die Matratze hinab.

»Jetzt bin ich dran«, murmelte er dicht an meinem Mund.

Und ich würde ihn nicht aufhalten.

Genau wie ich in der vergangenen Woche begann Sebastian meinen Körper zu erkunden. Während seine Lippen meinen Mund erforschten, wanderte seine Hand über meine Brust zu meinem Bauch. Das Flattern kehrte zurück, ein Flügelschlagen, das sich mit meinem außer Kontrolle geratenen Pulsschlag verband. Seine Finger glitten unter mein Shirt und legten sich auf meinen Bauch.

Er hob den Kopf und sah mich fragend an. Als ich nickte, lag ein Versprechen in seinem Blick, das ich kaum ertragen konnte, weil es … es war fast zu viel.

Ich griff nach ihm, vergrub die Hände in seinen Haaren, und seine Hand wanderte nach oben, die Berührung leicht wie eine Feder auf meinen noch nicht verheilten Rippen. Dann glitten seine Finger noch weiter hinauf. Ich stöhnte leise an seinem Mund, und er gab wieder diesen Laut von sich, bei dem ich unwillkürlich den Rücken bog, obwohl mir dabei die Rippen schmerzten.

Dann nahm er die Hand weg, und ich zupfte stärker an seinen Haaren, worauf er leise und heiser lachte. »Ich bin noch nicht fertig.«

Oh Gott.

Sein Mund bewegte sich auf meinem, während seine geschickten Finger tiefer spazierten, bis zum Bund meiner Schlafhose, wo sie einen prickelnden Moment lang verharrten. Mein Körper erstarrte erwartungsvoll, dann glitt seine Hand zwischen meine Beine. Ein wildes Gefühl drang durch jede meiner

Poren. Das war verrückt, völlig wahnsinnig, aber das scherte mich nicht. Der Stoff meiner Hose war dünn und nichts schien seine Hand und mich zu trennen. Sämtliche meiner Sinne waren nur auf diese Finger konzentriert, ein elektrisierendes Kribbeln schoss durch meine Venen und –

Draußen im Flur fiel eine Tür ins Schloss. Meine Augen flogen auf. Sebastian hielt inne, seine Lippen über meinen schwebend, die Hand immer noch zwischen meinen Beinen, und drehte den Kopf zur Tür. Ich wartete, dass sie aufging und Mom uns entweder gratulierte oder umbrachte. Als nichts davon passierte und die Tür geschlossen blieb, entspannte ich mich langsam wieder.

»Oh mein Gott«, flüsterte ich, und nun schlug mein Herz aus einem anderen Grund.

Sebastian grinste wie ein Verrückter und sah mich mit hochgezogenen Augenbrauen an. »Das wäre verdammt peinlich geworden.«

»Ach wirklich?« Ich schob ihn von mir weg, obwohl ich ihn am liebsten ganz fest umarmt hätte. »Du solltest lieber gehen.«

»Ja.« Leise lachend drehte er sich auf die Seite. »Aber erst möchte ich dich noch was fragen.«

»Was denn?«

»Du weißt doch, dass wir vor den Spielen freitags kein Training mehr haben?«, fragte er, und ich nickte. »Weil ich da ausnahmsweise früh zu Hause sein werde, würden Mom und Dad gern meine neue Freundin zum Abendessen einladen.«

Ich erstarrte. Hatte ich richtig gehört? Das war unmöglich. Aber als ich den Kopf zu ihm drehte und sein Lächeln sah, dieses umwerfende, sexy Lächeln, wusste ich, dass ich mich nicht verhört hatte. Zahlreiche widerstreitende Gefühle und

Gedanken drangen auf mich ein. Einerseits hätte ich vor Freude wie ein Ballon zur Decke schweben können, doch dann bohrte sich eine Nadel in diesen Glücksballon und ließ mich abstürzen. Die Schuld schlug mit ihren eisigen Klauen zu und grub sich tief in meine Brust.

»Freundin?«, flüsterte ich und richtete mich so rasch auf, dass mir ein durchdringender Schmerz durch die Rippen schoss.

Er stemmte sich grinsend auf den Ellenbogen. »Ja, ich bin mir ziemlich sicher, dass Jungs ein Mädchen, das sie küssen und mit dem sie noch viele andere Sachen machen möchten, so nennen …« Er senkte die Lider. »Freundin.«

Oh mein Gott.

Wie … wie konnte ich nur mit ihm im Bett liegen, rumknutschen und mich diesen wunderschönen Gefühlen hingeben, wenn Megan tot und gerade erst beerdigt worden war, weil … weil ich nicht den Mut gehabt hatte, das alles zu verhindern?

Am liebsten hätte ich mir die Haut vom Körper geschält, so ekelhaft und egoistisch fand ich mich in diesem Moment.

Das Lächeln verschwand aus seinem gut aussehenden, fast zu schönen Gesicht. »Was ist?«

Ich schob mich hoch und stand auf. »Ich kann nicht … deine Freundin sein.«

23

SEBASTIAN STARRTE MICH AN, als würde ich eine fremde Sprache sprechen. »Okay«, sagte er schließlich. »Vielleicht hätte ich dich voher fragen sollen. Das war wohl etwas voreilig –«

»Ja, das wäre auf jeden Fall angebracht gewesen.«

Seine Mundwinkel zuckten. »Willst du meine Freundin sein, Lena?«, fragte er süß und neckend.

Mein Herz sprang in meiner Brust, als würde es auf einem Trampolin herumhüpfen. Wie lange hatte ich auf diese Frage gewartet? Jahre. Ungelogen *Jahre*. Und ausgerechnet jetzt kam er damit an, nach allem, was passiert war?

Ich schüttelte den Kopf. »Ich kann nicht.«

»Was kannst du nicht?«

»Deine Freundin sein.«

Einen Moment lang regte Sebastian sich nicht, dann setzte er sich blitzschnell auf. »Ist das dein Ernst?«

»Ja.« Ich strich mir die Haare aus dem Gesicht, ging um das Bett herum, warf die Balkontür auf und hielt das Gesicht in die angenehm kühle Luft. Ich ging zum Geländer und kniff die Augen zusammen, als ich seine Schritte hinter mir hörte.

»Okay«, meinte er. »Ich bin verwirrt. Wieso kannst du nicht

meine Freundin sein?« Ich antwortete nicht. Er stellte sich neben mich. »Gibt es einen anderen?«

»Was?« Fast musste ich lachen. »Nein. Natürlich nicht.«

»Hast du vor, morgen wegzuziehen, sodass wir uns nie wiedersehen?«

»Nein«, sagte ich stirnrunzelnd.

»Warum können wir dann nicht zusammen sein?« Er neigte sich zu mir. »Was vorhin da drin passiert ist, sagt mir, dass du durchaus an mir interessiert bist – dass du ebenso empfindest wie ich. Wie du mich letzte Woche geküsst hast … wie wütend du warst, als ich dich in den Pool geworfen habe, anstatt dich zu küssen … Das wäre nicht so, wenn du nicht in mich verliebt wärst.« Seine Hand legte sich auf meinen Rücken, und ich bekämpfte den Drang, mich an ihn zu lehnen. »Es sei denn … du wolltest einfach nur ein bisschen Spaß haben. War das alles, was du wolltest?«

Ich hätte Ja sagen können – und damit wäre das Gespräch beendet gewesen –, aber das tat ich nicht. »Nein. Darum geht es nicht.«

»Worum dann?«

Ich strich mit der Hand über meinen Gips. Musste ich ihm das wirklich erklären? »Es fühlt sich einfach nicht richtig an. Das Leben geht einfach ohne sie weiter und wir dürfen glücklich sein? So bald schon?«

Sebastian schwieg zuerst. Dann: »Aber so … ist das Leben nun mal, Lena.«

Da verschlug es mir die Sprache. »Wow«, murmelte ich.

»Was ist? Ja, das mag jetzt verdammt abgestumpft klingen, aber es ist die Wahrheit. Du kannst nicht aufhören zu leben, nur weil andere … tot sind.«

Das war mir auch klar. Die Sache war nur – er kapierte es einfach nicht. Ich hatte nicht einfach nur ein schlechtes Gewissen, weil ich überlebt hatte. Was ich empfand, war vielmehr Abscheu vor mir selbst. Verbitterung. »So einfach ist das nicht.«

»Doch.« Er umfasste mein Kinn und hob meinen Kopf, bis ich ihm in die Augen sah. »Doch, das ist es, Lena.«

Ich stieß die Luft aus und trat einen Schritt zurück. »Du blickst es einfach nicht.«

»Das sagst du ständig.« Frust lag in seiner Stimme. »Und ich versuche es ja. Zu verstehen. Geduldig zu sein. Für dich da zu sein. Aber du willst nicht darüber reden, was in dir vorgeht. Überhaupt nicht. Und du vergisst ständig, dass ich haargenau das Gleiche durchmache wie du. Ich weiß, wie du dich fühlst.«

Ich klappte den Mund zu und verschränkte die Arme.

»Was mit unseren Freunden passiert ist, war ein Weckruf für mich. Es mag kitschig klingen, aber niemand kann uns garantieren, dass wir den morgigen Tag erleben oder das nächste Jahr –«

»Du willst mir doch nur sagen, dass das Leben weitergehen muss. Dass ich endlich damit klarkommen –«

»Das sage ich überhaupt nicht! Ganz und gar nicht.«

»Vielleicht nicht mit diesen Worten, aber die Bedeutung ist die gleiche.«

»Lena –«

»Oh mein Gott, soll das ein Witz sein?« Mein Stimmpegel erreichte fast schon Alarmstufe Rot. »Du stehst hier und tust so, als hättest du eine völlig andere Einstellung zum Leben bekommen und würdest auf einmal nur noch tun, was du willst. Das ist Bullshit, das weißt du genau!«

»Das ist kein Bullshit.« Seine Stimme war leise.

»Du willst nicht mehr Football spielen, oder, Sebastian? Das hast du mir doch erzählt.«

Sein Rücken erstarrte, als hätte er einen Stock verschluckt.

»Und was ist damit?« Meine Hand ballte sich zur Faust. »Du willst nicht mehr Football spielen, aber ich wette, du stehst nächstes Jahr im College trotzdem auf dem Spielfeld, nur weil du dich nicht traust, dich mit deinem Vater auseinanderzusetzen. Also tu jetzt nicht so, als hättest du dich seit dem Unfall so sehr verändert und wärst so erwachsen geworden und würdest dich deinen Problemen stellen.«

Er hob den Kopf. Ein Moment verging, als müsste er sich sammeln.

»Hier geht es nicht um Football, es geht um *uns.*«

»Wie kannst du in diesem Moment an *uns* denken?«, schoss ich zurück. »Unsere Freunde sind tot. Sie sind gerade erst gestorben. Sie kommen nicht zurück, und das Einzige, woran du denkst, ist, mit mir ins Bett zu steigen –« Ich schnappte nach Luft.

Sobald die Worte aus meinem Mund waren, wollte ich sie wieder zurückholen. Ich war zu weit gegangen.

Sebastians Augen loderten bestürzt auf, dann wurde sein Gesicht hart. »Ich kann nicht glauben, dass du das gesagt hast. Wirklich nicht.«

Mir ging es nicht anders.

Ich schluckte den Knoten in meinem Hals hinunter und zwang mein Herz, langsamer zu schlagen. »Sebastian, ich will nur –«

»Nein.« Er hielt die Hand hoch. »Ich werde jetzt mal ganz kurz was klarstellen. Und du wirst mir zuhören.«

Ich schloss den Mund. Und hörte zu.

»Unsere Freunde sind tot. Ja. Danke, dass du mich daran erinnert hast, dass ich drei meiner besten Freunde verloren habe und beinahe auch meine beste Freundin – das Mädchen, das ich verdammt noch mal liebe. Ich versuche nämlich nicht wie du, jeden wachen Moment daran zu denken … und weißt du was? Das macht mich noch lange nicht zu einem schlechten Menschen. Keiner von ihnen hätte das von uns gewollt. Nicht mal Cody mit seinem Riesenego.« Er ging einen Schritt näher auf mich zu. »Ihr Tod bedeutet nicht, dass ich mit ihnen gestorben bin oder mein Leben für Jahre auf Eis lege. Ja, es ist erst einen Monat her, und niemand – *niemand* – erwartet von dir oder sonst wem, das möglichst schnell wegzustecken. Aber sein Leben weiterzuleben und jemanden zu lieben – das ist nicht einfach nur wegstecken. Das bedeutet nicht, sie zu vergessen. Ich kann mit meinem Leben weitermachen und trotzdem um sie trauern.«

Ich öffnete den Mund, um etwas zu sagen, aber er war noch nicht fertig.

»Und wie kannst du es wagen, anzudeuten, sie wären mir egal oder dass ich nicht jeden verdammten Tag an sie denke? Was wir da drin gemacht haben« – er deutete auf die Balkontür hinter uns – »ist ihnen gegenüber nicht respektlos. Aber weißt du was? Vielleicht hab ich was falsch gemacht. Offenbar bist du noch nicht bereit dafür. Du hast den Kopf nicht frei, und ich dachte, dass … ach, keine Ahnung, was ich dachte, jedenfalls möchte ich mich dafür aufrichtig entschuldigen. Es tut mir leid.« Seine Stimme wurde heiser und er strich sich mit der Hand durch die Haare. »Was ich für dich empfinde und was wir da drin gemacht haben, hat absolut nichts damit zu tun, dass ich bloß mit dir in die Kiste steigen will, und ich … ich kann es echt nicht fassen, dass du so über mich denkst.«

Ich kniff die Augen zu, um die Tränen zurückzudrängen, die in mir aufstiegen.

»Und ich bin mir übrigens nicht sicher, ob daran nur deine Trauer schuld ist«, sagte er, und mein Herz zerbrach. »Denn egal, was ist – egal, was in unserem Leben gerade passiert –, du solltest mich eigentlich besser kennen.«

Die Tränen brannten, und obwohl ich nach Kräften dagegen ankämpfte, flossen sie schließlich auch. Ich legte die Hand vor die Augen und wischte die Tränen weg. Mehrere Sekunden lang stand ich stumm da. Als ich die Augen wieder aufschlug, war Sebastian weg.

Ich hatte ihn nicht mal gehen hören.

Es war fast, als wäre er nie hier gewesen.

Am Dienstag schwänzte ich die Schule.

Ich erklärte meiner Mutter morgens, ich würde mich nicht gut fühlen, und sie fragte glücklicherweise nicht weiter nach, denn ich hätte ihr zu viele Gründe aufzählen können. Ob Sebastian gekommen war, um mich abzuholen? Ich wusste es nicht. Ich hatte mein Handy ausgestellt, weil ich mit der Welt nichts zu tun haben wollte. Ich wollte mich nur verstecken.

Falls Sebastian nie wieder mit mir reden würde, konnte ich das gut verstehen.

Ich starrte auf die Landkarte über meinem Schreibtisch und wusste, dass ich es versaut hatte. Ich war nicht ehrlich zu ihm gewesen; ich hatte ihm nicht gesagt, was ich wirklich fühlte oder warum meine Schuldgefühle anders waren als seine. Ich war zu keinem ehrlich gewesen und das machte mich zu einem miesen Feigling.

Ich war genau wie mein Vater.

Aber ich wollte nicht so sein, deshalb lag ich stundenlang da und dachte über alles nach.

Kurz nach eins kam meine Mutter die Treppe hoch. »Ich wollte nach dir schauen«, sagte sie beim Hereinkommen. »Dein Handy ist ausgeschaltet, und ich wollte mich vergewissern, dass mit dir alles in Ordnung ist.«

»Sorry«, murmelte ich kläglich aus meinem Bett heraus.

»Wo ist dein Handy?«

Ich deutete mit schlaffer Hand zum Schreibtisch und beobachtete, wie Mom es aufhob, anschaltete und aufs Bett warf.

»Wenn du dich nicht gut fühlst, muss dein Handy an sein. Du musst erreichbar sein.« Ihre Stimme war streng, ihr Blick durchdringend. »Hast du verstanden?«

»Ja.«

Sie seufzte. »Lena, ich weiß, warum du nicht in der Schule warst.«

»Mom«, stöhnte ich und rieb mir das Gesicht. Sie dachte vermutlich, ich wäre sauer wegen Dad, dabei hatte ich mich in dem ganzen Chaos mit dem Thema noch gar nicht beschäftigt.

Sie setzte sich auf die Bettkante. »Sebastian kam heute Morgen vorbei, um dich zur Schule zu fahren. Er sah aus, als hätte er kaum geschlafen, und wirkte nicht überrascht, als ich sagte, du wärst krank.«

Mein törichtes Herz wurde ganz leicht. Er war trotzdem gekommen, um mich abzuholen, obwohl ich ihn so übel beleidigt hatte.

Eine Pause entstand. »Glaubst du, ich weiß nicht, dass Sebastian jeden Abend zu dir kommt?«

Ich legte die Hand über die Augen.

»Ihr gebt euch Mühe, leise zu sein, aber manchmal kann ich euch reden hören. Ich habe nichts gesagt, weil du deine Freunde jetzt dringend brauchst und Dary und Abbi in letzter Zeit so selten hier auftauchen«, erklärte sie. »Und weil ich Sebastian vertraue.«

Am liebsten hätte ich mich unter dem Bett versteckt. »Und ich vertraue auch darauf, dass du in Bezug auf Sebastian kluge Entscheidungen triffst«, fügte sie hinzu, und ich wusste nicht, ob ich ihr das abnehmen sollte, weil ich ganz offensichtlich ziemlich mies darin war, kluge Entscheidungen zu treffen. »Aber ich habe einen Teil eures Gesprächs gestern mit angehört.«

Oh *Gott.*

Ich fuhr zusammen.

»Lena«, sagte sie seufzend. »Der Junge hat dich vom ersten Tag an gerngehabt, als er rüberkam und mit dir zusammen Fahrrad fahren wollte.«

»Ich weiß, Mom.« Ich ließ die Hand sinken und sah sie an. Ich hatte den Vormittag über viel Zeit zum Nachdenken gehabt. »Ich glaube … ich glaube, er liebt mich sogar«, flüsterte ich mit zitternden Lippen. »Ich meine, so richtig, und ich … ich weiß einfach nicht, ob ich dafür bereit bin. Ich meine, ich bin es schon. Ich warte ja seit Ewigkeiten darauf … aber es fühlt sich alles so verkorkst an.«

»Mein Schatz.« Mit zitterndem Atem beugte sie sich über mich und nahm meine Hand. »Du machst gerade sehr viel durch. Das strahlt auf alles ab. Nicht nur auf die Sache mit Sebastian, das weiß ich. Coach Rogers hat mich heute Morgen angerufen. Er sagte, du hättest die Mannschaft verlassen.«

»Ich … ich kann das alles nicht mehr.«

»Und mit Sebastian ist es auch so?«

»Nein, nicht wirklich. Ich verdiene ihn … verdiene das … einfach nicht.«

»Warum sagst du so was?«

Mein Blick schwenkte zurück zur Landkarte und wieder zu ihr. »Du weißt doch, warum.«

Ihre Augen wurden groß und füllten sich mit Tränen. »Oh, Kleines, sag das nicht. Du verdienst es, glücklich zu sein und eine Zukunft zu haben und alles zu bekommen, was du dir erträumst. Dieser eine Abend bestimmt doch nicht dein ganzes Leben.«

»Aber bei Megan und den anderen war es so«, widersprach ich. »Wenn die Leute von Cody reden, wird das immer überschattet sein von dem, was er getan hat. Das gilt auch für Chris und Phillip.« Und bei mir würde es auch so sein, wenn die anderen davon wüssten.

Mom drückte meine Hand. An ihrer verzagten Miene erkannte ich, dass sie nicht wusste, was sie darauf sagen sollte.

Ich zog die Hand weg und setzte mich auf. »Ich möchte einfach nur zu diesem Abend zurückkehren und alles anders machen. Ich war so dumm und habe mir über so dumme Dinge den Kopf zerbrochen. Alles, worüber ich mir damals Sorgen gemacht habe, kommt mir jetzt so sinnlos vor.«

»Liebes, nichts, was dir früher Sorgen bereitet hat, war sinnlos.« Mom drückte wieder meine Hand. »Du siehst die Dinge jetzt nur anders.«

Am Mittwochmorgen fuhr ich wieder mit Sebastian zur Schule. Auf der Fahrt herrschte ein unbehagliches Schweigen, und weil ich das auf keinen Fall noch mal erleben wollte, beschloss ich, Dary zu fragen, ob sie mich nach dem Unterricht mitnehmen könnte. Und ab morgen würde ich wieder selbst fahren. Es wurde Zeit, dass ich mich wieder hinters Steuer setzte.

Selbst fahren.

Mich um mich selbst kümmern.

Aber als ich von meinem Schließfach zum Verwaltungstrakt ging, dachte ich weder an Sebastian noch an unseren Streit oder daran, was Mom mir gestanden hatte. Ich wusste, was in der nächsten halben Stunde von mir erwartet wurde.

Ich würde reden müssen, *wirklich* reden. Das musste sein, weil ich mich unbedingt von dieser Last befreien wollte. Ich wusste nicht, ob es etwas verändern und alles besser oder schlechter machen würde, aber ich musste einfach jemandem erzählen, was sich an diesem Abend genau zugetragen hatte.

Mit zitternden Händen betrat ich den kleinen Raum. Die blöden Poster an den Wänden verschwammen vor meinen Augen. Dr. Perry saß schon am Tisch, wieder eine neue Tasse vor sich, aber ich war zu nervös, um den Aufdruck zu lesen. Ich sah nur, dass sie im Gegensatz zu den anderen orange schimmerte.

»Guten Morgen, Lena.« Er lehnte sich lächelnd zurück, während ich auf dem Stuhl ihm gegenüber Platz nahm. »Ich habe gehört, du warst gestern nicht in der Schule. Warst du krank?«

Nachdem ich meinen Rucksack auf den Boden gestellt hatte, saß ich steif wie ein Brett auf dem Stuhl. »War einfach kein guter Tag.«

»Willst du das näher erklären?«

Mein erster Impuls war, es abzulehnen, aber das war nicht der Sinn dieser Sitzungen. Also erzählte ich ihm, was mit Sebastian vorgefallen war. Nur eine gekürzte Fassung, denn die Einzelheiten wären viel zu peinlich gewesen. Danach fühlte ich mich völlig erschöpft und emotional ausgelaugt, dabei hatte die Stunde noch nicht mal richtig begonnen.

»Denkst du, es ist falsch, dass Sebastian mit seinem Leben weitermachen will …?«

»Ja … Nein …« Am liebsten hätte ich meinen Kopf auf den Tisch gehauen. »Ich weiß nicht. Ich meine, nein. Das ist schon okay. Er darf das natürlich hinter sich lassen. Er darf –«

»Und du darfst das nicht?«, unterbrach mich Dr. Perry.

Ich schüttelte den Kopf und kämpfte darum, das auszusprechen, was er bereits wusste. »Warum sollte ich es hinter mir lassen dürfen?«

Er stellte seine Tasse ab. »Warum nicht?«

»Weil der Unfall meine Schuld war.« Bei diesen Worten wurde mir ganz schlecht.

»Ich glaube, es wird höchste Zeit, dass du mit mir diesen Abend noch einmal durchlebst«, sagte er sanft. »Glaubst du, du schaffst das?«

»Ja«, sagte ich. »Ich muss über den Abend reden.«

Tränen stiegen mir in die Augen und mein Herz klopfte wie wild in meiner Brust. »Ich wusste, dass Cody zu viel getrunken hatte, und ich … ich hätte ihn aufhalten können. Ich war nämlich nicht betrunken.«

Und dann ging ich Schritt für Schritt mit ihm durch, was an diesem Abend passiert war.

Ich stand wieder mit Megan in der Einfahrt vor Keith' Haus. Ich hatte genug von der Party. Kopfschmerzen plagten mich und die Musik, das Geschrei und das Gelächter machten sie nur noch schlimmer.

Ich wollte einfach nur nach Hause, aber ich hatte keinesfalls vor, Sebastian zu suchen und ihm das zu sagen. Nicht nach unserem Gespräch/Streit und nachdem ich ihn gar nicht mehr gesehen hatte, seit Skylar aufgetaucht war. Ich hatte keine Lust, ihnen zu begegnen, während sie sich gerade gegenseitig die Zunge in den Rachen schoben.

Eine schwere Sorge bedrückte mich.

Gott, ich wünschte, ich hätte Sebastian nichts gesagt. Nun würde zwischen uns alles anders sein, endgültig, und wir konnten nicht mehr so tun, als wäre nichts vorgefallen.

Oh Mann, ich musste wirklich dringend nach Hause.

»Wo ist Chris?«, fragte ich.

Megan lehnte sich schwer an mich und deutete mit dem Kopf auf Cody, der gekrümmt dastand, den Arm auf die offene Autotür gelegt, als müsste er sich abstützen, und sich mit jemand unterhielt. Ihr Cousin Chris stand neben ihm. »Einer von denen fährt uns jetzt nach Hause«, erklärte sie langsam. »Mehr weiß ich nicht.«

Cody wollte mit uns fahren?

»Ich bin ein bisschen betrunken«, erklärte Megan dann mit schleppender Stimme.

»Wirklich?«, erwiderte ich trocken und wünschte mir fast, ich könnte mit ihr tauschen.

»Nur ein klitzekleines bisschen.« Seufzend schlang sie den Arm um mich. »Ich liebe dich, Lena.«

Lächelnd strich ich mir die feuchten Haare aus dem Gesicht. »Ich liebe dich auch.«

»So sehr, dass du mich ins Haus trägst und ins Bett steckst, ohne meine Mutter zu wecken?«, fragte sie und schob mich auf Armeslänge von sich weg. Dann lauschte sie dem Zirpen der Heimchen. »Aber vorher halten wir bei McDonald's und du holst Chicken Nuggets für mich.«

Ich lachte. »Das mit den Chicken Nuggets kriege ich hin, aber ich weiß nicht, wie ich dich an deiner Mutter vorbeischmuggeln soll.«

Kichernd und leicht schwankend schaute sie sich um. »Moment mal … hast du Sebastian gesagt, dass du gehst?«

»Ich weiß nicht, wo er ist.« Ich beobachtete, wie Cody und Chris auf uns zukamen.

Sie klatschte in die Hände und wippte leicht nach hinten. »Los, wir suchen ihn.«

»Wen?«, fragte Cody.

»Sebastian!«, kreischte Megan so laut, dass ich zusammenzuckte.

Cody legte den Arm um mich. »Der ist mit Skylar verschwunden. Vermutlich im Poolhaus.« Er drückte mich an sich. »Ich glaub, ich hab sie da reingehen sehen.«

Das Loch in meiner Brust wurde schlagartig größer. Vielleicht war das gelogen, aber es konnte auch stimmen und … ach, eigentlich war das total egal.

Megan erschauderte. »Okay, dann suchen wir ihn eben nicht.«

»Guter Plan«, antwortete ich und löste mich aus Codys Umarmung.

Gähnend warf Chris Cody seine Schlüssel zu. Sie prallten gegen Codys Brust und fielen zu Boden. »Kannst du fahren?«, fragte er. »Ich bin total im Arsch.«

»Klar.« Cody bückte sich und hob die Schlüssel auf. »Aber

sag mir das nächste Mal bitte früher Bescheid, wenn ich fahren soll.«

»Deshalb bist du der Quarterback und nicht der Receiver«, hänselte ihn Chris. »Ich bin dir eben immer ein paar Schritte voraus.«

»Fick dich«, gab Cody zurück.

Oje, das würde die längste Heimfahrt aller Zeiten werden.

»He, wartet!« Phillip kam um das Haus gerannt und hielt seine rutschende Badeshorts fest. »Ich komme mit.«

Megan neben mir seufzte. »Und ich dachte, ich könnte mich davonschleichen.«

Offenbar war ihr Gespräch vorhin nicht gut gelaufen.

»Alles einsteigen«, verkündete Cody. Er streckte die Hand nach dem Türgriff aus und verfehlte ihn, sodass der Hebel wieder zurücksprang.

»He«, meinte Chris, der an der Beifahrertür stand. »Vorsicht, Mann. Einigen Menschen ist ihr Auto heilig.«

»Wenn dir dein Auto heilig ist, warum lässt du *ihn* fahren?« Phillip schlug Megan im Vorbeigehen auf den Hintern.

Sie fuhr herum und wäre fast umgekippt. Ich konnte sie gerade noch am Arm festhalten, während ich beobachtete, wie Cody mit seltsam fahrigen Bewegungen die Tür öffnete. Im Innenlicht des Autos sah sein Gesicht sehr rot aus.

»Bist du okay? Kannst du fahren?«, fragte ich.

»Warum sollte ich nicht fahren können?« Er kletterte hinter das Steuer.

Ich blieb vor seiner Tür stehen. »Du wirkst ein bisschen angetrunken.«

Seine Augen verengten sich. »Scheiße, Mann. Ist das dein Ernst? Ich hatte gerade mal ein Bier!«

Überrascht von seinem unfreundlichen Ton wich ich zurück. »Ich hab doch nur gefragt.«

»Er ist nicht betrunken. Komm jetzt.« Megan nahm meine Hand und flüsterte: »Ich will Chicken Nuggets mit Süßsauersoße.«

»Igitt«, murmelte ich abgelenkt. Ich kaute an meiner Wange und versuchte mich zu erinnern, wie oft ich Cody an diesem Abend mit einem Getränk in der Hand erlebt hatte. Ich wusste genau, dass ich ihn mit einer Flasche gesehen hatte. Oder war es ein Becher gewesen? Ich hatte nicht wirklich darauf geachtet.

»Wär's nicht besser, wenn ich fahre?«, bot ich an.

Chris auf dem Beifahrersitz stöhnte. »Wenn du nach Hause willst, steig jetzt ein, Lena.«

Phillip setzte sich auf der einen Seite auf den Rücksitz, während Megan mich von hinten zum Wagen schob. »Ich will auf keinen Fall neben ihm sitzen«, flüsterte sie.

»Das habe ich gehört!« Phillip klopfte mit der Hand auf den mittleren Sitzplatz. »Ich sitze sowieso viel lieber neben Lena. Sie ist viel netter als du.«

»*Sie ist viel netter als du*«, äffte Megan ihn mit ihrer weinerlichsten Babystimme nach. Ihre Hände lagen auf meinen Hüften. »Beeil dich, Lena. Ich hab Hunger!«

»Mit mir ist alles okay.« Cody wuchtete sich auf den Fahrersitz des SUVs. Er drehte sich zu mir um und zwinkerte mir beruhigend zu. »Ernsthaft. Ich hatte nicht zu viel. Außerdem bin ich diese Straße schon tausendmal gefahren.«

Ich wusste nicht, wie nüchtern er tatsächlich war, aber die Jungs starrten mich nun total genervt an, und Megan drückte von hinten und redete die ganze Zeit von dem Zehner-Chicken-Nuggets-Menü, das sie sich gleich reinziehen würde.

»Er ist nicht betrunken«, sagte sie kichernd. »Ich hab so Hunger.«

»Komm schon«, sagte Cody und schlug mit der Hand auf das Lenkrad. »Zick nicht rum. Steig ein.«

Hitze schoss mir ins Gesicht. Er hatte recht. Ich benahm mich wie eine Zicke. Ich stieg in das Auto und setzte mich zwischen Megan und Phillip auf die Rückbank. Es dauerte eine Weile, bis ich den Gurt unter Phillips Hintern vorgezogen und mich angeschnallt hatte. Um mich herum senkten sich die Fensterscheiben, während ich in meiner Tasche nach meinem Handy kramte und feststellte, dass ich mehrere Nachrichten von Dary hatte.

Megan beugte sich über mich und schnippte Phillip ins Gesicht. »He, kaufst du mir Chicken Nuggets?«

Ich lehnte mich zurück und las Darys Nachrichten. Sie hatte ein Foto von einem Gemälde geschickt, das aussah, als wäre es von einem Zweijährigen gemalt worden. Darunter die Zeile *Ist das Kunst? Was kapiere ich hier nicht?*

»Baby, ich kaufe dir sogar zwei Chicken-Nugget-Menüs«, blökte Phillip. »Und so viel Süßsauersoße, wie du willst.«

Wie romantisch.

Megan seufzte. »Du kennst mich einfach zu gut. Du weißt, dass man mit Süßsauersoße mein Herz erobern kann. Warum haben wir uns noch mal getrennt?«

Ich starrte auf mein Handy und zog eine Grimasse.

Das Radio ging an, und als ich aufsah, kippte Chris' Kopf schon zur Seite. Cody zappte so schnell durch die Sender, dass ich die Lieder nicht erkannte.

Ich blendete Megan und Phillip aus, betete, dass sie nicht übereinander herfielen, solange ich noch zwischen ihnen saß, und scrollte durch Darys Nachrichten. Noch ein Foto von einem Kleid und Darys Nachricht, sie überlege, sich so ein Kleid zu nähen. Am Ende ihres Feeds angekommen, schrieb ich zurück.

Du siehst toll aus in dem Kleid. Fahre jetzt von Keith nach Hause. Ruf dich morgen an.

Kühle Luft strömte durch die Fenster und zauste mir die Haare. Ich hob den Kopf. Es fühlte sich an, als würden wir sehr schnell fahren, aber ich konnte die Landschaft draußen nicht wirklich erkennen. Ich drückte auf Senden und fing an, Abbi zu schreiben, damit sie sich keine Sorgen machte, wenn sie merkte, dass ich weg war.

Habe mit Megan einen Fahrer gefunden. Wollte dich nicht stören

»Verflucht –« Codys Worte rissen ab, als der SUV ruckartig nach rechts steuerte, so abrupt, dass mir das Handy aus der Hand rutschte.

Jemand – Megan? – schrie, und wir schlitterten in schnellem Tempo seitlich dahin. Das war viel zu schnell. Verwirrung überkam mich, dann Angst und ein Gefühl völliger Desorientierung, und alles zusammen machte es mir unmöglich zu atmen.

Die Zeit … alles lief plötzlich viel langsamer ab und bewegte sich doch viel zu schnell. Meine Arme flogen in die Höhe, ich versuchte mich an den Vordersitz zu klammern, fand mich aber plötzlich in der Luft hängend wieder. Dann krachten wir zu Boden. Der Aufprall erschütterte sämtliche Knochen in mir und ein ohrenbetäubend lautes Krachen ließ das Auto erzittern. Glas klirrte und zerbarst wie dünne Eiszapfen. Ein heftiger Schmerz explodierte in meinem Gesicht, als etwas gegen meinen Kopf prallte – ein Arm, nein, ein Bein.

Wir *flogen* hoch durch die Luft, und mein Kopf wurde zurückgerissen, als der Gurt mich bremste und der Riemen tief in meinen Bauch und meine Brust schnitt. Ein Feuer brannte sich durch mich hindurch. Meine Kehle schmerzte.

Metall knirschte – das Dach. Oh mein Gott, *das Dach* gab nach, dann standen wir auf dem Kopf und gleich darauf wieder aufrecht, dann wieder auf dem Kopf, und ich wurde hin und her und vor und zurück geschüttelt. Ich konnte nur hören, wie etwas … *irgendwas* das Auto auffraß, es Stück für Stück auseinanderriss. Flammend roter Schmerz explodierte in mir, gleißend hell, und dann gab es nichts anderes mehr. Schmerz. Panik. Fliegen. Schreien.

Und dann nichts.

MORGEN

24

ICH SASS AUF MEINEM BETT und starrte auf mein Handy, wie schon Hunderte Male seit dem Unfall. Es war klein und schwarz, der Bildschirm noch so glatt und makellos wie an dem Tag, als ich es bekommen hatte, während sich in mir alles zerbrochen und kaputt anfühlte.

Ich schloss die Augen und versuchte, das Brennen wegzuatmen, das mir die Kehle hochkroch. Die Sitzung mit Dr. Perry war fast zu viel für mich gewesen. Diesmal hatte ich, anders als bei dem Verhör durch die Polizisten im Krankenhaus, zum ersten Mal offen erzählt, wie alles passiert war.

Ich hatte gedacht, es würde mir eine Art von Erlösung bringen, wenn ich darüber redete. Dass hinterher alles anders wäre. Dass ich eine Befreiung verspüren würde. Aber über den Unfall zu sprechen und wie es dazu kommen konnte, hatte in mir nur den Wunsch geweckt, diese Erinnerungen mit einer Drahtbürste auszumerzen.

Ich hatte gewusst, dass Cody nicht hinter dem Steuer sitzen sollte. Ich hätte auf die Stimme in meinem Kopf hören sollen und auf das ungute Gefühl in meinem Bauch, aber das hatte ich nicht getan. Sonst wäre heute alles anders. Und Morgen wäre so wie immer ein besseres Gestern.

Ich hatte einfach nicht erwartet, dass so etwas passieren könnte.

Ich schlug die Augen auf, schaute auf mein Handy, und der Druck in meiner Brust wurde größer und erinnerte mich daran, wie ich mich nach dem Unfall im Krankenhaus gefühlt hatte. Natürlich hatte ich mein Handy seitdem benutzt – Nachrichten geschrieben, telefoniert, aber … da waren immer noch die Nachrichten, die ich nicht gelesen, die Stimmen auf der Mailbox, die ich nicht gehört hatte. Sie steckten in meinem Handy, nicht vergessen, aber unberührt.

Ich nahm es in die Hand und öffnete die Nachrichten-App. Dort scrollte ich nach unten, bis ich zu den ungelesenen Nachrichten kam. Alle waren nach dem Unfall gekommen. Ich öffnete sie und las die »OMG, ich hoffe, dir geht's gut«-Wünsche, die vielen »Ich bin so froh, dass du lebst«-Botschaften. Mit leerem Gehirn klickte ich mich von einer zu nächsten, bis meine Finger über Abbis Namen und dem albernen Bild von ihr mit Pandahut schwebten.

Ich wusste nicht mal, wo sie den herhatte.

Ich öffnete ihren Feed und scrollte langsam nach oben. Die letzte Nachricht von ihr war am Mittwoch nach dem Unfall gekommen.

Warum willst du uns nicht sehen? Wir vermissen dich und machen uns Sorgen.

Der nächste Atemzug versengte mir fast die Kehle. Wusste Abbi, dass ich mein Handy im Krankenhaus nicht bei mir gehabt hatte? Und spielte das überhaupt eine Rolle? Ich hatte meine Freundinnen nicht sehen wollen und hatte ihre Nachrichten über einen Monat lang nicht gelesen. Da war es eigentlich egal, was sie damals gewusst hatte oder nicht.

Ich las weiter und sah die Nachrichten von Samstagabend. Es waren nur zwei. *Wo bist du?* Und *BITTE MELDE DICH!*

Die Nachricht davor hatte sie noch geschrieben, bevor ich die Party verlassen hatte: ein Selfie von uns, lächelnd und Wange an Wange. Hinter unseren Köpfen war ein Teil von Keith' Gesicht zu erkennen.

Sprachlos verließ ich den Feed und scrollte zu Sebastians. Ich schluckte schwer, öffnete seine Nachrichten und suchte diejenigen, die ich noch nicht gelesen hatte. Sie begannen genau wie Abbis.

Wo bist du?

Es gab noch ein paar mehr, und ich konnte direkt vor mir sehen, wie er sie eine nach der anderen abgefeuert hatte.

Du bist doch nicht gegangen, ohne mir Bescheid zu sagen?

Okay. Bitte melde dich. Langsam bekomme ich Angst. Jemand hat gesagt, hier in der Nähe gab es einen bösen Unfall.

Mach schon. Geh ran. Bitte!

Mein Herz klopfte heftig in meiner Brust. Ich wusste, dass er auch unter den vielen ungehörten Anrufen auf meiner Mailbox war.

Ich schloss seinen Feed und scrollte weiter. Über Megans

Namen verharrte mein Daumen. Als Letztes hatte sie mir einen Anhang geschickt. Ich wusste bereits, was es war: das Foto von einem Volleyball, auf den sie ein Gesicht gemalt hatte. Das hatte sie mal nach dem Training gemacht. Keine Ahnung warum, aber so war Megan eben. Sie machte dauernd so einen Quatsch.

Ich hatte das starke Verlangen, ihre Nachrichten zu öffnen, brachte es aber nicht über mich, ihre Worte zu lesen, zu sehen, wie es früher war und nie wieder sein würde. Ich verließ den Feed und wechselte zu meiner Mailbox.

Ich hörte mir sämtliche Nachrichten an.

Der verpasste Anruf von Lori war gekommen, nachdem Mom sie angerufen hatte. Darin sagte sie, sie würde kommen und sie liebe mich. Sie klang gefasst, sogar relativ ruhig. Kein Vergleich zu Abbis Nachricht, die Samstagnacht gekommen war, als sie nach mir gesucht hatte, oder Darys vom darauffolgenden Sonntag. Ich konnte fast nicht verstehen, was sie sagten.

Es gab noch mehr Botschaften von Freunden, die ich jeden Tag beim Volleyballtraining gesehen hatte, und andere von Leuten, mit denen ich zuletzt im vergangenen Schuljahr geredet hatte. Ihre Stimmen waren fremd, aber ihre Nachrichten klangen alle gleich.

Ich konnte den Lösch-Button kaum erkennen, wenn eine Nachricht zu Ende war. Tränen stiegen mir in die Augen, und meine Hand zitterte, als ich zur letzten kam. Es war die Nachricht von Sebastian, aus jener Nacht.

Sämtliche Muskeln in meinem Rücken verkrampften sich, als ich auf Abspielen drückte. Erst herrschte Stille, dann hörte ich seine Stimme.

»Bitte geh ans Telefon. Komm schon, Lena. Geh endlich an

das verdammte Telefon.« Seine Stimme war heiser, Panik schwang darin, als er nach einer kurzen Pause fortfuhr: »Du warst nicht in diesem Auto. Oh Gott, bitte sag mir, dass du nicht in dem Auto warst. Ruf mich an und sag mir endlich, dass du nicht da drin gesessen hast.«

Damit endete die Nachricht. Ich ließ mein Handy fallen und presste die Handflächen gegen meine Augen. Sebastian klang so, wie er an dem Tag ausgesehen hatte, als er neben meinem Bett saß.

Am Boden zerstört.

Weil er, als er den Anruf machte, tief in seinem Innern bereits gewusst hatte, dass ich ihn nicht zurückrufen würde. Dass ich mit Cody, Phillip, Chris und Megan in diesem Auto gesessen hatte.

Meine Hände waren feucht, als ich mir über das Gesicht fuhr. Alles in mir drin fühlte sich wund und aufgeschürft an. Diese eine Nacht hatte unser aller Leben unwiderruflich auf den Kopf gestellt. Eine einzige Entscheidung hatte die Zukunft verändert, die wir vor uns gehabt hatten.

Was hätte ich anders gemacht in dieser Nacht, hätte ich gewusst, dass es kein Morgen gab? *Alles*. Ich hätte alles anders gemacht.

25

AUF DEN TREPPENABSÄTZEN vor den Haustüren standen schon die Kürbisse. Der Baum in unserem Garten hatte ein versengtes Orangerot angenommen, ebenso die Ahornbäume in den Straßen und um die Schule herum. Halloween-Deko hing in sämtlichen Schaufenstern in der Stadt.

In der Schule prangten überall Homecoming-Banner. In den Klassenräumen und in der Mensa summte es aufgeregt und die gesamte Abschlussklasse diskutierte nur noch über Tanzen und Partys und Kleider.

Die Luft war kühler geworden. Die Trägershirts waren Langarm-Shirts und Strickjacken gewichen, nur ich trug immer noch meine Flipflops. Die würde ich erst ausziehen, wenn die ersten Schneeflocken durch die Luft schwebten.

Ich bereitete meine Bewerbung für das Frühzulassungsverfahren an der UVA vor.

Vor zwei Wochen war der Gips an meinem Arm entfernt worden. Mittlerweile spürte ich nur noch hin und wieder ein leises Stechen in den Rippen und ich konnte sogar wieder auf der Seite schlafen. Ich atmete ganz normal. Der Unfall war gerade mal zwei Monate her und …

Und die Leute vergaßen ihn bereits.

Das Leben ging weiter.

Ich hatte Dr. Perry erzählt, wie ich trotz meines Verdachts, Cody könnte betrunken sein, in das Auto gestiegen war. Danach war die erdrückende Last, die auf mir lag, ein bisschen leichter geworden, aber nicht verschwunden.

Als ich ihm gesagt hatte, ich hätte endlich meine Nachrichten abgehört und gelesen, meinte er, dass wäre schon mal ein Fortschritt. Ich war auf dem richtigen Weg, aber es gab immer noch kein plötzliches Erwachen oder eine Klarheit, obwohl ich den Abend noch einmal durchlebt und mich meinen Entscheidungen gestellt hatte.

An diesem Abend hatte es zwei Möglichkeiten gegeben. Und ich hatte mich für die falsche entschieden.

In der Sitzung am Mittwoch hatte Dr. Perry gesagt: »Einige Leute sagen – und glauben es vielleicht sogar –, dass der Unfall ganz allein Codys Schuld war, weil er am Steuer saß. Manche sagen vielleicht auch, dass das alles gar keine Frage von Schuld ist, aber das stimmt nicht. Und weißt du, warum?«

»Nein?«, sagte ich.

»Die Schuld zu suchen, bedeutet nicht, einem Menschen wegen seiner Handlungen ein schlechtes Gewissen einzureden. Es geht nicht darum, diese Person niederzumachen. Alles, was man tut oder nicht tut, hat Konsequenzen. Und wenn wir uns weigern, die Verantwortung dafür zu übernehmen, laufen wir Gefahr, diese Handlungen zu wiederholen«, erklärte er. »Jeder, der an dem Abend auf der Party war und euch aufbrechen sah, wusste, dass die Jungs getrunken hatten. Und dann waren da noch die Eltern, die erlaubten, das Alkohol konsumiert wurde. Und du hattest eben auch einen Anteil daran.«

Einen Anteil.

Nicht die ganze Schuld.

Aber einen *Anteil.*

Ein *Anteil* fühlte sich nicht wirklich anders an als die ganze Schuld zu tragen, aber Dr. Perry versicherte mir am Ende der Sitzung, dass nicht nur ich die Verantwortung für die Ereignisse trug. Das wiederholte er am darauffolgenden Freitag noch mal. Und allmählich prägte es sich mir ein.

Es war nicht so, als wäre plötzlich alles anders. Als hätte jemand den magischen Schalter umgelegt und ich würde auf einmal wieder mit dem Leben klarkommen. Stattdessen wurde alles irgendwie realer, die Erinnerungen schärfer und deutlicher.

Nach der Mittwochssitzung fingen jedoch die Albträume an.

Ich saß wieder im Auto und wurde hin und her geschleudert. Manchmal träumte ich, ich stünde in der Einfahrt und wäre nicht in das Auto eingestiegen, wüsste aber, was meinen Freunden gleich zustoßen würde. Meine Füße waren wie festbetoniert, und ich sagte mir immer wieder, ich müsse jemanden holen, jemanden warnen, dass sie sterben würden, konnte mich aber nicht bewegen. Ich stand da wie erstarrt, bis ich laut keuchend aufwachte. In vielen Nächten fuhr ich mit brennender Kehle aus dem Schlaf, während Mom mich an den Schultern gepackt hielt, und merkte erst dann, dass ich laut geschrien hatte.

Dr. Perry hatte recht, was vermutlich an den vielen hochtrabenden Titeln vor seinem Namen lag. Ich war von dem Unfall und den Erinnerungen, die ich so lange für mich behalten hatte, immer noch traumatisiert. Indem ich über sie redete, drängte sich der Unfall auch in meinem Unterbewusstsein wieder in den Vordergrund.

Und ich redete viel.

Die Sitzungen am Freitag und am darauffolgenden Montag waren im Grunde Lehrstunden im Konfrontationstraining. Zurückspulen. Noch mal erleben. Jedes Mal wurde es ein bisschen einfacher, die Worte zu sagen, die dazu nötig waren, aber am Freitag darauf machte es dann plötzlich klick.

Meine Freunde waren tot.

Sie waren tot und sämtliche Schuldgefühle der Welt würden sie nicht wieder lebendig machen. Nichts würde sie zurückholen können oder etwas daran ändern, wie Fremde und Freunde nach dem Unfall über sie dachten. Nichts konnte die Klagen stoppen, die gegen Keith' Familie liefen, oder den bevorstehenden Prozess. Nichts würde die Anwälte davon abhalten, Mom und mich alle zwei Wochen anzurufen.

Am Ende dieser Sitzung brannte mein Gesicht von den Tränen, die ich trotz aller Anstrengungen nicht zurückhalten konnte, und ich musste den restlichen Tag über mein Gesicht verbergen, weil man mir schon von Weitem ansah, dass ich den ganzen Morgen geheult hatte.

Dr. Perry hatte so was von recht gehabt mit dem, was er über das Trauern gesagt hatte.

Dabei stand ich noch ganz am Anfang des Prozesses, weil ich so lange vom Trauma des Unfalls geblendet und von meinem schlechten Gewissen aufgefressen worden war. Ich hatte von meinen Freunden noch nicht Abschied genommen. Noch nicht mal ansatzweise.

Diese Tage und Wochen waren hart. Es fiel mir schwer, mich auf den Unterricht zu konzentrieren, wenn nun auch aus einem völlig anderen Grund. Ich vermisste sie – Megan und ihre Hyperaktivität, Cody und seine arrogante Art, Phillip und seinen Sarkasmus und Chris und seine blöden Witze.

Und ich vermisste meine Freundinnen, die noch lebten. Ganz furchtbar sogar.

Dary versuchte immer noch verzweifelt, zur Normalität zurückzufinden, und Abbi sprach kaum mit mir.

Zu sehen, wie meine Freunde allmählich ins Leben zurückfanden, während ich immer noch in der Luft hing und keinen Fuß auf den Boden bekam, setzte mir sehr zu. Sie waren mir weit voraus, während ich immer noch ganz am Anfang stand. Dary und Abbi unterhielten sich viel über die Homecoming-Ballkleider, die sie am Wochenende gekauft hatten, wozu sie mich auch mitgenommen hätten, aber ich hatte abgesagt. Ihre Leben waren so … normal, so alltäglich, und meines nicht, weil ich in der immer stärker werdenden Trauer gefangen saß, die mit Verspätung über mich gekommen war.

Und, oh Gott, wie ich Sebastian vermisste!

Zwischen uns war es schwierig. Zwar ging er mir nicht direkt aus dem Weg, aber es war einfach nicht mehr wie vorher. Er saß in der Pause bei uns am Tisch und unterhielt sich auch mit mir. Er ignorierte mich nicht oder tat so, als gäbe es mich nicht, aber jeder Austausch mit ihm blieb rein oberflächlich. Er hatte die Zugbrücke hochgekurbelt und verschanzte sich hinter dicken Mauern.

Nichts war mehr wie zuvor.

Ich hatte ihm wehgetan.

Und mir auch.

Und er ahnte nicht mal, wie sehr.

Es fühlte sich an, als würde mir das Herz aus der Brust gerissen, als Skylar am Montag an unserem Tisch auftauchte. Sebastian saß neben Griffith und Keith, der sich wie immer zu Abbi gesellt hatte. Ich hatte sie mal gefragt, ob sie eigentlich zusammen wären, und Abbi hatte nur den Kopf geschüttelt, als müsste ich das längst wissen.

Aber daran dachte ich in dem Moment nicht, weil Skylars Lachen erklang und dann Sebastians tiefe Stimme, was meine Aufmerksamkeit auf die beiden lenkte.

Und da habe ich mich in dich verliebt.

Sebastian nickte über etwas, das sie gesagt hatte, und drehte dann langsam den Kopf zu mir. Sein Blick verdüsterte sich, dann wandte er sich mit zusammengebissenen Zähnen ab. Skylar lachte erneut.

Sebastian hatte gesagt, er würde mich lieben, aber das Leben ging offenbar auch für ihn weiter. Und führte ihn zurück zu Skylar und ihrem hübschen Lächeln und reinen Gewissen.

Am Dienstag nach der Schule schleppte ich mich über den Parkplatz zu meinem Auto. Ich war morgens erst relativ spät gekommen und hatte ganz hinten parken müssen, in der Nähe des Footballfelds. Die Sonne schien und schenkte diesem kühlen Herbsttag ein bisschen Wärme, und ich musste daran denken, wie perfekt dieses Wetter für das Training wäre. Coach Rogers jagte uns am Ende gern ein paar Runden über die Laufbahn, und da war es deutlich angenehmer, wenn die heiße Sommersonne nicht herabbrannte.

Aber ich würde nach der Schule sowieso keine Runden laufen müssen. Ich vermisste das Training nicht, aber die Spiele. Seltsam, dass ich mir früher immer eingeredet hatte, ich würde nur wegen Megan spielen. Mittlerweile war mir klar geworden, dass das nicht stimmte.

Seufzend beschleunigte ich meinen Schritt. Auf halbem Weg

über den Parkplatz hörte ich, wie jemand meinen Namen rief. Der Wind wehte Sebastians Stimme zu mir. Ich drehte mich um und sah, wie er auf mich zukam. Er trug bereits seine Trainingsklamotten, eine enge Funktionshose mit einer Sportshorts darüber.

Mein Herz machte einen Hüpfer. »Hi«, krächzte ich und blinzelte ihn an.

»Hi.« Seine Arme hingen locker herab. »Ähm, ich wollte dich was fragen. Ich wollte es eigentlich schon in der Pause tun, aber da hab ich es vergessen.«

»Ja?«

»Gehst du zum Homecoming-Ball?«, fragte er.

Die Frage kam so völlig unerwartet, dass ich ihn mit offenem Mund anstarrte. Wollte er mich vielleicht fragen, ob ich mit ihm hinginge? Trotz allem, was ich ihm an den Kopf geworfen hatte? Und nachdem er einen Monat lang kaum mit mir geredet hatte? Nun, falls es so wäre, würde ich, egal wie unerwartet es kam, auf keinen Fall ablehnen. Niemals. Auch wenn ich kein Recht hatte, auf ein Schulfest zu gehen, wo ich doch …

Ich schluckte die bitteren Schuldgefühle hinunter und schüttelte den Kopf. »Nein, hab ich nicht vor.«

Er kniff die Augen zusammen. »Es ist dein letztes Homecoming. Du bist in der Abschlussklasse.«

»Ich weiß.« Dabei stimmte das gar nicht. Es kam einem nur so vor, als wäre das meine letzte Chance auf einen Homecoming-Ball, die letzte Möglichkeit, Volleyball zu spielen. Aber für Megan und die anderen war es wirklich so gewesen.

»Dann wirst du einfach zu Hause bleiben?« Bei diesen Worten ließ er den Blick über den Parkplatz schweifen.

Da wusste ich, dass er mich nicht zum Ball einladen wollte,

und meine Wangen wurden rot. Natürlich nicht. Warum auch? Ich räusperte mich. »Ja, ich bleibe zu Hause.«

Sebastian sah mich an.

»War das alles, was du fragen wolltest?«, erkundigte ich mich und schaute an ihm vorbei.

»Ja.« Langsam setzte er sich in Richtung Sportplatz in Bewegung. »War nur neugierig.« Er drehte sich noch einmal zu mir um und sagte nach kurzem Schweigen: »Bis dann, Lena.«

»Ciao«, flüsterte ich und beobachtete, wie er davonjoggte.

Das war die längste Unterhaltung gewesen, die wir seit Wochen geführt hatten.

Ich liebe dich.

Ich stand auf dem Parkplatz und kniff die Augen zu. Neben mir hupte ein Auto.

Er hatte mich geliebt und ich … ich hatte unsere Freundschaft zerstört und eine gemeinsame Zukunft zunichtegemacht … bevor sie überhaupt angefangen hatte.

Dary lehnte neben mir am Schließfach. Ihre gepunktete Fliege passte perfekt zu ihren blau-weißen Hosenträgern. »Warst du bei Dr. Perry?«

»Ja.« Ich zog mein Geschichtsbuch hervor. »Ich muss nur noch diese Woche Montag und Freitag und dann die nächste Woche zu ihm. Im November sind wir dann fertig, glaube ich.«

»Das ist doch gut, oder?«

Ich nickte und schloss meinen Spind.

Vermutlich war es tatsächlich positiv. Ich meine, entweder glaubte Dr. Perry tatsächlich, ich sei bis dahin in einer besseren Verfassung, oder das Zeitkontingent für meine Behandlung war erschöpft. Ich wusste, dass er meiner Mutter am Telefon empfohlen hatte, ich sollte eine weiterführende Therapie außerhalb der Schule machen, aber Moms Versicherung würde die Kosten für so etwas sicher nicht übernehmen, und wir hatten eigentlich kein Geld dafür übrig.

Ich konnte also nur hoffen, dass es mir bis dahin besser ging. Aber darüber wollte ich mir jetzt nicht den Kopf zerbrechen.

»Darf ich dich was fragen?« Als ich nickte, sagte sie: »Was ist eigentlich mit dir und Sebastian los? Ich frage mich das schon seit Wochen, aber du reagierst immer so komisch, wenn das Gespräch auf ihn kommt. Also wollte ich nichts sagen.«

Ich schob den Riemen meiner Tasche über meine Schulter. »Nichts ist los.«

»Echt jetzt? Weil, also die ganze Zeit hat sich bei ihm alles nur um Lena gedreht, vierundzwanzig sieben, und auf einmal sitzt er nicht mehr neben dir, und ihr redet kaum noch miteinander.«

»Er hat eben viel um die Ohren. So wie ich auch«, log ich.

Dary begleitete mich zum Haupteingang. »Ich habe da ein Gerücht gehört«, sagte sie, jedes Wort sorgfältig wählend. »Ich habe lange überlegt, ob ich es dir sagen soll, weil ich dich nicht aufregen will, aber ich will auch nicht, dass du überrumpelt wirst, falls es doch stimmen sollte.«

Die Muskeln in meinem Rücken verkrampften sich. Damit konnte alles Mögliche gemeint sein. »Worum geht es denn?« Ich blieb an der Wand mit den Kunstprojekten stehen, die so grauenhaft waren, dass ich mich fragte, warum sie überhaupt ausgestellt wurden. »Was für ein Gerücht?«

Dary biss sich auf die Lippe und zappelte unruhig hin und her. »Ich habe gehört … Also, Abbi hat es mitbekommen und mir erzählt, deshalb –«

»Warte mal. Abbi hört ein Gerücht und erzählt es dir und mir nicht?« Meine Stimme wurde laut vor Ärger.

»Ja.« Dary seufzte.

»Und warum kann sie es mir nicht selbst erzählen?«

»Das könnte sie schon, aber ihr zwei seid im Moment nicht gerade die besten Freundinnen ... außerdem konnte sie sich bestimmt ausmalen, dass ich es dir erzähle«, meinte Dary und überlegte kurz. »Übrigens tust du auch nicht viel dafür, dich wieder mit ihr zu versöhnen.«

Ich wollte widersprechen, aber Dary hatte recht. Ich tat allgemein nicht sehr viel. »Okay. Und was hat sie gehört?«

»Vor Kurzem hat sie sich nach dem Training mit Keith getroffen –«

»Sind die beiden eigentlich zusammen?«

»Wer weiß?«, erklärte Dary achselzuckend. »Ich glaube schon, aber Abbi will nicht, dass jemand davon weiß, weil – na ja, du kennst sie ja. Aber sie gehen zusammen zum Homecoming-Ball, auch wenn sie mit mir hinfährt. Du bist ja echt eine Loserin, weil du nicht hingehst, aber jedenfalls, Keith hat sie gefragt.« Sie holte tief Luft und fuhr hastig fort: »Sie hat sich also nach dem Training mit Keith getroffen und Sebastian war auch dabei. Und Skylar auch. Nicht direkt mit ihnen zusammen, aber sie war irgendwie dabei.«

Mein Herz zerbarst.

»Und da hat Abbi gehört, wie sich Sebastian und Skylar über den Homecoming-Ball unterhalten haben. Sie sagt, es habe geklungen, als würden sie zusammen hingehen.« Dary blinzelte verlegen. »Abbi meinte, sie hätte nur Bruchstücke ihrer Unterhaltung gehört und sei sich nicht sicher, aber so habe es geklungen. Und das Letzte, was du mir von ihm erzählt hast, war, dass er gesagt hat, er würde dich lieben. Deshalb dachte ich, du solltest das wissen.«

Mein Mund ging auf, aber mir fiel darauf nichts ein. Eigentlich hätte ich nicht überrascht sein dürfen. Schließlich war ich diejenige, die Sebastian aus meinem Leben verbannt hatte. Trotzdem fühlte es sich an, als wäre gerade ein Paar Skistiefel über mein Herz getrampelt.

Kein Wunder, dass er hatte wissen wollen, ob ich zu dem Ball käme. Nun konnte er beruhigt mit Skylar dorthin gehen, ohne sich Sorgen zu machen, dass ich sie dort sehen könnte, beide schick angezogen und das perfekte Paar.

»Wie schön«, sagte ich und blinzelte.

»Im Ernst? Mehr hast du dazu nicht zu sagen?«

Ich nickte wie betäubt. »Ja. Das ist doch schön für ihn – für sie beide«, log ich. Das war das Beste, was ich in diesem Moment tun konnte.

Und das Einzige.

26

»UND WIE WAR ES FÜR DICH, am Wochenende wieder zur Arbeit zu gehen?«, fragte Dr. Perry so ähnlich, wie er mich jeden Montag nach meinem Befinden fragte.

Es war die letzte Oktoberwoche. Kommendes Wochenende war Homecoming. Das große Spiel. Der große Ball. Normalerweise hätte ich erst Mitte oder Ende November wieder im Joanna's angefangen, aber da ich kein Volleyball mehr spielte, hatte ich entschieden, dass ich immerhin wieder ein bisschen Geld verdienen könnte.

»Ganz okay.« Ich hatte die Arme um die Knie geschlungen. »Aber auch ein bisschen eigenartig. Eine der anderen Bedienungen, Felicia, hat mir einen Kuchen gebacken. Das war nett.«

»Hoffentlich Schokoladenkuchen«, sagte er und lächelte, als ich nickte. Heute stand keine Tasse auf seinem Schreibtisch, sondern ein silberner Thermosbecher. »Hast du am Wochenende getan, was ich dir aufgetragen habe?«

Ich schüttelte den Kopf.

Auf sein Gesicht legte sich ein Ausdruck endloser Geduld. Keine Ahnung, wie er das fertigbrachte. »Und wie läuft es mit deinen Freundinnen?«

Diese Frage stellte er mir jeden Montag, weil er mir jeden Freitag die Aufgabe gab, mich am Wochenende meinen Freundinnen anzuvertrauen, und jedes Mal fehlte mir dann doch der Mut.

Ich lockerte den Griff um meine Knie. »Mit Dary ist es so wie immer. Sie will einfach nur, dass alles normal wird. Sie will, dass wir alle wieder Freundinnen sind. Es geht ihr nicht darum, Megan und die Jungs zu vergessen, aber ich … ich glaube, sie will nicht mehr ständig daran denken. Deshalb fällt es mir ja auch so schwer, das alles wieder aufzuwühlen.«

»Darüber zu reden, was in dir vorgeht, bedeutet nicht, alles aufzuwühlen«, meinte er. Ich war mir nicht sicher, ob ich ihm da zustimmte. »Und Abbi?«

»Seit dem ersten Streit hat sie mir keine Vorwürfe mehr gemacht, aber sie redet kaum mit mir.« Trauer strömte wie ein Platzregen auf mich ein, weil mir Abbi fast ebenso fehlte wie Megan. Die eine Freundin konnte ich nicht mehr zurückholen, und bei der anderen wusste ich nicht, wie ich unsere Freundschaft reparieren sollte. »Ich weiß nicht, ob ich Ihnen das schon mal erzählt habe, aber … ich habe zu ihr gesagt, dass sie ja auch mit Chris zur Party gekommen sei, obwohl sie den Verdacht hatte, dass er angetrunken war.« Ich rutschte verlegen auf meinem Stuhl herum. »Sie meinte aber, das sei nicht dasselbe, weil da ja keiner gestorben wäre.«

»Nun, es fällt den Leuten oft schwer zuzugeben, dass sie selbst auch schon falsche Entscheidungen getroffen haben, gerade dann, wenn es keine Folgen gab. Und noch schwieriger ist es, sich einzugestehen, dass man selbst auch nicht perfekt ist. Dass man auch selbst durch einen Fehler eine Katastrophe hätte auslösen können.«

Dr. Perry schlug ein Bein über das andere. »Manche Leute haben Glück, andere nicht. Aber manche lernen daraus, auch wenn sie selbst so etwas nicht durchmachen mussten. Sie sehen eine Situation wie deine und nehmen sie als schmerzvollen Weckruf, dass es ihnen genauso hätte ergehen können. Und häufig löst eine solche Erkenntnis starke innere Konflikte aus. Es ist eben schwer, sich sein eigenes Fehlverhalten einzugestehen. Es ist immer einfacher, die Fehler anderer zu kritisieren und die eigenen zu übersehen.« Er trommelte leicht mit dem Stift auf den Tisch. »Und dann gibt es noch diejenigen, die ihr ganzes Leben nichts lernen, und das sind meistens diejenigen, die andere als Erste verurteilen.«

Ich knabberte an meinem Fingernagel. »Aber diese Leute haben trotzdem recht. Ich hätte ja weggehen können. Ich hätte versuchen können, Cody die Schlüssel abzunehmen. Ich hätte zurück zur Party gehen können und Keith suchen oder Sebastian oder –«

»Ja, hättest du. Du hättest dem Druck deiner Freunde widerstehen und dich nicht zu ihnen ins Auto setzen können. Und möglicherweise hättest du sogar Megan überzeugen können, mit dir dazubleiben. Aber vielleicht auch nicht und dann wäre der Unfall trotzdem passiert. Du hättest versuchen können, Cody den Autoschlüssel wegzunehmen, aber vielleicht hätte er dich einfach ignoriert und wäre trotzdem gefahren.« Er hielt inne und seufzte schwer. »Codys Meinung hatte in dieser Situation deutlich mehr Gewicht als deine. Du weißt nicht, ob du ihm den Schlüssel wirklich hättest entwenden können oder ob er gewartet hätte, bist du dir Unterstützung geholt hättest.«

»Aber ich hätte es versuchen können«, flüsterte ich und ließ die Füße zu Boden sinken.

»Das stimmt, Lena, aber du hast es nicht getan. Immerhin hast du ihn gefragt, ob er wirklich fahren kann. Du hast nur nicht auf die kleine Stimme in deinem Kopf gehört, die gesagt hat, dass seine Antwort nicht ganz der Wahrheit entspricht, aber …« Er seufzte. »Ich will ganz ehrlich zu dir sein. Ist das okay?«

Ich rümpfte die Nase. »Wieso? Waren Sie das bis jetzt nicht?«

Ein Lächeln huschte über sein Gesicht. »Du hast in dieser Nacht eine falsche Entscheidung getroffen. Das ist dir bewusst und du akzeptierst die Verantwortung dafür. Du machst dir auch nichts vor und legst dir im Nachhinein einen völlig anderen Ablauf der Ereignisse zurecht. Du hast dir auch nicht eingeredet, dass du die Situation ohnehin nicht hättest ändern können. Du weißt, was passiert ist, und kennst deinen Anteil daran. Das ist nun mal so und lässt sich nicht mehr ändern. Du wirst lernen müssen, mit deinen Fehlern zu leben, sie zu akzeptieren, aus ihnen zu lernen, an ihnen zu wachsen und durch sie zu einem besseren Menschen zu werden.«

Ich wischte mir mit der Hand über das Gesicht. Nun war ich froh, dass ich mir am Morgen nicht die Mühe gemacht hatte, Wimperntusche aufzutragen. Ich hätte sie mir mittlerweile über das ganze Gesicht verschmiert. »Aber wie komme ich dahin, dass ich meinen Fehler akzeptiere? Und wann werde ich wie von Zauberhand ein besserer Mensch? Und wann hört das auf, dass ich mich wie der schlechteste Mensch der Welt fühle?«

»Du bist doch kein schlechter Mensch.«

Ich warf ihm einen schrägen Blick zu.

Mit hochgezogener Augenbraue hob er die Hand. »Die meisten großen Veränderungen passieren ganz langsam … und auf einen Schlag zugleich.«

»Das klingt total unlogisch.«

»Eines Tages wirst du erkennen, dass du diesen Teil deines Lebens hinter dir gelassen hast und akzeptieren kannst, was sich nicht ändern lässt. Und in dem Moment wirst du darüber hinweggekommen sein. Das wird sich wie eine plötzliche Veränderung anfühlen, obwohl es in Wahrheit das Ergebnis eines längeren Prozesses ist.«

Ich blinzelte. »Das hilft mir jetzt auch nicht wirklich weiter.«

In Dr. Perrys Lächeln schwang die Überzeugung mit, dass ich eines Tages anderer Meinung sein würde. »Ein guter Anfang wäre, dich denen gegenüber zu öffnen, die du gernhast.«

Panik blitzte in mir auf.

»Du hast die Wahl. Entweder benimmst du dich ihnen gegenüber weiter wie bisher und machst dir ständig Sorgen, wie sie wohl reagieren, wenn sie es erfahren. Nun wissen wir aber, wie anstrengend das ist und dass es deine Freundschaften schon beschädigt hat.« Er hatte recht. »Oder du bist offen mit ihnen.«

»Und was ist … wenn sie mich dann hassen?«, fragte ich.

»Dann waren sie nie wirklich deine Freunde«, erwiderte er. »Vielleicht sind sie erst mal sauer und auch enttäuscht, aber ein echter Freund, dem du wirklich am Herzen liegst, wird dich auch trotz deiner Fehler akzeptieren.«

Wieder kaute ich an meinem Finger. Ich war mir nicht sicher, ob man das, was ich getan hatte, einfach nur als »Fehler« bezeichnen konnte.

»Wie läuft es mit Sebastian?«, fragte er.

Eine tiefe Traurigkeit überkam mich. Ich dachte daran, wie ich ihn neulich mit Skylar gesehen hatte, und an das Gerücht über den Homecoming-Ball und schüttelte nur den Kopf. Das war nicht wichtig. Am Samstag war er nach dem Training ins

Joanna's gekommen, um etwas zu essen, so wie vor … so wie früher. Er hatte Kuchen und Milch bestellt, aber es war einfach komisch zwischen uns.

»Nicht besonders«, sagte ich schließlich. »Ich möchte es ihm ja erzählen, aber dann denke ich wieder, dass er mich hinterher bestimmt nicht mehr leiden kann. Ich weiß schon, Sie sagen, er wäre dann sowieso nie mein Freund gewesen, aber das stimmt nicht. Er war mein bester Freund, und was ich da getan habe …«

Dr. Perrys ruhiger Blick traf meinen. »Es gibt etwas, das du begreifen musst, Lena. Du hast deine Freunde nicht getötet. Du hast an dem Abend eine falsche Entscheidung getroffen. Aber das haben sie selbst auch getan. Du bist nicht schuld an ihrem Tod.«

Nach dem Unterricht knallte ich mein Schließfach zu und warf mir den Rucksack über die Schulter. Ein dumpfer Schmerz zog durch meinen Arm, aber als ich den Flur entlangging, spürte ich ihn kaum noch. Die Gesichter, die mir entgegenkamen, verschwammen vor meinen Augen. Ich lief schon den ganzen Tag wie durch einen Nebel durch die Schule, während ich ständig an die Sitzung mit Dr. Perry denken musste.

Natürlich hatte ich schon gewusst, dass ich meine Freunde genau genommen nicht eigenhändig getötet hatte, deshalb konnten mich seine Abschiedsworte nicht wirklich trösten. Ich hatte an dem Abend zwar nicht betrunken hinter dem Steuer gesessen, aber eben nicht alles in meiner Macht Stehende getan, um Cody am Fahren zu hindern. Deshalb war ich juristisch gesehen nicht verantwortlich.

Aber in moralischer Hinsicht schon.

Und das war, wie ich feststellte, eine Last, die sehr schwer zu tragen war, denn wie wurde man eine solche Art von Schuld wieder los? War das überhaupt möglich?

Ich war bereit, es zu versuchen.

In der Pause war ich nicht in der Mensa gewesen; meine Angst vor dem, was ich vorhatte, war zu groß, als dass ich einen Bissen heruntergebracht hätte. Dary hatte mir geschrieben, während ich mich in der Schulbibliothek versteckte, und ich hatte vorgeschoben, für eine Klausur lernen zu müssen.

Ich wusste, was ich zu tun hatte, als ich später nach Hause kam, und schon bei dem Gedanken wurde mir schlecht. Vielleicht blieb ich deshalb auf dem Weg nach draußen vor der geschlossenen Flügeltür, die zur Turnhalle führte, stehen. Vielleicht wollte ich einfach nur Zeit schinden. Vielleicht hatte es aber auch einen anderen Grund.

Ich spähte durch das kleine Fenster in der Tür, und mein Magen zog sich zusammen, als ich die Mädchen sah, die auf dem Spielfeld ihre Laufübungen absolvierten. Coach Rogers stand am Netz und rief seine Befehle. Durch die Wände und die dicken Türen war seine tiefe Stimme kaum zu hören. Die Saison lief nur noch wenige Wochen. Ich hatte die Ergebnisse verfolgt. Die Mannschaft hatte gute Leistungen gezeigt und würde es ziemlich sicher in die Halbfinalrunde schaffen.

Ich sollte jetzt da drinnen sein.

Sobald mir dieser Gedanke durch den Kopf schoss, kniff ich die Augen zusammen, um den plötzlichen Anflug von Reue wieder abzuwehren. Nachdem der Gips entfernt worden war, hätte ich ohne Weiteres mitspielen können. Ich hätte –

Ich hätte viele Dinge tun können.

Aber dafür war es jetzt zu spät. Ich hatte die Entscheidung

getroffen, das Team zu verlassen, und das ließ sich nicht mehr ändern, auch wenn ich das Spielen vermisste. Auf dem Spielfeld hatte mein Verstand immer automatisch in den Ruhemodus geschaltet. Ich hatte aufgehört, über Sebastian zu grübeln, mich über Mom zu ärgern oder mir wegen meines abwesenden Vaters Gedanken zu machen. Ich hatte einfach da draußen gestanden und mich auf den Ball konzentriert. Und auf mein Team.

»Ich kann wieder spielen«, flüsterte ich, und mein Körper zuckte zusammen. Überrascht öffnete ich die Augen. Das Team stand drüben an der Tribüne. Ich konnte wieder spielen. Die Testspiele für eine Collegemannschaft absolvieren. Vielleicht würde ich keinen Platz bekommen, aber ich könnte es versuchen. Ich könnte –

Das Geräusch von Schritten riss mich aus meinen Gedanken. Meine Hand schloss sich fester um meinen Rucksackriemen, ich trat von der Tür weg und sah mich um.

Es war Keith.

Ich hatte ihn den ganzen Tag nicht gesehen. Er sah aus, als würde er von einem Staatsbankett kommen, mit dunkler Anzughose und weißem Hemd. Eine Sporttasche hing über seiner Schulter, Stollenschuhe baumelten in seiner Hand.

Unsere Blicke trafen sich und seine Schritte wurden langsamer. »Hi«, sagte er und schaute auf die Tür hinter mir. »Was geht?«

Weil mir nichts einfiel, um zu erklären, was ich hier machte, fragte ich nur: »Gehst du zum Training?«

»Ja.« Er blieb vor mir stehen, und nun konnte ich auch erkennen, dass seine Augen leicht gerötet waren. »Ich war bei einem Treffen mit meinen Eltern und … den Anwälten. Ging den ganzen Nachmittag.«

Mein Herz wurde schwer, als mir einfiel, dass Keith mit ganz anderen Folgen von dieser Nacht zu kämpfen hatte. Wie hatte ich das nur vergessen können? »Wie … wie steht es damit?«

Er hob seine freie Hand und fuhr sich durch die Haare. »Nicht so besonders. Die Anwälte haben meinen Eltern geraten, sich auf einen Deal einzulassen. Du weißt schon, eine Geldstrafe und Sozialstunden, um eine Haftstrafe zu vermeiden.« Er holte tief Luft und ließ die Hand sinken. »Und dann sind da noch die Zivilklagen.«

Ich nickte und wusste nicht, was ich sagen sollte.

»Kann ich dich was fragen?«

»Klar«, sagte ich.

Ein Muskel in seinem Kiefer pochte, und er schaute zu Boden, bevor er mir wieder in die Augen sah. »Warum hast du dich der Klage nicht angeschlossen? Du warst doch auch in dem Wagen. Und bist ziemlich übel verletzt worden.«

Ich hatte diese Frage nicht erwartet und verhaspelte mich erst mal. »Ich … ich finde es einfach nicht richtig.« Und so war es auch. Ich war an dem Abend nicht betrunken gewesen; ich müsste selbst verklagt werden. »Ich will mit so was einfach nichts zu tun haben.«

Er nickte langsam. Eine lange Pause entstand. »Meine Eltern sind keine schlechten Menschen. Sie haben uns bei sich zu Hause trinken lassen, weil sie es für sicherer hielten. Damit wir nicht irgendwo mit den Autos …« Das wusste ich alles. »Cody hätte bei mir übernachten können. Er wusste genau, dass wir immer einen Schlafplatz für ihn hatten. Alle hätten bleiben können. Das war der Deal. Amüsiert euch, aber steigt nicht ins Auto, wenn ihr getrunken habt.« Leise fluchend fügte Keith hinzu: »Cody wusste das ganz genau.«

Meine Brust zog sich zusammen. Seine Eltern waren gute Leute. Sie hatten einfach nur gewisse Dinge nicht wirklich durchdacht und eine falsche Entscheidung getroffen, indem sie Keith und seinen Freunden erlaubt hatten, bei ihnen zu Hause Partys zu feiern, ohne irgendeine Kontrolle auszuüben. »Ich weiß.«

»Ich weiß nicht, Mann … keine Ahnung, was jetzt werden soll.« Keith' Schultern sanken in sich zusammen. »Ich meine, wahrscheinlich werden meine Eltern die Farm verlieren, die Obstplantagen, alles.« Er schaute an mir vorbei und schüttelte den Kopf. »Ich weiß nicht mal, warum ich überhaupt noch zum Training gehe. Ich meine, was für einen Sinn hat das noch? Scheiße, Mann.«

»Das tut mir sehr leid«, platzte es aus mir heraus.

Überraschung zog über Keith' Gesicht, gefolgt von Unglauben. Sein Mund bewegte sich, als wollte er etwas sagen, aber er blieb stumm, und da wusste ich es. Als ich sah, dass er nicht verstehen konnte, wieso ich mich entschuldigte, kam die Erkenntnis mit der Wucht eines heranbrausenden Lastwagens über mich.

Keith ging es genauso wie mir.

Er gab seiner Familie die Schuld.

Er gab sich die Schuld.

Er sah keinen Sinn mehr darin, weiterhin die Dinge zu tun, die er vor dem Unfall getan hatte. Und gleichzeitig wollte er seine Familie und sich selbst verteidigen.

Das war alles so unfair, weil Keith nichts getan hatte. Er hatte das nicht verdient, aber …

Ihm ging es genauso wie mir.

In diesem Moment erst kapierte ich es. Abbi hatte das vermutlich längst durchschaut, aber ich war so in meine eigenen Schuldgefühle verstrickt gewesen, in meinen eigenen Schmerz, dass ich Keith gar nicht wahrgenommen hatte. Ich hatte auch Abbi oder Dary nicht wahrgenommen. Und Sebastian auch nicht. Ich hatte nicht gesehen, dass die ganze Schule trauerte. Ich hatte nur mich gesehen.

Keith senkte den Kopf. »Ähm … ich muss los.« Er ging an mir vorbei. »Bis dann, Lena.«

»Tschüss«, flüsterte ich und schaute ihm noch lange nach, obwohl er längst verschwunden war. Hundert Gedanken rasten mir durch den Kopf, als ich mich schließlich zum Parkplatz aufmachte, doch eine Frage stach besonders heraus.

War ich ein guter Mensch, der einfach eine falsche Entscheidung getroffen hatte?

Ungeduldig wanderte ich draußen auf meinem Balkon auf und ab und wartete darauf, dass Sebastian vom Training zurückkehrte. Er hatte sich nicht bei mir gemeldet, obwohl ich ihm nach dem Unterricht eine Nachricht geschickt hatte, ob er vielleicht später zu mir rüberkommen könnte. Den ganzen Weg nach Hause hatte mein Herz wie verrückt geklopft. Seit jener Nacht war er nicht mehr bei mir gewesen.

Kurz nach vier schrieb er zurück, er würde kommen, und obwohl ich nun etwas leichter atmen konnte, war ich immer noch furchtbar nervös.

Ich zog meine Jacke fester zusammen, ging zum Geländer und spähte zu seinem Haus. Mittlerweile stand sein Jeep in der Einfahrt. Mein Blick wanderte nach oben und ich sah Licht in seinem Zimmer brennen. Wann war er nach Hause gekommen? Ich wusste es nicht. Das Training konnte manchmal Stunden gehen.

Während ich so dastand, wurde mir auf einmal speiübel, und ich wünschte, ich hätte zuvor keinen Riesenteller Spaghetti verdrückt.

Ich hatte mir vorgenommen, zuerst mit Sebastian zu sprechen, weil ich ihn am längsten kannte. Außerdem hatte er gesagt, er liebe mich. Nach den fiesen Worten, die ich ihm an den Kopf geworfen hatte, galt das zwar sicher nicht mehr, aber er sollte trotzdem erfahren, was passiert war.

Und Abbi und Dary auch.

Sie waren als Nächstes an der Reihe.

Doch erst musste ich dieses Gespräch hinter mich bringen.

Das Licht ging aus. Ich stöhnte leise auf, rührte mich aber nicht vom Fleck. Wie angewurzelt blieb ich auf dem Balkon stehen, bis sich die Hintertür öffnete und Sebastian auf die gepflasterte Terrasse trat.

Trotz Dämmerlicht konnte ich selbst von hier oben aus erkennen, dass er geduscht hatte. Seine Haare waren nass und zurückgekämmt, was seine markanten, hohen Wangenknochen betonte. Er trug eine Jogginghose, die ihm tief auf den Hüften hing, und ein dickes, langärmliges Unterzieh-Shirt.

Oh Gott, er sah einfach atemberaubend aus. Ich wünschte, er hätte sich nicht die Zeit genommen zu duschen, sondern würde nach Schweiß riechen und wäre von Dreck- und Grasflecken übersät.

Aber wem wollte ich was vormachen? Ich hätte ihn trotzdem supersexy gefunden.

Sebastian überquerte die Terrasse, blieb an ihrem Rand stehen und schaute nach oben. Einen Moment lang stand er da wie erstarrt, vermutlich weil er sah, dass ich hier draußen auf ihn wartete.

Dann ging er an der Hausseite entlang und durch die Gartentür und mein Puls fing an zu rasen. Er bog um die Ecke und stieg die Treppe hoch.

Erst da bewegte ich mich wieder.

Ich wich zurück und rieb nervös meine Hände. Sein Kopf tauchte oben an der Treppe auf, dann stand er vor mir, seine meerblauen Augen wachsam, wie immer seit seinem letzten Besuch bei mir.

Er straffte seine Schultern. »Da bin ich.«

»Können wir … reingehen?«, fragte ich.

Sebastians Blick huschte zur Tür und er zögerte. Das schmerzte mich, weil er sonst nie gezögert hatte. Doch dann nickte er knapp.

Ich zog die Balkontür auf und ließ ihn herein, bevor er es sich anders überlegen konnte. Schweigend setzte ich mich auf die Bettkante. Sebastian nahm den Schreibtischstuhl.

»Keith hat gesagt, er hätte dich vor dem Training gesehen«, sagte er.

»Wir … haben uns kurz unterhalten.«

Sebastian wartete, und als ich nicht weitersprach, fing ein Muskel in seinem Kiefer an zu zucken. Mit trockenem Mund starrte ich auf die Landkarte, und auf einmal platzte so ziemlich das Dämlichste aus mir heraus, was man sich nur denken konnte. »Wie läuft's mit dir und Skylar?«

Schweigen. Dann: »Darüber wolltest du mit mir reden? Über Skylar?«

»Nein«, sagte ich sofort. »Vergiss es. Ich weiß nicht mal, warum ich das gefragt habe.«

»Natürlich nicht«, murmelte er.

Ich zuckte zusammen. »Ich muss dir was sagen. Also, zuerst möchte ich mich dafür entschuldigen, was ich, äh, neulich zu dir gesagt habe, als du hier warst. Das war nicht okay von mir.«

»Nein«, erwiderte er. »War es nicht.«

Ich wand mich vor Unbehagen, fuhr aber trotzdem fort: »Ich weiß, dass … dass es dir nicht darum ging … mit mir ins Bett zu gehen.« Mein Gesicht war knallrot und brannte. »Und ich weiß auch, dass du unsere Freunde genauso vermisst wie ich, und ich hätte dir nicht unterstellen dürfen, dass es nicht so ist.«

Sebastian antwortete nicht, deshalb schaute ich ihn an. Er musterte mich eindringlich und hatte den Kopf leicht zur Seite geneigt.

»Und für diese Entschuldigung hast du einen Monat gebraucht?«

»Das ist nicht okay, ich weiß. Ich wollte längst mit dir reden, aber …« Ich schluckte schwer. »Ich habe eigentlich keine richtige Entschuldigung dafür, außer dass ich viel mit Dr. Perry gearbeitet habe, um endlich meine ganzen Probleme auf die Reihe zu kriegen. Ich will dir einfach nur die Wahrheit sagen und erzählen, wie es war. Und ich weiß nicht, wie du hinterher über mich denken wirst. Vielleicht wirst du weggehen und diesmal wirklich nie wieder ein Wort mit mir sprechen. Vielleicht wirst du mich sogar hassen.« Ich kämpfte gegen die Tränen an, die in mir aufstiegen. »Aber ich muss dir trotzdem was sagen.«

Sebastians Haltung veränderte sich. Ich kannte ihn so gut, dass ich sehen konnte, wie die Mauer in seinem Innern fiel. Er beugte sich vor und stützte die Unterarme auf die Knie. »Ich könnte dich niemals hassen, Lena.«

Mein Herz zersprang in tausend Stücke, als ich diese fast schon grausam liebevollen Worte hörte. Er hatte ja keine Ahnung! Kein bisschen. Er könnte mich sehr wohl hassen und das bildete ich mir nicht nur ein. Trotzdem holte ich tief Luft, um mich zu beruhigen, und sagte: »Als ich an dem Abend zu Cody ins Auto gestiegen bin, da … da war ich nicht betrunken. Ich hätte ihn aufhalten können. Und ich habe es nicht getan.«

27

SEBASTIAN RÜHRTE SICH NICHT. Lange sagte er kein Wort. Den Blick unverwandt auf mein Gesicht gerichtet, sagte er schließlich: »Was an dem Abend passiert ist, war nicht deine Schuld, Lena.«

»Es war aber teilweise meine Schuld«, erklärte ich, indem ich wiederholte, was Dr. Perry gesagt hatte. »Deshalb wollte ich die ganze Zeit nicht darüber sprechen. Ich hätte Cody aufhalten können. Ich hätte es tun müssen. Aber ich habe es nicht getan.«

Er richtete sich auf. Wieder zuckte der Muskel an seinem Kiefer, wieder eine lange Pause, die mir fast die Nerven zerriss. »Sag mir einfach, was du zu sagen hast, Lena.«

Erst bewegten sich meine Lippen, ohne dass ein Laut zu hören war, und es dauerte ein paar Sekunden, bis ich die Worte richtig herausbekam. Ich wollte tun, was Dr. Perry mir aufgetragen hatte: zurückspulen und von vorne anfangen, egal, wie schwer es fiel.

»Nachdem wir, also du und ich … Nach unserem Gespräch auf der Party habe ich mich zu Abbi und Keith gesetzt. Sie waren total vertieft in ihre Unterhaltung. Keine Ahnung, worum es ging. Es kam mir vor, als würden sie flirten und gleichzeitig streiten. Ich saß eine Weile neben ihnen, habe aber nichts mehr getrunken. Nur Wasser und vielleicht … nein, später habe ich auf jeden Fall noch eine Cola getrunken. Dann wurde es spät und ich wollte nach Hause.«

Als ich an jenem Abend neben Abbi saß, hatte ich nur an Sebastian gedacht, daran, wie Skylar und er verschwunden waren, ohne auch nur zu ahnen, dass das in wenigen Stunden alles bedeutungslos sein würde.

Ich holte erneut tief Luft und schaute ihn nicht an. Er wusste ja, warum ich nicht nach ihm gesucht hatte, obwohl es eigentlich abgemacht gewesen war. »Megan wollte auch los. Sie war hungrig und hatte sich in den Kopf gesetzt, Chicken Nuggets zu holen. Keine Ahnung, wie Cody dazukam. Megan und ich gingen mit Chris zu den Autos und da war er dann plötzlich. Chris war ziemlich durch den Wind. Jemand hatte erzählt, er sei schon seit dem Nachmittag am Trinken, und er meinte dann auch, er wäre zu müde, um zu fahren. Cody nahm die Schlüssel und erst schien das auch kein Problem zu sein. Ehrlich, er wirkte ganz normal. Aber dann kann ich mich erinnern, wie er den Türgriff packen wollte und danebengriff.«

Mit klopfendem Herzen, die Augen geschlossen, erzählte ich weiter. »Ich habe ihn gefragt, ob er wirklich noch fahren könnte, und er meinte, ja. Die Frage schien ihn richtig zu nerven. Ich wollte erst nicht einsteigen. Rein aus Instinkt vermutlich. Ich stand nur da, und dann drängte Chris mich, endlich ins Auto zu kommen, und Megan schubste mich die ganze Zeit von hinten, und Phillip machte Witze wie immer, und Cody sagte, er hätte nur ein Bier getrunken, aber ich wusste genau, dass das nicht stimmte. Ich *wusste* es. Er sagte, er sei nicht betrunken, und ich … ich wollte eben nicht diejenige sein, die … du weißt schon … die wegen nichts ein großes Theater macht.«

Tränen stachen unter meinen Augenlidern. »Und am Ende war ich dann diejenige, die ihn hätte aufhalten müssen, es aber nicht getan hat. Ich wusste, dass er zu viel getrunken hatte. Sein Gesicht war ganz rot. Ich hätte nicht in das Auto einsteigen dürfen, weil er absolut nicht in der Lage war zu fahren, und oh Gott … dann ging alles so schnell. Ich schickte Dary eine Nachricht und wollte gerade Abbi schreiben, wo ich war. Das Radio lief. Die Musik war laut. Ich weiß noch, wie der Wind durch die Fenster wehte. Ich weiß noch, wie ich dachte, dass wir viel zu schnell unterwegs waren, und dann hörte ich Cody rufen und Megan schreien. Und das … das war's dann.« Ich atmete zitternd aus. »Du siehst also, ich hätte sehr wohl etwas tun können. Ihn aufhalten. Mich weigern, mitzufahren. Oder mich selbst ans Steuer setzen. Ich habe das Falsche getan und ich bin …«

Ich wusste nicht, was ich noch sagen sollte.

Meine Geschichte war zu Ende, und am liebsten hätte ich mich unter dem Bett verkrochen, aber ich blieb sitzen und wartete auf Sebastians Wut und Enttäuschung. Mit seinen Gefühlen fertigzuwerden, gehörte nun mal dazu.

Langsam öffnete ich die Augen und sah ihn an.

Sein Gesicht war blass und angespannt. Seine Hände umklammerten seine Knie, die Fingerknöchel waren ganz weiß.

»Du … du erinnerst dich an den Unfall?«

Ich nickte. »Bis zu dem Zeitpunkt, wo ich bewusstlos wurde. Irgendwas traf mich am Kopf, aber ich weiß noch, wie das Auto gegen den Baum krachte und sich überschlug. Ich weiß noch, wie es sich um sich selbst gedreht hat. Das … es war das Schrecklichste, was ich je erlebt habe. Ich dachte …« Ich verstummte, weil Sebastian sicher genau wusste, was ich gedacht hatte.

Ich hatte gedacht, ich würde sterben.

»Himmel.« Er kniff die Augen fest zu. Dann sagte er: »Das wusste ich schon.«

»Was?«, hauchte ich.

Er beugte sich wieder vor und der Stuhl knackste unter seinem Gewicht. »Ich habe die ganze Zeit gewusst, dass du nicht betrunken warst.«

»Wie? Ich verstehe nicht?«

Seine Hände glitten von seinen Knien. »Ich habe dich erst einmal betrunken erlebt und das war nicht bei einer Party. Damals hatte Megan mit dir gewettet, ob du die Flasche Wein austrinken könntest, die deine Mutter im Schrank vergessen hatte. Du warst zu besoffen, um die Treppe hochzukommen, und Megan musste mich holen, damit ich dich ins Bett bringe.«

Ich lächelte durch meine Tränen. Oh Megan. Diesen weinseligen Katastrophenabend hatte ich schon ganz vergessen. »Mir war sooo schlecht.«

»Das kann man wohl sagen.« Er legte den Kopf schief. »Und als ich dich endlich oben in deinem Zimmer hatte, musste ich dich schnell ins Bad bringen, weil du dich in einen Kotz-Vulkan verwandelt hast.«

Oh Gott.

Sebastian hatte mich gestützt und Megan hatte mir die Haare aus dem Gesicht gehalten. Das war zwei Jahre her.

Das war das erste und einzige Mal, dass ich betrunken gewesen war.

Aus irgendeinem Grund war ich davon ausgegangen, dass Sebastian das längst vergessen hatte.

»Ich weiß, dass du höchstens ein paar Schlucke Alkohol trinkst. Deshalb konntest du gar nicht betrunken sein, es sei denn, du hättest ausgerechnet an dem Abend eine Ausnahme gemacht«, erklärte er und lächelte traurig.

»Dann …« Ich leckte mir erstaunt die Lippen. »Dann hast du die ganze Zeit schon vermutet, dass ich nüchtern war und trotzdem in das Auto gestiegen bin?«

Sebastian nickte. »Ich wusste nicht, ob du dich wirklich an den Unfall erinnerst. Du hast ja gesagt, du wüsstest nicht mehr viel davon, und da du nicht darüber reden wolltest, dachte ich, du hättest nur noch eine verschwommene Erinnerung daran. Und jetzt kannst du dich doch an alles erinnern? Scheiße, Mann …«

Ich war total perplex.

Sein Blick ruhte immer noch auf mir. »Ich wäre vermutlich auch eingestiegen.«

»Was?« Mein ganzer Körper schrak zusammen, und ich wollte aufspringen, aber meine Knie gaben nach.

»Ich hätte vermutlich das Gleiche getan wie du«, sagte er. »Scheiße, Mann, bestimmt hätte ich das. Ich hätte Cody beim Wort genommen und wäre in das Auto eingestiegen, so wie du es getan hast. Ich weiß nicht mal, ob ich so groß darüber nachgedacht hätte wie du.«

»Nein. Das stimmt nicht. Du hättest ihn aufgehalten, Sebastian. Du –«

»Ich habe an dem Abend auch getrunken und hatte trotzdem vor, dich nach Hause zu fahren«, unterbrach er mich und ließ sich auf den Stuhl zurücksinken. »Das habe ich doch schon gesagt. Mir hätte das Gleiche passieren können wie Cody. Das weiß ich. Ein paar Bier kippen, denken, dass mich das nicht beeinträchtigt, und einfach fahren. Ich kann gar nicht mehr zählen, wie oft ich das getan habe.«

Ich wollte sagen, dass das nicht das Gleiche war, aber das stimmte nicht. Es war das Gleiche. Ich wusste nicht, was ich sagen sollte. Ich hatte erwartet, er würde wütend sein und enttäuscht von mir, aber sein Gesichtsausdruck zeigte nichts dergleichen. Und was er dann tat, auch nicht.

Er stand auf und setzte sich neben mich auf das Bett. Er sagte nichts. Das war auch nicht nötig.

Bei seinem Blick wurde mir klar, dass er die Wahrheit wirklich die ganze Zeit gewusst hatte. Er hatte gewusst, dass ich einen Fehler gemacht hatte, der vermeidbar gewesen wäre, aber er war auch ehrlich mit sich selbst gewesen. Ihm war bewusst, dass er selbst schon in solchen Situationen gesteckt und falsche Entscheidungen getroffen hatte, aber – wie Dr. Perry gesagt hatte – er hatte einfach Glück gehabt. Er hatte nie die Konsequenzen dieser Entscheidungen tragen müssen.

Das machte das, was er getan hatte, nicht besser.

Und das, was ich getan hatte, auch nicht.

Aber er verurteilte mich nicht und hatte es nie getan. Die ganze Zeit über hatte ich solche Angst gehabt, er könnte enttäuscht von mir sein, dabei hatte er es schon gewusst. Er hatte es gewusst und war trotzdem für mich da gewesen. Er hatte es gewusst und trotzdem gesagt, er liebe mich.

Meine Schultern sackten immer mehr in sich zusammen. »Dann hasst du mich jetzt nicht? Du bist nicht angewidert oder ent–«

»Hör auf. So was könnte ich nicht mal denken, Lena. Nicht von dir.«

Eine Welle der Erleichterung stieg in mir auf, durchtränkt von einer tiefen Trauer, deren rasiermesserscharfe Klauen allmählich stumpfer wurden. Mit belegter Stimme sagte ich:

»Aber wieso nicht? Ich verabscheue mich ja selbst. Ich hasse mich.«

»Du hast einen Fehler gemacht, Lena.« Er beugte sich zu mir. »Das war alles. Du hast sie nicht getötet. Du hast einen *Fehler* gemacht.«

Einen Fehler, der vier Menschen das Leben gekostet hatte.

Ich erschauderte und legte die Hände auf mein Gesicht, strich mit den Handflächen über meine Wangen und zwang die Tränen, die sich schon wieder sammelten, zurück. Ich wollte nicht mehr weinen.

»Lena«, sagte er mit leiser, rauer Stimme. »Komm her.«

Er streckte die Hand aus.

Bevor ich noch darüber nachdenken konnte, was ich tat, setzte sich mein Körper schon in Bewegung. Meine Hand legte sich in seine, und dann zog er mich auf seinen Schoß, meine Knie um seine Hüften, und umarmte mich ganz fest.

Er umfasste mein Gesicht und küsste wortlos jede Wange, einmal, zweimal, küsste jede Träne weg, die mir aus den Augen kullerte. Ein Herzschlag verstrich.

Dann brachen bei mir plötzlich alle Dämme. Mit einem mitfühlenden Brummen zog er mich an seine Brust. Tränen strömten mir über das Gesicht und durchnässten innerhalb von Sekunden sein T-Shirt. Seine Arme umfingen mich, und er hielt mich ganz fest an sich gedrückt, während ich um Megan weinte, um die Jungs, um Abbi und Dary und um mich selbst.

Seite an Seite lagen wir auf dem Bett, unsere Gesichter nur Zentimeter voneinander entfernt. Es war spät, Mitternacht war längst vorbei, und bald würde der Morgen kommen, aber keiner von uns schlief. Nachdem die Tränen versiegt waren, hatten wir leise flüsternd geredet. Ich hatte ihm von den Schuldgefühlen erzählt, wie schwer sie mir auf der Seele lasteten und dass ich mir nichts sehnlicher wünschte, als an den Abend zurückzukehren und alles anders zu machen. Ich erzählte ihm von den Albträumen und dass meine Mutter die Wahrheit wusste und wie enttäuscht sie von mir sein musste, auch wenn sie es nicht sagte. Ich gab zu, dass ich mir wünschte, ich hätte Volleyball nicht aufgegeben. Ich erzählte ihm, wie ich mit Keith gesprochen hatte und was mir dadurch klar geworden war. Ich erzählte ihm sogar von Abbi.

Sebastian hörte aufmerksam zu.

»Wirst du mit ihnen reden?«, fragte er. »Mit Abbi und Dary?«

»Unbedingt.« Ich hatte die Arme vor der Brust gefaltet. »Es wird nicht leicht werden, aber ich muss es tun.« Ich setzte mich anders hin. »Hat Abbi zu dir was über den Unfall gesagt?«

»Nein. Oder jedenfalls nur das, was alle gesagt haben. Nichts über dich.« Er rückte näher. »Abbi und Keith sind sich mittlerweile sehr nahe gekommen, und ich glaube, sie hilft ihm, damit fertigzuwerden, was bei ihm so los ist.« Er wickelte eine Haarsträhne, die mir ins Gesicht gefallen war, um seinen Finger. »Er hat noch ganz andere Probleme als du. Niemand gibt dir oder deiner Familie die Schuld. Keiner weiß, was du mir erzählt hast, und selbst wenn, würden die meisten Menschen der Auffassung sein, dass du einen Fehler gemacht hast.«

Einen tödlichen Fehler.

»Aber jeder weiß, dass Keith' Eltern den Alkohol zur Verfügung gestellt haben. Und das zerstört jetzt seine Familie«, erklärte Sebastian leise. »Niemand macht ihn deswegen blöd an, aber er hat es im Moment echt schwer. Das soll jetzt nicht fies klingen, aber er lässt wenigstens zu, dass seine Freunde ihm helfen und …«

»Und ich habe das nicht getan«, vollendete ich den Satz für ihn und kam mir ganz schlecht dabei vor. Ich hatte nicht wirklich darüber nachgedacht, was Keith durchmachen musste.

Sebastian strich mit dem Finger über meinen Wangenknochen. Ich sah ihn an. Etwas hatte sich zwischen uns verändert, auch wenn ich nicht sagen konnte, was genau. Es war fast greifbar, und ich glaube, es war passiert, als er meine Tränen weggeküsst und mich in den Armen gehalten hatte.

»Willst du am Wochenende wirklich nicht zum Homecoming-Ball gehen?«, fragte er.

Bei dieser Frage musste ich unwillkürlich an Skylar denken. »Und du?«

»Ich wollte mit ein paar von den Jungs gehen.«

»Nicht mit Skylar?«

Er zog die Augenbrauen hoch. »Nein.« Er lachte. »Warum denkst du das?«

Meine Wangen wurden heiß. »Weil ihr in letzter Zeit wieder öfter miteinander geredet habt.«

»Wir reden eigentlich immer wieder mal miteinander«, erwiderte er. »Sie geht mit jemand von der Wood High hin.«

»Wirklich?« Überraschung flammte in mir auf. »Ich habe nur gehört, ihr hättet euch über den Homecoming-Ball unterhalten.«

Er hob die Augenbraue. »Wir haben darüber geredet, aber es ging nicht darum, zusammen hinzugehen.« Sein Blick suchte meinen. »Sie weiß, dass ich nicht wieder mit ihr zusammen sein will, und du müsstest das auch wissen. Nur weil … es nicht so gekommen ist, wie ich gehofft habe, habe ich noch lange nicht vor, mir gleich eine Neue zu suchen.«

Das, was nicht so gekommen war, wie erhofft – damit meinte er mich. Das wusste ich.

Sebastian fuhr mir mit dem Daumen das Kinn entlang. »Es gibt immer noch den Abschlussball.«

Mir gefiel, wie er das sagte. »Der Abschlussball. Ja.«

Er schwieg eine Weile und sagte dann: »Danke übrigens.«

Ich runzelte die Stirn. »Wieso bedankst du dich bei mir?«

»Na ja.« Seine Hand glitt zu meiner Schulter und drückte sie. »Du hast das lange Zeit allein mit dir herumgetragen und jetzt suchst du dir endlich Hilfe. Du hast mir davon erzählt und du willst mit Abbi und Dary reden. Du musst jetzt nicht mehr alleine damit klarkommen.«

Ein müdes Lächeln zupfte an meinen Lippen. »Sollte ich nicht eher dir danken?«

»Nein. Ich hab doch nichts getan. Ich habe nur zugehört.«

Aber das allein hatte mir schon unglaublich viel Kraft gegeben.

»Das hast du ganz allein geschafft«, fügte er hinzu.

Und da hatte er recht. Ein großer Teil war von mir selbst gekommen.

Mein müdes Lächeln wurde breiter. Die heutige Nacht … mit Sebastian zu reden, war ein großer Erfolg für mich, weil ich nur zwei Möglichkeiten hatte: Ich konnte an dem, was ich getan hatte, zerbrechen oder lernen, damit zu leben.

Das war die Wahl, vor der ich stand, und diesmal musste ich die richtige Entscheidung treffen.

Und das würde ich auch.

28

Dr. Perry war am Mittwoch so begeistert über meine Fortschritte, dass er mir eine neue Aufgabe gab. Zwei, genau genommen, das Gespräch, das ich noch mit Abbi und Dary führen musste, nicht mitgezählt.

»Ich möchte, dass du zwei Dinge tust«, sagte er. »Beide sind enorm wichtig für den Trauerprozess. Als Erstes möchte ich, dass du einen Tag in der Woche dem Trauern widmest.«

Ich zog die Augenbrauen zusammen. »Sie meinen wirklich einen ganzen Tag?«

»Nicht den ganzen Tag, es sei denn, du hast das Gefühl, du bräuchtest das«, stellte er klar. »Es kann auch nur eine Stunde sein oder zwei. Ich möchte, dass du dir an diesem Tag Zeit nimmst, dich an deine Freunde zu erinnern. Indem du zum Beispiel alte Fotos anschaust, ihre Seiten in den sozialen Medien aufsuchst, sofern sie noch existieren, oder über sie schreibst. Ich möchte, dass du an sie denkst, dich an sie erinnerst und dann über deine Gefühle reflektierst. Glaubst du, du kriegst das hin?«

Vermutlich schon. Es würde schwer werden, vor allem ihre Bilder zu betrachten und die letzten Nachrichten zu lesen, aber ich würde das schaffen.

»Um sie zu trauern, ist nicht leicht, vor allem nicht für dich, weil du dich für das, was geschehen ist, verantwortlich fühlst. Und es ist nie leicht, um Tote zu trauern, die ihren Tod selbst mitverantwortet haben.« Er legte die Arme auf den Tisch. »Ich sehe immer wieder viel Wut und Zweifel bei den Angehörigen von Leuten, die an einer Überdosis gestorben sind. Letztendlich solltest du dich daran erinnern, dass diese Menschen deine Freunde waren und du deshalb auch um sie trauern darfst.«

Ich nickte langsam. »Das schaffe ich.«

»Und welchen Tag suchst du dir dafür aus?«, hakte er gleich nach.

»Ähm.« Ich rümpfte die Nase. »Vielleicht den Sonntagabend?« Sonntagabende waren sowieso immer ein bisschen deprimierend.

»Klingt gut. Die zweite Sache, die ich von dir möchte, ist eigentlich ein Versprechen.«

Fragend sah ich ihn an.

»Ich möchte, dass du bis zum Ende des Jahres ihre Gräber besuchst.«

Bei dem Gedanken schlug mein Magen sofort einen Salto.

Ein mitleidiger Blick erschien in seinen Augen. »Ich weiß. Wenn du ihre Gräber siehst, hat das etwas sehr Endgültiges, aber für dich ist das unbedingt notwendig. Du konntest nicht zu ihren Beerdigungen gehen. Ihre Gräber zu besuchen, wird in dir vielleicht sogar noch mehr bewirken, als nur einen Abschluss zu finden.«

Meine Brust zog sich zusammen, aber ich nickte. »Das kriege ich hin.«

Weil ich musste.

Weil ich den festen Entschluss gefasst hatte, nicht zuzulassen, dass der 19. August für immer mein Leben beherrschte oder es zerstörte.

In der Mittagspause war ich supernervös, zwang mich aber trotzdem, von der Masse auf meinem Teller zu essen, die angeblich eine Lasagne darstellen sollte, aber nur nach einem Klumpen Käse mit Hackfleisch aussah. Sebastian saß wieder neben mir, hatte mir aber den Rücken zugedreht und debattierte mit einem der anderen Footballspieler darüber, welches Sportgetränk am besten wäre. Keith hörte ihnen zu.

Das war die perfekte Gelegenheit.

»Also, ähm, hättet ihr zwei vielleicht Lust, nach der Schule mit mir was essen zu gehen?«, sagte ich zu Abbi und Dary und klang dabei so verlegen, als würde ich jemand um ein Date bitten.

Darys Augen hinter der Brille leuchteten sofort auf. »Das fände ich toll.« Sie schaute zu Abbi. »Ich habe sowieso nichts vor.«

»Weiß nicht.« Abbi zerteilte ihre Lasagne mit der Gabel. »Ich glaube nicht, dass ich da Hunger haben werde.«

Dary ließ enttäuscht die Schulter hängen.

Aber darauf war ich vorbereitet. »Wir könnten in diese Smoothie-Bar gehen«, schlug ich vor, weil ich wusste, dass Abbi einem frischen Smoothie nicht widerstehen konnte. »Wir müssen nicht in ein Restaurant gehen oder so.«

Abbis Gesicht war wie versteinert, aber sie begegnete meinem Blick. Mit zitternder Unterlippe beugte ich mich vor und flüsterte: »Bitte. Ich muss unbedingt mit euch reden.«

Ihre Miene wurde weicher, und ich hielt den Atem an, weil

ich ernsthaft fürchtete, sie würde mich abblitzen lassen, doch dann nickte sie. »Okay.«

Vor Erleichterung wäre ich fast vom Stuhl gekippt. Dary dagegen klatschte wie ein hyperaktiver Seelöwe in die Hände. »Danke«, flüsterte ich.

Abbi antwortete nicht, aber sie nickte immerhin, und das war schon mal etwas. Das war vorerst genug.

Mit den Smoothie-Bechern in der Hand suchten wir uns eine Sitznische hinten in der Saftbar. Ich hockte neben Dary und Abbi saß gegenüber. Ich hatte den Klassiker gewählt, einen schlichten Erdbeersmoothie, Dary war etwas einfallsreicher gewesen und hatte eine Mischung mit Erdnussbutter genommen. Abbi hatte Mango bestellt.

Megan hätte, wäre sie mit dabei gewesen, den Smoothie ausgelassen und sich gleich ein Fladenbrot bestellt, angeblich »wegen der Proteine«.

Dary war die ganze Zeit am Reden, als wir uns setzten, und sobald sie verstummte, fragte Abbi: »Und wieso wolltest du dich mit uns treffen?«

Ich hielt inne, den Strohhalm schon halb am Mund. »Muss es einen Grund dafür geben?«

»Nein«, sagte Dary im gleichen Moment, wie Abbi »Ja« sagte.

Abbi erklärte sofort: »Du wolltest schon seit Monaten nichts mehr mit uns unternehmen, deshalb vermute ich, dass es jetzt einen bestimmten Grund dafür gibt.«

»Das stimmt so nicht ganz«, wandte Dary ein.

»Bei dir vielleicht nicht, aber ich habe sie kaum zu sehen bekommen.« Abbi schlürfte einen Schluck von ihrem Smoothie.

»Okay.« Ich hielt die Hand hoch. »Das habe ich verdient. Ich war in den letzten Monaten keine gute Freundin, ich weiß. Deshalb wollte ich auch heute mit euch reden. Ich … ich wollte euch von dem Unfall erzählen. Davon, was an dem Abend genau passiert ist.«

Dary ließ den Arm auf den Tisch sinken. »Das musst du nicht.« Mit großen, feucht glänzenden Augen drehte sie sich zu mir. »Das müssen wir nicht tun.«

»Doch, ich schon.« Mein Blick suchte Abbis. »Ich muss mir das von der Seele reden.«

Und das tat ich dann auch.

Ich erzählte ihnen, was ich auch Sebastian erzählt hatte, und diesmal war es leichter, weil ich den Abend nun schon zum dritten Mal rekapitulierte und es nicht mehr ganz so schmerzhaft war, mich dahin zurückzuversetzen. Aber es wurde nicht einfacher, Abbi und Dary dabei in die Augen zu sehen. Ich zwang mich dazu, weil Abbi die Wahrheit bereits kannte und Dary es vielleicht bereits vermutet hatte. Ich brach das drückende Schweigen, das zwischen uns geherrscht hatte, und legte alles, was passiert war, offen auf den Tisch, in der Hoffnung, sie würden begreifen, was mich seit dem Unfall beschäftigt hatte, aber ohne Vergebung oder Verständnis zu erwarten.

Während ich sprach, schob Dary ihre Brille hoch und vergrub das Gesicht in den Händen, und ich spürte immer wieder, wie ihre Schultern bebten. Weiterzuerzählen, obwohl ihr das so zusetzte, war, wie über heiße Glasscherben zu laufen.

»Ich habe versucht, das alles irgendwie zu verarbeiten«, schloss ich und fühlte mich sämtlicher Energie beraubt. »Und ich weiß, meine Schuldgefühle können nicht rechtfertigen, dass ich euch beide aus meinem Leben ausgeschlossen habe, und ich … ich erwarte auch gar nicht, dass ihr nicht mehr sauer auf mich seid. Ich wollte einfach nur ehrlich sein.«

Abbi sah mich nicht an. Sie hatte den Blick abgewandt, als ich erzählte, wie ich Cody gefragt hatte, ob er überhaupt noch fahren könne, und spielte nun an ihrem Strohhalm herum, die Lippen fest zusammengepresst.

Meine Kehle brannte. »Es tut mir einfach sehr leid. Mehr kann ich nicht sagen. Ich weiß, ich kann das, was geschehen ist, nicht rückgängig machen, aber es tut mir unendlich leid.«

Dary ließ die Hände sinken. Ihre Augen glänzten. »Ich weiß nicht, was ich sagen soll.«

»Du musst nichts sagen«, erwiderte ich leicht zittrig.

Sie wischte sich die Tränen von den Wangen. »Weißt du, ich hatte so was schon vermutet. Ich weiß doch, dass du nie viel trinkst, und ich habe mich immer gefragt, warum du nicht die Fahrerin warst, aber ich … Es ist schrecklich, in so einer Situation zu sein. Die anderen nicht nerven zu wollen und trotzdem das Richtige zu tun.«

Abbi blieb stumm.

»Ich hätte das Richtige tun sollen«, sagte ich.

Dary atmete zitternd aus. »Ja, das ist wahr.«

Ich lehnte mich zurück und ließ die Hände in den Schoß sinken. Was sollte ich dazu sagen? Jetzt, wo die Wahrheit auf dem Tisch war? Ich hatte gewusst, dass ich Dary verlieren könnte, wenn ich dieses Gespräch führte, so wie ich Abbi längst verloren hatte.

Endlich meldete sich auch Abbi zu Wort. »Du hast … einen Fehler gemacht. Einen riesengroßen Fehler«, sagte sie und starrte auf ihr hellgelbes Getränk. »Aber mehr auch nicht.«

Mir stockte der Atem. Ich konnte nicht beschreiben, was ich

bei diesen Worten empfand. Nicht direkt eine Absolution, aber doch etwas ungeheuer Tröstendes.

Dary schaute mich mit feuchten Wangen an. Sie schwieg, doch nach einem kurzen Moment lehnte sie sich an mich und legte den Kopf an meine Schulter. Ein Zittern durchfuhr mich und drohte mich zu überwältigen.

»Okay«, sagte Dary heiser. »Also, ich könnte jetzt eine Portion Pommes vertragen und die gibt's hier leider nicht.«

Ein tränenersticktes Lachen entfloh mir. »Pommes wären einfach perfekt.«

Abbi schüttelte den Kopf, dass ihre zwei dicken Zöpfe flogen. »Ihr habt euch beide gerade einen riesigen Smoothie reingezogen und wollt trotzdem noch Pommes?«

»Ich brauche was Salziges. Tonnen von Salz, am besten.«

Abbi verdrehte die Augen.

»Weißt du«, sagte Dary und hob den Kopf von meiner Schulter. »Ich liebe dich trotzdem. Das solltest du wissen.«

Tränen stiegen in mir auf. Ich drängte sie mit aller Macht zurück, brachte es aber nicht über mich, zu sprechen, und nickte deshalb nur.

Dann unterhielten wir uns über andere Dinge, und als wir die Smoothie-Bar verließen, war es zwischen uns fast wieder normal. Fast so wie früher.

Trotzdem musste ich mit Abbi noch kurz unter vier Augen reden, bevor wir die Pommesbude ansteuerten.

Ich blieb bei meinem Auto stehen. »Abbi, wartest du mal kurz?«

Sie winkte Dary zum Abschied und drehte sich zu mir um. Ein Teil der Mauer zwischen uns war verschwunden. Nicht viel, aber wenigstens ein Teil.

»Ich weiß, zwischen uns ist es immer noch irgendwie doof, aber ich wollte dich nach deinen Eltern fragen. Wie läuft es bei ihnen?«

Abbi öffnete den Mund, und ich machte mich schon auf eine bissige oder spöttische Bemerkung gefasst, doch sie sagte: »Mom hat in letzter Zeit keine *Überstunden* mehr gemacht.« Bei dem Wort malte sie Anführungszeichen in die Luft. »Und sie streiten auch nicht mehr so viel. Ich weiß nicht, ob sie meinem Vater alles gestanden hat, aber ich habe den Eindruck, sie wollen es noch mal miteinander versuchen.«

Ich lehnte mich an mein Auto. »Das ist doch gut, oder?«

»Ja. Ich denke schon. Wenigstens müssen wir Kinder uns nicht mehr anhören, wie sie sich gegenseitig an die Gurgel gehen.« Sie warf einen Zopf über ihre Schulter.

»Das freut mich zu hören. Wirklich.«

Wieder nickte sie und holte dann tief Luft. »Ich muss dir auch was sagen, okay?«

Ich erstarrte. »Okay.«

»Es tut mir leid, dass ich damals zu dir gesagt habe, mit Chris zu fahren, wenn er zugedröhnt ist, wäre etwas anderes gewesen, als bei Cody mitzufahren. Das stimmt nicht, und du hattest recht … ich habe einfach Glück gehabt.« Sie schluckte schwer. »Es tut mir sehr leid, dass ich das zu dir gesagt habe.«

Ich kniff die Augen für einen Moment ganz fest zu. »Schon gut«, sagte ich, weil es auch so war.

»Ich … war nicht sauer auf dich, weil du in das Auto eingestiegen bist. Ich meine, ich war schon sauer. Ich glaube, jeder wäre am Anfang sauer gewesen. Aber was mich in Wahrheit so wütend gemacht hat, war, dass du mich ausgeschlossen hast. Du hast uns alle ausgeschlossen.«

»Ich weiß«, flüsterte ich. »Du hast recht.«

»Hast du überhaupt eine Ahnung, wie wir uns da gefühlt haben? Ich wusste nicht, wie ich dir helfen sollte, und du hast mich und keinen anderen an dich herangelassen, damit wir es wenigstens versuchen konnten, und das hat mich einfach so wütend gemacht. Ich hatte Megan verloren, und dann hat es sich so angefühlt, als würde ich dich auch noch verlieren und das war einfach zu viel für mich.«

»Tut mir leid. Das wollte ich nicht. Ich habe nur –«

»Ich versteh das schon. Du warst einfach so durch den Wind, und ich … ich hätte es so machen sollen wie Dary – dich in Ruhe lassen. Dir Zeit geben.« Sie senkte den Kopf. »Und das tut mir auch sehr leid.«

»Du brauchst dich nicht zu entschuldigen.« Ich ging auf sie zu. »Ich will keine Entschuldigungen mehr hören. Ich möchte nur, dass es zwischen uns wieder … okay ist.«

»Ich auch.« Abbi umarmte mich. Es war nur eine kurze Umarmung, nicht so innig wie früher, aber immerhin ein Anfang. Sie trat zurück. »Ich muss jetzt los, aber ich melde mich nachher noch mal, und du antwortest mir gefälligst, okay?«

»Okay.«

Abbi warf mir noch ein kurzes Lächeln zu, dann ging sie davon, und am liebsten hätte ich geweint. Aber diesmal hätten die Tränen einen ganz anderen Grund als sonst.

Am Mittwochabend saß Sebastian auf meinem Bett und hörte zu, wie ich ihm von meinem Treffen mit Abbi und Dary erzählte, und dann berichtete ich ihm noch, was mir Dr. Perry aufgetragen hatte.

»Dann war das eine wichtige Woche für dich«, meinte er, als ich fertig war.

Ich saß im Schneidersitz neben ihm, ein Kissen auf dem Schoß. »Das stimmt.«

»Und wie geht es dir jetzt nach eurem Gespräch?«

Schulterzuckend presste ich das Kissen noch fester an mich. »Besser. Erleichtert. Wenigstens wissen sie nun alles. Das ändert zwar nichts, und ich weiß auch, dass sie enttäuscht von mir sind, aber jetzt ist wenigstens alles gesagt, und ja, das ist schon eine Erleichterung«, wiederholte ich.

»Das kann ich verstehen.« Er legte den Kopf schief. »Die Wahrheit ist es manchmal wert, dass man andere enttäuscht.« Mit einem kleinen Grinsen bohrte er den Finger in mein Kissen. »Weißt du, an dem Abend, als wir gestritten haben, da hast du etwas sehr Wahres gesagt.«

Ich zog fragend die Augenbrauen hoch. »Das kann ich mir nicht vorstellen.«

»Doch. Hast du.« Er zog mir das Kissen weg und stopfte es sich hinter den Rücken. »Du hast gesagt, ich würde es nicht mal schaffen, mit meinem Vater über das Footballspielen zu sprechen.«

Oh. Verdammt. Ich hatte ganz vergessen, dass ich ihm das an den Kopf geworfen hatte.

»Ich habe mit meinem Dad geredet.«

Ich fuhr zusammen. »Ernsthaft?«

»Ja.« Er schaute mich durch seine dichten Wimpern an. »Lief nicht besonders gut.«

Ich richtete mich auf die Knie auf und rutschte näher zu ihm. »Was ist passiert? Ich will alles wissen!«

Ein knappes Grinsen erschien auf seinem Gesicht, als ich

mich direkt vor ihm niederließ. »Es ist schon ein paar Wochen her und eigentlich gibt es nicht viel zu erzählen. Ich war einfach ehrlich zu ihm.«

»Und das erzählst du mir erst jetzt?« Ich schlug ihm auf den Arm. »Sebastian!«

»He!« Lachend hielt er meine Hand fest. »Zu der Zeit hat bei uns Funkstille geherrscht und außerdem warst du mit anderen Dingen beschäftigt.«

»Auch wieder wahr.« Trotzdem hatte ich ein schlechtes Gewissen, weil ich nicht für ihn da gewesen war. Ich hätte mich doch mal zusammenreißen können. Das ließ sich nicht mehr ändern, aber ich würde ihm jetzt zuhören. »Und was hat er gesagt?«

»Er ist ausgeflippt. Hat gesagt, ich würde spinnen und könnte wegen des Unfalls nicht mehr klar denken. Ich habe ihm ganz ruhig erklärt, wie es ist – dass ich einfach keine Lust mehr habe, immer nur Football zu spielen.« Er legte unsere umschlungenen Hände auf sein Knie. »Und dass es mir schon eine ganze Weile so geht.«

»Wow.«

»Eine Woche hat er kein Wort mit mir gesprochen.« Sebastian lachte, während ich mich vor Unbehagen krümmte. »Aber mittlerweile versucht er irgendwie, es zu akzeptieren. Er redet wieder mit mir, und ich glaube, Mom hat ihn auch ein bisschen bearbeitet.«

Ich drückte seine Hand. »Das ist toll.«

»Ja«, murmelte er und biss sich auf die Unterlippe. »Immerhin scheint Dad deshalb nicht in Depressionen zu versinken, das ist schon mal was.«

Grinsend fragte ich: »Und nachdem du offiziell entschieden

hast, keinen College-Football zu spielen, für welche Uni willst du dich dann bewerben?«

»Oh Gott, da gibt es so viele Möglichkeiten«, sagte er, und sein Blick wanderte an mir vorbei zu der Landkarte über meinem Schreibtisch. »Vielleicht bleibe ich hier und gehe ein Jahr aufs Berufskolleg oder ich bewerbe mich an der Virginia Tech oder …«, seine blauen Augen richteten sich auf mich, »… an der UVA.« Als ich ihn daraufhin entgeistert anstarrte, liefen seine Wangen rosa an. »Oder sonst wo. Wer weiß? Ich habe ja noch Zeit. Das wird sich alles fügen.« Und er streckte sich auf meinem Bett aus und zog an meiner Hand. »Lust auf einen Film?«

Ich musterte ihn noch einen Moment lang und nickte dann. »Wie du magst.«

Das Lächeln, mit dem er antwortete, wärmte mir das Herz, und ich ließ mich von ihm auf die Matratze ziehen. Ich nahm die Fernbedienung von meinem Nachttisch und reichte sie Sebastian. Er fing an, sich durch die kostenlosen Filme zu zappen.

»He«, sagte ich.

Seine wunderschönen Augen richteten sich auf mich.

»Ich bin stolz auf dich. Das wollte ich dir nur sagen. Verdammt stolz sogar.«

Sein Lächeln verwandelte sich in ein Strahlen, das den Rest des Abends auf seinem Gesicht haften blieb.

29

AM ABEND DES Homecoming-Balls war das Joanna's menschenleer, sodass Felicia mich schon um neun Uhr förmlich aus dem Lokal scheuchte.

Ich hängte meine Schürze auf, ging hinaus und stieg in mein Auto. Kurz darauf war ich zu Hause. Sobald ich in der Einfahrt geparkt hatte, schaute ich auf mein Handy und sah eine Nachricht von Dary mit einem Bild von ihr und Abbi in ihren hübschen Kleidern unter einem Blumenbaldachin. Die beiden führten eine grandiose Parodie auf die Pose des verlegenen Pärchens auf, indem Abbi von hinten die Arme um Darys Taille schlang. Ich hatte ihnen früher am Abend geschrieben und viel Spaß gewünscht. Dary hatte sofort ein Smiley und ein Herz zurückgeschickt. Eine halbe Stunde später hatte Abbi ein paar schlichte Worte geschrieben, die die Wehmut in mir ein wenig linderten.

Schade, dass du nicht dabei bist.

Das war ein Anfang – ein super Anfang – für einen Neubeginn unserer Freundschaft. Und ich wünschte tatsächlich, ich könnte dabei sein, weil ich bestimmt viel Spaß mit ihnen gehabt hätte, aber ich hatte heute Abend etwas vor, das ich schon lange nicht mehr getan hatte: ein Buch lesen.

Ich konnte es kaum erwarten.

Ich würde mich endlich mal wieder in eine gute Geschichte vertiefen und dabei mindestens eine halbe Tüte Zwiebelringe verdrücken. Vielleicht sogar eine ganze. Ich würde mich jedenfalls nicht selbst bestrafen, weil ich nicht zu dem Ball ging. Und ich würde auch nicht an Sebastian denken, der vermutlich den ganzen Abend von Mädchen umschwärmt wurde.

Er war gestern nach dem Training noch bei mir vorbeigekommen. Wir hatten uns nicht geküsst und auch nicht über seinen Vater oder über den Unfall geredet. Wir hatten einfach nur zusammen gelernt.

Ich hatte keine Ahnung, wie es mit uns weitergehen würde, ob wir irgendwann zusammenkommen würden oder nicht. Vermutlich würde ich nie aufhören, mir das zu wünschen, aber mittlerweile war ich einfach nur froh, meinen besten Freund zurückzuhaben. Das war schon sehr viel.

Ich ging zum Haus und wollte nach der Tür greifen, aber sie öffnete sich schon, bevor ich sie berühren konnte.

Mom stand vor mir und winkte mich herein. »Komm schnell. Beeil dich.«

Verwundert ging ich ins Haus und schaute mich suchend um, während meine Mutter mir die Handtasche abnahm. »Was ist los?« Halb erwartete ich, gleich meinen Vater in dem halbdunklen Flur zu entdecken.

»Nichts.« Meine Mutter nahm lächelnd meine Hand und zog mich ins Wohnzimmer. Dort hob sie ein Kleiderbündel auf und drückte es mir in die Hand. »Los, geh hoch ins Bad und zieh dir das an.«

»Was ist das?« Ich erkannte mein großes, warmes Langarmshirt und ein Paar schwarzer Leggins, die Mom gewaschen haben musste, während ich bei der Arbeit war, weil sie vorhin nämlich noch schmutzig in meinem Zimmer gelegen hatten. »Das kapiere ich nicht.«

»Frag nicht so viel. Mach einfach.« Sie scheuchte mich zur Treppe und schubste mich förmlich die Stufen hoch. »Ich warte hier auf dich. Du hast eine Viertelstunde Zeit.«

Vor dem Badezimmer blieb ich stehen und lachte entgeistert. »Was ist hier eigentlich los? Das ist echt seltsam und du –«

»Ins Bad mit dir«, befahl Mom grinsend. »Oder du bekommst Hausarrest.«

»Was?« Ich stieß ein weiteres ungläubiges Lachen aus. »Bist du verrückt geworden, oder was?«

Mom verschränkte die Arme. »Oder soll ich dich höchstpersönlich umziehen?«

»Oh Gott. Hilfe. Okay, okay.«

Ich nahm die Klamotten und verschwand im Bad, ohne auch nur zu ahnen, was sie vorhatte oder warum ich mich auf der Stelle umziehen musste. Roch ich so stark nach frittiertem Hähnchen? Ich war heute im Joanna's nicht wirklich ins Schwitzen gekommen, trotzdem stellte ich mich kurz unter die Dusche, wie immer nach der Arbeit. Nur die Haare steckte ich zu einem Knoten hoch, damit ich sie hinterher nicht föhnen musste. Ich schlüpfte in die Sachen, die Mom mir gegeben hatte, stellte fest, dass auch ein Paar dicke Socken dabei waren, und zog sie ebenfalls an.

Mom wartete im Flur auf mich.

»Verrätst du mir jetzt, was hier los?«, fragte ich sie und schob die Ärmel meines Shirts hoch.

»Nein.« Sie wirbelte herum. »Komm mit.«

Vor Neugier fast sterbend folgte ich ihr nach unten in die Küche.

»Und jetzt zieh die Turnschuhe an.« Sie deutete auf ein Paar neben der Tür. »Und dann gehst du raus in den Garten.«

»Jetzt hab ich echt ein bisschen Angst.« Ich schlüpfte in die Schuhe. »Nachher ist das eine Falle.«

»Wie könnte ich meiner Tochter das antun?«

Ich schoss ihr über die Schulter hinweg einen Blick zu, öffnete dennoch die Hintertür und blieb wie vom Donner gerührt stehen.

Sebastian wartete draußen auf unserer verwaisten Terrasse, in einem ähnlichen Aufzug wie ich, nur ohne Leggins. Stattdessen trug er eine Jogginghose und eine graue Strickmütze. Der Garten hinter ihm wirkte irgendwie heller als sonst, doch dann fiel mein Blick auf das, was er in den Händen hielt.

Einen Ansteckstrauß aus wunderschönen knallroten, blühenden Rosen, die mit Schleierkraut und frischen Blättern zusammengebunden waren.

Langsam hob ich den Kopf und sah ihm in die Augen.

Ein schüchternes Lächeln umspielte seine Lippen. »Weil du nicht zum Homecoming-Ball wolltest, dachte ich, wir unternehmen einfach etwas Schöneres.«

Mein Hirn war wie leer gefegt.

»Seid artig.« Meine Mutter sah uns beide streng an. »Und viel Spaß.«

Mit großen Augen drehte ich mich wieder zu Sebastian, nachdem Mom die Tür geschlossen hatte. »Ich dachte, du würdest auf den Ball gehen?«

Er schüttelte den Kopf und trat auf mich zu. »Hab's

mir anders überlegt. Uns bleibt immer noch die Prom, stimmt's?«

Uns. Wie er das gesagt hatte ... »Stimmt«, flüsterte ich.

»Darf ich«, fragte er, worauf ich wie benommen den Arm vorstreckte.

Er streifte das Sträußchen über meine linke Hand und befestigte es an meinem Handgelenk. »Steht dir.«

Ich blinzelte heftig. »Danke.«

»Du darfst dich noch nicht bedanken.« Er nahm meine Hand und führte mich über die gesprungenen Waschbetonplatten zu dem Gatter zwischen unseren Gärten. »Ich habe mir was ausgedacht, das ich viel besser finde als so ein Schulfest.«

Zutiefst verblüfft und mit einem Knoten im Hals folgte ich ihm.

»Ich hatte das schon seit einer Weile vor und jetzt schien mir die perfekte Gelegenheit dafür.« Er schob das Gatter auf und zog mich hindurch. »Was meinst du?«

Mit offenem Mund nahm ich den Anblick auf, der sich mir dort bot. Lichterketten zogen sich vom Schuppen zu den Bäumen und warfen ein weiches Licht auf den schmalen Garten. In der Mitte, ein Stück von der Terrasse entfernt, stand ein Zelt, in dem eine Lampe flackerte.

»Wir zelten?«, flüsterte ich.

Sebastian ließ meine Hand los und schob die Hände in die Taschen. »Weißt du noch, wie wir früher immer gezeltet haben, als wir noch kleiner waren?«

»Ja.« Natürlich erinnerte ich mich daran. »Jeden Samstagabend. Unsere Väter haben immer abwechselnd das Zelt aufgebaut.«

»Und wir haben Marshmallows geröstet.« Er stieß mich sanft

mit der Schulter an. »Bis du dir mal die Haare angezündet hast.«

»Ich hab mir nicht die Haare angezündet!«, lachte ich, und es war ein so aufrichtiges, glückliches Lachen, dass ich erstaunt verstummte. Wann hatte ich das letzte Mal so gelacht.

»Gut, ich korrigiere mich. Es waren nur ein paar Strähnen. Trotzdem.« Er lehnte sich an mich und ich ließ den Kopf gegen seine Schulter sinken. »Heute rösten wir keine Marshmallows, aber ich habe was, das genauso lecker ist.«

»Was denn?« Meine Stimme war heiser.

»Wart's ab«, antwortete er. »Das ist eine Überraschung.«

»Noch eine?«

»Noch eine.«

Oh Gott.

Ich hob die rechte Hand und rieb mir die Augen. Meine Wimpern waren leicht feucht.

»Alles okay mit dir?«

»Na klar.« Ich riss mich zusammen, trat von ihm weg und schaute auf die Hintertür seines Hauses. »Wo sind deine Eltern?«

»Sie sind ausgegangen und kommen erst später wieder.«

»Und sie wissen davon?«

Er lachte leise. »Natürlich. Mom wäre am liebsten hier geblieben und hätte Fotos von uns vor dem Zelt gemacht, weil sie es gemein findet, dass sie jetzt keine Homecoming-Bilder aus meinem letzten Schuljahr haben wird.«

Erneut prustete ich los, mit einem Lachen, das meinen ganzen Körper erfasste, und als es wieder verklang wie Asche im Wind, sah ich, wie Sebastian mich im Schein der funkelnden Lichter anstarrte.

»Das hat mir gefehlt«, sagte er und neigte den Oberkörper zu mir. »Dein Lachen. Das habe ich mehr vermisst, als mir bewusst war.«

Ein wenig atemlos schaute ich ihm in die Augen. »Ich auch.«

»Gut.« Seine Augen hielten meinen Blick fest, dann atmete er tief aus. »Lust, dir das Zelt mal anzuschauen?«

Ich spielte mit einem Schleierkrautstängel von meinem Strauß, als plötzlich ein Verdacht in mir aufkam. Ich blieb stehen. »Hast du … mit Felicia geredet?«

Er grinste selbstzufrieden, die Hände immer noch in den Hosentaschen. »Vielleicht?«

»Also doch!« Meine Augen wurden groß. »Deshalb hat sie mich zwei Stunden früher gehen lassen. Wann hast du das gemacht?«

»Ich bin am Donnerstag vorbeigefahren und habe gefragt«, sagte er mit leuchtenden Augen.

»Und Mom hast du auch eingeweiht!«

Wieder nickte er. »Vor ein paar Tagen. Sie sagte – ich zitiere: ›Du bist so ein lieber Junge.‹ Nicht, dass ich das nicht schon gewusst hätte.«

»Du bist wirklich ein lieber Junge.«

Kichernd zog er das Zelt auf. »Du zuerst.«

Ich streifte mir die Turnschuhe von den Füßen, duckte mich durch den Eingang und konnte im Innern sogar stehen. Sebastian war zu groß und musste sich neben mich knien, während ich den dumpfen, stickigen Geruch einatmete und sofort von Erinnerungen an lange Sommernächte in einem viel kleineren Zelt überschüttet wurde.

Auf dem Boden lag eine Luftmatratze mit zwei Schlafsäcken und einer Steppdecke, die mir vage aus Sebastians Haus bekannt vorkam. Auf einer Seite der Matratze stapelten sich mehrere Kissen. Eine kleine LED-Lampe thronte auf einem Klapptisch aus Plastik. In der Ecke wartete ein Berg Essen auf uns, Chips, Getränke, Tupperdosen und sogar eine Tüte Zwiebelringe.

In dem Moment war mir klar, dass ich Sebastian für immer lieben würde.

Er griff nach einer Dose und öffnete den Deckel. Sofort hing ein Duft nach gebranntem Zucker in der Luft. »Mom hat sogar Marshmallow-Brownies gemacht.«

Mir lief das Wasser im Mund zusammen. »Marshmallow-Brownies? Klingt himmlisch.«

»Sie sind wirklich lecker.« Er machte den Deckel zu und nahm eine andere Dose. »Beim letzten Mal, als sie die gemacht hat, hab ich so viele gegessen, dass ich fast kotzen musste.«

Lachend beobachtete ich, wie er in die nächste Dose schaute. Sie enthielt Erdbeeren und Wassermelonenstücke.

»Hab sie selbst geschnitten«, sagte er und setzte sich auf den Rand der Matratze. »Ich finde, allein dafür habe ich schon Lob verdient.«

Grinsend tätschelte ich ihm die Strickmütze und schaute mich noch einmal im Zelt um. Meine Kehle war wie zugeschnürt vor Rührung. Das war so wunderbar und perfekt und unglaublich fürsorglich.

Am liebsten hätte ich geweint. »Das ist ...«

»Was?« Sebastian sah mich an.

»Danke.« Ich ließ mich neben ihn auf die Matratze fallen und legte die Hände an seine Wangen. »Vielen, vielen Dank. Das hätte ich nie erwartet, und ich weiß, ich habe das eigentlich nicht –«

»Nichts sagen.« Er legte die Hände um meine Handgelenke.

Unsere Blicke begegneten sich. »Davon will ich heute nichts hören. Kein Wort. Es gibt nur dich und mich und eine Million Kalorien, die darauf warten, verdrückt zu werden. Sonst nichts. Keine Vergangenheit. Gar nichts.«

Ich hörte auf zu denken. In diesem Moment. Hier, neben ihm im Zelt.

Und *handelte* einfach.

Ich beugte mich vor, küsste Sebastian auf die Lippen und legte in den Kuss nicht nur die Dankbarkeit, die in mir überquoll, sondern auch sämtliche Gefühle, die ich für ihn empfand. Er zögerte keine Sekunde, legte eine Hand in meinen Nacken, rutschte von der Matratze und kniete sich vor mich. Sein Mund war weich und hart zugleich, und als meine Lippen sich öffneten, wurde sein Kuss noch intensiver.

Er war es, der sich irgendwann von mir löste, und als er sprach, klang seine Stimme betörend belegt. »Wir sollten vielleicht mal etwas essen.«

»Okay.« In diesem Moment hätte ich so ziemlich allem zugestimmt, was er sagte.

Wir lösten uns voneinander und wühlten uns durch die Chipstüten und Tupperdosen. Beim Essen unterhielten wir uns über irgendwelche unbedeutenden Sachen, und das war wunderbar, weil es schon so lange her war, dass ich einfach nur … *sein* konnte. Dass ich einfach nur über meine Lieblingssendung redete oder über die Bücher in meinem Zimmer, die ich noch nicht gelesen hatte, oder zuhörte, wie Sebastian hin und her überlegte, was er nächstes Jahr studieren sollte, ohne in Gedanken ständig in der Vergangenheit verhaftet zu sein.

Als ich schließlich pappsatt war und Sebastian die Tüten verschloss, fragte ich: »Sollen wir wirklich hier draußen schlafen?«

Sebastian lachte. »Na klar.« Dann drehte er den Kopf zu mir. »Es sei denn, es ist dir nicht gemütlich genug.«

»Ich finde es sogar sehr gemütlich«, sagte ich. Das stimmte und stimmte auch wieder nicht, weil es sich anders anfühlte als damals in unserer Kindheit, mit ihm im Zelt zu liegen.

Seine Wimpern senkten sich. »Bist du dir sicher?«

»Ja.« Ich rutschte die Matratze entlang. »Ich frage mich nur, was unsere Eltern darüber denken.«

»Sie vertrauen uns.«

Ich schnaubte nur.

Sebastian krabbelte die Matratze hoch und streckte sich auf seiner Seite aus. »Ich wollte dir nur sagen, dass ich nicht erwarte, dass du die ganze Nacht hier draußen bist«, meinte er. »Du bleibst einfach, solange du willst, und kannst jederzeit gehen, wenn es dir zu viel wird.«

Ich machte es mir neben ihm gemütlich. Wieder mit ihm in einem Zelt zu schlafen – das hätte ich im Leben nicht erwartet. Als Kinder hatte ich ihn mir nie oben ohne vorgestellt oder die Dinge gedacht, die mir in diesem Moment durch den Kopf gingen. Ich drehte mich auf die Seite und schaute ihn an. Ich wusste noch nicht, wie lange ich bleiben würde, aber egal wie ich mich entschied, für Sebastian würde es in Ordnung sein.

Keine Erwartungen.

Außer einer.

Mit heißen Wangen zwang ich die Frage aus meinem Mund. »Ist es … wäre es okay, wenn ich mich als deine Freundin bezeichne?«

Das Lächeln, das daraufhin über sein Gesicht schoss, raubte mir fast den Atem. »Ich versuche schon, dich meine Freundin zu nennen, seit mir klar ist, dass ich auf Mädchen stehe.«

Glück brodelte in mir auf, und diesmal ließ ich nicht zu, dass irgendwas es niedertrampelte. Egal was. Ich legte die Hand auf seine Brust, über seinem Herzen. Seine Finger schlangen sich um meine. Mut stieg in mir auf und drängte mich dazu, einen großen Schritt zu tun.

Ich schaute ihn an und sagte, was ich schon seit vielen Jahren sagen wollte. Die Worte, von denen ich eine Zeit lang dachte, ich hätte sie nicht mehr verdient. »Ich liebe dich«, sagte ich. »Ich liebe dich schon, seit ich denken kann.«

Sebastian reagierte sofort. Eine Hand umfasste meine Wange, dann lag sein Mund auf meinem, und wir küssten uns. An diesen Küssen war nichts Zartes oder Kunstvolles. Unsere Lippen und Münder krachten förmlich aufeinander. Er schmeckte nach Schokolade und Salz, und als der Kuss tiefer wurde, rückte er noch dichter zu mir.

Er schob den Arm unter mich, und wir verschmolzen miteinander, Brust an Brust, Hüfte an Hüfte. Er drehte mich auf den Rücken und legte sich auf mich, und unsere Hände schlüpften gierig unter unsere Kleider, Haut zu Haut in berauschender Eile.

Meine Hände wanderten über seinen Rücken und seine Seite, seine Hand kroch meine Taille entlang zu meinem Schenkel. Er zog meine Beine um seine Hüften und brachte uns noch näher zusammen, auch wenn ich das nicht für möglich gehalten hätte. Erst flog sein Shirt weg, dann meines. Und dann waren wir endlich richtig Körper an Körper, so wie nie zuvor.

Brennende Schauder rasten über meine Haut, als seine kurzen, rauen Brusthaare mich berührten. Hemmlungslose Lust pochte überall in mir.

»Das habe ich damit eigentlich nicht bezweckt«, sagte er,

und seine Stimme klang völlig anders als sonst. »Wir müssen das nicht tun. Wir müssen nicht –«

»Ich weiß.« Ich schlang die Hand um seinen Nacken und schlug die Augen auf. »Ich weiß.«

Ich zog seinen Mund wieder zu mir her, und als wir uns diesmal küssten, war es anders. Es war ungehemmt und viel … zielstrebiger und ich fühlte eine unfassbar schöne Wildheit in mir. Ich hatte keine Ahnung, wohin uns diese Nacht führen würde, wo wir am Ende stehen würden, aber ich vertraute ihm. Und er vertraute mir.

»Ich liebe dich«, flüsterte ich in seinen Mund.

Sebastian gab wieder diesen Laut von sich, dieses kehlige, tiefe Stöhnen an meinem Mund, während sich seine Hüften zwischen meine Beine schoben und seine Brust sich wieder an mich presste. Er bewegte sich und ich fiel, schwamm, ertrank in Gefühlen.

Ich lebte.

Ich liebte.

Und das war okay, mehr als okay sogar.

Es war wunderschön.

Es war *Leben.*

30

BRAUNE BLÄTTER TRUDELTEN von den fast entlaubten Ästen und fielen lautlos zu Boden. Es war der Mittwoch vor Thanksgiving und am Montag hatte ich meine letzte Sitzung mit Dr. Perry.

Ich hatte meine Aufgaben.

Und erfüllte sie pflichtbewusst.

Sonntagabends nahm ich mir die Zeit, an meine Freunde zu denken, und das war anfangs weiß Gott kein Spaß gewesen. Seit dem Unfall hatte ich es vermieden, auf ihre Facebook- und Instagram-Seiten zu gehen oder die Bilder anzusehen, die ich von ihnen hatte. Ich hatte auch ihre alten Nachrichten auf meinem Handy oder ihre E-Mails nicht wieder gelesen.

Am ersten Sonntag hielt ich nur eine halbe Stunde durch, bevor ich das alte Fotoalbum in die Ecke pfefferte. Ich weinte nicht. Keine Ahnung, warum, vor allem, da meine Tränendrüsen mittlerweile einen ganzen Wasserpark hätten versorgen können. Doch am zweiten Sonntag, als ich ihre Seiten in den sozialen Netzwerken anschaute, brachen alle Dämme. Ihre letzten Posts zu sehen, brachte mich fast um.

Megan hatte am Samstagnachmittag noch etwas über *Dance Moms* geschrieben. Mit so etwas Trivialem hatte sie sich beschäftigt und keine Ahnung gehabt, dass sie an diesem Abend sterben würde, und ich glaube, das setzte mir am meisten zu. Keiner von uns hatte auch nur die kleinste Vorstellung gehabt, dass sich unsere Lebenswege bald unwiderruflich ändern würden.

Von Cody gab es einen Instagram-Post vom Abend zuvor, ein Bild von ihm, wie er mit einem roten Becher in der Hand in die Kamera grinste. Chris stand neben ihm. Beide wirkten so gut gelaunt und glücklich. Ich konzentrierte mich auf dieses Lächeln, weil ich das in Erinnerung behalten wollte.

Phillip hatte ein Prank-Video geteilt, unter der Überschrift »LMFAO«. Das waren seine letzten Worte im Internet: *LMFAO.*

Am schwersten fiel es mir, mich durch die Nachrichten zu scrollen, die nach dem Unfall auf ihren Seiten hinterlassen worden waren. All die Worte der Trauer und des Leids, die #RIPs und das Entsetzen, das ihr Tod auslöste.

Da brach ich wieder zusammen.

Ich verbrachte den Großteil des Abends in den Armen meiner Mutter auf dem Sofa, wo ich Schokolade aß und über meine Freunde redete. Am nächsten Morgen wachte ich in der Erwartung auf, mich total beschissen zu fühlen, aber tatsächlich ging es mir ein kleines bisschen besser.

Mein Herz war ein bisschen leichter geworden.

Nur ihre Gräber hatte ich immer noch nicht besucht.

Als ich das Zimmer mit den schlimmsten Motivationspostern auf der ganzen Welt zum letzten Mal verließ, verabschiedete Dr. Perry mich mit einem Lächeln, das so aufrichtig wirkte wie immer, und trotzdem war es ein bisschen anders gewesen.

Diesmal lag Zutrauen darin.

Keine Hoffnung, keine Anerkennung, sondern Zutrauen. Zu mir.

Zutrauen, dass ich die Sache verarbeiten und irgendeine Form des Friedens finden würde. Vielleicht hatte ich das auch schon. Jedenfalls fühlte ich im Moment mehr Frieden in mir, als ich mir je hätte vorstellen können.

Sebastian saß auf dem alten Liegestuhl, die Füße auf das Geländer gestützt, ich kauerte auf seinem Schoß, die Beine über die Armlehne gehängt. Eine weiche Wolldecke lag über uns.

Wir lasen.

Zusammen.

Es war auf so eine nerdige Weise perfekt, dass ich mich direkt noch einmal in ihn verlieben könnte.

Ich klappte mein Buch über paranormale Phänomene zu, legte es in meinen Schoß und beobachtete Sebastian. Er hatte einen konzentrierten Gesichtsausdruck aufgesetzt, die Augenbrauen zusammengezogen, die Lippen eine schmale Linie. So süß. Süßer als süß. Er hielt einen Comic mit einer Hand fest, der andere Arm war um meine Taille geschlungen, und unter der Decke liebkosten seine Finger meine Hüften, zogen langsam Kreise, als wollte er mich wissen lassen, dass er zwar in den Comic vertieft war, aber trotzdem merkte, dass ich auf seinem Schoß saß.

Aber jetzt wollte ich mehr Aufmerksamkeit.

Ich presste die Lippe an seine glatte Wange und grinste, als er daraufhin den Comic zuklappte. Sein Arm umfasste mich noch fester. »Was machst du da?«, fragte er.

»Nichts.« Ich küsste seinen Wangenknochen.

Er drehte den Kopf zu mir. »Dieses Nichts gefällt mir irgendwie.«

Nun küsste ich ihn auf den Mund, und er erwiderte den Kuss auf eine Weise, die in mir den Wunsch weckte, Mom wäre nicht zu Hause.

Meine Hand glitt über seine Wange, und ich löste mich so weit von ihm, dass ich die Stirn an seine lehnen konnte. »Wann fängt morgen euer Abendessen an?«

»Um sechs. Willst du wirklich nicht mitkommen?« Seine Familie würde für das Thanksgiving-Essen zu seinen Großeltern fahren. »Du wärst mehr als willkommen. Alle würden sich freuen.«

»Ich weiß.« Ich strich ihm mit dem Daumen über das Kinn. »Ich würde auch gern, aber Dad kommt morgen. Mom flippt aus, wenn ich mich da vom Acker mache.«

Er küsste meinen Mundwinkel. »Stimmt.« Eine kurze Pause, um die andere Seite zu küssen. »Ich bin überrascht, dass deine Schwester nicht hier bei uns sitzt und Herzchen in die Luft malt.«

Ich lachte. »Nur, weil Mom sie dazu verdonnert hat, mit ihr Kuchen zu backen.«

»Oh, dann sollten wir der Küche mal einen Besuch abstatten«, sagte er nach einer winzigen Pause.

»Sobald du die Backkünste meiner Schwester probiert hast, wirst du da anderer Meinung sein.« Er lachte und ich schlang den Arm um seinen Hals und legte die Wange an seine Schulter. »Ich weiß nicht, warum Mom das Backen ihr überlässt. Als würde sie uns bestrafen wollen.«

Wieder drang ein leises Lachen aus seiner Kehle. »Ich bring dir Kuchen von meiner Oma mit.«

»Kürbis?«

»Kürbis-Pecan.«

»Mmh.« Mir knurrte der Magen. »Das klingt toll. Und Schlagsahne? Mom kauft immer nur diese Billig-Sprühsahne und die schmeckt nicht halb –«

Die Balkontür ging auf, und ich hob überrascht den Kopf, in der Erwartung, meine Schwester oder meine Mutter zu sehen. Aber es war Dad.

Dad.

Mein Dad trat auf den Balkon, während ich auf Sebastians Schoß gekuschelt lag.

Mist.

Hastig richtete ich mich auf. Leider kippte ich dabei von Sebastians Schoß und wäre fast mit dem Gesicht am Boden gelandet, weil sich meine Beine in der Decke verhedderten. Ich fand es absolut mistig, dass mein Dad – sonst perfekt in der Rolle des abwesenden Vaters – ausgerechnet dann hereinplatzte, als ich mich auf dem Schoß meines Freundes lümmelte.

Sebastian half mir, meine Beine aus der Decke zu befreien. Ich wusste genau, dass er sich ein Grinsen verkneifen musste, und hätte ihm am liebsten eine Kopfnuss verpasst.

Dads braune Augen wanderten von mir zu Sebastian. »Deine Mutter hat erzählt, ihr zwei seid jetzt zusammen.«

Das war seine Begrüßung an mich – an uns.

Seit dem Besuch im Krankenhaus hatte ich ihn nicht mehr gesehen oder gesprochen, und das war das Erste, was ihm einfiel?

Nicht, dass es mich ernsthaft überraschte.

Sebastian ging um den Stuhl herum und streckte meinem Vater die Hand entgegen. »Hi, Mr Wise.«

Mein Dad schüttelte sie mit einem schwachen Lächeln. »Sebastian, mein Freund, schön, dich zu sehen.«

»Ganz meinerseits«, entgegnete Sebastian, schob seine Hand in meine und drückte sie sanft.

Meine Wangen wurden heiß. »Ich wusste nicht, dass du schon da bist. Ich dachte, du kommst erst morgen.«

»Ich bin gerade angekommen«, erklärte er. »Ich hatte gehofft, wir könnten kurz unter vier Augen miteinander reden, solange deine Mutter und Lori damit beschäftigt sind, die Küche zu demolieren.«

Ich zögerte, unsicher, ob ich so ein Vier-Augen-Gespräch überhaupt wollte. Dann nickte ich, weil ich es genauso gut hinter mich bringen konnte. Dad würde so schnell nicht wieder verschwinden, zumindest nicht für die nächsten zwei Tage.

»Okay.« Ich sah Sebastian an. »Ich melde mich später bei dir.«

Mit fragendem Gesicht hielt er weiter meine Hand fest. Sorge lag in seinem Blick. »Wirklich?«

»Ja«, sagte ich leise. »Ist schon gut.«

Sebastian fiel es schwer, sich zu verabschieden, und das konnte ich ihm nicht verübeln. Er wusste, dass das Wort »angespannt« die Beziehung zwischen meinem Vater und mir noch wohlwollend beschrieb. Schließlich senkte er den Kopf und drückte mir einen Kuss auf die Wange. »Okay. Ich warte auf deine Nachricht.«

Nachdem er sich auch von meinem Vater verabschiedet hatte, ging er die Treppe hinunter und ließ mich allein mit Dad auf dem Balkon zurück. Ich hatte keine Ahnung, was ich sagen oder tun sollte, und bückte mich, um die Decke aufzuheben.

Da mein Kopf die ganze Zeit über so mit dem Unfall und allem anderen beschäftigt gewesen war, hatte ich noch nicht wirklich über das nachgedacht, was meine Mutter mir gestanden hatte und was das nun für mich bedeutete.

»Wie geht es dir?«, fragte er und lehnte sich gegen das Balkongeländer.

»Ganz okay.«

»Seid ihr beide wirklich ein Paar?« Er lachte, sobald er die Frage ausgesprochen hatte. »Na ja, ich hoffe es zumindest, angesichts dessen, wie ich euch hier vorgefunden habe.«

Mein Gesicht lief rot an, und ich bekämpfte den Drang, ihn darauf hinzuweisen, dass er das doch schon von meiner Mutter wusste. Ich hatte einfach genug … genau davon, so wütend zu sein, so zerrissen. Obwohl Dr. Perry und ich nie über meinen Dad gesprochen hatten, hatte ich aus den Sitzungen genug gelernt, um zu wissen, dass ich nicht nur den Unfall im August verarbeiten musste, sondern auch, nun ja, die Sache mit meinem Vater.

»Ja, wir sind erst vor Kurzem richtig zusammengekommen«, erklärte ich schließlich und starrte auf die abgewetzten Turnschuhe meines Vaters. »Ich bin … sehr glücklich mit ihm.« Ein schlechtes Gewissen bohrte sich wie ein Pfeil in meine Brust. Einzugestehen, dass ich glücklich war, fiel mir immer noch sehr schwer. Und das würde sich auch nicht so bald ändern.

»Er ist ein netter Kerl. Und es überrascht mich kein Stück. Ich dachte immer schon, dass ihr zwei mal zusammenkommt.«

Ich zog die Augenbrauen hoch. »Echt jetzt?«

»Na ja, ich hatte es zumindest gehofft«, stellte er richtig. »Wie gesagt, er ist ein guter Junge. Aus ihm wird mal ein guter Mann werden.«

Ich trat von einem Fuß auf den anderen.

»Du siehst viel besser aus«, wechselte er das Thema. »Kein Gips mehr, keine blauen Flecken. Kannst stehen und dich normal bewegen. Da bin ich wirklich erleichtert.«

Ich drückte die Decke an meine Brust und schaute meinen Vater an, schaute ihn mir richtig gründlich an. Er sah so aus wie damals im August, als er ins Krankenhaus gekommen war. Ein bisschen älter und etwas müder, aber immer noch die gleiche aufrecht-steife Haltung. Unser Gespräch war etwas verkrampft.

Um ehrlich zu sein, war es schon immer so gewesen. In meiner Kindheit war Lori das Papa-Kind, ich das Mama-Kind. Lori und ich hatten uns immer einem von beiden angeschlossen, wenn es darum ging, essen zu gehen oder in den Zoo oder in einen Vergnügungspark. Sie zog immer mit Dad los, ich klammerte mich an Mom. Dad und ich hatten uns nie sehr nahe gestanden und das war nicht allein seine Schuld. Ich hätte seine Anrufe entgegennehmen können, vor allem nachdem Mom mir erklärt hatte, warum er ausgezogen war. Und er hätte vermutlich ein besserer Vater sein können. Er hätte sich weigern sollen, wegzubleiben, als ich mich wie ein verzogenes Balg aufführte.

Seine Augen, die genau wie meine aussahen, erwiderten meinen Blick. »Ich habe mir große Sorgen um dich gemacht.«

»Es geht mir schon besser. Ich bin noch nicht ganz bei … hundert Prozent, aber es geht besser.«

Er lächelte schwach, doch die Traurigkeit blieb in seinen Augen. »Das weiß ich. Du bist so stark, und ich glaube, du erkennst das selbst viel zu wenig.«

»Keine Ahnung.« Ich setzte mich auf den Stuhl und legte mir die Decke über den Schoß. »Wäre ich stärker, wäre ich vermutlich gar nicht erst in diese Situation gekommen.«

Er dachte darüber nach. »Das mag zum Teil stimmen, aber du musstest auch stark sein, um das alles zu überstehen.«

Ich presste die Lippen zusammen und nickte.

»Du bist jedenfalls stärker als ich«, sagte er, worauf ich überrascht zusammenzuckte. Dad schaute mich nicht an. Er legte die Hände auf das Geländer und blickte über den Garten.

»Weißt du, was dein Großvater immer gesagt hat? Ich fand das so nervig. Er sagte immer: ›Morgen wird alles besser sein.‹ Jedes Mal, wenn ich mich über etwas geärgert hatte oder etwas Schlimmes passiert war, brachte er sein ›Morgen wird alles besser sein.‹ Zuerst fand ich den Spruch gar nicht so schlimm. Im Gegenteil, ich habe sogar lange Zeit danach gelebt.« Dann drehte er sich langsam zu mir um. »Weißt du, was ich damit sagen will?«

Mein Blick wanderte stumm zu seinen Turnschuhen.

»Jedes Mal wenn etwas schwierig wurde oder kaputtging oder nicht so lief, wie ich es wollte, sagte ich mir, dass es morgen schon besser werden würde. Aber das machte die Situation nicht einfacher. Dadurch wurde nicht automatisch repariert, was kaputtgegangen war. Wenn mir etwas unangenehm war oder ich einfach keine Lust hatte, es zu tun, konnte ich mich immer mit dem Hinweis auf morgen rausreden. Aber erledigt habe ich die Sachen trotzdem nicht.«

Ich schloss die Augen gegen das plötzliche Brennen in meiner Kehle.

»Dabei ist es eigentlich ein schöner Gedanke, oder? Zu sagen, morgen wird es schon besser werden, wenn etwas schlecht läuft. Wenn wir enttäuscht sind. Aber es gibt eben keine Garantie auf ein Morgen.« Er hielt inne und holte tief Luft. »Und du, meine Kleine, musstest diese Lektion leider viel zu jung lernen.«

Wir vier werden immer Freundinnen bleiben.

Egal, was passiert.

Wir waren keine vier Freundinnen mehr. Das war vorbei. Dad hatte recht. Es gab keine Garantie auf ein Morgen.

»Wir bekommen nicht immer ein Morgen. Und das liegt

manchmal nicht nur am Tod. Manchmal liegt es auch an den Entscheidungen, die wir für uns treffen.« Er rieb sich das Gesicht, eine Angewohnheit, die ich, wie mir erst jetzt klar wurde, von ihm geerbt hatte. »Ich hasse diesen Spruch, weil ich es so auch mit dir gemacht habe. Ständig habe ich mir vorgenommen, *morgen* zu reparieren, was zwischen uns kaputtgegangen war. Und am Ende habe ich es nie getan.«

Meine Augen brannten. »Ich … ich habe es dir auch nicht leicht gemacht.«

»Das spielt keine Rolle.« Mit schroffer Stimme fuhr er fort: »Ich bin dein Vater. Das ist meine Aufgabe. Nicht deine. Deshalb möchte ich … ich möchte, dass heute das Morgen wird, dass ich so lange aufgeschoben habe. Was meinst du dazu?«

Er streckte die Hand aus, und für einen langen Moment war ich zu nichts in der Lage, als sie anzustarren. Dann ließ ich die Decke los und legte meine Hand hinein.

31

ICH SASS IN MEINEM ZIMMER, drückte mein Handy an mich und starrte auf die Landkarte an der Wand. Die Kreise, die Sebastian und ich darauf gemalt hatten, verschwammen vor meinen Augen, und jeder Atemzug fühlte sich wund und zittrig an.

Endlich hatte ich es getan.

Ich hatte Megans alte Nachrichten gelesen.

Es waren sehr viele, weil mein Handy alle speicherte, bis ich sie irgendwann selbst löschte.

Die Tränen, die dabei geflossen waren, hatten sich mit Lachen vermischt, als ich ein paar ihrer völlig absurden, unsinnigen Nachrichten gelesen hatte. Am liebsten hätte ich in das Handy hineingegriffen und sie ein letztes Mal gesehen. Die *echte* Megan. Nicht nur ein Foto. Nicht nur eine Reihe Buchstaben und Sätze.

Aber das war nicht möglich.

Mir blieben nur Erinnerungen.

Ich atmete tief aus und legte das Handy auf den Schreibtisch, um es aufzuladen. Dann stand ich auf und ging in meinen dicken Socken, die meine Schritte dämpften, zum Schrank. Die Tür stand offen und Kleider und Bücher quollen daraus hervor.

Gestern nach der Schule hatte ich einen großen Schritt getan. Es war etwas, das Dr. Perry mir nicht aufgetragen hatte, von dem ich aber meinte, es wäre die beste Möglichkeit, Megans Andenken Respekt zu zollen oder zumindest irgendwie das Richtige zu tun. Für sie.

Und für mich auch.

Ich kniete mich hin und zog die zerknitterten Jeans zur Seite. Dann schob ich vorsichtig die Bücherstapel bis ganz nach hinten an die Schrankwand und beugte mich vor. Ich tastete blindlings herum, und als meine Finger an etwas Hartes stießen, wusste ich, dass ich es gefunden hatte. Meinen Fund in der Hand richtete ich mich wieder auf und schaute ihn an.

Meine Knieschoner waren vom Hallenboden völlig zerschrammt, aber sie hatten fast vier Jahre Volleyballtraining überlebt und würden noch ein weiteres Jahr durchhalten.

Gestern nach dem Unterricht war ich bei Coach Rogers gewesen.

Die Saison war vorbei, aber er kannte ein paar Freizeitligen im Bezirk, in denen das ganze Jahr über gespielt wurde. Eine davon würde im Februar starten, und ich hatte vor, an den Auswahlspielen teilzunehmen. Dazu musste ich allerdings den Hintern hochkriegen und fit werden, und der Coach hatte mir einen Plan zusammengestellt, wie ich das schaffen konnte.

Ich würde kein Stipendium bekommen, aber ich hatte mir vorgenommen, bei jedem College, von dem ich eine Zusage bekam, an den Auswahlspielen teilzunehmen. Ich hoffte immer noch auf die UVA, aber es würde noch ein bisschen dauern, bevor ich erfuhr, ob es schon im Frühzulassungsverfahren geklappt hatte.

Morgen würde ich in die Sporthalle der Schule gehen und, ohne zu murren, in diesen Knieschonern die Tribünen hoch-

und runterrennen. Und während ich das tat, würde ich an Megan denken, daran dass … dass sie *stolz* auf mich wäre.

Aber heute war noch nicht vorbei.

Heute fing gerade erst an.

Ich saß im Jeep und starrte auf die Hügel, auf die Grabsteine und die steinernen Engelsflügel. Kahle Bäume ragten aus der Landschaft empor. Eine dünne Schneeschicht bedeckte den Boden. Der Winter war schnell und mit schneidender Kälte hereingebrochen und hatte Wiesen und Straßen mit einer Eisschicht überzogen. Es war der 19. Dezember, genau vier Monate nach dem Tag, der alles verändert hatte.

Ich hatte das nicht so geplant. Dass ich ausgerechnet heute zum Friedhof kam, war eher Zufall gewesen. Aber als ich nun in dem warmen Jeep saß und aus dem Fenster sah, fand ich es irgendwie passend, an diesem Tag hier zu stehen.

Ich schluckte schwer und blickte auf den Friedhof. »Ich habe meine Knieschützer gefunden.«

»Unfassbar, dass du in diesem Schrank überhaupt etwas finden kannst«, sagte er neckend. »Ich komme morgen mit dir mit.«

Ein kleines Lächeln legte sich auf meine Lippen. Ich sah in seine strahlend blauen Augen. »Das brauchst du nicht. In der Turnhalle herumzusitzen oder die Tribünen hoch- und runterzurennen, ist doch total langweilig für dich.«

»Wenn ich keine Lust darauf hätte, würde ich es nicht anbieten«, gab er zurück. »Außerdem komme ich nicht nur zur moralischen Unterstützung mit. Du könntest auch hinfallen und dir wehtun.«

»Wie du meinst.« Ich verdrehte die Augen, und mein Lächeln

wurde noch breiter, bevor es wieder erlosch und ich mich den schweigenden Grabsteinen zuwandte. Es fiel mir immer noch schwer, Hilfe anzunehmen. Sebastian bot an, mich zu begleiten und für mich da zu sein, weil er wusste, dass es schwer werden würde, körperlich und emotional. So wie er auch wusste, dass der Besuch hier auf dem Friedhof nicht leicht für mich war.

Und ich würde seine Unterstützung sicher nicht ablehnen. Mittlerweile hatte ich gelernt, Leute, die mir Hilfe anboten, nicht abzuweisen. Manchmal war es schwer, so ein Angebot zu erkennen oder anzunehmen, aber das Leben war deutlich einfacher, wenn man es tat.

»Okay«, flüsterte ich. Dann herrschte Schweigen.

Sebastian legte die Hand auf mein Knie. »Bist du bereit?«

Ich riss meinen Blick vom Fenster los und nickte.

Er beobachtete mich aufmerksam. »Wir müssen das heute nicht tun. Wir können jederzeit –«

»Nein. Wenn ich es heute nicht mache, verschiebe ich es nur ständig auf morgen, und dann tue ich es nie.« Ich dachte an meinen Vater, an die wöchentlichen Anrufe, die wir vereinbart hatten und an die wir uns auch hielten, auch wenn keiner von uns groß etwas zu erzählen hatte. Unsere Beziehung musste sich wirklich erst entwickeln. »Ich muss das tun.«

»Okay.« Er beugte sich zu mir, zog meinen Kopf zu sich und küsste mich kurz und liebevoll. Dann richtete er sich wieder auf. »Die Mütze steht dir.«

Lachend fasste ich an die graue Strickmütze, die ich aus seinem Schlafzimmer geklaut hatte. Er trug dafür eine schwarze. »Echt?«

»Klar.« Er zog sie ein bisschen weiter runter und rückte sie gerade.

Mein Blick wanderte zur Windschutzscheibe und mein Lächeln verschwand. Ich atmete tief ein. Ein Schauder durchfuhr mich und ich drehte mich wieder zu ihm.

»Du bist nicht allein«, flüsterte er eindringlich. »Ich bin dabei. Und Abbi und Dary auch.«

Ja, meine Freundinnen waren ebenfalls da. Sie saßen in dem Auto hinter uns und warteten, dass ich die Tür öffnete und ausstieg. Mein Verhältnis zu Abbi war deutlich besser geworden. Wir trafen uns wieder regelmäßig und redeten wie richtig gute Freundinnen miteinander. Ich wusste, dass es bald wieder so sein würde wie früher. Das spürte ich einfach. Es brauchte nur ein bisschen Zeit, weil ich Abbi dadurch, dass ich sie aus meinem Leben ausgeschlossen hatte, zutiefst verletzt hatte. Das zu reparieren, erforderte Geduld.

Überhaupt dauerte es seine Zeit, das alles zu verarbeiten.

Zu überleben, wenn andere gestorben waren, war nichts, was man einfach so über Nacht verkraftete, auch wenn es sich manchmal so anfühlte. Mittlerweile merkte ich manchmal, dass ich einen ganzen Tag oder sogar zwei nicht an Megan oder die Jungs gedacht hatte. Manchmal hatte ich deswegen immer noch große Schuldgefühle. Und manchmal musste ich immer noch weinen, wenn ich daran dachte, was sie durch ihren Tod alles versäumten und wie viele Möglichkeiten innerhalb weniger Sekunden einfach ausgelöscht worden waren.

Es brauchte Zeit und die Unterstützung von Familie und Freunden und viel Liebe, um damit fertigzuwerden, dass das Leben weiterging. Das Leben ging weiter, und man konnte nicht zurückbleiben und in einer Vergangenheit leben, die nicht länger existierte.

Und die anderen Schuldgefühle? An denen musste ich immer noch arbeiten, sie waren schwieriger zu entwirren und deutlich konfuser. Mir über die Verantwortung klar zu werden, die ich an den Ereignissen dieses Abends trug, würde mir noch lange Zeit sehr wehtun. Da musste ich mich erst noch durchkämpfen. Und es würden mit Sicherheit Narben zurückbleiben. Aber ich lernte, mit meiner Schuld zu leben, mit meinem Schweigen und mit der Tatsache, dass mein Verhalten eine Lektion darstellte, nicht nur für mich, auch für andere.

Die Vergangenheit und die Zukunft meiner Freunde war innerhalb von Sekunden ausgelöscht worden. Ich war diesem Schicksal nur knapp entronnen. Die vielen bescheuerten Kommentare unter den Zeitungsartikeln hätten auch von mir handeln können und in gewisser Weise taten sie das auch. Ich konnte diesen Abend nicht mehr rückgängig machen, ich konnte es nur in Zukunft besser machen. Ich war am Leben – ich war noch da.

Ich wusste, ich konnte nicht zurückgehen und noch mal von vorne anfangen. Ich konnte den Mittelteil nicht umschreiben. Ich konnte nur das Morgen ändern, solange ich eines hatte.

Ich schluckte schwer und griff mit meinen behandschuhten Fingern nach dem Türgriff. Kalte Luft strömte herein, als ich die Tür aufstieß und aus dem Jeep stieg. Kies knirschte unter meinen Stiefeln.

Ich schaute auf den Friedhof und sog die frische, nach Schnee riechende Luft in mich ein. Um mich herum klappten Autotüren auf und schlossen sich wieder. Aus dem Augenwinkel sah ich Abbi und Dary zu mir kommen. Sebastians Finger schoben sich in meine Hand. Während ich den ersten Schritt tat, wusste ich, dass es keine Garantie und kein Versprechen auf ein Morgen gab. Und trotzdem lag eine Welt voller Möglichkeiten vor uns.

Danksagung

Ein Buch zu schreiben, ist nie leicht, und die Arbeit an *Und wenn es kein Morgen gibt* fiel mir besonders schwer. Lenas Geschichte kommt in der Realität leider viel zu häufig vor und viele von uns werden sich schon in einer ähnlichen Situation befunden haben. Einige davon haben vielleicht eine klügere Entscheidung getroffen, andere hatten einfach Glück, dass ihr Handeln keine tödlichen Konsequenzen zur Folge hatte. Ich hoffe, Lenas Beispiel kann dazu beitragen, Geschichten wie ihre zu verhindern.

Ohne meine wunderbare Agentin Kevan Lyon wäre dieses Buch niemals entstanden. Ich danke auch meinem Lektor Michael Strother (wieso kenne ich eigentlich so viele Michaels?), dem Lektorat bei Harlequin TEEN, meiner Verlegerin Siena und allen bei Harlequin, die mit diesem Buch zu tun hatten und dazu beitrugen, dass es Wirklichkeit wurde. Ich danke Taryn Fagerness, die dafür verantwortlich ist, dass dieser Roman auch in zahlreiche andere Sprachen übersetzt wurde. Und danke an Steph, meine wunderbare Assistentin und Freundin.

Sarah J. Maas – ich liebe dich. Vielen Dank. Erin Watt – ihr seid einfach großartig. Danke. Brigid Kemmerer – vielen Dank und ich weiß nicht, warum wir uns nicht viel häufiger treffen.

Dank gebührt auch Jen, Hannah, Val, Jessica, Lesa. Stacey, Cora, Jay, Laura K. und Liz Berry, Jillian Stein, Andrea Joan und allen bei JLAnders. Ihr seid die Besten.

Vielleicht habt ihr einen der Namen in diesem Buch erkannt: Darynda Jones – die großartige Erfinderin der Charley-Davidson-Reihe und vieler anderer Geschichten. Danke, dass ich deinen Namen klauen durfte und dass du dieses wunderbare Projekt damit unterstützt hast.

Und ohne euch, liebe Leser, wäre das alles sowieso nicht möglich.

Vielen Dank.

© Vania

Autorin

JENNIFER L. ARMENTROUT schreibt Romane für Jugendliche und Erwachsene und wurde bereits vielfach ausgezeichnet. Ihre Bücher kletterten mehrfach auf Platz 1 der *New York Times*-Bestsellerliste und ihr Spiegelbestseller »Obsidian« wird derzeit verfilmt. Sie lebt mit ihrem Mann und ihrem Hund Loki in West Virginia. Wenn sie nicht gerade liest oder schlechte Zombie-Filme anschaut, arbeitet sie an ihrem neuesten Roman.
Mehr zur Autorin auf www.jenniferarmentrout.com

Von der Autorin sind außerdem bei cbj erschienen:

Dämonentochter
Verbotener Kuss (Band 1, 38043)
Verlockende Angst (Band 2, 38044)
Verführerische Nähe (Band 3, 38050)
Verwunschene Liebe (Band 4, 38052)
Verzaubertes Schicksal (Band 5, 38058)

Morgen lieb ich dich für immer (31141)

© Gudrun de Maddalena

Übersetzerin

ANJA HANSEN-SCHMIDT studierte Amerikanistik, Anglistik und Politikwissenschaft in Tübingen und St. Paul, Minnesota. Sie arbeitet als freiberufliche Übersetzerin, vorwiegend im Bereich Kinder- und Jugendbuch, und wohnt mit ihrer Familie in Tübingen.

Mehr über cbj auf Instagram unter @hey_reader

Jennifer L. Armentrout

Dämonentochter

In einer Welt der Götter und Daimonen stehen Alexandria nur zwei Wege offen: das Dasein als Sklavin der reinblütigen Hematoi oder ein Leben als Sentinel, als Dämonenjägerin. Für Alex steht der Entschluss mehr als fest. Denn als Halbblut besitzt sie die Gabe, Daimonen aufzuspüren – und die wird sie nutzen! Doch ihr Stolz und ihre Wut stehen Alex im Weg ... ein Fehler an der Akademie und sie muss dienen. An ihrer Seite steht nur Aiden mit den Sturmwolkenaugen, der sie ausbilden soll und für den sie viel zu viel empfindet. Denn Aiden ist ein Reinblütiger, die Liebe zwischen ihnen verboten. Alex bewegt sich am Abgrund, doch als klar wird, dass sie ein zerstörerisches Erbe in sich trägt, scheint ihr Schicksal tödlicher denn je!

Dämonentochter – verbotener Kuss
Band 1, 448 Seiten, ISBN 978-3-570-38043-7

Dämonentochter – verlockende Angst
Band 2, 480 Seiten, ISBN 978-3-570-38044-4

Dämonentochter – verführerische Nähe
Band 3, 340 Seiten, ISBN 978-3-570-38050-5

Dämonentochter – verwunschene Liebe
Band 4, 340 Seiten, ISBN 978-3-570-38052-9

Dämonentochter – verzaubertes Schicksal
Band 5, ca. 350 Seiten, ISBN 978-3-570-38058-1

30134_5

www.cbj-verlag.de